# NOUVEAUX CONTES DE LA FOLIE ORDINAIRE

*Paru dans Le Livre de Poche :*

AU SUD DE NULLE PART

AVEC LES DAMNÉS

LE CAPITAINE EST PARTI DÉJEUNER
ET LES MARINS SE SONT EMPARÉS DU BATEAU

CONTES DE LA FOLIE ORDINAIRE

FACTOTUM

JOURNAL D'UN VIEUX DÉGUEULASSE

PULP

LE RAGOÛT DU SEPTUAGÉNAIRE

SOUVENIRS D'UN PAS GRAND-CHOSE

WOMEN

# CHARLES BUKOWSKI

# *Nouveaux contes de la folie ordinaire*

TRADUIT DE L'ANGLAIS (ÉTATS-UNIS) PAR LÉON MERCADET

GRASSET
Le Sagittaire

*Titre original :*

ERECTIONS, EJACULATIONS, EXHIBITIONS
AND GENERAL TALES OF ORDINARY MADNESS

© Charles Bukowski & City Lights Books,
San Francisco, 1967-1972. Le Sagittaire, Paris, 1978.
© Éditions Grasset & Fasquelle, 1982.

ISBN : 978-2-253-03621-0 – 1re publication LGF

*A Linda King
à qui je dois tout
et qui le reprendra
en se tirant.*

# LA SIRÈNE BAISEUSE DE VENICE, CALIFORNIE

Le bar venait de fermer et ils devaient encore rentrer à pied. Juste au moment où ils arrivaient devant leur hôtel, voilà le corbillard qui s'arrête en face de l'hôpital.

« Je crois que c'est LA nuit, a dit Tony, je le sens dans mes veines, sans blague, je le sens !

— La nuit de quoi ? a demandé Bill.

— Ecoute, a dit Tony, on les a vus faire cent fois. On va en piquer un ! Et merde ! Tu te dégonfles ?

— Quesqu'y a ? Tu me prends pour un trouillard parce qu'un marin miteux m'a botté le cul ?

— J'ai pas dit ça, Bill.

— *C'est toi* le trouillard ! Je peux te démolir, facile...

— Ouais. Je sais : Je ne parle pas de *ça*. Je dis qu'on va piquer un macchab, histoire de rigoler.

— Merde ! Piquons-en DIX !

— Minute. Maintenant t'es soûl. Attendons un peu. On les a vus opérer. On sait comment ils font. On a regardé, toutes les nuits.

— Et *toi* t'es pas soûl, hein ? Tu te dégonflerais, sinon !

— Du calme ! Regarde ! Les voilà. Ils l'apportent. Pauvre type. Regarde le drap qui lui couvre la tête. C'est triste.

— Oui, c'est triste.

— Bon, on sait quoi faire : s'il n'y a qu'un macchab, ils le jettent dans la voiture, ils allument une sèche et ils se tirent. Mais s'il y en a deux, ils se fatiguent pas à fermer le corbillard à clef. Ces types se bilent pas. Pour eux, c'est la routine. S'il y a deux macchabs, ils en laissent un sur le brancard à l'arrière, ils vont chercher l'autre et ils le jettent sur le premier. Ça fait combien de nuits qu'on regarde ?

— J' sais pas, a dit Bill. Soixante, au moins.

— Bon, voilà le premier. S'ils remettent ça, ce macchab est à nous. Chiche qu'on le pique s'ils retournent chercher l'autre type ?

— Chiche ! Je suis deux fois plus gonflé que toi !

— Bon, alors regarde. On va savoir tout de suite... Ouais, ils y vont ! Ils rentrent chercher l'autre macchab ! »

Ils ont traversé en sprintant et ont empoigné le cadavre par les pieds et par la tête. Tony portait la tête, la pauvre tête entortillée dans son drap, et Bill les pieds.

Ils ont traversé en courant, avec le linceul immaculé tout déployé dans leur course — on voyait tantôt une cheville, un coude, un éclair de chair —, ils ont grimpé l'escalier de l'hôtel et Bill a dit devant la porte :

« Bon Dieu, qui a la clef ? J'ai la trouille, mec !

— Faut faire vite ! Ces enfoirés vont bientôt revenir avec l'autre macchab ! Balance-le dans le hamac ! Et trouve cette foutue clef ! »

Ils ont jeté le corps dans le hamac. Le macchab roulait bord sur bord dans le filet au clair de lune.

« On ne peut pas le ramener ? a demandé Bill. Oh ! Seigneur Tout Puissant, on ne peut pas le ramener ?

— Trop tard ! Pas le temps ! ils nous verraient.

— EH ! MINUTE ! a hurlé Tony. J'ai trouvé la clef !

— MERCI, MON DIEU ! »

Ils ont ouvert la porte, empoigné le corps et se sont précipités vers l'escalier. La chambre de Tony était la plus proche. Le cadavre rebondissait sur les murs et sur la rampe.

Ils sont arrivés devant la porte de Tony et ils ont allongé le corps par terre pendant que Tony cherchait la clef de sa chambre. Ils ont ouvert la porte, basculé le macchab sur le lit, ont sorti du frigo une bonbonne de gros muscat, bu chacun un demi-verre, puis un autre, et ils sont revenus dans la chambre où ils se sont assis pour regarder le macchab.

« Tu crois qu'on nous a vus ? a demandé Bill.

— Si on nous a vus, les flics devraient déjà être ici.

— Tu crois qu'ils vont fouiller le quartier ?

— Aucune chance ! Tu les vois en train de frapper aux portes au milieu de la nuit pour demander si y a un cadavre qui traîne ?

— Merde, je crois que tu as raison.

— Bien sûr que j'ai raison, a dit Tony. Tout de même, je ne peux pas m'empêcher de penser à la gueule des deux types quand ils sont revenus et que le corps avait disparu ! Ça devait être assez marrant.

— Ouais, a dit Bill, plutôt.

— Bon, marrant ou pas, on a piqué le macchab. Il est *ici*, sur le pieu. »

Ils ont regardé la chose sous son drap et ils ont encore bu un coup.

« Je me demande depuis quand il est mort.

— Pas très longtemps, on dirait.

— Mais alors, quand commencent-ils à durcir ? Et à sentir ?

— Le froid de la mort prend un petit moment à venir, a dit Tony. Mais il ne devrait pas tarder à sentir. C'est comme des ordures dans le caniveau. Je crois pas qu'ils vident le sang avant d'arriver à la morgue. »

Deux ivrognes, donc, en train de boire du muscat. Ils en oubliaient le corps et parlaient de choses vagues, mais importantes, dans leur baragouin désarticulé. Puis ça leur revenait.

Le corps était toujours là.

« Que va-t-on en faire ? a demandé Bill.

— Mets-le debout dans le placard quand il sera dur. Il avait l'air plutôt mou quand on le portait. Probablement mort dans la demi-heure.

— O.K., je le mets dans le placard. Et qu'est-ce qu'on fait quand il se met à puer ?

— J'y ai pas encore réfléchi, a dit Tony.

— Alors réfléchis », a dit Bill en se servant à ras bord.

Tony a essayé de réfléchir.

« Tu sais, on pourrait aller en taule pour ça. Si on se fait piquer...

— Sûr. Alors ?

— Alors je crois qu'on a fait une connerie, mais c'est trop tard.

— Trop tard, a répété Bill.

— Donc, a dit Tony en se versant à son tour un verre, si on est collés à ce macchab, on ferait aussi bien de lui jeter un coup d'œil.

— Un coup d'œil ?

— Ouais, un coup d'œil.

— Tu te dégonflerais pas ? a demandé Bill.

— J' sais pas.

— T'as les foies ?

— Tu parles. J'ai pas l'habitude de ce genre de sport, a dit Tony.

— Ça va. *Tu* retires le drap, a dit Bill, mais sers-moi un coup d'abord. Tu me sers un coup, et après tu retires le drap.

— D'accord », a dit Tony.

Il a rempli le verre de Bill et s'est approché du lit.

« Ça va, a dit Tony, j'y VAIS ! »

Tony a tiré tout le drap d'un coup. Les yeux fermés.

« Bon DIEU ! a dit Bill, c'est une femme ! Une *jeune* femme ! »

Tony a ouvert les yeux.

« Ouais. Elle *était* jeune... Seigneur, ses cheveux blonds lui descendent jusqu'au cul. Mais elle est MORTE ! Bel et bien morte, et pour toujours. C'est pas juste ! Je comprends pas ça, a dit Tony. Elle avait quel âge, à ton avis ?

— Elle a pas l'*air* morte, a dit Bill.

— Elle l'est.

— Mais regarde ces nichons ! Ces cuisses ! Cette chatte ! Cette chatte a l'air vivante !

— Ouais, a dit Tony, la chatte, paraît que c'est la première chose qu'arrive et la dernière qui s'en va. »

Tony s'est planté devant la chatte et l'a touchée. Puis il a soulevé un sein et il a embrassé ce sacré truc mort.

« Que c'est triste, tout est triste — on vit des vies de cons et on finit tous par mourir.

— Tu ne devrais pas toucher le corps, a dit Bill.

— Elle est belle, a dit Tony, même morte, elle est belle.

— Ouais, mais si elle était vivante elle regarderait pas deux fois un minable comme toi. Tu sais ça, pas vrai ?

— Je sais ! Et c'est ça qui compte ! Elle ne peut plus dire NON !

— Je comprends rien à ton histoire !

— Je veux dire que je bande, a dit Tony. JE BANDE ! »

Tony est allé se remplir un grand verre à la bonbonne. Et l'a vidé.

Il s'est dirigé vers le lit, il s'est mis à lui embrasser les seins, à lui caresser les cheveux, et il a embrassé la bouche morte pour le baiser de la vie à la mort. Puis il l'a enfourchée.

C'était BON. Tony ramonait comme un fou. De sa vie, il n'avait jamais baisé comme ça ! Il a joui. Puis il a roulé sur le flanc et s'est essuyé avec le drap.

Bill avait tout regardé, avec au bout du bras sous la lampe blafarde la bonbonne de muscat.

« Bon Dieu, Bill, c'était merveilleux, merveilleux !

— Espèce de dingue ! T'as rien fait que baiser une femme morte !

— Et toi t'as baisé des femmes mortes toute ta vie, des femmes mortes avec des cœurs morts et des chattes mortes, seulement tu le savais pas ! Pardon, Bill, mais c'était un coup merveilleux. J'ai pas honte.

— Elle était *si bien* que ça ? a demandé Bill.

— Tu ne peux pas savoir. »

Tony est allé pisser dans la salle de bains.

Quand il est revenu, Bill avait enfourché le corps. Bill s'en sortait bien, avec des petits cris et des petits soupirs. Puis il s'est détendu, il a embrassé la bouche morte et il a joui.

Bill a roulé sur le flanc, a tiré le bord du drap et s'est essuyé.

« T'avais raison. Le meilleur coup de ma vie ! »

Ils se sont assis, chacun sur une chaise, et ils l'ont regardée.

« Je me demande comment elle s'appelait, a dit Tony. Je suis amoureux. »

Bill a rigolé :

« Maintenant, je *sais* que t'es soûl ! Il faut être cinglé pour tomber amoureux d'une femme vivante et toi tu t'accroches à une morte.

— Ouais, je suis accroché, a dit Tony.

— Ça va, t'es accroché, a dit Bill, et qu'est-ce qu'on fait maintenant ?

— On la sort de cette piaule !

— Comment ?
— Comme à l'aller, par l'escalier.
— Et après ?
— Après, dans ta voiture. On la conduit à Venice et on la jette dans l'océan.
— C'est froid.
— Elle ne sentira pas plus le froid que ta queue.
— Et ta queue ? a demandé Bill.
— Elle ne l'a pas sentie non plus », a répondu Tony.
Elle, la deux fois baisée, la morte allongée sur les draps.
« Allons-y, petit ! » a crié Tony.

Tony a saisi les pieds et il a attendu. Bill a pris la tête. Ils ont couru dans le couloir, la porte est restée ouverte, Tony l'a claquée avec le pied et ils ont atteint le haut de l'escalier. Le drap n'enveloppait plus le corps, il le couvrait mollement, comme un torchon sur un robinet. Et comme à l'aller, sa tête, ses cuisses et son gros cul rebondissaient contre la rampe et la cage d'escalier.

Ils l'ont jetée sur la banquette dans la voiture de Bill.
« Minute, petit ! a crié Tony.
— Quoi encore ?
— La bonbonne de muscat, couillon !
— Ah ! c'est vrai. »

Bill s'est assis pour attendre avec la viande morte sur la banquette.

Tony a déboulé au pas de course avec le muscat.

Ils ont pris l'autoroute, la bonbonne passait d'une bouche à l'autre et ils buvaient de longues gorgées. La nuit était belle et chaude et la lune était pleine, comme il se doit. Il ne faisait pas vraiment nuit. Il était quatre heures et quart, le bon moment.

Ils se sont garés. Une nouvelle rasade de ce bon muscat et ils ont sorti le corps, ils l'ont emporté vers la mer à travers les sables. Ils sont descendus jusqu'à cette frange sableuse que l'eau baigne avec les marées ; cette frange de sable humide, imbibée, couverte de petits crabes et de trous minuscules. Ils ont allongé le corps et bu au goulot. Par moments, une vague plus grosse effleurait le trio : Bill, Tony et la viande morte.

Bill a eu envie de pisser et, comme on lui avait appris la politesse, il s'est éloigné du rivage. Pendant que Bill pissait, Tony a dévoilé le visage de la morte et il l'a regardé, au milieu des frisures d'algues, dans l'air salé du matin. Tony regardait ce visage et Bill pissait sur le sable. Un visage charmant, au nez un peu trop pointu, mais avec une belle bouche ; Tony s'est incliné devant ce corps déjà raide et l'a embrassé tendrement sur la bouche en disant : « Je t'aime et tu es morte, petite salope. »

Puis il l'a recouverte avec le drap.

Bill a eu fini de pisser, il est revenu et il a dit :

« J'ai encore soif.

— Vas-y. J'en veux aussi. »

Tony a dit :

« Je vais l'emporter en nageant.

— Tu nages bien ?

— Comme ça.

— Je suis bon nageur. C'est moi qui vais la prendre.

— NON ! NON ! a hurlé Tony.

— Bon Dieu, arrête de brailler !

— Non, c'est moi !

— Bon, bon. »

Tony a bu un coup, il a ôté le drap, soulevé la fille et l'a emportée jusqu'aux brisants. Il était plus soûl qu'il ne le croyait. Les rouleaux le fauchaient, lui arrachaient le corps des bras et il lui fallait se relever, courir, nager, se battre pour le retrouver. Puis il apercevait ses longs longs cheveux. On aurait dit une *sirène*. C'était peut-être une sirène. Enfin Tony a passé les brisants. La mer était calme. Entre la lune et l'aurore. Tony s'est laissé dériver. Tout était paisible. Un instant dans le temps, un instant au-delà du temps.

A la fin, il a donné au corps une légère poussée. Elle s'est éloignée sur les eaux, immergée à demi, ses cheveux pendaient tout autour de son corps. Elle était toujours belle, dans la mort, où qu'elle fût.

Elle s'éloignait vers le large, aspirée sans doute par un courant. La mer l'avait prise.

D'un coup, Tony s'est détourné et il a essayé de regagner le rivage. Il a nagé jusqu'au bout de ses forces et le dernier rouleau l'a jeté sur le sable. Il s'est soulevé, il est retombé, il s'est redressé, il a marché droit devant lui et s'est assis à côté de Bill.

« La voilà partie, a dit Bill.
— Ouais. De la viande à requins.
— Tu crois qu'on se fera piquer un jour ?
— Non. Donne-moi à boire.
— Vas-y doucement. On voit le fond.
— Ouais. »

Ils sont retournés à la voiture. Bill a pris le volant. Ils se sont disputé la dernière gorgée de vin sur la route du retour, puis Tony a pensé à la sirène. Il a baissé la tête et il s'est mis à pleurer.

« T'as jamais rien eu dans le ventre, a dit Bill, rien du tout. »

Ils sont rentrés à leur hôtel.

Bill est monté dans sa chambre, Tony dans la sienne. Le soleil venait. Le monde s'éveillait. Certains avaient la gueule de bois. D'autres pensaient à la messe. La plupart dormaient encore. Un dimanche matin. Et la sirène, la sirène et sa jolie queue morte, elle avait retrouvé la mer. Ici et là un pélican plongeait, puis remontait en emportant un poisson étincelant, au profil de guitare.

## LE MEURTRE DE RAMON VASQUEZ

Ils ont tiré la sonnette, les deux frères. Lincoln, vingt-trois ans, et Andrew, dix-sept ans.

Il a ouvert lui-même.

Lui, Ramon Vasquez, l'ancienne star du muet et des débuts du parlant. Il avait maintenant plus de soixante ans, mais gardait la même apparence fragile. Jadis, à l'écran comme à la ville, il se barbouillait les cheveux de vaseline et les peignait bien lisses en arrière. Avec son nez effilé, sa minuscule moustache et sa façon de plonger les yeux dans les yeux des dames, on l'appelait...

Cette nouvelle est une fiction. Tout événement similaire survenu dans la réalité et connu du public n'a absolument pas influencé l'auteur dans le choix de ses personnages. Autrement dit, j'ai laissé courir mon esprit, mon imagination, mes facultés créatrices, en un mot, j'ai tout inventé. Certains verront dans mon récit le fruit de quarante-neuf années passées en compagnie des humains. Je n'ai copié aucun fait, aucune affaire précise, et n'ai pas cherché à blesser, à impliquer ou à condamner ceux de mes frères humains qui vécurent des événements analogues à l'histoire que voici...

Donc, on l'appelait le Grand Amant.

Les dames défaillaient dès qu'il apparaissait sur l'écran. « Défaillaient », comme disaient les critiques. En fait, Ramon Vasquez était homosexuel. Il avait maintenant les cheveux d'un blanc majestueux et la moustache un peu plus fournie.

C'était une fraîche soirée de Californie et la villa de Ramon se dressait solitaire au milieu des collines. Les deux garçons portaient des pantalons de l'armée et des tee-shirts blancs. Ils étaient musclés et avaient des visages agréables. C'est Lincoln qui a parlé le premier :

« Nous avons lu des articles sur vous, monsieur Vasquez. Je m'excuse de vous déranger, mais nous sommes des fans des idoles d'Hollywood ; comme nous avons trouvé votre adresse et que nous passions devant chez vous, nous n'avons pas pu résister à l'envie de sonner.

— Il fait froid dehors, hein les gars ?
— Oui, plutôt.
— Vous voulez entrer cinq minutes ?
— Nous ne voulons pas vous déranger.
— Allez, entrez donc. Je suis seul. »

Les deux gars sont entrés. Ils se sont plantés au milieu de la pièce, maladroits et troublés.

« Oh ! *je vous en prie*, asseyez-vous ! » a dit Ramon.

Il a montré le divan. Les gars sont allés s'asseoir dessus, d'un pas raide. Un petit feu brûlait dans la cheminée.

« Je vais chercher de quoi vous réchauffer. »

Ramon est revenu avec une bouteille de bon vin français, il l'a ouverte et il est reparti prendre trois verres givrés. Il les a remplis.

« Buvez un coup. C'est de l'excellente marchandise. »

Lincoln a vidé son verre d'un trait. Andrew l'a regardé et a fait comme lui. Ramon a remis du vin dans les verres.

« Vous êtes frères ?
— Oui.
— Je m'en doutais.
— Moi, je suis Lincoln. Lui, c'est mon petit frère, Andrew.
— Ah ! oui. Andrew a un visage très fin, fascinant. Un visage de gosse. Avec aussi une pointe de cruauté. Juste la *dose* de cruauté qu'il faut. Hmmm, il pourrait essayer le cinéma. J'ai gardé des contacts, vous savez.
— Et mon visage à moi, monsieur Vasquez ? a demandé Lincoln.
— Moins fin, et plus cruel. Ça vous donne presque une beauté animale ; sans compter votre... corps. Excusez-moi, mais vous êtes bâti comme un gros singe qui se serait fait raser le poil. Enfin... vous me plaisez beaucoup — vous irradiez.
— Ça doit être à cause de la faim, a dit Andrew, qui parlait pour la première fois. On vient d'arriver en ville. On roule depuis le Kansas. On a crevé. Puis on a bousillé un putain de piston. Ça nous a bouffé tout notre argent — le pneu et le garage. Elle est dehors, une Plymouth 56. On ne pourrait même pas la fourguer pour dix dollars.
— Vous avez donc faim ?
— Et comment !
— Une minute, grands dieux ! Je vous apporte à manger. En attendant, buvez ! »

Ramon est allé dans la cuisine.

Lincoln a levé la bouteille et a bu au goulot. Une bonne lampée. Puis il a tendu la bouteille à Andrew.

La bouteille était vide quand Ramon est revenu avec un grand plateau — olives farcies, fromage, salami, pastrami, crackers, oignons verts, jambon et œufs au plat.

« Ah ! vous avez terminé le vin ! Bravo ! »

Ramon est parti chercher deux bouteilles au frais et il les a ouvertes.

Les gars ont tout englouti. Ça ne leur a pas pris longtemps. Ils ont nettoyé le plateau.

Puis ils ont entamé les bouteilles.

« Vous avez connu Bogart ?

— Oh ! un peu seulement.

— Et Garbo ?

— Bien sûr, ne soyez pas stupides.

— Et Gable ?

— Un peu.

— Cagney ?

— Je n'ai jamais rencontré Cagney. Vous savez, les gens que vous citez ne sont pas de la même époque. J'imagine que les stars modernes m'en veulent beaucoup parce que j'ai gagné de l'argent avant que le fisc ne se mette à tout rafler. Ils oublient que je n'ai jamais eu leurs cachets astronomiques. Aujourd'hui, ils se défendent à grand renfort d'experts fiscaux qui leur montrent toutes les astuces — comment investir, etc. Bref, dans les cocktails, ça donne des rapports bizarres. Ils croient que je suis riche, je crois qu'ils sont riches. Nous pensons trop à l'argent, à la gloire, au pouvoir. En fait, il me reste juste de quoi vivre confortablement jusqu'à la fin de mes jours.

— On a lu des articles sur vous, Ramon, a dit Lincoln. Un journaliste, non, deux journalistes racontent que vous gardez cinq mille dollars en liquide cachés dans votre villa. De l'argent de poche, en somme. Parce que vous vous méfiez des banques.

— J'ignore où vous avez pêché ça, mais c'est faux.

— Dans *Screen* a dit Lincoln, septembre 1968. Et *Stars d'hier et d'aujourd'hui*, janvier 1969. On a les numéros dans la Plymouth.

— C'est faux. Le seul argent caché ici est dans mon portefeuille. Vingt ou trente dollars.

— On peut voir ?

— Bien sûr. »

Ramon a sorti son portefeuille. Il y avait bien vingt-trois dollars dedans.

Lincoln lui a arraché le portefeuille.

« C'est toujours ça !

— Qu'est-ce qui vous prend, Lincoln ? Si vous voulez l'argent, prenez-le. Mais rendez-moi mon portefeuille. J'ai des affaires dedans, mon permis, mes papiers.

— Merde !
— Quoi ?
— J'ai dit MERDE !
— Ecoutez, je vais vous demander de partir. Vous devenez vulgaires !
— Il reste du vin ?
— Oui, oui, il reste du vin ! Vous pouvez tout prendre, dix ou douze bouteilles, les meilleurs vins français. Servez-vous et partez, je vous prie !
— Tu as peur pour tes cinq mille dollars ?
— Je vous l'ai dit, je n'ai jamais caché cinq mille dollars dans cette maison !
— Tu mens, enculé !
— Pourquoi êtes-vous si grossier ?
— Enculé ! ENCULÉ !
— Je vous ai offert l'hospitalité, j'ai été gentil avec vous. Et vous, vous êtes brutaux et méchants.
— Cette putain de bouffe sur un plateau ! Tu appelles ça de la *bouffe* ?
— Qu'est-ce qui n'allait pas ?
— **DE LA BOUFFE DE TAPETTE !**
— Je ne comprends pas.
— Des olives farcies, des œufs au plat... Les *hommes* ne mangent pas de ces saloperies !
— Vous les avez mangées.
— Tu m'insultes, enculé ? »

Lincoln a sauté du divan, il a marché sur Ramon et l'a frappé au visage, de la paume, un coup très sec. Et deux encore. Lincoln avait de grosses mains.

Ramon a baissé la tête et s'est mis à pleurer.

« Je m'excuse, je croyais bien faire. »

Lincoln a regardé son frère.

« Tu vois, cette putain de tapette ? **IL CHIALE COMME UN BÉBÉ ! JE VAIS LE FAIRE CHIALER, MEC ! JE VAIS LE FAIRE CHIALER POUR DE BON JUSQU'À CE QU'IL CRACHE SES CINQ MILLE DOLLARS !** »

Lincoln a levé la bouteille de vin et a bu au goulot, à longs traits. Puis il a dit à Andrew :

« Bois, on a du boulot. »

Andrew a bu à son tour.

Ramon pleurait et eux ils restaient assis, ils sirotaient leur vin, ils se regardaient et ils réfléchissaient.

« Tu sais ce que je vais faire ? a dit Lincoln à son frère.
— Non, quoi ?
— Je vais lui faire sucer ma queue !
— Pourquoi ?
— Pourquoi ? Pour rigoler, cette question ! »

Lincoln a rebu du vin puis il a marché vers Ramon, il l'a pris sous le menton et lui a relevé la tête.

« Eh, le pédé !
— Hein ? Oh ! je vous en prie, JE VOUS EN PRIE, LAISSEZ-MOI !
— Tu vas me sucer la queue, enculé !
— Non, je vous en prie !
— On sait que tu es pédé ! T'es prêt, mignonne ?
— NON ! JE VOUS EN PRIE ! »

Lincoln a défait sa braguette.

« OUVRE LA BOUCHE !
— Pas ça, je vous en prie ! »

Cette fois, quand Lincoln a frappé Ramon, il avait fermé le poing.

« Je t'aime, Ramon : suce ! »

Ramon a ouvert la bouche. Lincoln lui a rentré le bout de sa queue entre les lèvres.

« Si tu me mords, pédé, JE TE TUE ! »

Ramon a commencé à sucer. Il pleurait toujours.

Lincoln l'a giflé au front.

« DU NERF ! Réveille-moi ça ! »

Ramon a pompé plus fort, en agitant la langue. Quand Lincoln s'est senti jouir, il a pris Ramon par la nuque et il lui a enfoncé sa queue jusqu'à la gorge. Ramon suffoquait, hoquetait. Lincoln ne l'a pas lâché avant la dernière goutte.

« Maintenant, suce mon frère !
— Linc, a dit Andrew, je préfère pas.
— Tu te dégonfles ?
— Non, c'est pas ça.
— T'as les foies ?
— Non, non.
— Bois un coup. »

Andrew a bu. Il a réfléchi.

« D'accord, il peut me sucer la queue.
— FAIS-LUI SUCER ! »

Andrew s'est levé, il a défait sa braguette.

« Tu es prêt à sucer, mignonne ? »

Ramon restait assis à pleurer.

« Lève-lui la tête. Il adore ça. »

Andrew a relevé la tête de Ramon.

« Je ne veux pas te faire de mal, le vieux. Ecarte tes lèvres. Ça ne sera pas long. »

Ramon a écarté les lèvres.

« Là, a dit Lincoln, tu vois qu'il suce. C'est facile comme tout. »

Ramon a pompé, léché, et Andrew a joui.

Ramon a recraché sur le tapis.

« Salaud ! a dit Lincoln, il fallait que tu avales ! »

Il a giflé Ramon, qui avait cessé de pleurer et semblait pris d'une espèce de transe.

Les deux frères se sont assis et ils ont vidé les bouteilles, en ont trouvé d'autres dans la cuisine, les ont sorties, débouchées, et se sont remis à boire.

Ramon Vasquez avait déjà l'expression des mannequins de cire au musée des stars d'Hollywood.

« On ramasse les cinq mille dollars et on se tire, a dit Lincoln.

— Il dit qu'il a rien, a fait Andrew.

— Les pédés mentent comme ils respirent. Je vais lui faire cracher le morceau. Toi, tu restes assis et tu te farcis son vin. Moi, je m'occupe de cette ordure. »

Lincoln a soulevé Ramon, l'a balancé sur son épaule et l'a emporté dans la chambre.

Andrew est resté sur le divan et il a continué à boire. Il a entendu des paroles, puis des cris venir de la chambre. Il a aperçu le téléphone. Il a demandé un numéro à New York, sur le compte de Ramon. A New York vivait sa chérie. Elle avait quitté Kansas City pour la grande ville, mais elle lui écrivait toujours. De longues lettres. Elle n'avait pas encore réussi à percer.

« Qui c'est ?
— Andrew.
— Oh ! Andrew, tu as des ennuis ?
— Tu dormais ?

— J'allais me coucher.
— Seule ?
— Bien sûr.
— Non, je n'ai pas d'ennuis. Je viens de tomber sur un type qui va me faire jouer dans des films. Il a dit que j'ai un visage très fin.
— C'est magnifique, Andrew ! Tu es beau et je t'aime, tu sais.
— Je sais. Et toi tu vas bien, poulette ?
— Pas vraiment, Andy. C'est si froid New York. Tout le monde essaie de te mettre la main dans la culotte, c'est tout ce qui les intéresse. J'ai un travail affreux, je suis hôtesse, mais je crois que je vais trouver un rôle dans une pièce underground.
— Quel genre de pièce ?
— Oh ! je sais pas. Ça m'a l'air un peu mélo. C'est un nègre qui a écrit le truc.
— Fais jamais confiance aux nègres, poulette.
— Bien sûr. C'est juste une expérience. Et puis ils ont trouvé une grande star qui va jouer gratis.
— Ça, c'est bien. Mais fais jamais confiance aux nègres !
— Je suis pas folle, Andy. Je ne fais confiance à personne. C'est rien qu'une expérience.
— Il s'appelle comment, le nègre ?
— Je sais pas. Il a déjà écrit des pièces. Il passe son temps assis à fumer de l'herbe et à parler de révolution. C'est à la mode en ce moment. On va faire ça jusqu'à ce que ça passe.
— Le type des pièces, il baise pas avec toi ?
— Sois pas con, Andy. Je suis gentille avec lui mais c'est un sauvage, une vraie bête... et puis j'en ai tellement marre d'être hôtesse. Avec tous ces types bien qui te pincent les fesses sous prétexte qu'ils laissent deux balles de pourboire.
— J'arrête pas de penser à toi.
— Moi aussi, mon Andy mignon, Andy grosse-queue. Et je t'aime.
— Tu dis des choses très drôles des fois, c'est drôle et c'est vrai, c'est pour ça que je t'aime.
— Eh, qu'est-ce que c'est que tous ces CRIS ?

— Ils s'amusent. Je suis dans une grande partie, ici à Beverly Hills. Tu sais, les acteurs...
— On dirait qu'on tue quelqu'un.
— T'inquiète pas, chérie, c'est une blague. Ils sont tous soûls. Il y a un type qui répète son rôle. Je t'aime. Je te rappelle ou je t'écris bientôt.
— Oh ! oui, Andrew, je t'aime.
— Bonne nuit, chérie.
— Bonne nuit, Andrew. »

Andrew a raccroché et s'est dirigé vers la chambre. Il est entré. Ramon était étendu sur un grand lit à deux places. Ramon était couvert de sang. Les draps aussi.

Lincoln brandissait une canne. La fameuse canne dont le Grand Amant se servait dans ses films. La canne dégoulinait de sang tout du long.

« Ce fils de pute veut pas parler, a dit Lincoln. Passe-moi une bouteille. »

Andrew est allé chercher une bouteille, il l'a débouchée et Lincoln a bu une longue rasade.

« Et si les cinq mille dollars étaient pas ici ? a dit Andrew.
— Ils y sont. Et il nous les faut. Les pédés sont pires que les juifs. Les juifs préfèrent crever que lâcher un centime. Mais les pédés MENTENT ! Tu piges ? »

Lincoln a regardé le corps sur le lit.

« Où as-tu caché les cinq mille dollars, Ramon ?
— Je jure, je jure... sur ma tête, je n'ai pas cinq mille dollars. Je le jure ! Je jure ! »

Lincoln a écrasé deux fois la canne sur le visage du Grand Amant. Le sang a coulé. Ramon s'est évanoui.

« Pas la bonne manière, a dit Lincoln à son frère. Mets-le sous la douche. Ranime-le. Essuie le sang. On va recommencer à zéro. Cette fois, pas seulement la figure mais la queue et les couilles. Il va parler. N'importe qui parlerait. Va le laver pendant que je bois un coup. »

Lincoln est sorti de la chambre. Andrew a regardé cette masse rouge sang, il a serré les dents puis il a vomi par terre. Il s'est senti mieux. Il a soulevé le corps et l'a poussé vers la salle de bains. Ramon a paru revivre un instant.

« Vierge Marie, Vierge Marie, Mère de Dieu... »

Il a répété en se traînant vers la salle de bains :

« Vierge Marie, Vierge Marie, Mère de Dieu... »

Andrew est entré dans la salle de bains, il a déshabillé Ramon, ôté ses vêtements trempés de sang, repéré la douche, mis Ramon sur ses pieds et tripoté les robinets jusqu'à la bonne température. Puis il a enlevé ses chaussures et ses chaussettes, son pantalon, son caleçon et son tee-shirt. Il est entré sous la douche avec Ramon et l'a aidé à se tenir debout sous l'eau. Le sang a commencé à partir. Andrew regardait l'eau aplatir les cheveux de celui qui avait été l'idole des femmes. Ramon ressemblait à un pauvre vieux bonhomme, écrasé de pitié pour lui-même.

Soudain, sans réfléchir, Andrew a coupé l'eau chaude, ne laissant couler que l'eau froide.

Il a approché sa bouche de l'oreille de Ramon.

« Tout ce qu'on cherche, sale vioque, c'est les cinq mille dollars. Après on se tire. Donne-nous les dollars et on te laisse tranquille, tu saisis ?

— Vierge Marie », a dit Ramon.

Andrew l'a sorti de la douche et l'a ramené dans la chambre. Il l'a déposé sur le lit. Lincoln s'occupait d'une nouvelle bouteille de vin.

« O.K., a-t-il dit, cette fois, il parle !

— Je crois qu'il a pas le fric. Il prendrait pas une raclée pareille pour cinq mille dollars.

— Il les a ! C'est un salaud de pédé rital ! Cette fois, il PARLE ! »

Lincoln a tendu la bouteille à Andrew qui s'est jeté sur le goulot.

Lincoln a ramassé la canne.

« Crache, enculé ! Où sont les cinq mille dollars ? »

Pas de réponse. Lincoln a empoigné la canne à l'envers, et il a fouetté avec la crosse la queue et les couilles de Ramon.

Le vieil homme émettait un gémissement continu.

Les organes sexuels de Ramon étaient presque complètement écrabouillés.

Lincoln s'est redressé le temps d'une bonne rasade, puis il s'est remis à cogner, au hasard, sur le visage de Ramon, son ventre, ses mains, son nez, sur le crâne, partout, sans réclamer les cinq mille dollars. Ramon avait la bouche ouverte et un filet de sang, qui ruisselait de son nez et de son visage meurtri, lui tombait dans la bouche. Il l'avalait, il se noyait dans son propre sang. Puis il n'a plus bougé, et la morsure de la canne n'avait plus aucun effet sur lui.

« Tu l'as tué, a dit Andrew, assis dans son fauteuil, et il allait me faire jouer dans des films !

— C'est pas moi, a dit Lincoln, c'est toi qui l'as tué ! J'étais assis et je t'ai regardé le cogner à mort avec sa canne. La canne qui l'a rendu célèbre !

— Merde, a dit Andrew, tu déconnes ! Le plus urgent est de se tirer. On verra après. Le type est mort, foutons le camp !

— D'abord, a dit Lincoln, j'ai lu des trucs dans les journaux de crimes, d'abord on va signer. On trempe les doigts dans le sang et on écrit sur les murs, tu sais ?

— Quoi ?

— Bon, des trucs du genre : MERDE AUX PORCS ! À MORT LES PORCS ! Puis on écrit un nom dessous, un nom de mec... Tiens : « Louis », O.K. ?

— O.K. »

Ils ont trempé leurs doigts dans le sang et ils ont écrit leurs slogans. Puis ils sont sortis dans la rue.

La Plymouth 56 a démarré. Ils ont roulé plein sud avec les vingt-trois dollars de Ramon et les bouteilles volées. Au coin de Sunset et de Western, ils ont aperçu les deux petites en mini en train de faire du stop. Ils ont freiné. Un mot marrant, et les deux filles sont montées. Il y avait la radio dans la voiture. Ils ont allumé le poste. Trois bouteilles de très bon vin roulaient sur le plancher.

« Ouais, a dit une des filles, je crois que ces deux types sont des swingers !

— Ouais, a dit Lincoln, si on allait sur la plage s'allonger sur le sable, boire du vin et regarder le lever du soleil ?

— O.K. », a dit l'autre fille.

Andrew a essayé de déboucher une bouteille, mais ce n'était pas facile avec son canif à petite lame — ils avaient laissé le joli tire-bouchon de Ramon près de lui — et à chaque gorgée on buvait un bout de bouchon.

A l'avant, Lincoln frottait un peu, mais il conduisait et s'occupait surtout d'assurer son coup. Derrière, Andrew baladait déjà sa main entre les cuisses de la fille, puis il a fait glisser le slip et il a fourré son doigt. La fille s'est dégagée soudain, elle a retiré le doigt et elle a dit :

« Je crois qu'on devrait d'abord faire connaissance, nous deux.

— Oui, a dit Andrew. Il reste vingt ou trente minutes avant d'arriver à la plage. Je m'appelle Harold Anderson.

— Moi, c'est Claire Edwards. »

Le Grand Amant était mort. Mais il y en aurait d'autres. Des moins grands aussi. Surtout des moins grands. C'est ainsi que marche le monde. Ou qu'il ne marche pas.


## UN DOLLAR ET VINGT CENTS


Il préférait les derniers jours d'été à l'automne mais, peut-être était-ce déjà l'automne, il ne savait plus... La plage fraîchissait et il aimait longer le rivage, juste après le coucher du soleil, quand il était seul devant l'eau grise, couleur de mort, avec ces mouettes qui ne voulaient pas dormir. Elles piquaient en visant ses yeux, son cœur, ce qui lui restait.

Même si tu n'as plus grand-chose dans le cœur et que tu le sais, tu as toujours un cœur.

Puis il s'asseyait et regardait l'océan, et quand on regarde l'océan, tout paraît incroyable. Par exemple, qu'il y ait deux nations comme la Chine ou les Etats-Unis, ou un coin appelé Vietnam. Ou qu'un jour il ait pu être un enfant. Non, d'ailleurs, ce n'était pas si incroyable que ça ; il avait eu une putain d'enfance et il ne pourrait jamais l'oublier. Puis l'âge d'homme : tous les boulots et toutes les femmes, puis plus de femmes, et maintenant plus de boulot. Clochard à soixante ans. Fini. Plus rien. Il avait un dollar et vingt *cents* en poche. Une semaine de loyer. L'océan... Il a repensé aux femmes.

Certaines avaient été bonnes pour lui. D'autres des mégères, toujours à crier, un peu cinglées, insupportables. Des chambres des lits des maisons des Noëls des boulots des chansons et des hôpitaux, et l'ennui, les jours et les nuits vides, l'absurde, la déveine. Et maintenant soixante ans et un dollar et vingt *cents*. Il les entendit rire derrière lui. Ils avaient des couvertures et des bouteilles, des boîtes de bière, du café et des sandwiches. Ils riaient, ils riaient. Deux jeunes gars, deux jeunes filles. Corps flexibles, élancés. En pleine santé. Puis l'un d'eux l'a vu.

« Eh, vise ce MACHIN !
— Mince, alors ! »
Il est resté immobile.
« C'est humain ?
— Ça respire ? Ça baise ?
— Ça baise quoi ? »
Ils ont éclaté de rire.
Il a levé sa bouteille. Il restait un fond de vin. C'était le moment.
« Ça BOUGE, regarde, ça BOUGE ! »
Il s'est levé, a brossé le sable sur son pantalon.
« Ça a des bras, des jambes et une figure !
— Une FIGURE ? »
De nouveau, ils ont ri. Lui ne comprenait pas. Les gosses n'étaient pas comme ça. Les gosses étaient gentils. D'où sortaient ceux-là ?
Il a marché vers eux.
« C'est pas une maladie d'être vieux. »
L'un des garçons finissait une boîte de bière. Il l'a jetée derrière lui.
« C'est une maladie de gâcher sa vie, pépé. Tu m'as l'air d'un beau gâchis.
— Ça m'empêche pas d'être un brave type, petit.
— Suppose qu'une des filles te montre son cul, pépé, tu ferais quoi ?
— Rod, ne lui parle pas sur ce ton ! »
La fille avait de longs cheveux roux. Elle les peignait et semblait flotter dans le vent, ses orteils enfoncés dans le sable.

« Alors, pépé, tu ferais quoi, hein, si une des filles te montrait son cul ? »

Il a fait quelques pas, et en contournant leur couverture il s'est dirigé vers la promenade.

« Rod, pourquoi tu parles comme ça à ce pauvre vieux ? Il y a des moments où je te DÉTESTE !
— VIENS ICI, poulette !
— NON ! »

Le vieux s'est retourné et a vu Rod courir après la fille. Elle criait, elle riait. Puis Rod l'a attrapée et ils ont roulé dans le sable, en une lutte joyeuse. Il a vu l'autre couple, en silhouette, qui s'embrassait debout.

Arrivé sur la promenade, il s'est assis sur un banc et il a brossé le sable collé sur ses pieds. Puis il a remis ses souliers. Dix minutes plus tard, il était de retour dans sa chambre. Il a ôté ses souliers et s'est allongé sur le lit. Il n'a pas allumé la lumière.

On a frappé à la porte.

« Monsieur Sneed ?
— OUI ? »

La porte s'est ouverte. C'était la logeuse, Mme Conners, soixante-cinq ans. Il ne voyait pas son visage dans le noir. Il était content de ne pas le voir.

« Monsieur Sneed ?
— Oui ?
— J'ai fait de la soupe, de la bonne soupe. Je peux vous en apporter un bol ?
— Non, je n'ai besoin de rien.
— Allons, monsieur Sneed, de la bonne soupe, de la vraie bonne soupe ! Je vais vous en apporter un bol.
— Bon d'accord. »

Il s'est levé, il s'est assis sur une chaise et a attendu. Mme Conners avait laissé la porte ouverte, et de la lumière venait du couloir. Un trait de lumière qui barrait ses jambes et ses genoux. A l'endroit précis où elle a posé la soupe. Un bol de soupe avec une cuillère.

« Vous allez l'aimer, monsieur Sneed. Je fais de la bonne soupe.
— Merci. »

Assis sur sa chaise, il regardait dans son bol. La soupe était jaune pisseux. De la soupe au poulet. Sans viande.

Il regardait les petites bulles de gras. Toujours sur sa chaise. Puis il sortit la cuillère et la posa sur le buffet, et il se dirigea vers la fenêtre avec le bol, ouvrit les volets et versa tranquillement la soupe. Il y eut un petit nuage de vapeur. Puis plus rien. Il posa le bol sur le buffet, ferma la porte et regagna son lit. Il faisait plus noir que jamais. Il se sentait bien dans le noir, le noir avait un sens pour lui.

En tendant bien l'oreille, il put entendre l'océan qu'il écouta un moment. Puis il soupira, poussa un autre profond soupir et mourut.

## QUARTIER DES AGITÉS
## À L'EST D'HOLLYWOOD

Je me suis dit : « On frappe à la porte », et j'ai regardé le réveil — à peine treize heures trente, bon Dieu. J'ai passé mon vieux peignoir (je dors toujours à poil, je trouve les pyjamas ridicules) et j'ai ouvert la fenêtre déglinguée, celle qui est près de la porte.

« Ouais ? »

C'était Jimmy le Dingue.

« Tu dormais ?

— Oui, et toi ?

— Non, je frappais à la porte.

— Entre. »

Il était venu en vélo et portait un nouveau panama.

« Tu aimes mon nouveau panama ? Il me va bien, non ?

— Pas du tout. »

Il s'est assis sur mon divan et s'est regardé dans le grand miroir derrière le fauteuil, en tortillant son chapeau dans tous les sens. Il portait deux sacs de papier brun. L'un contenait l'habituelle bouteille de porto. Il a vidé le second sur la table à café : couteaux, fourchettes, cuillères, pantins, un oiseau en métal (bleu ciel avec un bec cassé et toute la peinture écaillée) et diverses saloperies. Il fourguait ses merdes — il avait tout volé — à plusieurs boutiques hippies de Sunset et d'Hollywood

Boulevard, dans le coin des paumés où j'habitais, où nous habitions tous. C'est là qu'on nous trouvait, dans des cours effondrées, des greniers, des garages, ou couchant par terre chez de vagues copains.

C'était l'époque où Jimmy le Dingue se prenait pour un peintre, mais ses toiles étaient nulles et je le lui disais. Et lui répliquait que mes toiles aussi étaient nulles. Possible qu'on ait eu tous les deux raison.

Ce que je veux dire, c'est que Jimmy le Dingue était vraiment chiant. Il avait des yeux, des oreilles et des trous de nez vraiment répugnants. De la cire dans les oreilles ; les muqueuses nasales légèrement enflammées.

Jimmy le Dingue savait ce qu'il fallait voler pour les boutiques hippies. C'était un voleur expert et aussi un minable. Et son système respiratoire était pourri, d'où un concert de râles et de congestions. Quand il ne fumait pas de cigarette, il se roulait un joint ou sirotait son pinard. Systole à 112 et diastole à 78, d'où une pression artérielle de 34. Il s'en tirait bien au pieu mais son hémoglobine flanchait : à 73, non, à 72 pour 100. Comme nous, il ne bouffait rien quand il buvait et il buvait beaucoup.

Jimmy le Dingue tripotait son panama en face du miroir en émettant des petits bruits affreux. Il se souriait à lui-même. Il avait des dents tout à fait repoussantes et les muqueuses buccales rouge vif.

Il a tiré une bouteille de vin de son panama à la con, ce qui m'a décidé à me chercher deux bières.

Je suis revenu et il m'a dit :

« Avant tu m'appelais Jimmy le Fou et maintenant c'est Jimmy le Dingue. Tu dois avoir raison. Jimmy le Dingue, c'est bien meilleur.

— Ça t'empêche pas d'être fou, tu sais.

— D'où viennent tes deux trous dans le bras droit ? a demandé Jimmy le Dingue. On dirait que toute la viande a cramé. Je pourrais voir l'os.

— J'étais raide et j'essayais de lire *Kangourou* de Lawrence au lit. Je me suis pris le bras dans le fil de la lampe et elle a dégringolé. Le temps que j'envoie balader ce putain de truc, le globe a failli me bousiller le bras. C'était une ampoule General Electric de cent watts.

— T'as vu le docteur ?

— Le docteur me fait chier. D'habitude, je m'assois, je me fais mon petit diagnostic, je me file un traitement et je vais voir l'infirmière. Le toubib, lui, me fait braire. Il adore prendre la pose et me raconter son passage dans l'armée nazie. Il a été capturé par les Français et les Français les ont mis dans un panier à salade, en route pour le camp, et dans les villes les gens leur jetaient au passage de l'essence, des bombes puantes et des vieux gants pleins d'insecticide, à eux les pauvres innocents, et j'en ai sacrément ma claque de ses histoires...

— Regarde ! a dit Jimmy le Dingue en montrant la table. Regarde-moi cette argenterie ! Garantie d'époque ! »

Il m'a tendu une cuillère.

« Regarde *bien* cette cuillère ! »

J'ai bien regardé la cuillère.

« Ecoute, a dit Jimmy, tu crois pas que tu devrais fermer ton peignoir ?

— Et alors, t'as jamais vu de queue ?

— C'est à cause de tes *couilles* ! Elles sont grosses, poilues, c'est affreux ! »

Je n'ai pas fermé mon peignoir. Je n'aime pas qu'on me donne des ordres.

Jimmy est retourné s'asseoir sur le divan, il a tortillé son panama. Palpitations au point de Mac Burney (l'appendice). Bord inférieur du foie également sensible au toucher. Bile répugnante. Tout en lui répugne et palpite. Même sa foutue vésicule biliaire.

« Dis, je peux téléphoner ? a demandé Jimmy le Dingue.

— Pour Los Angeles ?

— Oui.

— T'as intérêt à ce que ça soit Los Angeles... L'autre soir, j'ai failli descendre quatre mecs. Je les ai coursés en voiture jusqu'à l'autre bout de la ville. Ils ont fini par s'arrêter. je me suis garé derrière eux et j'ai coupé les gaz. J'avais pas vu que le moteur tournait toujours. Je suis descendu de bagnole, ils ont démarré. *Très* frustrant. Le temps de remettre en route, ils étaient loin.

— Ils avaient appelé New York de chez toi ?

— Non. Je ne les avais jamais vus. C'est une autre histoire.

— Je téléphone à Los Angeles.
— Alors vas-y, enculé. »

J'ai fini ma première bière et j'ai balancé la bouteille vide dans le coffre en bois (format cercueil) au milieu de la pièce. Le propriétaire avait beau me donner deux sacs à ordures par semaine, je n'arrivais pas à tout rentrer sans casser les bouteilles. J'étais le seul type du quartier à remplir deux sacs à ordures par semaine. Enfin, comme on dit, il n'y a pas de sot métier.

Petit problème, par ailleurs : j'ai toujours aimé marcher pieds nus, et toujours ces éclats de bouteilles giclaient sur le tapis et se plantaient dans mes pieds. Ce qui énervait mon bon docteur qui devait m'éplucher la plante des pieds une fois par semaine, pendant qu'une pauvre vieille crevait d'un cancer dans la salle d'attente. J'ai donc appris à me démerder, à enlever les gros morceaux de verre en laissant les petits tranquilles. Si t'es pas trop raide, tu sens les éclats qui rentrent et il faut les cueillir tout de suite. C'est le seul moyen. Le sang gicle, ça pique et tu te prends presque pour un héros — moi, en tout cas.

Jimmy le Dingue tenait le combiné et le regardait d'un drôle d'air.

« Elle répond pas.
— Eh bien, raccroche, enfoiré !
— Ça sonne mais elle répond pas.
— Je te dirai pas trois fois de raccrocher ! »

Il a raccroché.

« Il y a une femme qui s'est assise sur ma tête la nuit dernière. Douze heures. Quand j'ai émergé de là-dessous, le soleil se levait. J'ai l'impression d'avoir la langue fendue, mec, d'avoir la langue fourchue.

— Quelle veine ça serait.
— Ouais. Je pourrais lécher deux chattes à la fois.
— Exactement. Et Casanova en chierait dans son trou. »

Jimmy s'amusait avec son panama. Côté cul, il montrait des symptômes hémorroïdaux. Sphincter rectal contracté. Sacré Panama Kid. Prostate légèrement distendue et sensible au toucher.

Le pauvre imbécile a bondi sur le téléphone et il a fait son numéro.

Il s'amusait avec son panama. Il a dit encore :

« Ça sonne, mais ça ne répond pas. »

Le voilà assis sur le divan, en train d'écouter sa sonnerie, avec son système pourri — kyphosis. La 5L (vertèbre inférieure) présente des signes d'anomalie.

Il s'amusait avec son panama.

« Elle répond pas...

— Pas étonnant, elle est en train de se faire sauter.

— Pas étonnant. Elle pourrait quand même répondre. »

Je suis allé raccrocher.

Puis j'ai crié :

« Ah ! merde !

— Quesqu'y se passe, mec ?

— Du verre ! Ce putain de plancher est farci de tessons de merde ! »

Je me suis mis debout sur un pied pour retirer le verre de l'autre. Ça m'a fait du bien. Encore plus que de presser des furoncles. Le sang pissait.

J'ai regagné mon fauteuil, j'ai pris le vieux chiffon avec lequel j'essuyais mes pinceaux et l'ai noué autour de mon talon rougi.

« Ton chiffon est sale, a dit Jimmy le Dingue.

— T'as une sale gueule.

— Ferme ton peignoir, s'il te plaît !

— Et comme ça, tu *vois* ?

— J'en vois trop. Je voudrais que tu fermes ton peignoir.

— Si tu veux. Rien à foutre. »

Je me suis démerdé pour rabattre le peignoir sur mes organes. Tout le monde peut montrer son cul la nuit. A deux heures de l'après-midi, c'est toute une histoire.

« Eh, tu te rappelles l'autre nuit quand t'as pissé sur le car de flics à Westwood Village ?

— Et les flics ?

— A cinquante mètres, planqués.

— Sûrement en train de se branler.

— Ça se peut. T'étais déchaîné. Il a fallu que tu retournes pisser sur le car. »

Pauvre Jimmy. Vraiment chiant. Plusieurs cervicales luxées.

Plus une déficience du canal inguinal droit.

Et il se plaignait que j'aie pissé sur le car des flics.

« Suffit, Jimmy, tu te crois fortiche, hein, avec ton petit sac de contrebande ?

— Quoi ? » a dit Jimmy en se regardant dans le miroir.

Et il a sucé un coup de vin au goulot.

« Tu vas avoir un procès ! Tu t'en rappelles pas, mais t'as cassé une côte à Mary et, deux jours plus tard, t'es revenu la frapper au visage.

— Je vais avoir un PROCÈS ? Un PROCÈS ? Ne dis pas ça, mec, ne me dis pas que je vais avoir un PROCÈS ! »

J'ai balancé ma deuxième bouteille de bière dans le coffre.

« Oui, mon gars, tu perds complètement les pédales, il faut t'enfermer. Mary te poursuit pour agression et voies de fait...

— Ça veut dire quoi "voies de fait" ? »

J'ai trotté jusqu'à la cuisine et je me suis ramené deux autres bières.

« Dis donc, enfoiré, tu le sais très bien ! T'as pas passé toute ta vie sur un vélo ! »

J'ai regardé ce pauvre Jimmy. Sa peau était sèche, avec une sérieuse perte d'élasticité. Je savais aussi qu'il avait une petite tumeur à la fesse gauche.

« Je comprends rien à cette histoire de PROCÈS ! A quoi ça rime ! D'accord, on a eu une petite discussion. C'est pour ça que je me suis tiré chez George dans le désert. On a passé un mois à boire du porto. Et quand je suis revenu, elle m'a INSULTÉ ! Si tu l'avais vue ! Je ne voulais pas lui faire mal. Je lui ai juste botté le cul et les loches...

— Tu lui fais peur, Jimmy. T'es malade. Je t'ai bien observé. Tu sais, quand je suis pas en train de me branler ou de fumer des joints, je lis des livres, des tas de livres. Faudra t'enfermer, mon vieux.

— On s'entendait bien pourtant. Même qu'elle voulait baiser avec toi et qu'elle a pas baisé avec toi parce qu'elle m'aime. Elle me l'a dit.

— C'est du passé, Jimmy. C'est fou comme les choses changent vite. Mary est une chic fille. Elle...

— Bon Dieu ! Tu vas fermer ce peignoir ! S'IL TE PLAÎT !

— Ooooups ! Pardon. »

Pauvre Jimmy. Système génital amoché et sur le testicule droit trace cicatricielle ou adhérence des tissus. Cause probable : pathologie résiduelle.

« J'appelle Anna, a dit Jimmy, c'est la meilleure amie de Mary. Elle doit être au courant. Mary ne peut pas me faire un procès !

— Appelle donc, enculé. »

Jimmy a redressé son panama devant le miroir, et il a composé son numéro.

« Anna ? Jimmy. Quoi ? Non, c'est impossible ! Hank vient de me dire. Ecoute, on ne me la fait pas. Quoi ? Non, je ne lui ai pas cassé une côte. Je lui ai juste botté le cul et les... Elle me fait *vraiment* un procès ? J'irai pas. Je me tire à Jerome, en Arizona. J'ai trouvé du boulot. Deux cent vingt-cinq par mois. Je viens de faire douze mille dollars sur une affaire de terrains... La ferme, bon Dieu, avec ton PROCÈS ! Tu sais ce que je vais faire, là *maintenant* ? Je vais aller voir Mary ! Je vais l'embrasser, lui lécher les lèvres ! Je vais lui bouffer tous les poils de sa chatte ! J'ai rien à foutre d'un PROCÈS ! Je vais l'enfiler dans le cul, sous les bras, entre les loches, dans la bouche, dans le... »

Jimmy m'a regardé :

« Elle a raccroché !

— Jimmy, tu devrais te rincer les tympans. Tu présentes des symptômes d'emphysème. Fais de l'exercice et arrête de fumer. Tu as besoin d'une thérapie spinale. Les canaux inguinaux qui faiblissent, ça se soigne avec de bons slips et en s'astreignant à la selle...

— Qu'est-ce que tu baragouines ?

— Ton excroissance sur la fesse me paraît de nature verruqueuse.

— Verruqueuse ?

— Une verrue, enculé.

— C'est toi la verrue, enculé.

— Oui. Et d'où sort ton vélo ?

— C'est le vélo d'Arthur. Arthur a plein de hasch. On devrait aller fumer du hasch chez Arthur.

— J'aime pas Arthur. C'est un petit snobinard. Tu me diras qu'il y a des petits snobinards que j'aime bien. Mais Arthur est dans la deuxième catégorie.

— Il part six mois au Mexique la semaine prochaine.

— Les petits snobinards sont toujours en train de se tirer quelque part. Il a eu une bourse ?

— Oui, une bourse. Mais il est incapable de peindre.

— Je sais. Mais il fait des statues.

— J'aime pas ses statues.

— Ecoute, Jimmy, j'aime peut-être pas Arthur, mais j'ai senti quelque chose dans ses statues.

— Il ne sort pas de ses trucs grecs, à l'antique, avec des filles à grosses loches et à gros culs, dans des robes plissées. Ou des lutteurs qui se prennent par la queue ou par la barbe. A quoi ça rime ? »

Oublions un instant Jimmy le Dingue, cher lecteur, et pénétrons chez Arthur, ce qui ne pose aucun problème : tu peux faire un saut chez Arthur et rentrer chez toi, ça ne fera pas d'histoires, tu verras.

Arthur avait un *secret* : il fabriquait des statues géantes. C'était impressionnant. Des blocs de ciment. Les plus petites se perdaient à trois mètres d'altitude, dans le soleil, la lune ou le brouillard, selon l'heure.

Une nuit, j'ai essayé de rentrer chez lui par-derrière et je suis tombé sur tous ces types en ciment, tous ces gros lards en ciment debout dans le jardin. Il y en avait de cinq mètres de haut. Partout des gros seins, des grosses chattes, des grosses queues, des grosses couilles. Je venais d'écouter *L'Elixir d'amour* de Donizetti. J'étais bien avancé. Je me prenais pour un pygmée en enfer. Et je me suis mis à hurler : « Arthur, Arthur, au secours ! » Il devait être raide ou défoncé, ou alors c'était moi. Bref, la panique.

Je fais bien deux mètres et cent vingt-huit kilos. J'ai balancé un bloc de ciment sur le plus grand de ces fils de pute.

Je l'ai touché dans le dos, en traître. Il a piqué du nez, ouais, il est TOMBÉ ! De quoi réveiller toute la ville.

Par curiosité, je l'ai roulé sur le dos, et j'ai bien vu

que je lui avais cassé la queue et une couille. L'autre couille était fendue en deux, le nez était raccourci et la barbe à moitié coupée.

Je me prenais pour un tueur.

Puis Arthur est sorti et il m'a dit :

« Content de te voir, Hank !

— Désolé pour le bruit, Art, mais j'ai encadré une de tes bestioles. Ce foutu machin s'est emmêlé les pieds, et il s'est affalé.

— Ne t'en fais pas. »

On est entré chez lui et on a fumé du hasch toute la nuit. J'ai oublié la suite, sauf qu'il faisait jour quand je me suis retrouvé au volant de ma voiture, sur le coup de neuf heures, et que je brûlais tous les stops et tous les feux rouges. Sans problème. J'ai même réussi à me garer à trois rues de chez moi.

Une fois devant ma porte, je me suis aperçu que je trimbalais la queue en ciment dans ma poche. Un machin de cinquante centimètres de long. Je l'ai jeté dans la boîte aux lettres de la propriétaire, en abandonnant à la discrétion du facteur le gros bout qui dépassait, sa courbure immortelle et son énorme gland.

Bon. Revenons à Jimmy le Dingue.

« M'enfin, a dit Jimmy le Dingue, elles veulent *vraiment* me faire un PROCÈS ?

— Ecoute, Jimmy, il faut vraiment t'enfermer. Je vais te conduire à Patton ou à Camarillo.

— Ah ! j'en ai marre de ces putains d'électro-chocs... Brrrrrr ! !!! Brrrrrr ! !!! »

Jimmy le Dingue se tordait dans son fauteuil comme sous des décharges.

Il a redressé son nouveau panama dans le miroir, il a souri, il s'est levé et il est retourné téléphoner.

Il a composé son numéro et il m'a regardé en disant :

« Ça sonne et ça répond pas. »

Il a raccroché, refait le numéro.

Ils débarquaient tous chez moi. Même le docteur qui me téléphonait :

« Jésus-Christ était le plus grand bourreur de mou et avait le plus gros ego de tous les temps — il braillait qu'il était le Fils de Dieu. Il virait les marchands du temple. Bien entendu, c'est là qu'il s'est planté. Il l'a eu dans le cul. On lui a même demandé de croiser les pieds pour économiser un clou. Putain ! »

Ils débarquent tous chez moi. Il y a un type qui s'appelle Ranch ou Rain, ou Truc, qui n'arrête pas de passer avec son duvet et des histoires tristes. Il se balade entre Berkeley et La Nouvelle-Orléans, un aller-retour tous les deux mois. Il écrit des vieux sonnets démodés. Ça me coûte quatre ou cinq dollars à chaque fois qu'il passe (ou qu'il « zone », comme ils disent), plus la nourriture et la boisson. Ça suffit, j'ai donné plus de dollars que j'ai de poils au cul, et j'aimerais bien que ces types comprennent que, moi aussi, j'ai des petits problèmes de survie.

Jimmy le Dingue et moi.

Ou Maxie. Maxie veut faire sauter les égouts de Los Angeles pour la cause du peuple. Bon, c'est un beau geste, nous sommes d'accord. « Mais écoute, mon vieux Maxie, le jour où tu vas faire sauter ces égouts, préviens-moi. Je suis du côté du Peuple, on est copains depuis longtemps, mais ce jour-là, je changerai de ville. »

Maxie ne comprend pas qu'il y a une petite différence entre la Cause et la Merde. « Je veux bien crever de faim, mais ne me coupe pas ma pompe à merde. » Je me rappelle la fois où le proprio s'était tiré pour passer deux semaines de vacances à Hawaii.

Un jour après son départ, ma chasse se bloque. Comme j'ai très peur de la merde, j'avais mon déboucheur personnel, mais j'ai eu beau pomper et repomper, rien à foutre. Vous voyez ce qui me restait à faire.

J'ai téléphoné à mes vieux potes, mais les types dans mon genre n'ont pas beaucoup d'amis, et ceux que j'ai n'ont pas de chiottes, ni le téléphone d'ailleurs... en général, ils n'ont rien du tout.

J'ai donc appelé les deux ou trois possesseurs de chiottes. Ils ont été très gentils :

« Bien sûr, Hank, tu peux venir chier chez moi quand tu veux ! »

Je n'ai pas accepté l'invitation. Le ton de leur voix, peut-être. A Hawaii, le propriétaire reluquait les vahinés, et mes foutus étrons dérivaient doucement à la surface de l'eau. Ils me regardaient.

Chaque soir, je chiais, je repêchais les étrons, je les jetais dans un sac en plastique, j'enveloppais le tout dans un sac de papier, je prenais ma voiture et je tournais dans le quartier jusqu'à ce que je trouve un endroit où les jeter.

La plupart du temps, arrêté en double file sans couper le moteur, je balançais ces foutus étrons contre un mur, n'importe où. J'essayais de ne pas être sectaire, mais l'hospice des vieux me semblait être un lieu particulièrement propice et j'ai dû leur offrir mon petit sac d'étrons au moins trois fois.

Parfois, je me contentais de rouler, de baisser la vitre et de jeter les étrons comme on vide un cendrier ou des mégots de cigare.

A propos de merde, je tiens à préciser que j'ai toujours redouté la constipation bien plus que le cancer (on reviendra à Jimmy le Dingue tout à l'heure, vous êtes prévenus, c'est comme ça que j'écris). Si je passe un jour sans chier, impossible de faire quoi que ce soit, de sortir. Je suis tellement désespéré que j'essaie de me sucer la queue pour me débloquer le système, pour que ça se remette à circuler. Et quand tu essaies de te sucer la queue, tu n'arrives qu'à te tordre horriblement les vertèbres, la nuque, les muscles, toute la carcasse. Tu essaies de bander aussi raide que tu peux et tu te plies en deux comme un type à la torture, les jambes autour du cou et coincées dans les montants du lit, le trou du cul palpitant comme une hirondelle blessée dans la neige, tout noué contre ta panse à bière, les tendons tendus à casser, et le plus *dur* c'est qu'il ne te manque pas vingt centimètres, ou trente, mais quelques millimètres à peine, entre le bout de ta langue et le bout de ta queue, aussi infranchissables qu'un gouffre de cent kilomètres. Dieu, ou le diable, savait ce qu'Il faisait quand Il nous a conçus.

Mais revenons à notre débile.

Jimmy n'a pas arrêté de composer son numéro, de treize heures trente à dix-huit heures, et là j'ai craqué à dix-huit heures trente. Mais passons. Donc, au 749$^e$ coup de téléphone, j'ai laissé mon peignoir pendouiller, je me suis avancé vers Jimmy le Dingue et je lui ai arraché le téléphone en hurlant.

« Ça suffit ! »

Je me suis passé la *Symphonie 102* de Haydn. Il me restait assez de bière pour la nuit. Et Jimmy le Dingue m'ennuyait. C'est un rustre. Une mouche des sables. Une queue de crocodile. Une crotte de chien sous une semelle.

Lui me regardait :

« Un procès ? Tu veux dire qu'elle me colle un procès ? Ah ! non, on ne m'embarquera pas dans ce genre d'histoires... »

Lieux communs. Et cire dans les oreilles.

J'ai bâillé et j'ai téléphoné à Izzy Steiner, le meilleur ami de Jimmy, celui qui me l'avait refilé. Izzy Steiner disait partout qu'il était écrivain. Moi, je disais au contraire qu'il était incapable d'écrire. Il disait à son tour que j'étais incapable d'écrire. Possible qu'un de nous deux ait eu raison. Ou tort. Vous me comprenez.

Izzy est un énorme juif d'un mètre quatre-vingts, avec cent dix kilos de viande, des gros bras, des grosses pattes, un cou de taureau et une tête à tics ; des yeux minuscules, une bouche repoussante — un petit trou au milieu du visage qui chante partout la gloire d'Izzy Steiner et n'arrête pas d'avaler : ailes de poulets, cuisses de dinde, pains français, chiures de mouches, n'importe quoi.

« Steiner ?

— Hein ? »

Il faisait des études de rabbin mais il ne voulait pas devenir rabbin. Seulement, manger et grossir sans limite. Tu sortais pisser et le temps que tu reviennes il avait vidé ton frigo, et il te fixait d'un œil avide et gêné en finissant la dernière bouchée. La seule chose qui t'épargnait la razzia complète, quand il passait dans le quartier, c'était son horreur de la viande crue. Il aimait les trucs bizarres, oui, mais pas du cru.

« Steiner ?

— Gloub...

— Dépêche-toi d'avaler, j'ai à te parler. »

Je l'ai écouté mastiquer. On aurait dit une douzaine de lapins en train de baiser dans la paille.

« Ecoute, mec, Jimmy le Dingue est ici. C'est toi qui

t'en occupes. Il s'est amené à vélo. Il va me faire vomir. Viens tout de suite. Grouille. Je te préviens. Tu es son copain. Tu es son seul copain. Tu ferais mieux de venir en vitesse et de l'emmener hors de ma vue. Je pourrai pas me contrôler très longtemps. »

Et j'ai raccroché.

« Tu parlais à Izzy ? a demandé Jimmy.

— Ouais. T'as pas d'autre copain.

— Ah ! bon Dieu », a dit Jimmy le Dingue, et il s'est dépêché de jeter ses cuillères, son bazar, ses poupées de bois dans un sac, il a couru vers son vélo et il a caché le tout dans les sacoches.

Le pauvre Izzy était en route. Izzy la citerne. Son petit trou d'air en guise de bouche qui suçait le ciel. Il carburait à l'Hemingway, au Faulkner, mélangeait Mailer et Malher.

Tout d'un coup, voilà Izzy. On ne le voyait jamais marcher. Il avait l'air de glisser à travers les portes. En fait, il se baladait sur des coussinets d'air — affamé et presque invisible, le salaud.

Il a vu Jimmy, avec sa bouteille à la main.

« Je veux mon fric, Jimmy ! Lève-toi ! »

Izzy a retourné les poches de Jimmy, elles étaient vides.

« Eh, mec ? a demandé Jimmy.

— La dernière fois qu'on s'est cogné, Jimmy, t'as déchiré ma chemise. Tu as déchiré mon futal, mec. Tu me dois cinq dollars pour le futal et trois pour la chemise.

— Va chier, mec, j'ai pas déchiré ta putain de chemise.

— La ferme, Jimmy, je t'aurai prévenu ! »

Izzy s'est précipité sur le vélo et il s'est mis à farfouiller dans les sacoches. Il est rentré avec le sac et l'a vidé sur la table.

Cuillères, couteaux, fourchettes, poupées... idoles de bois sculpté...

« Ça vaut pas un clou ! »

Izzy est retourné au vélo et s'est remis à fouiller.

Jimmy le Dingue s'est levé et a remballé ses saloperies.

« Rien qu'avec l'argenterie, ça fait plus de vingt dollars ! Je te dis que t'es un con !
— Ouais. »
Jimmy est revenu au pas de course.
« Avec ce qu'il y a sur ton vélo, Jimmy, on n'ira pas loin ! Tu me dois huit dollars. Ecoute, la dernière fois qu'on s'est cogné, tu m'as déchiré mes fringues !
— Va te faire foutre, enculé ! »
Et Jimmy a rajusté son panama neuf dans le miroir.
« Regarde-moi ça ! Regarde comme ça me va bien !
— Ouais, je vois », a dit Izzy.
Et il s'est avancé, il a pris le panama, il a déchiré un grand morceau de calotte et puis tout le rebord. Ensuite, il l'a reposé sur la tête de Jimmy. Il ne lui allait plus aussi bien.
« Va me chercher du sparadrap, a dit Jimmy, je vais recoller mon chapeau. »
Izzy est allé chercher du sparadrap, il en a déroulé des mètres, mais il a raté son coup, et un long bout de ruban s'est mis à pendouiller sous le rebord, devant le nez de Jimmy.
« Elle me colle un procès ! Je marche pas ! J'en ai rien à foutre !
— Comme tu veux, Jimmy, a dit Izzy, je t'amène à Patton. Tu es malade ! Il faut qu'on t'enferme ! Tu me dois huit dollars, tu as cassé une côte à Mary, tu l'as frappée au visage... tu es malade, malade, malade !
— Va te faire foutre, enculé ! »
Jimmy s'est levé, son poing a jailli, il a manqué Izzy, et Jimmy est tombé par terre. Izzy l'a soulevé en le prenant par un pied et par un bras et s'est mis à le faire tourner comme une hélice.
« Arrête, Izzy, j'ai fait, tu vas le découper en lanières. Le plancher est farci de tessons. »
Izzy a balancé Jimmy sur le divan. Jimmy le Dingue s'est précipité dehors avec son sac, il l'a fourré dans la sacoche et il s'est mis à brailler :
« Izzy, ma bouteille de vin ! J'avais une bouteille dans cette sacoche ! Tu l'as piquée, salaud ! Fais pas le malin, cette bouteille m'a coûté cinquante-quatre *cents*. Quand

je l'ai achetée j'avais soixante *cents* ! Et il me reste six *cents* !

— Izzy t'a pris ta bouteille ? Et ça, sur le divan, à côté de toi ! »

Jimmy a soulevé la bouteille. Il a regardé sur le goulot.

« Non, c'est pas la bonne. La mienne, c'est Izzy qui l'a.

— Voyons, Jimmy, ton copain ne boit pas de vin. Il se fout de ta bouteille. Débranche plutôt ton imagination, prends ton vélo et tire-toi !

— Tu me fatigues, Jimmy, a dit Izzy. Maintenant dégage. Va faire le *dealer* ailleurs. »

Jimmy s'est campé devant le miroir et il a rajusté ce qui restait du panama. Puis il est sorti, est monté sur le vélo d'Arthur et s'est éloigné sous la lune. Il était chez moi depuis des heures. La nuit était tombée.

« Pauvre cinglé, j'ai dit en le regardant pédaler, il me fait de la peine.

— A moi aussi », a dit Izzy.

Puis il a fouillé dans un buisson et il en a sorti la bouteille de vin. On est rentré.

« Je vais chercher deux verres », j'ai fait.

J'ai ramené les verres et on s'est assis. On a bu. J'ai demandé à Izzy :

« Tu n'as jamais essayé de te sucer la queue ?

— J'essaie dès que je rentre chez moi.

— Je ne crois pas qu'on puisse.

— Je te le ferai savoir.

— Il me manque cinq millimètres. C'est frustrant. »

On a fini la bouteille, puis on est descendu chez Shakey et on a bu sa grosse bière brune à pleins pichets et on a regardé les matches du bon vieux temps. On a vu Louis se faire sonner par le Hollandais ; la belle entre Zale et Rocky Graziano ; Braddock-Baer ; Dempsey-Firpo, tous les grands, puis ils ont passé des vieux Laurel et Hardy... Il y avait celui où les deux enfoirés se battent pour une couverture dans un wagon Pullman. J'étais le seul à rigoler. Les autres me regardaient. J'ai continué à rigoler en croquant des cacahuètes. Puis Izzy s'est mis à rire. Puis tout le monde, devant ces deux enfoirés qui se chamaillaient pour leur couverture. J'ai oublié toute l'histoire avec Jimmy et je me suis senti revivre, pour la première fois depuis des heures. C'était facile, il suffisait de laisser pisser. Et d'avoir un peu de fric. De laisser les autres faire la guerre et aller en taule.

On est resté jusqu'à la fermeture, puis Izzy est rentré chez lui, et moi chez moi.

Je me suis déshabillé, j'ai accroché mes orteils aux barreaux du lit et je me suis plié en arc de cercle. Rien à foutre — cinq millimètres trop court. On ne peut pas tout avoir. J'ai tendu la main vers un livre, ouvert une page au milieu et je me suis mis à lire *Guerre et Paix*. Inutile d'insister. C'était toujours aussi chiant.

## DIX BRANLETTES

Le vieux Sanchez est un génie mais je suis le seul à le savoir. Je suis toujours content de passer chez lui. Il n'y a pas grand-monde avec qui je puisse rester plus de cinq minutes dans une pièce sans que ça me donne envie de dégueuler. Sanchez a réussi l'examen, et je laisse rien passer, héhéhéhé... Bref, je passe le voir de temps en temps dans sa baraque, deux étages qu'il a construits de ses mains. Il a posé la plomberie, détourné le courant d'une ligne à haute tension et branché son téléphone sur le circuit du voisin avec une prise souterraine, mais il m'a expliqué qu'il ne pouvait pas appeler la banlieue ou l'étranger sans dévoiler le truc. Il vit avec une jeune femme qui parle peu, fait de la peinture, a l'air sexy, lui fait l'amour et se le fait faire, bien entendu. Il a acheté le terrain pour quatre sous et, bien que ce soit assez éloigné de Los Angeles, on peut dire qu'il a fait une affaire. Il trône au milieu de câbles, de revues de mécanique, de magnétos et d'étagères de bouquins sur tous les sujets. Il est précis, jamais cassant ; il est marrant et magique, il écrit très bien mais la gloire ne l'intéresse pas. Le grand jour venu, il sortira de son trou, il lira ses poèmes dans une université et alors là-bas, dit-on, les murs, le lierre et tous les étudiants trembleront et vibreront pendant de longues semaines. Il a enregistré 10 000 bandes de discussions, de bruits, de musique... plus ou moins chiantes, plus ou moins ordinaires. Ses murs sont couverts de photos, de pubs, de dessins, d'échantillons de roches, de peaux de serpents, de crânes, de capotes sèches, et maculés de poudre d'or.

« J'ai peur de craquer, lui dis-je. Onze ans le même boulot, les heures qui m'empoissent comme de la chiasse, ouh, et toutes ces têtes gélatineuses de zéros qui ricanent pour un rien. Je suis pas snob, Sanchez, mais parfois ça finit par être un vrai film d'horreur qui ne peut se terminer que par la mort ou par la folie.

— La santé de l'esprit est une imperfection, a dit Sanchez en avalant deux cachets.

— Bon Dieu, je suis au programme dans plusieurs universités, un prof écrit un livre sur moi et j'ai été traduit dans plusieurs langues...

— On l'a tous été. Tu vieillis, Bukowski, tu faiblis. Garde la pêche. La victoire ou la mort !

— Adolph ?

— Adolph.

— Qui joue gros, perd gros.

— Oui, et tu inverses la formule pour l'individu moyen.

— Merde alors.

— Ouais. »

Un silence, puis il dit :

« Tu peux venir habiter avec nous.

— Merci, vieux, bonne idée. Mais je vais d'abord essayer de retrouver la pêche.

— A toi de jouer. »

Au-dessus de sa tête il y a une pancarte noire avec en majuscules blanches :

A BOY HAS NEVER WETPT, NOR
DASHED A THOUSAND KIM[1]
       Dutch Schultz, sur son lit de mort.

---

1. Intraduisible. Allusion au roman de W. Burroughs, *Les Derniers Mots de Dutch Schultz*.

> MOI, L'OPÉRA JE TROUVE ÇA CHOUETTE.
> > Al Capone.

> NE CRAIGNEZ POINT, MONSIEUR, LA TORTUE[1].
> > Leibniz.

> RIEN N'EST PLUS.
> > Devise de Sitting Bull.

> LE POLICIER EST AU SERVICE
> DE LA CHAISE ÉLECTRIQUE
> > George Jessel.

> LIBRE ET DÉTACHÉ EN CHAQUE CHOSE
> LIBRE ET DÉTACHÉ EN TOUT
> JE N'AI JAMAIS BIEN COMPRIS. VOUS NON PLUS.
> NI PERSONNE.
> > Détective Bucket.

> AMEN EST L'INFLUENCE DES NOMBRES.
> > Pic de la Mirandole dans ses conclusions cabalistiques.

> LA RÉUSSITE COMME FRUIT DE L'INDUSTRIE
> EST UN IDÉAL PAYSAN.
> > Wallace Stevens.

> C'EST MA MERDE QUI PUE LE PLUS FORT
> APRÈS CELLE DES CHIENS.
> > Charles Bukowski.

> ALORS LES PORNOGRAPHES FURENT JETÉS
> ENSEMBLE AU CRÉMATOIRE.
> > Anthony Bloomfield.

> ADAGE DE LA SPONTANÉITÉ
> LE CÉLIBATAIRE MOUD SON CAFÉ TOUT SEUL.
> > Marcel Duchamp.

---

1. En français dans le texte.

EMBRASSE LA MAIN
QUE TU NE PEUX PAS TRANCHER.
>> Proverbe touareg.

NOUS AVONS TOUS, UN JOUR OU L'AUTRE,
ÉTÉ DE BRAVES TYPES.
>> Amiral St Vincent.

JE RÊVE DE LES PROTÉGER DE LA NATURE.
>> Christian Dior.

SÉSAME OUVRE-TOI — JE VEUX SORTIR.
>> Stanislas Jery Lec.

UN MÈTRE ÉTALON NE DIT PAS
SI L'OBJET À MESURER
FAIT UN MÈTRE.
>> Ludwig Wittgenstein.

Je suis un peu parti à la bière.

« Dis, je l'aime bien celle-là : l'objet à massacrer ne doit pas forcément faire un mètre.

— C'est fort, mais ce n'est pas ce qui est écrit.

— Oui. Comment va Kaakaa ? »

Merde, en langue bébé. Et la fille la plus sexy que j'aie jamais vue.

« Je sais. Ça a commencé par Kafka. Elle aimait Kafka et je lui ai donné ce nom. C'est elle qui l'a adapté. »

Sanchez se lève et s'approche d'une photo.

« Viens voir, Bukowski. »

Je balance ma canette dans la poubelle.

« Qu'est-ce que c'est ? demande Sanchez.

— Eh, on dirait une queue.

— Une queue comment ?

— Une queue bien raide. Une grosse.

— C'est ma queue.

— Et alors ?

— Tu ne remarques rien ?

— Quoi ?

— Le sperme.

— Oui, je vois. Je n'osais pas...

— Pourquoi pas ? Qu'est-ce qui t'arrive ?
— Je comprends pas.
— Enfin, tu vois le sperme ou pas ?
— Qu'est-ce que tu veux dire ?
— Je veux dire que j'ÉJACULE, tu ne comprends pas à quel point c'est difficile à faire ?
— Ce n'est pas difficile, Sanchez. Je fais ça tous les jours.
— Ah ! tête de lard ! Je veux dire que je déclenche mon appareil à distance avec un câble. Tu imagines, être obligé de rester immobile dans le champ, d'éjaculer et de déclencher l'appareil en même temps ?
— Je ne fais pas de photos.
— Qui fait des photos ? Tu passes à côté, comme d'habitude. Rien à foutre que tu sois traduit en allemand, en espagnol, en français et en Dieu sait quoi ! Ecoute, tu te rends compte que ça m'a pris TROIS JOURS pour faire cette SEULE photo ? Tu sais combien de fois j'ai dû me BRANLER ?
— Quatre fois ?
— DIX FOIS !
— Bon Dieu ! Et Kaakaa ?
— Elle a *adoré* la photo.
— Je veux dire...
— Bon Dieu, mon gars, ta connerie me les coupe. »

Sanchez tourne en rond et s'affale dans son fauteuil au milieu des câbles, des tenailles, des bouquins, pas loin de son énorme calepin GRANDS FLIPS, avec le nez d'Adolph collé sur la couverture noire sur fond de bunker berlinois.

« Je travaille sur un truc en ce moment, dis-je, une histoire où je vais interviewer le grand architecte. Il est soûl. Je me soûle. Il y a une serveuse. On marche au gros rouge. Il se penche vers moi et il me dit : « Les Humbles Hériteront de la Terre. — Ah ! ouais ? » Et il ajoute : « En clair, les imbéciles ont la peau dure. »

— Assez nul, dit Sanchez, mais ça te va bien.
— Je m'en sors pas de cette histoire. Il y a cette serveuse qui tournicote en mini et je ne sais pas quoi en faire. L'architecte picole, je picole, elle tournicote en tortillant du cul, une vraie chienne en chaleur, et je ne sais

pas quoi en faire. Je pensais sauver le coup en flagellant la fille avec la boucle de mon ceinturon, puis en suçant la queue de l'architecte. Mais je n'ai jamais sucé de queue, jamais eu envie, je suis pas pédé, j'ai donc tout laissé en plan.

— Tous les hommes sont des pédés, des suce-bite ; les femmes sont toutes des lesbiennes. Tu t'en fais beaucoup trop.

— Parce que, si je suis malheureux, je suis mauvais, et je ne veux pas être mauvais. »

On reste assis un moment et la voilà qui descend l'escalier, cheveux blonds, raides, ficelle.

Je me dis que je lui boufferais bien la cramouille, à elle.

Mais elle passe devant Sanchez qui se pourlèche un petit coup, elle passe devant moi avec ses roulements à bille divergents de chair souple, enchanteresse et folle — que les dieux me baisent les couilles si je mens —, elle ondoie d'un jet avec l'éclat d'une avalanche écrasée de soleil.

« Salut, Hank », dit-elle.

Je ris :

« Kaakaa. »

Elle s'installe derrière sa table, se met à ses petites peintures et il reste assis dans son fauteuil, Sanchez, la barbe plus noire que le black power, mais tranquille-tranquille, il ne demande rien à personne. Je me beurre pour de bon, je sors des saloperies, je dis n'importe quoi. Je me trouve débile. Je marmonne, je murmure...

« Ah ! désolé... d' déranger vot' soirée... m'excuse, les branleurs... vous... j' suis un tueur mais j' tuerai personne. J'ai la classe. C'est moi Bukowski ! Traduit dans SEPT LANGUES ! C'est **MOI** le **GRAND BUKOWSKI** ! »

Je m'étale en voulant regarder cette photo de branlette, je trébuche sur quelque chose. Sur une de mes chaussures. J'ai la sale habitude d'enlever mes chaussures.

« Hank, dit Kaakaa, fais attention.

— Ça va, Bukowski ? »

Sanchez me relève.

« Tu ferais mieux de rester avec nous ce soir, mec.

— NON, BON DIEU, JE VAIS AU BAL DES BÛCHERONS ! »

Tout ce dont je me rappelle, c'est qu'il m'a pris sur son épaule, Sanchez, et m'a monté jusqu'au pieu, vous savez, celui où il baise avec sa femme, puis je me suis écroulé sur le lit, Sanchez est reparti, derrière la porte fermée, j'entends une vague musique en bas et leurs rires mais un bon rire, pas méchant, et je ne savais pas quoi faire, il ne faut pas compter sur la chance ou sur les gens, ils finissent toujours par te laisser tomber, puis la porte s'est ouverte comme une bulle de lumière, c'était Sanchez.

« Eh, Bubu, une bonne bouteille de vin français... tu sirotes lentement, tu te fais plaisir. Tu vas dormir. Sois heureux. Je ne te dis pas qu'on t'aime, c'est trop facile. Et si tu veux descendre, chanter et danser, discuter, d'accord, tu fais ce que tu veux. Voilà ton vin. »

Il me tend la bouteille. Je la soulève comme un trombone fou, encore, encore. Par le trou du rideau un lambeau de lune rampe. Cette nuit est parfaite ; je ne suis pas en taule ; j'en suis loin...

Le matin, je me réveille, je descends pisser, et quand je sors des toilettes je les trouve tous deux endormis sur le divan déjà trop étroit pour un seul corps. Leurs visages ensemble endormis et leurs corps ensemble endormis, pourquoi suis-je si racorni ? Je ne sens qu'un petit nœud dans la gorge, transmission automatique du cafard, parce qu'ils sont beaux, qu'ils ne me détestent pas, qu'ils me souhaitent même... mais quoi ?

Je sors dans la rue et je boite, je vocifère, blessé, malade, cafardeux et Bukowski, vieux, soleil comme une étoile, mon Dieu, je touche le fond, le dernier coup de minuit, le froid de M. Coke, gros H. Herbe-Mari, net comme la mouche sur le mur, décembre réchauffe un lambeau de cervelle, trempe dans mes éternelles vertèbres, Miséricorde, l'enfant mort de Kerouac éparpillé sur les rails d'un train mexicain dans l'éternel juillet des tombes ventouses, je les laisse là la li, le génie et son amour, ils valent mieux que moi tous les deux, mais le SENS, le sens, merdeux, méandreux, ensablé, jusqu'au jour où j'écrirai peut-être tout cela moi-même, en oubliant

deux ou trois choses (certaines puissances me menacent pour avoir agi comme il est normal et agagag agréable d'agir)
 et je monte dans ma bagnole de onze ans
 maintenant je suis loin
 je suis ici
 je vous écris une petite histoire d'amour
 illégale
 trop belle pour moi
 mais que vous comprendrez
 peut-être

Bien à vous,<br>Sanchez et Bukowski

P.S. — Pour une fois on n'a pas vu les flics. N'ayez pas les yeux plus grands que le ventre : amour, flics ou haine.

## MA MAMAN GROS-CUL

C'étaient deux braves filles, Tito et Baby. Elles avaient l'air d'avoir dans les soixante ans, mais elles étaient plus près des quarante. Le vin, la vie. Moi, j'en avais vingt-neuf, et on m'en donnait cinquante. Le vin, la vie. J'avais trouvé un appartement, elles étaient venues s'installer avec moi. Ça énervait le gérant de l'immeuble qui nous envoyait les flics dès qu'on faisait grincer une porte. J'en avais plein le dos. Je n'osais pas pisser au milieu de la cuvette.

Les meilleurs moments, c'était le MIROIR, quand je me regardais dedans, la fraise bouffie, avec Baby et Tito, soûles à crever la nuit comme le jour, tous les trois, tandis que la vieille radio débitait des conneries, toute déglinguée sur le tapis dépiauté, mon Dieu, le MIROIR, je me regardais et je disais :

« Tito, tu l'as dans le cul. Tu sens ?
— Ah ! oui, ah ! oui POUSSE ! Eh, tu t'en VAS ?
— A toi, Baby, tu l'as dans le ventre, ummm ? Tu la

sens ? Grosse bite violette, comme un serpent qui chante la messe ! Tu la *sens* mon amour ?

— Aaaah, chééri, je vais j... Eh, tu t'en VAS ?

— Tito, je la renfonce dans ton coffre arrière. Je vais te fendre en deux. T'en as de la chance !

— Aaah, Dieu, aaah. Eh, tu t'en VAS ! Reviens !

— Je sais pas.

— Tu sais pas quoi ?

— De qui j'ai envie. Comment faire ? J'ai envie des deux, je ne peux pas vous AVOIR en même temps ! Dès que j'essaie d'y réfléchir, j'en crève ! Y a donc personne pour partager ma douleur ?

— Non, donne-moi ça !

— Non, moi, moi ! »

SOUDAIN LE GROS POING DE LA LOI.

Bang ! bang ! BANG !

« Eh, qu'est-ce qui se passe là-dedans ?

— Rien.

— Rien ? Ça n'arrête pas de pleurer et de brailler ! Il est trois heures du matin. Vous allez réveiller tout le monde.

— Tout va bien. Je joue aux échecs avec ma mère et ma sœur. S'il vous plaît, laissez-nous. Ma mère a le cœur fragile. Vous lui faites peur. Et elle n'a plus qu'un pion.

— TOI aussi, mon petit ! Au cas où vous ne le sauriez pas, c'est la Police de Los Angeles...

— Mon Dieu, j'aurais jamais deviné.

— Maintenant, ça y est. Allez, ouvrez ou on enfonce la porte ! »

Tito et Baby ont couru dans le fond du salon, accroupies et frissonnantes, enlacées et mêlant leurs rides, leur vin et leur folie. Elles étaient bêtement adorables.

« Ouvre, mon gars, c'est la quatrième fois qu'on vient en dix jours, et toujours pour la même raison. Tu crois qu'on passe notre temps à traîner et à foutre les gens en prison juste pour rigoler ?

— Ouais.

— Le capitaine Bradley se fout de savoir si vous êtes blanc ou noir.

— Dites au capitaine Bradley que je suis de son avis. »

J'ai pas insisté. Les deux putes frissonnaient et

frottaient leurs corps ridés sous le lampadaire. Silence pâle et suffocant des feuilles de saule dans cet hiver merdique et hostile.

Le gérant leur a donné la clef et ils ont ouvert la porte, mais pas plus de vingt centimètres à cause de la chaîne que j'avais mise. L'un des flics me parlait pendant que l'autre s'activait avec un tournevis pour déboîter la chaîne. Je le laissais faire, ça y était presque et je repoussais le bout de la chaîne au fond de la rainure. Tout ça à poil et la queue raide.

« C'est une violation de domicile. Faut un mandat de perquisition. Vous n'avez pas le droit de forcer ma porte. Qu'est-ce qui vous prend, les gars ?

— Laquelle des deux c'est, ta mère ?

— Celle avec le gros cul. »

Le deuxième flic a failli faire sauter la chaîne. Je l'ai repoussée du doigt.

« Ça va, laisse-nous entrer, on veut juste te causer.

— De quoi, des merveilles de Disneyland ?

— Mais non, t'as l'air d'un type intelligent. On veut juste entrer et causer.

— Vous allez croire que je ne suis pas normal, mais, si je deviens pédé au point de porter des bracelets, je préfère les acheter chez Thrifty's. J'ai rien à me reprocher à part une queue raide et la radio qui braille et vous ne m'avez pas demandé de les couper.

— Laisse-nous entrer. On veut juste causer.

— Je vous répète que c'est illégal. En plus, j'ai le meilleur avocat de la ville...

— Un avocat ? Et pourquoi un avocat ?

— J'en ai eu souvent besoin — insoumission, outrage à la pudeur, conduite en état d'ivresse, désordres sur la voie publique, agressions et voies de fait, incendie volontaire —, rien que des sales coups.

— Il a gagné tous tes procès ?

— C'est le meilleur. Maintenant, je vous donne trois minutes. Ou bien vous laissez ma porte tranquille et vous me foutez la paix ou bien je téléphone à mon avocat. Il va pas aimer qu'on le réveille en pleine nuit et il relèvera vos matricules. »

Les flics ont légèrement reculé dans le couloir. J'ai écouté ce qu'ils se disaient.

« Tu crois qu'il sait de quoi il parle ?

— Oui, un peu. »

Ils ont remis ça :

« Ta mère a vraiment un gros cul.

— Dommage qu'il soit pas pour vous, hein ?

— D'accord, on s'en va, mais du calme. Eteins cette radio et arrête de brailler.

— D'accord. »

Ils sont partis. Quel plaisir de les entendre se tirer. Quel plaisir d'avoir un bon avocat. Quel plaisir de ne pas aller en prison.

J'ai fermé la porte.

« Ça va, les filles, ils sont partis. Deux beaux jeunes gens sur la mauvaise pente. Maintenant, regardez ! »

J'ai baissé les yeux.

« Plus rien, rien du tout !

— Oui, plus rien, a dit Baby. Où c'est parti ? C'est triste.

— Merde, a dit Tito, on dirait une vieille chipolata. »

J'ai été m'asseoir dans le fauteuil et je me suis servi un verre de vin. Baby nous a roulé trois cigarettes.

« Où en est le pinard ? ai-je demandé.

— Plus que quatre bouteilles.

— Des litres ou des bonbonnes ?

— Des litres.

— Bon Dieu, on est mal barrés. »

J'ai ramassé un journal de trois jours. J'ai lu des blagues. Puis je suis passé à la page des sports. Pendant que je lisais, Tito s'est approchée de moi et s'est mise à genoux sur le tapis. Je l'ai sentie qui me suçait. Elle avait une bouche comme ces ventouses à déboucher les chiottes. J'ai bu mon verre et j'ai tiré une bouffée.

Elles vous pomperaient le cerveau si on les laissait faire. Elles devaient le faire entre elles quand j'étais pas là...

Je suis arrivé à la page des courses. J'ai dit à Tito :

« Regarde, ce cheval fait vingt-deux secondes deux dixièmes aux cinq cents mètres, quarante-quatre secondes et huit dixièmes à mi-course, une minute neuf aux douze cents, il a dû croire que c'était un douze cents...

— Vurp virp slooom
vissaaa oooop
vop bop vop bop vop

— ... c'est sur deux kilomètres, il essaie de lâcher les demi-fonds, il a pris six longueurs au dernier virage et il garde le train, ce cheval est crevé, il sent l'écurie...

— Sllllurrrp
slllurrr vip vop vop
vip vop vop

— Maintenant, vise le jockey ; si c'est Blumm il va gagner d'un souffle ; si c'est Volske, d'une demi-longueur. C'est Volske. Il gagne d'une demi-longueur. Petit rapport. Tout le fric pour l'écurie, et le public déteste Volske. Ils détestent Volske et Harmatz. Les écuries font monter ces types deux ou trois fois par réunion sur les favoris pour pas partager. Si je n'étais pas tombé sur ces deux cracks au bon moment, il y a longtemps que je dormirais sur le trottoir.

— Aaaah, mon salaud ! »

Tito a relevé la tête et s'est mise à brailler. Elle a envoyé balader le journal. Puis s'est remise à me besogner. Je ne savais pas quoi faire. Elle était vraiment furax. Puis Baby est venue vers nous. Elle avait de belles jambes et j'ai troussé son jupon rose pour regarder ses bas nylon. Baby s'est penchée vers moi, elle m'a embrassé en me fourrant sa langue dans la gorge et je l'ai prise par les hanches. J'étais coincé. Je ne savais pas quoi faire. J'avais envie de boire un coup. Trois imbéciles emboîtés. Oh ! pleurs et envol de la dernière colombe vers l'œil du soleil, c'était un jeu de gosses, un jeu idiot.

Premiers cinq cents, vingt-deux secondes deux dixièmes, la mi-course en quarante-quatre huit, elle m'a tout pompé, gagné d'un souffle, pluie de Californie sur mon corps. Des figues éclatées belles comme de longues tripes rouges sous le soleil et sucées peinard et ta mère te déteste et ton père veut te tuer et la palissade verte au fond appartenait à la Banque d'Amérique, Tito m'a tout pompé pendant que je branlais Baby.

Puis on s'est quitté, et chacun son tour dans la salle

de bains pour rincer la morve dans nos narines sexuelles. Je passais toujours en dernier. En sortant, j'ai ramassé une bouteille et j'ai été regarder par la fenêtre.

« Baby, tu me roules une cigarette ? »

On habitait au dernier étage, un quatrième, au sommet d'une colline. Mais quand on regardait Los Angeles on ne voyait rien, rien du tout. En bas tout le monde dormait, attendait l'heure de se lever et d'aller au travail. C'était absurde. Absurde, absurde et affreux. On avait baisé : les yeux, tiens, bleu et vert, ébahis sur des champs de haricots, les yeux dans les yeux, plaisir.

Baby m'a apporté une cigarette. J'ai aspiré en regardant la ville dormir. On s'est assis pour attendre le soleil et tout ce qui devait être. Je n'aimais pas le monde, mais dans ses moments de sommeil j'arrivais presque à le comprendre.

Je ne sais pas où sont aujourd'hui Tito et Baby, si elles sont mortes ou quoi, mais ces nuits-là, c'était bien, quand je pinçais ces longues jambes en embrassant les genoux de nylon. Ces jupes et ces slips multicolores, et la police de Los Angeles qu'on envoyait chier.

Ni le printemps ni les fleurs ni l'été n'auront jamais plus le même goût.

### AU VIOL ! AU VIOL !

Le toubib m'a fait une triple prise de sang. La seconde dix minutes après la première, la troisième un quart d'heure plus tard. Après les deux premières, j'étais allé traîner dans la rue, histoire de tuer le temps. J'ai repéré une fille assise dans un abri-bus, sur le trottoir juste en face. Sur un million, t'en trouves parfois une qui te retourne les tripes. Tout dépend de son allure, de la façon dont elle est foutue, si elle a une robe pas ordinaire, d'un truc de rien du tout qui te fait craquer. Celle-là croisait bien haut les cuisses dans une robe jaune soleil. Elle avait des chevilles fines, de beaux mollets, des hanches et des cuisses rondes. Son visage était gai, comme si elle se foutait de ma gueule en essayant de ne pas trop le montrer.

J'ai marché jusqu'aux feux et j'ai traversé la rue. Je me suis approché d'elle. J'étais en transes. Je ne savais plus ce que je faisais. Quand je suis arrivé près d'elle, elle s'est levée. Ses fesses m'ont fait une impression énorme. Je l'ai suivie. Elle faisait claquer ses talons. Je bouffais son corps des yeux.

Je me suis dit :

« Qu'est-ce qui t'arrive ? »

Je perdais la tête.

Une voix me répondit :

« Laisse tomber. »

Elle s'est arrêtée devant un bureau de poste où elle est entrée. Je l'ai suivie. Quatre ou cinq personnes faisaient la queue. L'après-midi était tiède. Tout le monde avait l'air de marcher dans un rêve. Et moi, je m'y croyais déjà.

J'ai pensé :

« Elle est à moins de dix centimètres. Je pourrais la toucher. »

Elle a retiré un mandat de sept dollars quatre-vingt-cinq. J'ai entendu le son de sa voix. Ses paroles avaient l'air de venir d'une machine à baiser. Elle est sortie. J'ai acheté une dizaine de cartes postales dont je n'avais rien à foutre et j'ai foncé dans la rue. Il a fallu que je sprinte pour grimper dans le bus, sur ses talons. Je me suis assis derrière elle. On a fait un trajet assez long.

Je me disais :

« Elle doit savoir que je la suis, mais elle s'en fout. »

Ses cheveux étaient blond-roux. Elle jetait des flammes.

On a dû faire cinq ou six bornes. Soudain, elle s'est levée et a tiré le signal d'arrêt. J'ai regardé sa robe moulante bouger sur son corps pendant qu'elle triturait le bidule.

« Bon Dieu, j'ai pensé, j'en peux plus. »

Elle est descendue par l'avant, moi par l'arrière. Elle a tourné au coin de la rue. Pas une fois, elle ne s'est retournée. On se trouvait dans un quartier de petits immeubles. Elle était plus belle que jamais. Une fille comme ça ne devrait pas se balader dans les rues.

Elle est entrée dans un immeuble, l'Hudson Arms. Je suis resté dehors pendant qu'elle attendait l'ascenseur. Ensuite, je suis entré et je me suis planté au pied de la cage. J'ai entendu le machin monter, la porte s'ouvrir. J'ai appuyé sur le bouton d'appel, j'ai entendu la cabine redescendre et j'ai compté les secondes :

« Un, deux, trois, quatre, cinq, six... »

Quand la cabine a stoppé, j'en étais à dix-huit.

J'ai grimpé dedans et j'ai appuyé sur le dernier bouton, celui du quatrième. Puis j'ai compté. Au quatrième, j'en étais à vingt-quatre. Donc, elle habitait au troisième. J'ai appuyé sur le bouton. Six secondes.

Il y avait plusieurs apparts qui donnaient sur le couloir. Je me suis dit :

« Ça serait trop facile si elle créchait dans le premier », et j'ai été frapper à la deuxième porte.

Un chauve en maillot de corps et chaussettes a ouvert.

« Je représente les assurances Concord Life. Avez-vous pensé à tout ?

— Foutez le camp », a dit le chauve, et il a claqué sa porte.

J'ai essayé la porte suivante. Une femme dans les quarante-deux ans, grasse et ridée.

« Je représente les assurances Concord Life, madame. Avez-vous pensé à tout ?

— Entrez, monsieur », a dit la femme.

Je suis entré.

« Ecoutez, monsieur, dit-elle, mon fils et moi on crève de faim. Mon mari est tombé raide mort dans la rue, il y a deux ans. Raide mort. Je m'en sors pas avec cent quatre-vingt dix dollars par mois. Vous pouvez me donner de quoi acheter un œuf pour mon garçon ? »

Je l'ai bien regardée. Le gosse était debout au milieu de la pièce. Il faisait des grimaces. Un petit costaud, dans les douze ans, avec quelque chose de monstrueux. Il continuait à grimacer.

J'ai donné un dollar à la femme.

« Oh ! merci, monsieur ! Oh ! merci. »

Elle m'a pris dans ses bras et elle m'a embrassé. Sa bouche était toute mouillée, aqueuse et douce. Puis elle m'a fourré sa langue dans la bouche. Ça m'a presque étouffé. C'était une grosse langue pleine de salive. Ses seins étaient larges, très doux, du genre brioche. Je l'ai repoussée.

« Dites, vous vous sentez jamais seul ? Il vous faut pas une femme ? Je suis très propre. C'est pas avec moi que vous attraperez des maladies.

— Ecoutez, il faut que je parte. »

Je suis parti.

J'ai encore essayé trois portes. Pas les bonnes.

A la quatrième, c'était elle. Elle a entrouvert, je me suis glissé à l'intérieur de l'appart et j'ai refermé la porte derrière moi. C'était un gentil appartement. La fille se tenait debout devant moi et elle me regardait. J'ai pensé :

« Quand est-ce qu'elle va crier ? »

J'avais un gros bâton entre les jambes.

Je me suis avancé vers elle, je l'ai prise par les cheveux et je l'ai embrassée. Elle m'a repoussé, en me tapant dessus. Toujours avec sa robe jaune soleil. Je l'ai rattrapée et je lui ai balancé des claques, deux bonnes paires. Quand je l'ai reprise, sa résistance avait faibli. On a zigzagué sur le plancher. J'ai troussé sa robe jusqu'au cou, je l'ai déchirée d'un coup et je lui ai arraché son soutien-gorge. Des seins volcaniques, énormes. Je lui ai embrassé les seins, puis la bouche. La robe était barrée et je m'acharnais sur le slip. Le slip s'est retrouvé par terre. Et là je l'ai enfilée, baisée debout. Après je l'ai expédiée sur le divan. Sa chatte me regardait. Elle me plaisait toujours autant.

J'ai dit à la fille :

« Va dans la salle de bains, et lave-toi. »

J'ai été regarder dans le frigo. Il y avait une bouteille de bon vin. J'ai trouvé deux verres et je les ai remplis. Quand elle est ressortie, je lui ai tendu un des verres et je me suis assis sur le divan à côté d'elle.

« Comment tu t'appelles ?

— Vera.

— T'as aimé ?

— Oui. J'aime qu'on me viole. Je savais que tu me suivais. J'attendais que ça. Quand j'ai pris l'ascenseur toute seule, j'ai cru que tu en avais marre. Je n'ai été violée qu'une seule fois avant aujourd'hui. C'est dur pour une belle fille de se trouver un homme. Tout le monde se dit qu'elle est intouchable. C'est infernal !

— A cause de ta façon de marcher, de t'habiller, te rends-tu compte que tu es un supplice pour les types dans la rue ?

— Je sais... Prends ta ceinture, la prochaine fois.

— Ma ceinture ?

— Oui, frappe-moi le cul, les cuisses, les jambes. Bats-moi, et après baise-moi. Dis que tu vas me violer.

— D'accord, je vais te battre, je vais te violer ! »

Je l'ai agrippée par les cheveux, embrassée brutalement, mordue à la lèvre.

« Baise-moi, disait-elle, baise-moi !

— Mais il faut que je récupère ! »

Vera a défait ma braguette et m'a tiré sur la queue.

« Qu'elle est belle ! Toute violette, toute molle ! »

Elle l'a fourrée dans sa bouche et a commencé à me travailler. Elle savait y faire. Je couinais :

« Oh ! merde ! Oh ! merde. »

Vera s'est activée cinq bonnes minutes, puis ma queue s'est mise à palpiter. Elle m'a filé un petit coup de dent, juste en arrière du gland, et elle m'a sucé la moelle à fond.

« Bon, j'ai dit, j'ai l'impression que je vais passer la nuit ici. Aussi j'ai besoin de me retaper... Ça te va si je prends un bain pendant que tu me prépares une petite croûte ?

— D'accord. »

Je me suis enfermé dans la salle de bains et j'ai fait couler l'eau chaude. J'ai accroché mes fringues au cintre sur la porte.

J'ai pris un bon bain chaud, puis je suis sorti avec une serviette sur les reins.

Juste au moment où deux flics se pointaient.

Vera leur a dit :

« Ce salaud m'a violée !

— Hé ! là, minute !

— Rhabille-toi, mon gars, a dit le gros flic.

— Hé ! Vera, c'est une blague ou quoi ?

— Non, vous m'avez violée ! Violée !... Puis, vous m'avez forcée à vous faire un coït buccal.

— Rhabille-toi, mon gars, a refait le gros flic. Je te le dirai pas trois fois. »

Je suis retourné dans la salle de bains et je me suis rhabillé. Quand j'en suis sorti, ils m'ont passé les menottes.

Vera a répété :

« Violeur ! »

On est descendu par l'ascenseur. Quand on a traversé le hall, les gens m'ont regardé. Vera était restée là-haut.

Les flics m'ont balancé sur la banquette arrière.

« Alors, mon gars, tu fous ta vie en l'air pour un bout de bidoche ? C'est pas raisonnable.

— C'était pas vraiment un viol.

— Avec les viols, c'est souvent le cas.

— Ouais, peut-être bien. »

Je suis passé au registre, puis ils m'ont mis en cellule.

Je me suis dit :

« Une femme raconte n'importe quoi, et on la croit. C'est ça l'égalité ? »

Puis je me suis demandé si j'avais violé Vera ou pas.

Je n'en savais rien.

J'ai fini par m'endormir. Au petit déjeuner, ils servaient du raisin, du porridge, du café et du pain. Du raisin ? Ouais. Un vrai trois étoiles.

J'étais réveillé depuis un quart d'heure quand on a ouvert la porte.

« Tu es verni, Bukowski, la dame a retiré sa plainte.

— Fantastique !

— Mais attention où tu fous les pieds.

— C'est juré ! »

On m'a rendu mes affaires et je me suis tiré. J'ai pris un bus, puis un autre et je suis descendu dans le quartier de Vera. Je me suis retrouvé devant l'Hudson Arms. Je ne sais pas quoi faire. J'ai dû rester planté devant vingt-cinq minutes. C'était un samedi. Elle devait être chez elle. J'ai traversé le hall, j'ai pris l'ascenseur. Au troisième, je suis sorti. J'ai frappé à la porte. Elle était là. Je suis entré.

« Tiens, j'ai dit, encore un dollar pour ton gamin. »

La femme a pris le dollar.

« Oh ! merci ! merci ! »

Elle a écrasé sa bouche sur la mienne. On aurait dit une ventouse mouillée. La grosse langue a jailli, je l'ai suçotée. Puis j'ai retroussé sa robe. Elle avait un beau cul. Un cul énorme. Un slip bleu immense avec un petit trou sur la fesse gauche. On se voyait en plein dans un miroir grand comme nous. J'ai mis la main sur son gros cul et j'ai fourré ma langue dans sa bouche ventouse. Nos langues se tordaient comme des serpents dingues. J'avais un gros truc entre les jambes.

Son crétin de fils était planté au milieu de la pièce et il nous faisait des grimaces.

## LES RUES NOIRES DE LA FOLIE

Je restais seul avec le môme après une grande soirée de biture chez moi, assis sans rien faire, quand dehors on se mit à jouer du klaxon, à fond FOND FOND, ça gueulait à fond, à te défoncer complètement le crâne. Les dés étaient jetés, et je traînais devant mon verre en fumant un cigare, en pensant à rien — les poètes s'étaient tirés, les poètes et leurs dames, et de ce fait c'était plutôt agréable même avec le klaxon.

Les poètes s'étaient traités d'escrocs, de nuls, de ratés, et en même temps chacun avait prétendu qu'il écrivait mieux que Truc ou Machin. Je leur avais dit à tous qu'ils feraient mieux de passer deux ans dans les mines ou devant les hauts fourneaux, mais ils avaient papoté sans débander, ces petits cons snobs et barbares qui écrivaient comme des cochons. Et maintenant ils s'étaient taillés. C'était un bon cigare. Le gosse était assis près de moi. Je venais d'écrire la préface de son second livre de poème. Le premier ? Bref.

« Ecoute, a dit le gosse, on sort et on leur dit d'aller se faire foutre. »

Le gosse écrivait pas mal, et il savait rire de lui-même, ce qui est parfois la marque du talent ou te laisse au moins une chance de ne pas ressembler à une grosse merde d'écrivain. Le monde est plein de grosses merdes d'écrivains qui te racontent leur rencontre avec Pound à Spolète ou Edmund Wilson à Boston ou Dali en caleçon ou Lowell dans son jardin ; assis dans leurs petits kimonos, ils sont là à te faire chier, et quand tu leur parles, ah ! voilà...

« La dernière fois que j'ai vu Burroughs...

— Jimmy Baldwin, grands dieux, il était soûl, il a fallu le porter sur la scène et lui foutre le nez sur le micro...

— Allez, on sort, et on leur dit de se fourrer leur klaxon dans le cul », a dit le gosse, impressionné par le mythe Bukowski (en fait, je suis lâche), l'image Hemingway et Humphrey B. et Eliot avec son caleçon en tire-bouchon.

Bon. J'ai tiré sur mon cigare. Toujours le klaxon. GUEULE À FOND. LE FOOOU.

« Laisse tomber le klaxon. Faut jamais sortir dans la rue quand tu as picolé 5 ou 6 ou 8 ou 10 heures. Ils ont des cages toutes prêtes pour les types comme nous. Je ne pourrais jamais retourner en cage. Finies leurs foutues cages. Je m'en fabrique assez tout seul.

— Je vais leur dire d'écraser », a dit le gosse.

Le gosse était impressionné par Superman, l'Homme et le Surhomme. Il aimait les costauds, les durs et les tueurs, 2 mètres, 150 kilos, qui écrivent des poèmes immortels. Le problème, c'est que les gros sont tous cinglés, et que de mignons petits pédés aux ongles laqués écrivent des poèmes de durs. Le seul à coller au modèle du gosse, c'était le grand John Thomas, et le grand John Thomas faisait toujours comme si le gosse n'était pas là. Le gosse est juif et le grand John Thomas a le béguin pour Adolph. Je les aime tous les deux et il n'y a pas beaucoup de gens que j'aime bien.

« Ecoute, a dit le gosse, je vais leur dire de se le mettre. »

Ah ! mon Dieu, le gosse était grand mais un peu gras, il avait dû bouffer tous les jours. Plutôt débonnaire, gentil, écorché, angoissé et un peu cinglé comme tout le monde. En fin de compte, personne n'a bougé, et j'ai dit :

« Pense plus au klaxon, petit. D'ailleurs, je n'ai pas l'impression que ça soit un type. On dirait plutôt une femme. Les types pianotent sur leur klaxon, et il crache une petite musique. Les femmes restent couchées dessus. Le son total, la grosse névrose femelle.

— Merde ! » a dit le gosse.

Il a couru dehors.

Je me disais : « Tout ça a-t-il un sens ? A quoi ça rime ? Les gens n'arrêtent pas de brasser de l'air. Avant de faire un geste, il faut bien calculer son coup. Voilà ce qu'Hemingway a appris en allant aux corridas, et ce qu'il a mis à profit dans son œuvre. Voilà ce que j'ai appris aux courses et appliqué dans ma vie. Braves vieux Hem et Buk. »

« Allô, Hem ? Buk à l'appareil.

— Ah ! *Buk*, ravi de t'entendre.

— Je pensais faire un saut et boire un verre.

— Ah ! ça me ferait plaisir, petit, mais tu vois, bon Dieu, dis-toi que j'suis pas vraiment en ville en ce moment.

— Pourquoi t'as fait ça, Ernie ?

— Tu as lu les journaux ? Ils ont dit que j'étais cinglé, que j'avais des visions. A l'asile et dehors. Je croyais qu'on écoutait mon téléphone, que j'avais la C.I.A. au cul, qu'on me filait, qu'on me surveillait. Tu sais, je ne faisais pas trop de politique mais j'ai toujours fricoté avec la gauche. La guerre d'Espagne, toutes ces merdes.

— Ouais, vous les littéraires, vous penchez presque tous à gauche. Ça fait romantique, mais ça peut te fourrer dans un sacré pétrin.

— Je sais. La vérité, c'est que j'avais une gueule de bois, je me savais fini et quand ils ont pris au sérieux *Le Vieil Homme et la mer*, j'ai compris que le monde était pourri.

— Ouais. Tu es revenu à ton premier style. Mais ça sonnait faux.

— Je sais que ça sonnait faux. Puis j'ai eu le PRIX et la casserole au cul. La vieillesse au cul. Picoler à droite et à gauche comme un vieux débris, raconter mes salades à qui m'écouterait. Je n'avais plus qu'à me faire sauter la caisse.

— D'accord, Ernie, à bientôt.

— D'accord. Je compte sur toi, Buk. »

Il a raccroché. Et comment !

Je suis sorti surveiller le gosse.

C'était une vieille dans une voiture neuve, une 69. Elle était couchée sur son klaxon. Elle n'avait pas de jambes. Pas de seins. Pas de cervelle. Rien qu'une voiture neuve et sa colère, une colère puissante, totale. Une autre voiture bloquait l'allée de son pavillon. J'habitais l'un des derniers taudis de DeLongpre. Un jour, le propriétaire vendrait le tout pour un paquet de dollars et je me ferais bulldozeriser. Tant pis. Chez moi, les parties duraient jusqu'au lever du soleil et je passais des jours et des nuits sur ma machine à écrire. Un cinglé vivait dans la cour d'à côté. Tout baignait dans l'huile. Une rue au nord, dix rues à l'est, et je tombais sur le trottoir où les stars d'Hollywood ont laissé leurs empreintes. Leurs noms ne me disaient rien. Je ne cours pas les cinémas. Pas de télé, et quand la radio est morte j'ai jeté le poste par la fenêtre. Bourré. Moi, pas le poste. Il y a un grand trou dans ma fenêtre. J'avais oublié la vitre, j'aurais dû l'ouvrir avant de jeter le poste. Comme j'étais bourré et nu-pieds, mon pied gauche a ramassé les éclats et le docteur, qui me charcutait sans anesthésie pour récupérer ce putain de verre, m'a demandé :

« Dites, ça vous prend souvent de marcher sans regarder où vous mettez les pieds ?

— Très souvent, mon ange. »

Il m'a donné un grand coup de bistouri en rab. Je me suis agrippé au bord de la table et j'ai dit :

« Oui, docteur. »

Ça l'a amadoué. Pourquoi les docteurs vaudraient-ils mieux que moi ? Je comprends pas. Le vieux coup du sorcier.

Bref me revoilà dans la rue, Charles Bukowski, l'ami d'Hemingway. Ernie, je n'ai jamais lu *Mort dans l'après-midi*. Où puis-je en trouver un exemplaire ?

Le gosse a dit à la folle qui ne demandait rien d'autre que le respect d'un droit de propriété à la con :

« On va déplacer la voiture, comme ça vous pourrez passer. »

Le gosse me mettait dans le coup. Je lui avais écrit sa préface, ça lui donnait donc des droits sur moi.

« Ecoute, petit, on n'a pas la place pour dégager cette voiture. Et j'en ai rien à foutre. Je vais boire un verre. »

Il s'est mis à pleuvoir. J'ai la peau très délicate, comme les alligators, et le cœur qui va avec. J'ai fait demi-tour. Merde, j'en avais plein le cul.

J'arrivais devant mon trou quand j'ai entendu des cris.

Voilà ce qui se passait : un gamin maigre et hystéro en tee-shirt blanc était en train d'engueuler mon gros poète juif. Que venait faire ce tee-shirt blanc ? Le tee-shirt blanc a cogné sur mon presque immortel poète. Il a cogné dur. La vieille folle était toujours couchée sur son klaxon.

Bukowski, est-ce bien le moment de vérifier ton crochet du gauche ? Tu cognes comme un sourd et tu gagnes une fois sur dix. A quand remonte ta dernière victoire, Bukowski ? Tu devrais t'acheter des slips de femme.

Et merde, avec ton palmarès, une défaite de plus ou de moins...

Je me suis avancé pour aider mon poète juif mais j'ai vu qu'il avait calmé le tee-shirt. Puis, sortant de l'immeuble à vingt millions de dollars voisin de mon trou à rats, une jeune femme a couru vers nous. J'ai regardé ses fesses joufflues ballotter sous le clair de lune bidon d'Hollywood.

Ma fille, je pourrais te montrer un truc que tu n'oublieras, que tu n'oublierais jamais — huit robustes centimètres de queue ballante et bringuebalante, la mienne, mais elle ne m'a pas laissé ma chance, elle et son cul ballottant ont filé vers une petite Fiaria 68, et elle a pris le volant, chatte en cavale de mon cœur de poète, elle a pris le volant, a mis les gaz, est sortie de l'allée, a failli m'écraser, moi Bukowski, BUKOWSKI, et elle a lancé sa machine dans le parking souterrain de son immeuble à vingt millions de dollars. Pourquoi n'avait-elle pas dégagé plus tôt ? Enfin.

Le type en tee-shirt blanc se démenait toujours comme un dingue, mon poète juif a reculé à ma hauteur sous la lune d'Hollywood qui goutte sur le monde comme une eau de vaisselle puante, le suicide c'est difficile, la chance va peut-être revenir, il y a ce poche PENGUIN qui sort, Norse-Bukowski-Lamantia... quoi ?

Voilà, voilà, la vieille peut passer mais elle ne s'en sort pas. Elle ne sait même pas braquer. Elle est en train de démolir la camionnette blanche devant elle. Les feux arrière descendent au premier choc. Elle pousse. Accélère. Descend la moitié de la porte arrière. Elle pousse. Accélère. Descend le pare-chocs et la moitié de l'aile gauche, non l'aile droite, c'est ça l'aile droite. Ça ne sert à rien. La voie est libre.

Bukowski-Norse-Lamantia. Poche Penguin. C'est une sacrée chance pour les deux autres, que j'y sois.

Acier cucul se remet à broyer de l'acier. A intervalles, elle se couche sur son klaxon. Tee-shirt blanc vacille sous la lune, en plein délire. J'ai demandé au gosse :

« Qu'est-ce qui se passe ?
— J' sais pas.
— Tu feras un bon rabbin plus tard. »
Le gosse fait des études de rabbin.
« Je ne comprends pas.
— J'ai besoin d'un verre, dis-je. Si John Thomas était là, il les aurait massacrés. Mais je ne suis pas John Thomas. »

J'allais me tirer, la vieille continuait à démolir la camionnette blanche, j'allais me tirer quand arrive un vieux à lunettes, en manteau marron et mou, un vrai vieux, plus vieux que moi, c'est tout dire, et il a fait face à Tee-shirt blanc. Fait face ? C'est le mot juste, non ?

Quoi qu'il en soit, comme on dit, le vieux type à lunettes, en manteau marron et mou, sort en courant avec un grand bidon de peinture verte, au moins cinq litres, ou vingt litres, je ne sais plus, et jette la peinture sur le gosse fou en tee-shirt blanc qui tourne en rond sur DeLongpre Avenue sous la lune merdeuse d'Hollywood, la peinture gicle à côté mais pas toute, à la place du cœur, une flaque de vert sur le blanc, et ça se passe très vite, plus vite qu'un battement de cœur ou de paupière, voilà pourquoi il y a dix récits d'une même action, d'une émeute, d'une bagarre ou de n'importe quoi, le cœur et les paupières ne peuvent pas s'aligner avec le frustrant animal **ACTION**, mais j'ai vu le vieux basculer, s'écrouler, je me doutais que le gosse était une petite frappe, mais certainement pas le vieux. La femme dans la voiture a cessé de tamponner et de klaxonner, et elle s'est mise à pleurer, pleurer, un pichet de larmes qui disaient la même chose que son klaxon, qu'elle était morte, foutue à jamais dans sa bagnole et qu'elle ne le savait même pas, elle était coincée, cassée, rejetée et une fibre en elle ne le comprendrait jamais — personne au fond ne perd son âme, on en pisse seulement les neuf dixièmes.

Tee-shirt blanc a touché le vieux au deuxième coup. Lui a brisé ses lunettes. L'a dégonflé. L'autre pataugeait dans son manteau marron. Le vieux s'est relevé et le gosse a recogné, il l'a envoyé au tapis, touché encore dès qu'il a levé le cul. Le gosse en tee-shirt prenait du bon temps.

Le jeune poète m'a dit :

« BON DIEU, REGARDE-LE ARRANGER LE VIEUX !

— Ummm, très intéressant », dis-je, et j'avais envie de boire un coup ou au moins de tirer sur un clope.

J'ai fait demi-tour pour rentrer chez moi. Puis j'ai vu les flics et j'ai activé. Le gosse m'a suivi.

« On va pas leur dire ce qui s'est passé ?

— Non. Il ne s'est rien passé, sauf que la vie nous a tous rendu fous ou idiots. Dans cette société, il n'y a que deux trucs qui comptent : te fais pas pincer sans fric, et te fais pas pincer défoncé, quel que soit le trip.

— Mais il aurait pas dû arranger le vieux.

— Les vieux sont faits pour ça.

— Et la justice ?

— C'est ça la justice : les jeunes enterrent les vieux, les vivants enterrent les morts. Tu ne comprends pas ?

— Tu dis ça, *toi*, le vieux ?

— Je sais, allez, rentre. »

J'ai sorti de la bière et on s'est assis. A travers le mur, on entendait la radio de ces flics à la con. Deux gosses de vingt ans avec des revolvers et des matraques devenaient les maîtres du jeu à cause de deux mille ans de christianisme taré, homosexuel et sadique.

Aucun doute, ils se sentaient bien dans leur uniforme, bien lisses et bien gras. La plupart des policiers sont des larbins prolétarisés, on leur jette un steak dans la poêle à frire, une femme avec un cul et des jambes potables, et une petite maison tranquille à Etronville, et ils vous tueraient pour prouver que Los Angeles est une ville propre, suivez-nous, monsieur, désolé, monsieur, ce sont les ordres, monsieur.

2000 ans de christianisme et ça donne quoi ? Des radios de flics qui essaient de recoller les bouts de merde, et quoi encore ? Des guerres partout, des petits bombardements, des truands dans les rues, des coups de couteau, tellement de cinglés qu'on ne les voit même plus, qu'on les laisse cavaler dans la rue en uniforme ou pas.

On est donc rentré et le gosse a insisté :

« Viens, on va dire à la police ce qui s'est passé.

— Non, petit, pas ça. Quand tu es soûl, c'est toi le coupable à tous les coups.

— Ils sont juste en face, on va leur dire.

— Il n'y a rien à dire. »

Le gosse m'a regardé comme si j'étais un trouillard. Il avait raison. Il n'avait jamais passé plus de sept heures en taule, après une manif sur le campus de L.A.

« Petit, je crois que la nuit est finie. »

Je lui ai lancé une couverture sur le divan et je suis allé dormir. J'ai emporté deux bières, je les ai ouvertes et posées à la tête du lit, de location comme le reste, j'en ai bu une bonne rasade, je me suis allongé et j'ai attendu la mort, comme ont dû le faire Cummings, Jeffers, l'éboueur, le grouillot et l'espion...

J'ai fini mes deux bières.

Le gosse s'est réveillé vers neuf heures et demie. Je ne comprends pas les lève-tôt. Micheline aussi était une lève-tôt. Elle courait partout, sonnait aux portes, réveillait tout le monde. Ils s'agitent, ils démoliraient les murs. J'ai toujours pensé qu'un homme qui se lève avant midi est cinglé. Norse avait trouvé mieux — assis en pyjama et kimono, il laissait le monde tourner.

J'ai mis le gosse à la porte et il s'est enfoncé dans la jungle du monde. La peinture verte avait séché sur le bitume. La colombe de Maeterlinck était morte. Hirschman était assis dans une chambre noire et saignait de la narine droite.

J'ai écrit une autre PRÉFACE pour un autre livre de poèmes. A qui le tour ?

« Eh, Bukowski, je t'ai amené ce livre de poèmes. Tu devrais le lire et en dire deux mots.

— Deux mots ? Mais je n'aime pas la poésie, mec.

— Parfait. Deux mots suffiront. »

Le gosse était loin. J'ai eu envie de chier. Les chiottes étaient bouchées. Le propriétaire parti pour trois jours. J'ai pris la merde et je l'ai mise dans un sac de papier brun. Puis je suis sorti avec le sac comme un type qui part au travail avec son casse-croûte. J'ai trouvé une poubelle et j'y ai jeté le sac. Trois préfaces. Trois sacs de merde. Personne ne saura jamais les souffrances de Bukowski.

Je suis revenu chez moi, en rêvant de femmes à l'horizontale et de gloire éternelle. Je préférais avoir les femmes. Et je n'avais plus de sacs en papier. Dix heures. C'était le facteur. Une lettre de Beiles, de Grèce. Il disait qu'il pleuvait aussi là-bas.

Parfait. Je me retrouvais tout seul, et la folie de la nuit était la folie du jour. Je me suis installé sur le lit, à l'horizontale, les yeux au plafond, et j'ai écouté tomber cette putain de pluie.

## UNE VILLE SATANIQUE

Frank descendit par l'escalier. Il n'aimait pas les ascenseurs.

Il n'aimait pas grand-chose mais il détestait moins l'escalier que l'ascenseur.

Le réceptionniste l'appela :

« Monsieur Evans ! Voulez-vous venir ici, s'il vous plaît ? »

Le réceptionniste avait une gueule en bouillie de maïs. Frank devait déjà se retenir pour ne pas taper dessus. Le réceptionniste jeta un œil dans le hall et se pencha vers Frank.

« Monsieur Evans, nous vous avons à l'œil. »

De nouveau, le réceptionniste regarda dans le hall, personne en vue, et il se repencha vers Frank.

« Monsieur Evans, nous vous avons à l'œil et, à notre avis, vous perdez la boule. »

Le réceptionniste se redressa et regarda Frank droit dans les yeux.

« Je crois que je vais aller au cinéma, dit Frank. Ils jouent de bons films en ville ?

— Ne nous écartons pas du sujet, monsieur Evans.

— D'accord, je perds la boule. Et après ?

— Nous voulons vous aider, monsieur Evans. Je crois que nous avons retrouvé un morceau de votre cerveau. Vous voulez que je vous le rende ?

— C'est ça, rendez-le moi, ce morceau. »

Le réceptionniste plongea la main sous le comptoir et sortit quelque chose enroulé dans de la cellophane.

« Tenez, monsieur Evans.

— Merci. »

Frank glissa le paquet dans la poche de son manteau et s'en alla. Il faisait bon en ce soir d'automne, et il descendit la rue, vers l'ouest. Il entra dans une impasse, et il plongea la main dans son manteau, prit le paquet et défit la cellophane. On aurait dit du fromage. Ça sentait le fromage. Il en mâcha un bout. Ça avait le goût de fromage. Il mangea tout et revint dans la rue où il continua son chemin.

Il entra dans un cinéma, acheta son billet et s'enfonça dans l'obscurité. Il s'assit dans le fond. Il n'y avait pas grand-monde. La salle puait l'urine. Sur l'écran, les filles portaient des robes des années vingt et les hommes avaient de la vaseline plein leurs cheveux, bien tirés en arrière. Tous avaient de longs nez et même les hommes devaient s'être passé du mascara sous les yeux. Ce n'était même pas un film parlant. Des mots s'inscrivaient sous l'image : BLANCHE VENAIT D'ARRIVER DANS LA GRANDE VILLE. Un type aux cheveux lisses et gras obligeait Blanche à boire du gin au goulot. On voyait que Blanche allait être soûle. BLANCHE PERDIT CONSCIENCE, SOUDAIN IL L'EMBRASSA.

Frank jeta un œil dans la salle. De tous côtés, des têtes avaient l'air de s'agiter. Pas une seule femme en vue. Les types se suçaient entre eux. Et que je te suce et que je te resuce. Ils avaient l'air increvables. Les types seuls devaient se branler. Frank s'était régalé avec le fromage. Si seulement le réceptionniste lui en avait donné plus.

IL SE MIT À DEVÊTIR BLANCHE.

Chaque fois qu'il jetait un œil, le type se rapprochait de lui. Quand Frank regardait le film, le type en profitait pour gagner deux ou trois fauteuils.

IL FIT L'AMOUR AVEC BLANCHE PARALYSÉE PAR L'ALCOOL.

Frank se retourna. Le type n'était plus qu'à trois fauteuils. Il respirait bruyamment. Puis le type vint s'asseoir à côté de lui.

« Ah ! merde, dit le type, ah ! merde, aaa, aaa, aaaaaa ! Oh ! oh ! isssss, ah ! »

LE LENDEMAIN MATIN, QUAND BLANCHE S'ÉVEILLA, ELLE SE RENDIT COMPTE QU'ON L'AVAIT KIDNAPPÉE.

Le type puait comme s'il ne s'était jamais essuyé le cul. Il se pencha sur Frank et sa bouche suinta la salive.

Frank pressa le bouton du cran d'arrêt.

« Gaffe ! dit-il au type, si tu te serres trop, tu vas te faire mal !

— Ah ! mon Dieu ! » fit le type.

Il se leva et cavala entre les fauteuils jusqu'au mur, puis obliqua vers les premiers rangs. Deux types s'activaient. Le premier branlait l'autre qui se penchait sur lui. Le type qui avait embêté Frank s'assit pour les regarder.

PEU DE TEMPS APRÈS, BLANCHE SE RETROUVA DANS UNE MAISON CLOSE.

Frank eut envie de pisser. Il se leva et marcha vers les chiottes pour HOMMES. Il y entra. Ça puait à l'intérieur. Il se boucha le nez, ouvrit une cabine et y pénétra. Il sortit son pénis et il se mit à pisser quand il entendit des bruits.

« Aaaaah, merde, aaaaa, merde, aaaaaah, mon Dieu, un serpent, c'est un cobra, ah, mon Dieu, seigneur, aaah, aaah ! »

Il y avait un trou dans la cloison entre les cabines. Frank aperçut l'œil d'un type. Il souleva son outil, le tourna vers le trou et pissa dans l'œil du type.

« Aaaaah, aaaaah, espèce de salaud ! dit le type, fumier, cochon ! »

Il entendit le type déchirer du papier et s'essuyer la figure. Puis le type se mit à pleurer. Frank sortit de la cabine et se lava les mains. Il n'avait pas envie de voir la fin du film. Il se retrouva dans la rue, sur le chemin de l'hôtel. Puis dans le hall. Le réceptionniste lui fit signe de la tête.

« Ouais ? demanda Frank.

— Ecoutez, monsieur Evans, je m'excuse. Ce n'était qu'une plaisanterie.

— Hein ?

— Vous savez bien.

— Non.

— Mais si, j'ai dit que vous perdiez la boule. C'est que j'avais trop bu. Ne le dites à personne, on me foutrait à la porte. Ce n'était qu'une blague.

— C'est vrai que je perds la boule, répondit Frank, et merci pour le fromage. »

Il tourna les talons et il prit l'escalier. Arrivé dans sa chambre, il s'assit à la table, sortit le cran d'arrêt, pressa le bouton et examina la lame. Le tranchant était bien affûté. Ça pouvait percer ou tailler. Il répressa sur le bouton et remit le couteau dans sa poche. Puis Frank chercha un stylo, du papier, et commença d'écrire :

« Chère maman,

« C'est la ville du mal. Tout est contrôlé par le diable. Le sexe est partout et les gens ne suivent pas la voie du Beau, comme Dieu l'a voulu, mais celle du Mal. Oui, le sexe est sûrement tombé entre les mains du Diable, entre les mains du Mal. On oblige les petites filles à boire du gin, puis ces cochons les déflorent et les emmènent dans des maisons closes. C'est terrible. Incroyable. Ça me déchire le cœur.

« Aujourd'hui, j'ai été me promener au bord de la mer. Pas vraiment au bord, mais sur la crête des falaises, puis je me suis arrêté et je me suis assis là-haut pour respirer en pleine Beauté. La mer, le ciel, le sable. La vie s'est faite Béatitude Eternelle. Puis un vrai miracle s'est produit. Trois petits écureuils m'ont aperçu et ils se sont mis à escalader la falaise. Je voyais leurs petits museaux pointer vers moi entre les roches et les failles de la falaise pendant qu'ils grimpaient. Enfin ils se sont arrêtés à mes pieds, à me regarder de tous leurs yeux. Jamais, maman, jamais je n'ai vu regard plus beau — pur de tout Péché : on y voyait les cieux, les mers et l'Eternité. J'ai fini par bouger et ils... »

On frappa à la porte. Frank se leva pour ouvrir. C'était le réceptionniste.

« Monsieur Evans, s'il vous plaît, j'ai quelque chose à vous dire.

— Ça va, entrez. »

Le réceptionniste referma la porte et resta debout en face de Frank. Il puait le vin.

« Monsieur Evans, ne parlez pas au directeur de notre petit quiproquo.

— Je ne sais pas...

— Vous êtes quelqu'un de bien, monsieur Evans. C'est que j'avais trop bu.

— Je vous pardonne. Partez maintenant.

— Monsieur Evans, j'ai quelque chose à vous dire.

— Bon. Quoi donc ?

— Je vous aime, monsieur Evans.

— Vous parlez de mon âme, hein, mon garçon ?

— Non, de votre corps, monsieur Evans.

— Quoi ?

— Votre corps, monsieur Evans. Ne vous fâchez pas, mais j'aimerais tant que vous m'enculiez !

— Hein ?

— Enculez-moi, monsieur Evans. Je me suis fait enculer par la moitié de la Marine américaine. Les petits gars connaissent les bonnes choses, monsieur Evans. Il n'y a rien de meilleur qu'un joli petit trou du cul !

— Sortez de ma chambre immédiatement ! »

Le réceptionniste jeta ses bras autour du cou de Frank et écrasa sa bouche sur la bouche de Frank. Le réceptionniste avait une bouche froide et humide, qui puait. Frank se dégagea.

« TU M'AS EMBRASSÉ, fils de pute !

— Je vous aime, monsieur Evans !

— Fumier ! »

Frank tira le couteau, pressa le bouton, et la lame

gicla. Frank l'enfonça dans le ventre du réceptionniste. Il ressortit la lame.

« Monsieur Evans... mon Dieu... »

Le réceptionniste tomba par terre. Il se tenait le ventre à deux mains pour essayer d'arrêter le sang.

« TU M'AS EMBRASSÉ, salaud ! »

Frank défit la braguette du réceptionniste. Il attrapa son pénis, le tira vers lui et le trancha aux trois quarts de la longueur.

« Ah ! mon Dieu, mon Dieu, mon Dieu, mon Dieu », hoqueta le réceptionniste.

Frank passa dans la salle de bains et jeta le truc dans les toilettes. Puis il tira la chasse et se lava soigneusement les mains, avec de l'eau et du savon. Il s'essuya et revint s'asseoir devant la table. Il prit son stylo.

« ... se sont enfuis mais j'avais vu l'Eternité.

« Maman, je dois quitter cette ville, cet hôtel, presque tous les corps sont contrôlés par le Diable. Je t'écrirai de la prochaine ville — San Francisco peut-être, Portland ou Seattle. J'ai envie de monter vers le nord. Je pense à toi sans cesse et j'espère que tu es heureuse et en bonne santé, et puisse le Seigneur te guider à jamais.

« Tendresse,

« ton fils,

« Frank. »

Il écrivit l'adresse sur l'enveloppe, la ferma et y colla un timbre. Il se leva et glissa l'enveloppe dans la poche intérieure de son manteau qui pendait dans le placard. Il sortit sa valise du placard, l'ouvrit à plat sur le lit et commença à y ranger ses affaires.

## BIÈRE, POÈTES ET BARATIN

Putain de nuit ! Willie avait dormi dans les champs à la sortie de Bakersfield la nuit d'avant. Dutch était venu avec un copain. J'étais tout gonflé de bière. Je préparais des sandwiches. Dutch causait littérature et poésie ; j'avais essayé de le virer mais il s'incrustait. Dutch tient une librairie du côté de Pasadena, de Glendale ou d'ailleurs. On a parlé des émeutes. Ils m'ont demandé ce que j'en pensais et je leur ai dit que je verrais bien, que les réponses viendraient d'elles-mêmes. C'était bien de savoir attendre. Willie m'a pris un cigare, il a déchiré l'étui et il l'a allumé.

« Comment fais-tu pour écrire des articles dans les journaux ? a dit quelqu'un. Tu te foutais de Lipton à cause de ses articles, et maintenant tu fais comme lui.

— Lipton écrit des trucs de gauche à la Walter Winchell. Moi je fais de l'Art. C'est toute la différence.

— Eh, vieux, il te reste des oignons ? » a demandé Willie.

Je suis allé dans la cuisine chercher des oignons verts et de la bière. Willie sortait tout droit d'un roman — un roman que personne n'avait encore écrit. C'était une touffe de poils, crâne et barbe. Blue jeans rapiécés. Une semaine, il était à Frisco. Quinze jours après, à Albuquerque. Puis encore ailleurs. Il charriait avec lui, où qu'il aille, un lot de poèmes qu'il avait choisis pour sa revue. Cette sacrée revue verrait-elle jamais le jour ? Dieu seul le savait. Willie Fildefer, mince, danseur, immortel. Il écrivait bien. Il lui arrivait d'avoir la dent dure, mais c'était sans haine. Il laissait tomber des sentences, à vous de les retenir. Une frivolité pleine de grâce.

J'ai encore sacrifié des bières. Dutch pexait toujours sur la littérature. Il venait de publier *Branchement automobile sur la 18ᵉ dynastie égyptienne* de D.R. Wagner. Du bon boulot. Le petit copain de Dutch se contentait d'écouter — la nouvelle génération : muette mais très présente. Willie s'acharnait sur un oignon :

« J'ai parlé à Neal Cassady. Il a tourné complètement barge.

— Ouais, il veut sa statue. L'imbécile. Il se construit un mythe bidon. Kerouac l'a mis dans son bouquin et ça lui a fait péter la tête.

— Rien de tel, ai-je dit, que les sales petits cancans littéraires, hein mec ?

— Oui, a dit Dutch, parlons boutique. Tout le monde parle boutique.

— Dis, Bukowski, tu crois sincèrement qu'on écrit encore de la poésie de nos jours ? Lowell a fait son temps, tu sais.

— Presque tous les grands viennent de mourir — Frost, Cummings, Jeffers, W.C. Williams, T.S. Eliot, et les autres. Et Sandburg il y a deux jours. Tous à la file, on dirait qu'ils meurent ensemble, le Vietnam les a mis K.O. et ces émeutes à n'en plus finir. C'est un nouvel âge qui commence, étrange, pressé, pourrisseur. Regardez les jupes aujourd'hui, presque au ras du cul. Tout change très vite et tant mieux, c'est une bonne chose. Mais l'establishment tremble pour sa culture. La culture est un stabilisateur. Rien de tel qu'un musée, un opéra de Verdi ou un poète bégueule pour freiner le progrès. Lowell a foncé dans la brèche, en montrant patte blanche. Lowell est assez intéressant pour t'empêcher de dormir mais assez flou pour être inoffensif. Ce qui vient à l'esprit quand on le lit, c'est que ce môme n'a jamais crevé la faim, ni eu mal aux dents. C'est un peu le cas de Creeley et j'imagine que l'establishment a hésité un moment entre Creeley et Lowell. Il a fini par choisir Lowell parce que Creeley n'avait pas l'air aussi mou et qu'on ne pouvait pas lui faire confiance — c'est le genre de type à se pointer à un pique-nique chez le Président et à chatouiller les invités avec sa barbe. Ça devait donc être Lowell, et c'est Lowell qu'on a eu.

— Alors où sont les vrais poètes ?

— Pas en Amérique. Et je n'en vois que deux ou trois. Harold Norse, qui console sa neurasthénie hypocondriaque en Suisse, racle les poches de riches mécènes, a la chiasse, des vapeurs et peur des fourmis. Il n'écrit plus beaucoup, il devient fou comme nous autres. Mais QUAND il écrit, quelle claque. L'autre, c'est Al Purdy. Pas Al Purdy le romancier, Al Purdy le poète. Il y en a deux. Al Purdy vit au Canada, il cultive sa vigne et presse son vin. C'est un ivrogne, une vieille carcasse de quarante ans. Sa femme l'entretient pour qu'il puisse écrire ses poèmes et il faut reconnaître qu'une femme comme ça, c'est une merveille. Nous, on en a jamais rencontré une pareille. Bref, le gouvernement canadien lui file une sorte de bourse, deux briques de temps en temps, et l'a envoyé au pôle Nord pour qu'il raconte la vie là-bas, ce qu'il a fait : des poèmes lumineusement cinglés sur les oiseaux, les gens et les chiens. Bon Dieu, il a écrit un jour un bouquin de poésie qui s'appelle *Chansons pour toutes les Annette* qui m'a presque fait pleurer du début à la fin. Parfois c'est bon d'admirer, d'avoir des héros, c'est bon de savoir qu'un autre se traîne aussi un morceau du boulet.

— Tu ne crois pas que tu écris aussi bien que ces gars-là ?

— Des fois oui. Le plus souvent, non. »

La bière a coulé et j'ai eu envie de chier. J'ai donné cinq dollars à Willie et je lui ai dit que ça serait une bonne idée de ramener une douzaine de grandes Schlitz (c'est une pub). Ils se sont tirés tous les trois et je me suis installé sur les chiottes. D'accord pour brasser les grands problèmes de l'époque, mais je préférais encore faire ce que je faisais. J'ai pensé à l'hôpital, aux courses, à quelques filles que j'ai connues, à quelques filles que j'ai enterrées, à bout de bitures, à bout de baise, mais pas à bout d'arguments. Des ivrognesses folles à lier qui m'avaient allumé d'amour, qui savaient y faire. Puis j'ai entendu ça derrière la cloison :

« Ecoute, Johnny, tu ne m'as pas embrassée une seule fois cette semaine. Qu'est-ce qui ne va pas, Johnny ? Dis, parle-moi, je veux que tu me parles.

— Fous le camp, bon Dieu. J'ai pas envie de te parler. LAISSE-MOI SEUL, VEUX-TU ? BON DIEU, LAISSE-MOI SEUL !

— Ecoute, Johnny, je veux seulement que tu me parles, je n'en peux plus. Tu n'as pas besoin de me toucher, seulement de me parler, mon Dieu, Johnny, je n'en peux plus, JE N'EN PEUX PLUS, MON DIEU !

— BON DIEU, JE T'AI DIT DE ME LAISSER SEUL ! LAISSE-MOI SEUL, BON DIEU, LAISSE-MOI SEUL, LAISSE-MOI SEUL, LAISSE-MOI SEUL, VEUX-TU ?

— Johnny... »

Il a cogné dur. Une gifle. Vraiment dur. J'ai failli tomber de ma cuvette. D'après les bruits, elle laissait pisser et s'en allait.

Puis Dutch, Willie et le mousse sont revenus. Ils ont

ouvert les bouteilles. J'ai liquidé mon affaire et je suis retourné auprès d'eux.

« Je prépare une anthologie, a dit Dutch, une anthologie des meilleurs poètes vivants, rien que les grands.

— Parfait, a dit Willie, pourquoi pas ? »

Puis il m'a vu :

« Tu as bien chié ?

— Pas terrible.

— Non ?

— Non.

— Tu as besoin de laxatif, tu devrais manger plus d'oignons verts.

— Tu crois ?

— Ouais. »

J'ai tendu la main vers les oignons et j'en ai mangé deux. Ça serait peut-être meilleur la prochaine fois. A côté, ça continuait, émeutes, bières, baratin, littérature, pendant qu'ailleurs des jolies petites poules faisaient le bonheur des gros milliardaires. J'ai tendu la main vers un cigare, j'ai déchiré l'étui, ôté la bague, planté le bidule dans ma drôle de gueule vérolée, puis j'ai allumé le tout. Rater un bouquin ou rater une fille, c'est pareil : il n'y a pas grand-chose à y faire.

## UNE CHARMANTE HISTOIRE D'AMOUR

Je me retrouvais sans un — une fois de plus — dans le quartier français de La Nouvelle-Orléans, et Joe Blanchard, le rédacteur en chef du journal underground *Les murs tremblent*, m'accompagnait jusqu'à la baraque qui faisait le coin, un de ces immeubles blanc sale à volets verts avec des escaliers bien raides. On était un dimanche et j'attendais de toucher les droits, ou plutôt une avance sur un bouquin porno que j'avais écrit pour les Allemands, mais les Allemands me faisaient patienter avec des lettres comme quoi leur patron était un poivrot, qu'ils étaient à découvert parce que le vieux avait liquidé son compte à la banque, ou plutôt l'avait noyé dans l'alcool et les partouzes et que donc ils étaient sans un mais qu'ils s'occupaient de virer le vieux et aussitôt que...

Blanchard a tiré la sonnette.

Une grosse fille fanée est venue ouvrir, elle devait peser dans les cent trente ou cent cinquante kilos. Elle était attifée d'une espèce de drap et avait de tout petits yeux. C'est tout ce qu'elle avait de petit, d'ailleurs. Elle s'appelait Marie Glaviano, et elle tenait un bistrot du quartier français, un tout petit bistrot, le deuxième truc qui ne prenait pas trop de place dans le tableau. Mais c'était un chouette bistrot, avec des nappes rouge et blanc, des menus hors de prix et pas un seul client. Une grosse mama noire du bon vieux temps se tenait à l'entrée. En fait, cette grosse mama rappelait le bon temps, le bon vieux temps, mais le bon vieux temps s'en était allé, et les touristes ne faisaient plus que de la marche à pied. Ils se contentaient d'aligner un pas derrière l'autre et de regarder le paysage. Ils n'entraient plus dans les bistrots. Ils ne se soûlaient même plus. Plus rien ne payait. Le bon temps, c'était hier. Tout le monde s'en foutait et tout le monde était fauché, et ceux qui ne l'étaient pas gardaient leur pognon. Les temps avaient changé et pas dans le bon sens. On regardait de loin les révolutionnaires et les flics qui s'étripaient. Le spectacle valait le coup, c'était gratuit et l'argent restait au fond des poches, quand il y avait de l'argent.

« Bonjour, Marie, a dit Blanchard. Marie, voici Charley Serkin. Charlie, Marie.

— 'jour, fis-je.

— Bonjour, a dit Marie.

— On entre une minute, Marie », a dit Blanchard.

(Il y a deux dangers avec l'argent : en avoir trop ou pas assez. Et une fois de plus je me retrouvais du côté de « pas assez ».)

On a grimpé l'escalier et on a suivi Marie dans un de ces interminables appartements-couloirs, tout en longueur, pour déboucher dans la cuisine et nous asseoir autour de la table. Il y avait des fleurs dans une tasse. Marie a décapsulé trois bouteilles de bière, puis s'est assise.

« Ecoute, Marie, a dit Blanchard, Charley est un génie. Il a le couteau sous la gorge. Je suis sûr qu'il s'en sortira, mais en attendant... il n'a plus où crécher. »

Marie m'a regardé :

« T'es un génie ? »

J'ai avalé une bonne rasade de bière.

« Franchement, c'est difficile à dire. La plupart du temps, je me sens un peu anormal. Ça doit venir de ces grandes poches d'air que j'ai dans la tête.

— Il peut rester », a dit Marie.

C'était lundi, le jour de repos de Marie, Blanchard s'est levé et il nous a laissés dans la cuisine. La porte d'entrée a claqué, Blanchard était parti.

« Qu'est-ce que tu fais dans la vie ? a demandé Marie.

— Je compte sur la chance.

— Tu me rappelles Marty.

— Marty ? » dis-je, et j'ai pensé : « Bon Dieu, nous y voilà. »

Nous y étions.

« Tu es laid, tu sais. Enfin, pas vraiment laid, plutôt ravagé, tu vois. Tu es vraiment très ravagé, et même plus que Marty. Marty était un bagarreur, et toi ?

— C'est un de mes problèmes, la bagarre n'est pas mon fort.

— En tout cas, tu as la même tête que Marty. Ravagé mais gentil. Je connais le genre. Je pige les bonhommes du premier coup. J'aime bien ta gueule. T'as une bonne gueule. »

Comme je ne trouvais rien à dire sur sa gueule, j'ai demandé :

« Tu as des cigarettes, Marie ?

— Bien sûr, chéri. »

Elle a plongé la main dans son espèce de drap et elle a tiré un paquet plein d'entre ses seins. Elle aurait pu y trimbaler les provisions de la semaine. C'était assez drôle. Elle m'a ouvert une autre bière.

J'en ai bu une bonne lampée, puis je lui ai dit :

« Je pourrais certainement te baiser à t'en faire pleurer.

— Ecoute-moi bien, Charley, dit-elle, il ne faut pas me parler comme ça. Je suis une fille bien. Ma mère

m'a appris les bonnes manières. Si tu répètes ça, je te mets dehors.
— Excuse-moi, Marie, je plaisantais.
— Eh bien, je n'aime pas ce genre de plaisanteries.
— Ça va, j'ai compris. Tu as du bourbon ?
— Du scotch.
— Va pour le scotch. »

Marie a sorti une bouteille à peine entamée. Et deux verres. On s'est servi des scotches à l'eau. Cette femme-là avait vécu. Ça se voyait. Elle avait bien vécu dix ans de plus que moi. D'accord, l'âge n'est pas un crime. Mais la plupart des gens vieillissent mal.

« Tu ressembles à Marty, a-t-elle répété.
— Et toi tu ne ressembles à personne que je connaisse.
— Je te plais ?
— Il faut bien. »

Cette fois, elle ne m'a pas rembarré. On a picolé une heure ou deux, surtout de la bière avec une goutte de scotch de temps en temps, puis elle m'a montré mon lit. On a traversé une chambre au passage et elle n'a pas manqué de me dire :

« Voilà mon lit. »

C'était un grand lit. Le mien se trouvait à côté d'un autre. Bizarre. Mais ça ne voulait rien dire de précis.

« Tu peux dormir dans celui que tu veux, a dit Marie, ou dans les deux. »

Quelque chose dans sa voix sonnait comme un reproche...

Comme il se doit, j'avais mal au crâne le lendemain matin et je l'ai entendue s'activer dans la cuisine, mais je préférais ne pas broncher. Je l'ai entendue allumer la télé pour regarder les nouvelles. La télé était posée sur le coin de la table, et j'ai entendu le sifflet de la cafetière, le café sentait bon mais je n'aimais pas l'odeur des œufs au bacon et des frites, ni le bruit du journal télévisé, j'avais envie de pisser et j'avais soif, mais je ne voulais pas que Marie sache que j'étais réveillé, j'ai donc attendu, tranquillement emmerdé, et j'avais envie d'être seul, j'avais envie d'être le patron ici et elle qui continuait à s'activer, s'activer. Elle a fini par débouler vers mon lit et m'a dit :

« Faut que j'y aille, je suis en retard.
— Salut, Marie. »

Quand la porte a claqué, je me suis levé, j'ai couru aux chiottes et j'ai pissé, j'ai chié, et j'étais assis là, dans ces chiottes de La Nouvelle-Orléans, loin de chez moi, quand j'ai aperçu une araignée assise au milieu de sa toile dans un coin du plafond, et qui me regardait. Cette araignée était là depuis longtemps, je m'en rendais compte. Depuis beaucoup plus longtemps que moi. D'abord, j'ai pensé à la tuer. Mais elle était si grasse, si heureuse, si laide, et la piaule lui appartenait. Je me suis levé, je me suis essuyé le cul et j'ai tiré la chasse. Quand je suis sorti des chiottes, l'araignée m'a fait un clin d'œil.

Je n'avais pas envie de tripoter ce qui restait de scotch et je me suis assis dans la cuisine, nu, pensif, mais comment font les gens pour me croire ? Qui suis-je ? Les gens sont cinglés, les gens sont naïfs. Ça me donnait un avantage. Vraiment, bon Dieu. Je vivais depuis dix ans en me les roulant. Les gens me donnaient de l'argent, à bouffer, un endroit où dormir. Qu'ils me prennent pour un idiot ou un génie, ce n'était pas important. Moi je savais. Je n'étais ni l'un ni l'autre. Je me moque de savoir pourquoi les gens me font des fleurs. Je prends les fleurs, et je les prends sans triomphe ni contrainte. Mon seul principe est de ne rien *demander*. Pour coiffer le tout, un petit microsillon tournait en crissant au sommet de mon crâne et c'était toujours le même refrain : « Bouge pas, bouge pas. » Ça me semblait correct comme idée.

Bref, après le départ de Marie, je suis resté assis dans la cuisine et j'ai bu trois bières que j'ai prises dans le frigidaire. Je ne suis pas très porté sur la bouffe. Je connais l'amour des gens pour la bouffe. Moi, ça m'emmerde. D'accord, pour tout ce qui est liquide, mais le reste me fatigue. J'aime la merde, j'aime chier, j'aime la crotte, mais quel boulot pour en fabriquer !

A la troisième bière, j'ai remarqué un porte-monnaie posé sur le siège à côté de moi. Bien sûr, Marie en avait emporté un autre au boulot. Aurait-elle été assez folle ou assez gentille pour me laisser de l'argent ? J'ai ouvert le truc. Tout au fond, il y avait un billet de dix dollars.

Bon, Marie me mettait à l'épreuve et je me montrerais à la hauteur.

J'ai pris les dix dollars et je suis retourné dans ma chambre m'habiller. Je me sentais bien. Après tout, de quoi a-t-on besoin pour survivre ? De rien. C'est vrai. En plus, j'avais la clef de la piaule.

J'ai tiré la porte et l'ai verrouillée contre les voleurs, ha ! ha ! ha ! et je me suis retrouvé dans la rue.

Quartier français, c'était un quartier débile, mais il fallait faire avec. Je devais tirer parti de tout, eh oui. Donc... ah ! je descendais la rue... Mais le problème avec le quartier français c'est qu'à l'inverse de n'importe quelle ville civilisée on n'y trouve aucun marchand de vins. Ça doit être voulu et faire les choux gras des cloaques affreux qui sont ouverts à tous les coins de rue. Et dès que j'entre dans un de ces bars « pittoresques » j'ai envie de vomir. Ce que je fais d'ailleurs souvent, en courant jusqu'à un pissoir puant l'urine et en gerbant des litres et des litres d'œufs au plat et de frites graisseuses, à moitié cuites. Ensuite, après un dernier rot, je reviens dans la salle et je les regarde : le seul être plus solitaire et plus abruti que le patron est le barman, surtout s'il est aussi le proprio. Vu ?

Donc je reviens à mon histoire. Je sortais de chez Marie et devinez où j'ai trouvé mes trois packs de bière ? Dans une petite épicerie qui vendait du pain rassis, avec toute sa peinture écaillée, le sourire moitié pute de la solitude... au secours, au secours... terrible, oui, et ils n'éclairaient même pas la boutique, la lumière, ça coûte trop cher, et je débarquais, moi le premier type à acheter un pack depuis trois semaines et le premier à acheter trois packs depuis dix-huit ans, ah ! mon Dieu, la femme a failli basculer en avant sur sa caisse enregistreuse... Le choc. J'ai cueilli ma monnaie et mes dix-huit bouteilles de bière et je suis parti en courant sous le soleil idiot du quartier français.

J'ai mis le reste de fric dans le porte-monnaie sur la table de la cuisine et je l'ai laissé ouvert pour que Marie puisse le voir. Puis je me suis assis et j'ai pris une bière.

Ça faisait du bien d'être seul. En fait, je n'étais pas seul. A chaque fois que j'allais pisser, je voyais l'araignée et je pensais : « Attends, l'araignée, ça va bientôt être ta fête. Je n'aime pas ta façon de guetter dans un coin sombre, d'attraper des punaises et des mouches et de leur sucer le sang. Tu sais, tu es le Mal, Madame l'Araignée. Et moi je suis le Bien. Enfin, c'est ma façon de voir. Tu es glacée, noire, sans cervelle, la verrue de la mort, voilà ce que tu es. Allez suce. Tu es la meilleure. »

J'ai trouvé un balai dans le débarras, je suis revenu et je l'ai écrasée dans sa toile. Parfait, c'était parfait, elle était là, au-dessus de ma tête, je ne pouvais pas m'empêcher de la tuer. Mais comment Marie avait-elle pu poser son gros cul sur la cuvette et chier, le nez sur cette chose ? L'avait-elle vue ? Peut-être pas.

Je suis revenu dans la cuisine et j'ai repris de la bière. Puis j'ai allumé la télé. Types en papier, types en verre. J'ai eu l'impression d'être cinglé et j'ai tourné le bouton. J'ai continué à boire. Puis je me suis cuit deux œufs et j'ai fait griller deux tranches de bacon. Je me suis forcé à manger. On oublie parfois de manger.

Le soleil traversait les rideaux. J'ai bu toute la journée. Je jetais les bouteilles vides dans la poubelle. Le temps a passé. Puis la porte s'est ouverte à la volée. C'était Marie.

« Bon Dieu, criait-elle, tu sais ce qui arrive ?
— Non, je ne sais pas.
— Ah ! bon Dieu !
— *Quesquisse* passe, chérie ?
— J'ai fait brûler la compote de fraises !
— Ah ! oui ? »

Elle tournait en rond dans la cuisine, avec son gros cul qui ballottait. Elle était folle. Elle déménageait. Pauvre vieux con gras.

« J'avais cette compote en train quand une de ces foutues touristes est entrée, une riche, la première cliente de la journée, et qui aime les petits chapeaux que je fais, tu vois... Elle est plutôt mignonne et tous les chapeaux lui vont bien, mais ça lui pose un problème, puis on se met à parler de Detroit, elle connaît quelqu'un que je connais moi aussi à Detroit, et on parle et on parle et tout d'un coup JE LE SENS, MA COMPOTE BRÛLE ! Je cours dans la cuisine, mais trop tard... quelle saleté ! Les fraises avaient débordé de partout et ça puait, c'était carbonisé, c'était dégoûtant et on ne pouvait rien récupérer, rien ! Quel malheur !

— Je suis désolé. Et tu lui as vendu un chapeau ?
— Je lui en ai vendu deux. Elle n'arrivait pas à se décider.
— Je suis désolé pour les fraises. J'ai tué l'araignée.
— Quelle araignée ?
— Je le savais bien.
— Tu savais quoi ? Quelle araignée ? Il n'y a que des bestioles d'insectes ici.
— On m'a appris que les araignées ne sont pas des bestioles. Ça dépend du nombre de pattes... je n'en sais rien et je m'en fous.
— Les araignées ne sont pas des bestioles, alors c'est quoi ?
— Ecoute, j'ai tué cette putain de bête, c'est tout.
— Tu as fouillé dans mon porte-monnaie.
— Evidemment. Tu l'avais laissé. Il me fallait de la bière.
— Il te faut de la bière tous les jours ?
— Oui.
— Tu vas me causer des ennuis. Tu as mangé ?
— Deux œufs, deux tranches de bacon.
— Tu as faim ?
— Oui. Mais tu es fatiguée. Détends-toi. Bois un coup.
— Ça me détend de faire la cuisine. Mais d'abord je vais prendre un bain chaud.
— Vas-y.
— D'accord. »

Elle a tendu le bras pour allumer la télé et elle s'est dirigée vers la salle de bains. Du coup, j'étais obligé de regarder la télé. Le journal télévisé. Le speaker, un parfait enfoiré. Trois étoiles. Le mec parfaitement haïssable habillé comme une poupée idiote, dégoulinant de sueur, et qui me regardait en me disant des mots incompréhensibles ou sans intérêt. Je savais que Marie allait regarder la télé pendant des heures, il fallait que je m'y fasse.

Quand Marie est ressortie, j'avais les yeux fixés sur

l'écran, ce qui l'a rassurée. J'avais l'air inoffensif du type planté devant son échiquier ou sa page des sports.

Marie revenait fagotée dans une nouvelle tenue. Elle aurait pu être mignonne, mais Dieu qu'elle était grosse ! Enfin, c'était mieux que de dormir sur un banc.

« Tu veux que je fasse la cuisine, Marie ?

— Non, ça va. Je ne suis pas trop fatiguée. »

Elle s'est mise à faire à manger. Quand je me suis levé pour reprendre une bière, je l'ai embrassée derrière l'oreille.

« Tu es une bonne copine, Marie.

— Il te reste assez de bière pour la nuit ?

— Oui. Et il reste du scotch. Tout va bien. Tout ce que je veux c'est rester assis à regarder le poste et à t'écouter parler. D'accord ?

— Oui, Charley. »

Je me suis assis. Elle avait quelque chose sur le feu. Ça sentait bon. De toute évidence, elle cuisinait bien. Sur les murs flottait une chaude odeur de cuisine. Pas étonnant qu'elle soit si grosse : la bonne cuisine fait les gros mangeurs. Marie préparait une marmite de ragoût. Elle se levait régulièrement et ajoutait quelque chose dans la marmite. Un oignon. Un morceau de chou. Des carottes. Elle s'y connaissait. Je buvais et je regardais la grosse fille toute flasque sur sa chaise, en train de fabriquer ses chapeaux magiques avec ses mains qui plongeaient dans le panier, sortaient une couleur, puis l'autre, un petit bout de ruban, un grand bout, puis qui les entortillait, trois coups d'aiguille, les cousait sur le chapeau. Marie créait des chefs-d'œuvre qu'on ne connaîtrait jamais, qui se baladeraient sur la tête des salopes.

Tout en s'activant et en surveillant le ragoût, Marie parlait.

« Ce n'est plus comme avant. Les gens n'ont pas d'argent. Il n'y a plus que des traveller's, des chéquiers et des cartes de crédit. Mais les gens n'ont pas de liquide sur eux. Il n'y a plus que le crédit. Quand les types touchent leur paie, elle est déjà mangée. Ils engagent toute leur vie pour acheter une maison. En plus, il faut qu'ils la remplissent de conneries et qu'ils achètent une voiture. La maison, c'est leur drogue, l'Etat le sait et les taxe à mort avec l'impôt sur la propriété. Personne n'a plus d'argent. C'est la mort du petit commerce. »

On s'est installé devant le ragoût et ce fut parfait. Après le dîner, on a sorti le scotch, elle m'a donné deux cigares et on a regardé la télé sans dire grand-chose. J'avais l'impression d'être ici depuis des années. Marie continuait de s'activer sur ses chapeaux, en disant un mot de temps en temps, et je répondais : « Ouais, tu as raison. » Et les chapeaux glissaient de ses mains, des chefs-d'œuvre.

« Marie, dis-je, je suis fatigué. Faut que j'aille me coucher. »

Elle m'a dit d'emporter le scotch, ce que j'ai fait. Mais au lieu de regagner mon lit, j'ai tiré la couverture sur le sien et je me suis glissé dedans. Et à poil, bien sûr. Le matelas était bon. Le lit était bon. C'était une de ces vieilles choses avec un toit en bois, mais j'ai oublié le nom. Je parie que si tu baises assez fort pour faire écrouler le toit, c'est gagné. Je n'arriverais jamais à réussir ce coup-là sans le secours des dieux. Marie ne décollait pas de la télé ni de ses chapeaux. Puis je l'ai entendue tourner le bouton et éteindre dans la cuisine, elle est entrée dans la chambre mais elle ne m'a pas vu, elle a filé droit aux chiottes. Elle y a passé un moment puis je l'ai regardée enlever ses vêtements et entrer dans une grande combinaison rose. Elle s'est tripoté la figure un moment, s'est mis deux rouleaux dans les cheveux, puis elle s'est retournée, elle a marché vers le lit et m'a vu.

« Mon Dieu, Charley, tu t'es trompé de lit.
— Eh, eh !
— Ecoute, chéri, je ne suis pas la fille que tu crois.
— Ah ! écrase et grimpe ! »

Ce qu'elle a fait. Seigneur, quel paquet de viande ! En fait, j'avais un peu peur. Que faire avec toute cette masse ? Bon, j'étais coincé. Du côté de Marie, le lit s'effondrait.

« Ecoute, Charley... »

Je l'ai prise par la tête et je l'ai tournée vers moi, elle a fait mine de pleurer et mes lèvres étaient sur les siennes. On s'est embrassé. Bon Dieu, je commençais à bander. Ah ! Dieu !

« Charley, a dit Marie, tu n'es pas obligé. »

Je lui ai pris la main et je l'ai posée sur ma queue.

« Oh ! merde, a dit Marie, oh ! merde ! »

Puis elle m'a embrassé, avec la langue. Elle avait une petite langue — enfin quelque chose de petit — qui rentrait et sortait, chargée de salive et de passion. Je me suis dégagé.

« *Quesquisse* passe ?

— 'tends une minute. »

Je me suis penché pour attraper la bouteille de scotch et j'en ai bu un bon coup, puis j'ai posé la bouteille, j'ai plongé la main sous la combinaison rose et je l'ai relevée. J'ai touché quelque chose et je savais pas quoi mais ça pouvait être ça, un tout petit truc mais au bon endroit. Oui, c'était sa chatte. J'ai poussé avec mon outil. Elle m'a guidé de la main. Second miracle. L'endroit était étroit. Ça m'a presque arraché la peau. On s'est mis à besogner. Je cherchais le septième ciel mais je n'avais pas à m'en faire. Elle me tenait. C'était un des meilleurs coups de ma vie. Je pleurais et je gueulais, puis ce fut fini et j'ai roulé sur le côté. Incroyable. Quand elle est revenue de la salle de bains on a parlé un moment, puis elle s'est endormie. Mais elle ronflait. Et j'ai dû rejoindre mon petit lit. Je me suis réveillé le matin au moment où elle partait au travail.

« Faut que je coure, Charley.

— Oui, poulette. »

Elle venait de partir quand je suis allé dans la cuisine boire un verre d'eau. Elle avait laissé le porte-monnaie. Dix dollars. Je suis retourné dans la salle de bains et j'ai chié un bon coup, sans l'araignée. Puis j'ai pris un bain. J'ai essayé de me laver les dents, j'ai vomi un peu. Je me suis habillé et je suis revenu dans la cuisine. J'avais pris un morceau de papier et un stylo :

« *Marie*

« *Je t'aime. Tu es très bonne pour moi. Mais je dois partir. Je ne sais pas exactement pourquoi. Je suis fou, je crois. Au revoir.*

« *Charley.* »

J'ai appuyé le papier contre le téléviseur. Je ne me sentais pas bien. J'avais envie de pleurer. J'étais tranquille ici, j'étais tranquille et j'aimais ça. Jusqu'au fourneau et au Frigidaire qui avaient l'air humains, dans le bon sens du terme ; on aurait dit qu'ils avaient des bras et des bouches et qu'ils disaient : « Laisse aller, petit, il fait bon ici, il fera encore meilleur demain. » J'ai retrouvé le reste du scotch dans la chambre. Je l'ai bu. Puis j'ai trouvé une boîte de bière dans le Frigidaire. Je l'ai bue aussi. Puis je me suis levé et j'ai traversé l'appartement-couloir, ça n'en finissait pas. Arrivé à la porte, je me suis rappelé que j'avais la clef. J'ai fait demi-tour et j'ai posé la clef près de la lettre. Puis j'ai regardé le billet de dix dans le porte-monnaie. Je n'y ai pas touché. J'ai refait le couloir dans l'autre sens. Arrivé à la porte, j'ai senti que si je la refermais ça serait pour toujours. Je l'ai fermée. C'était fini. Descente des marches. J'étais seul à nouveau et tout le monde s'en foutait. J'ai pris au sud, puis à droite. J'ai marché, marché, et je suis sorti du quartier français. J'ai traversé Canal Street. J'ai longé trois pâtés de maisons puis j'ai tourné au coin, j'ai traversé une autre grande rue, j'ai tourné encore. Je ne savais pas où j'allais. Je suis passé devant un immeuble sur ma gauche et il y avait un homme debout à l'entrée qui m'a dit :

« Eh, l'ami, tu veux du boulot ? »

J'ai regardé dans l'entrée et j'ai vu des rangées de types devant des tables de bois, avec des marteaux à la main, qui tapaient sur des coquillages, on aurait dit des clams, et ils cassaient la coquille et ils fouillaient dans la viande, et il faisait noir là-dedans. On aurait dit que les types se tapaient sur la tête avec leurs marteaux et balançaient leurs restes, et j'ai dit à l'homme :

« Non, je ne veux pas de boulot. »

J'étais face au soleil et je marchais.

J'avais soixante-quatorze *cents* en poche.

Le soleil était parfait.

## LE DÉBUTANT

Bon, j'ai sauté de mon lit de mort, je suis sorti de l'hôpital municipal et j'ai trouvé un boulot d'expéditionnaire. J'étais libre le samedi et le dimanche et j'en ai parlé un samedi avec Madge :

« Ecoute, poulette, je ne suis pas pressé de retourner à l'hospice. Il a fallu que je trouve un boulot qui me pousse à la boisson. Comme aujourd'hui. On n'a rien d'autre à faire que de se soûler. Je n'aime pas le cinéma. Je trouve le zoo idiot. On ne peut pas baiser toute la journée. Alors, quoi foutre ?

— Tu as déjà été aux courses ?
— Aux quoi ?
— Aux courses de chevaux, faire des paris.
— Il y a des courses aujourd'hui ?
— A Hollywood Park.
— Allons-y. »

Madge m'a montré le chemin. On avait une heure d'avance et le parking était presque plein. Il a fallu se garer un kilomètre avant l'entrée.

« Ça a l'air d'attirer du monde, dis-je.
— Oui, pas mal.
— Qu'est-ce qu'on fait maintenant ?
— Tu paries sur un cheval.
— Lequel ?
— Celui que tu veux.
— On peut gagner du fric ?
— Ça arrive. »

On a payé l'entrée et voilà tous les crieurs de journaux qui nous agitent leurs papelards sous le nez :

« Jouez gagnant ! Vous aimez l'argent ? Les meilleurs rapports ! »

Il y avait une cabine avec quatre personnes à l'intérieur, dont trois vendaient des coupons à cinquante *cents*, la dernière les faisait à un dollar. Madge m'a dit d'acheter deux programmes et le *Bulletin des Courses*. Le *Bulletin des Courses*, d'après Madge, donnait la carrière des chevaux. Puis Madge m'a expliqué le système gagnant-placé, le couplé et le tiercé. J'ai demandé :

« Ils servent de la bière ici ?
— Oh ! ouais. Il y a même des bars. »

Au bar, tous les sièges étaient pris. On a trouvé un banc dans le fond, avec la vue sur une espèce de parc, on a ouvert deux bières et le *Bulletin des Courses*. Ce n'était qu'un troupeau de chiffres.

« Je ne parie que sur les noms, a dit Madge.
— Baisse ta jupe. Tout le monde regarde ton cul.
— Oups ! Désolée, papa.
— Voilà six dollars. C'est pour tes paris d'aujourd'hui.
— T'es un chou, Harry. »

On a lu et relu le *Bulletin*, surtout moi. On a repris une bière puis on s'est avancé sous la tribune le long de la piste. Ils amenaient les chevaux pour la première course. Les canassons portaient des petits mecs en chemises de soie tapageuses. Certains fans criaient des trucs aux jockeys mais les jockeys s'en foutaient pas mal. Ils ignoraient les fans et avaient même l'air de s'ennuyer.

« Voilà Willie Shoemaker », a dit Madge en me montrant un jockey du doigt.

Willie Shoemaker réprimait un bâillement. Je m'ennuyais moi aussi. Il y avait trop de gens et quelque chose en eux qui me déprimait.

« Viens parier », a dit Madge.

Je lui ai donné un point de rendez-vous et je me suis glissé dans la queue à un dollar. Les queues s'étiraient et j'ai eu le sentiment que ces gens n'avaient pas envie de parier. Ils avaient l'air amorphes. Je venais de prendre mon coupon quand le speaker a annoncé : « Ils sont au départ ! »

J'ai retrouvé Madge. C'était une course d'un mile et on était juste devant la ligne d'arrivée.

« J'ai *Croc Vert*, j'ai fait.
— Moi aussi », a dit Madge.

Quelque chose me disait qu'on allait gagner. Avec un nom pareil et sa dernière prestation, on avait eu la main heureuse avec ce cheval. Et à sept contre un.

Les chevaux ont jailli de la grille et le speaker a commencé à égrener les noms. Quand il a cité *Croc Vert* dans les derniers, Madge a crié.

« *Croc Vert !* »

Impossible de voir quoi que ce soit. Il y avait des gens partout. Encore le speaker, et Madge s'est mise à bondir sur place en criant : « *Croc Vert ! Croc Vert !* »

Tout le monde autour criait et sautait. Je ne disais rien. Puis les chevaux sont arrivés.

« Qui a gagné ? j'ai demandé.

— Je ne sais pas, a dit Madge. Alors, ça t'excite ?

— Ouais. »

Puis ils ont affiché les numéros. Le favori à 7 contre 5 avait gagné, le second faisait 9 contre 2 et le troisième 3 contre 1.

On a déchiré nos coupons et on est retourné sur notre banc.

On a regardé dans le *Bulletin* pour la course suivante.

« Quittons la ligne d'arrivée et on pourra voir quelque chose cette fois.

— D'accord », a dit Madge.

On a bu deux bières.

« Ce jeu est idiot, dis-je. Tous ces dingues qui sautent et qui crient, chacun pour un cheval différent... Où est passé *Croc Vert* ?

— Je ne sais pas. Il avait un si joli nom.

— Tu crois que les chevaux connaissent leur nom ? Et que ça les fait courir plus vite ?

— Tu dis des conneries parce que tu as perdu. Il reste plein d'autres courses. »

Madge avait raison. Il en restait plein.

On a continué à perdre. Quand les numéros montaient au tableau, les gens avaient l'air très malheureux, presque désespérés. Ils étaient laids, abrutis. Ils te rentraient dedans, te bousculaient, t'écrasaient les pieds sans jamais dire : « Pardon » ou « Excusez-moi ».

Je pariais mécaniquement, parce que j'étais venu là pour ça. Les six dollars de Madge s'étaient envolés à la troisième course et je ne lui en ai pas donné d'autres. Je réalisais qu'il était très difficile de gagner. Quel que soit ton favori, c'était toujours un autre qui arrivait en tête. Je ne faisais plus attention aux rapports.

Dans la course vedette, j'ai joué *Claremount III*. Il avait remporté facilement sa dernière course et rendait dix livres dans le handicap. Cette fois, j'avais traîné Madge dans le dernier virage et je ne croyais pas beaucoup à mes chances. J'ai regardé le tableau : « *Claremount III* était à 25 contre 1. J'ai sifflé ma canette et je l'ai balancée. Les chevaux ont entamé le virage et le speaker a annoncé : « Et voilà *Claremount III !* »

J'ai dit :

« C'est pas vrai ! »

Madge m'a demandé :

« Tu l'as joué ?

— Ouais. »

*Claremount* a dépassé les trois chevaux de tête et il a pris au moins six bonnes longueurs. Il a fini détaché.

J'ai crié :

« Bon Dieu, j'ai gagné !

— Oh ! Harry, Harry !

— Allons boire un coup. »

On a trouvé un bar. Plus de bière. Alors du whisky.

« Il a joué *Claremount III,* a dit Madge au gérant.

— Ouais, a fait le gérant.

— Mouais », j'ai dit, avec l'air d'un vieux briscard.

Je me suis retourné vers le tableau. *Claremount* rapportait cinquante-deux dollars quarante.

« Je crois qu'on peut faire mieux, j'ai dit à Madge. Tu vois, si tu joues gagnant, ce n'est pas la peine de gagner à tous les coups. Un gros coup de temps en temps et c'est rentable.

— C'est vrai, c'est vrai », disait Madge.

Je lui ai donné deux dollars et on a ouvert le *Bulletin.* J'avais confiance. J'ai parcouru les listes, regardé le tableau.

« Voilà, j'ai dit, *Lucky Max.* Il est en ce moment à 9 contre 1. On serait fous de ne pas le jouer. C'est de loin le meilleur et il est à 9 contre 1. Que les gens sont cons ! »

On a touché mes cinquante-deux dollars quarante.

Je suis allé parier sur *Lucky Max.* Pour m'amuser, j'ai misé deux fois deux dollars. La course faisait un mile et des poussières. Et un sprint en charge de cavalerie. Il y avait bien cinq chevaux sur la même ligne. On a attendu la photo. *Lucky Max* portait le numéro 6. Le gagnant a clignoté : 6.

« O Dieu Tout-Puissant ! *Lucky Max.* »

Madge a perdu la boule. Elle s'agrippait à moi, m'embrassait, sautait comme une folle.

Madge aussi avait joué *Lucky Max*. Il était monté à dix contre un. Il rapportait vingt-deux dollars quatre-vingts. J'ai montré à Madge mon coupon de rab. Elle a hurlé. On est retourné au bar. Ils servaient toujours à boire. On s'est débrouillé pour avoir deux verres avant la fermeture.

« On laisse, la queue se disperser, j'ai dit, et on ira encaisser après.

— Tu aimes les courses, Harry ?

— On peut, dis-je, on peut sûrement faire mieux. »

Et on est resté là avec nos verres à la main, à regarder la foule s'enfoncer dans le tunnel qui menait au parking.

« Pour l'amour de Dieu, Madge, remonte tes bas. On dirait une blanchisseuse.

— Oups ! Désolée, papa ! »

Comme elle se penchait, j'ai glissé un œil et je me suis dit que j'allais bientôt m'offrir autre chose qu'un simple coup d'œil.

Eh, eh.

## PANNE DE BATTERIE

J'ai payé un verre à la fille, puis un autre, et nous avons pris l'escalier, derrière le comptoir. Il y avait plusieurs grandes chambres à l'étage. Elle m'excitait. Frétillait de la langue. On s'est tripoté en montant les marches. J'ai tiré mon premier coup, debout, derrière la porte. Elle n'a eu qu'à faire glisser sa culotte et je l'ai prise.

Puis on est entré dans la chambre. Il y avait deux lits, avec une espèce de gosse dans le lit du fond. Le gosse a dit :

« Salut.

— C'est mon frangin », a dit la fille.

Le gosse avait un air vicieux et maigrichon, mais dans

cette situation n'importe qui aurait eu l'air vicieux, quand on y réfléchit bien.

Il y avait des bouteilles de vin à la tête du lit. Ils en ont ouvert une et j'ai attendu qu'ils aient fini de boire au goulot, puis j'y ai goûté.

J'ai jeté mes dix dollars sur le buffet.

Le gosse buvait sec.

« Il a un frère aîné, Jaime Bravo, le grand torero.

— J'ai entendu parler de Jaime Bravo, il a surtout toréé dans la région de Tijuana, mais pourquoi me raconter des salades ?

— D'accord, a dit la fille, pas de salades. »

On a bu et parlé un moment, une petite discussion tranquille. Puis elle a éteint les lumières et, avec le frère toujours dans l'autre pieu, on a remis ça. J'avais glissé mon portefeuille sous l'oreiller.

Après, elle a rallumé la lumière et est allée dans la salle de bains pendant que le frolot et moi on se passait la bouteille. Pendant qu'il avait la tête tournée je me suis essuyé sur le drap.

La fille est sortie de la salle de bains, et elle me plaisait toujours autant ; j'avais tiré deux coups, et elle me plaisait toujours. Sa poitrine était petite mais ferme. Le peu qu'il y avait se tenait vraiment bien. Elle avait un beau et gros cul.

« Pourquoi t'es entré ici ? » m'a-t-elle demandé en se rapprochant du lit.

Elle s'est glissée contre moi, a tiré le drap et bu au goulot.

« Il fallait que je fasse recharger ma batterie en face.

— Après *ça*, tu as sûrement encore besoin de recharge. »

On a ri. Même le frère a ri. Puis il l'a regardée :

« Il est correct ?

— Sûr qu'il est correct, a dit la fille.

— De quoi parlez-vous ?

— Nous devons faire attention.

— Je comprends pas.

— Une fille d'ici a failli être tuée l'année dernière. Un type lui a serré le cou pour qu'elle ne crie pas, puis il a pris son canif et lui a taillé des croix partout sur le corps. Il l'a presque saignée. »

Le frère s'est habillé sans se presser, puis il s'est tiré. J'ai donné mes cinq dollars à la fille. Elle les a mis sur le buffet, à côté du billet de dix.

Elle m'a passé une bouteille. C'était du bon, du vin français. Ça coulait tout seul.

Elle a plié la jambe, tout contre la mienne. On était assis dans le lit. C'était parfait.

« Quel âge as-tu ? a demandé la fille.

— Pas loin du demi-siècle.

— Tu fais l'affaire, mais t'as l'air ravagé.

— Désolé. Je suis pas vraiment joli joli.

— Oh ! *non*, je dirais que t'es bel homme. On te l'a jamais dit ?

— Je parie que tu racontes le même truc à tous les hommes que tu baises.

— Non, c'est pas vrai. »

On est resté assis un moment, à se passer la bouteille. Il n'y avait pas un bruit, sauf une vague musique qui montait du bar. Je suis tombé dans une espèce de rêve extatique.

« Eh ! a crié la fille et elle m'a fourré un ongle pointu dans le nombril.

— Ouh, bon Dieu !

— REGARDE-moi ! »

Je l'ai regardée bien en face.

« Qu'est-ce que tu vois ?

— Une jolie petite Indienne mexicaine.

— Tu vois rien !

— Quoi ?

— Tu vois rien ! Tu gardes les yeux fermés, en laissant juste des petites fentes. Pourquoi ? »

C'était une bonne question. J'ai bu une grande rasade de vin.

« Je sais pas. J'ai peut-être peur. Peur de tout. Je veux dire, des gens, des immeubles, des objets, de tout. Surtout des gens.

— Moi aussi, j'ai peur.

— Mais tu ouvres les yeux. J'aime tes yeux. »

Elle filait un coup à la bouteille. Un sacré coup. Je

connaissais ces Mexicaines. Je m'attendais à ce qu'elle devienne méchante.

Il y a eu des coups à la porte qui ont failli me faire tomber du lit. La porte s'est ouverte à la volée, brutalement, à l'américaine. C'était le barman, un brave con, gros et rouge.

« T'as pas encore fini avec ce fils de pute ?
— Je crois qu'il en reveut, a dit la fille.
— C'est vrai ? a demandé M. Groscon.
— Oui je crois bien aussi », j'ai fait.

Son regard a flashé sur les billets du buffet et il a claqué la porte. La société du fric. Le fric était magnétique.

« C'est mon mari... si on veut.
— Je crois pas que je vais remettre ça.
— Pourquoi pas ?
— D'abord, j'ai quarante-huit ans. Ensuite, j'ai l'impression de baiser dans la salle d'attente d'une gare routière. »

La fille a ri.

« Je suis ce que, vous les mecs, vous appelez une "pute". J'ai huit ou dix mecs à baiser par semaine, au moins.
— Ça arrange pas mes affaires.
— Ça arrange les miennes.
— Ouais. »

La bouteille a fait l'aller-retour entre nous.

« Tu aimes baiser les femmes ?
— C'est pour ça que je suis ici.
— Et les hommes ?
— Je baise pas les hommes. »

Elle a levé la bouteille. Elle en avait déjà bu un bon quart.

« Peut-être que t'aimerais te faire enculer, te faire enculer par un homme ?
— Tu commences à déconner. »

Son regard s'est figé. Il y avait un petit Christ d'argent sur le mur du fond. Elle fixait le petit Christ argenté sur sa croix. Il était très mignon.

« Peut-être que tu veux pas le savoir, mais t'as peut-être envie que quelqu'un t'enfile par le cul.

97

— O.K., comme tu veux — mettons que j'en ai envie. »

J'ai pris le tire-bouchon et j'ai ouvert une deuxième bouteille de vin, en faisant tomber comme toujours des morceaux de bouchon dedans. Il n'y a que les garçons de cinéma qui savent déboucher le vin français sans problème.

J'ai avalé la première rasade. Bouchon et tout. Je lui ai tendu la bouteille. Elle avait une jambe qui pendait hors du lit, et des yeux de poisson. Elle a sifflé une bonne lampée.

Je lui ai repris le vin. Les petits éclats de bouchon tournicotaient dans la bouteille. J'en ai viré quelques-uns.

« Tu veux que moi je te baise par le cul ?
— QUOI ?
— Je peux faire ça ! »

Elle s'est levée et elle a ouvert le dernier tiroir du buffet. Elle s'est noué la ceinture autour de la taille et elle s'est retournée. Et alors, pointée sur moi, j'ai vu une GROSSE queue en celluloïd.

« Trente centimètres ! »

La fille a ri. Elle gonflait son ventre, elle me visait avec le truc.

« Et ça ramollit pas et ça se fatigue jamais !
— Je t'aimais mieux avant.
— Tu crois pas que mon grand frère, c'est Jaime Bravo, le torero ? »

Elle était plantée là avec sa queue en celluloïd, à me parler de Jaime Bravo !

« Je crois pas que Bravo ferait un triomphe en Espagne, j'ai dit.
— Et toi ?
— Bon Dieu, je fais déjà un bide à Los Angeles. Maintenant, enlève ce gadget. »

Elle a décroché la ceinture et elle l'a rangée dans le dernier tiroir du buffet.

Je suis sorti du lit et je me suis assis dans un fauteuil, avec ma bouteille à la main. Elle a pris l'autre fauteuil, et on est resté là, l'un en face de l'autre, à poil, à se repasser la bouteille.

« Ça me rappelle vaguement un vieux film avec Leslie

Howard, bien qu'on ne filmait pas ce genre de scènes à l'époque. Ça devait être Howard dans ce truc de Somerset Maugham, *Servitude humaine* !

— Je connais pas tous ces gens-là.

— Normal. Tu es trop jeune. Ils avaient tous les deux de la classe. Une sacrée classe.

— Alors ils ont ce truc, comment tu dis, la « classe » ?

— Oui, et ça compte. Il y a plein de gens qui braillent la vérité, mais sans classe c'est foutu d'avance.

— Bravo à la classe, j'ai la classe, tu as la classe.

— Tu fais des progrès. »

Je me suis remis au lit. Elle m'a rejoint. J'ai essayé. J'y arrivais pas. Je lui ai demandé :

« Tu suces ?

— Bien sûr. »

Elle m'a pris dans sa bouche et m'a pompé à fond.

Je lui ai redonné cinq dollars, je me suis habillé, j'ai bu un dernier coup de vin, puis j'ai dévalé l'escalier, la rue, et jusqu'au garage. La batterie était rechargée à bloc. J'ai payé le mécano, j'ai fait marche arrière sur la chaussée et j'ai enfilé la 8$^e$ Avenue. Un flic à moto m'a suivi sur quatre ou cinq kilomètres. J'avais un paquet de Clorets, je l'ai sorti et j'en ai avalé trois. Le flic a fini par lâcher et il s'est lancé derrière un Jap qui tournait à gauche sans mettre son clignotant dans Wilshire Bvd. Ils allaient bien ensemble.

Chez moi, ma femme dormait et ma petite fille voulait que je lui lise l'histoire des *Poussins de bébé Suzanne*. C'était assez terrible. Bobby a trouvé une boîte en carton pour les poussins. Il l'a posée dans un coin, derrière la cuisinière. Bobby a mis la semoule de Bébé Suzanne dans une petite assiette et l'a mise avec précaution dans le carton, pour le dîner des petits poussins. Et Bébé Suzanne riait et tapait dans ses jolies petites mains.

On apprenait plus loin que les deux poussins étaient des coqs et Bébé Suzanne une poule, une poule qui couvait un œuf merveilleux. Tu parles.

J'ai couché la petite fille, je suis allé dans la salle de bains et j'ai fait couler de l'eau chaude dans la baignoire. Puis je suis entré dans la baignoire et je me suis dit :

« La prochaine fois que tu tombes en panne de batterie, va au cinéma. » Je me suis allongé dans l'eau chaude et j'ai tout oublié. Presque tout.

## UN HOMME TRÈS POPULAIRE

Deux fois déjà, j'ai eu la grippe, la grippe, la grippe, et la porte n'arrête pas de claquer, et la foule augmente, et chacun chacune croit t'apporter un cadeau unique, et bang bang bang fait la porte, et c'est toujours la même histoire, je crie :
« UNE MINUTE ! UNE MINUTE ! »
J'enfile un caleçon et je les fais entrer. Mais je suis très fatigué, je ne dors pas assez, je n'ai pas chié depuis trois jours, tout juste, vous aviez deviné, je deviens fou, et tous ces gens ont chacun leur propre énergie, ils ont chacun aussi leurs qualités, je suis un solitaire bien que je ne sois pas si bizarre que ça.

Je pense au vieux dicton allemand de ma mère qui disait à peu près : « *Immer etwas* ! » Ce qui signifie : « Toujours ça de pris. » Un homme ne comprend jamais ça avant le début de la vieillesse. Non que l'âge soit un avantage, mais il rejoue toujours à la fin la même scène encore et encore, comme dans une histoire de fous.

C'est un costaud en caleçon sale, au bord de la route, sûr de son œuvre, et pas mauvais écrivain, mais je me méfie de son assurance alors qu'il regrette qu'on ne s'embrasse pas comme cul et chemise au milieu de la chambre. Il est amusant. C'est un acteur. Il ne pouvait qu'être acteur. Il a vécu plus de vies à lui tout seul que dix personnes. Mais son énergie, belle en un sens, finit par me peser. Je me fous de la scène poétique et qu'il ait téléphoné à Norman Mailer ou qu'il connaisse James Baldwin, et le reste, tout le reste. Et je vois bien qu'il ne comprend pas vraiment parce que je ne le chope pas du tout sur son terrain. D'accord, je l'aime toujours bien. Il n'y en a pas un sur mille qui le vaille. Mais mon âme allemande ne connaîtra pas le repos avant que je déniche le mille et unième. Je suis calme et patient mais une énorme marmite de folie bouillonne en moi et je dois la surveiller sinon je me tuerai, un jour, dans une chambre à huit dollars derrière Vermont Avenue. Oui, là. Merde.

C'est lui qui parle. Je ris.

« Quinze mille dollars. J'ai touché quinze mille dollars. Mon oncle meurt. Elle veut m'épouser. Je suis gras comme un porc. Elle me fait bien manger. Elle gagne trois cents dollars par semaine, au bureau principal du conseiller, une bonne planque, et maintenant elle veut m'épouser, quitter son boulot. On part en Espagne. Parfait, je travaille sur ma pièce, il m'est venu une idée de pièce géniale, parfait, je bois. Je baise avec toutes les putes. Puis ce mec à Londres veut voir ma pièce, il veut monter ma pièce, d'accord, puis je reviens de Londres et, merde, je retrouve ma femme en train de baiser et c'est avec mon meilleur copain, je lui lâche en pleine gueule : SALE PUTE, TU BAISES AVEC MON MEILLEUR COPAIN, JE VAIS TE TUER TOUT DE SUITE ET JE PRENDRAI PAS PLUS DE CINQ ANS PARCE QUE TU M'AS TROMPÉ »

Il allait et venait dans la chambre.

« Que s'est-il passé ensuite ?
— Elle a dit : "Vas-y, tue-moi, enculé !"
— Elle n'est pas dégonflée, dis-je.
— En effet, dit-il, j'avais un grand couteau à la main et je l'ai jeté par terre. Elle avait trop de classe pour moi. »

D'accord. Nous sommes tous frères. Il est parti.

Je suis retourné dans mon lit. J'étais tout simplement en train de mourir. Ça n'intéressait personne. Pas même moi. J'ai été repris de frissons. Je n'avais pas assez de couvertures. J'étais glacé. Ma tête aussi — toutes les aventures de l'esprit m'apparaissaient comme des magouilles, des conneries, j'avais l'impression d'être plongé depuis ma naissance dans la mare à magouilles et ceux qui ne comprenaient pas la magouille ou qui choisissaient l'autre camp étaient morts, foutus. La magouille avait tissé sa toile, pendant des siècles, on ne voyait plus les coutures. Il ne cherchait pas les coutures, il ne cherchait pas à vaincre : il savait que Shakespeare écrivait mal, que

Creeley était un trouillard. Et puis après ? Il ne voulait rien d'autre qu'une petite chambre, et rester seul, seul.

Il avait dit un jour à un ami dont il croyait être compris :

« Je n'ai jamais connu la solitude. »

L'ami avait répondu :

« Tu es un sacré menteur. »

Il s'est donc recouché, malade, une heure a passé et la sonnette a sonné. Il a décidé de ne pas bouger. Mais la sonnette et les coups ont atteint une telle violence qu'il s'est imaginé que c'était important.

C'était un jeune juif. Très bon poète. Mais pourquoi diable ?

« Hank ?

— Hein ? »

Il a poussé la porte, il était jeune, plein d'énergie, il croyait à la force de la poésie, à toutes ces conneries : un homme qui fait le bien et qui est un bon poète connaîtra sa récompense dans ce monde ou dans l'autre. Le gosse ne connaissait pas la vie. Les Gugg's étaient prévus pour des gros lards installés, lèche-culs reptiliens qui enseignaient l'anglais dans les universités les plus sinistres du pays. L'échec était le destin universel. Le cœur serait toujours vaincu par la magouille. Un siècle après ta mort, ils se servent de ton cœur sans magouille pour te magouiller contre une magouille.

Le juif est entré, jeune, étudiant rabbin.

« Ah ! merde, c'est horrible, a-t-il dit.

— Quoi ?

— Sur la route de l'aéroport.

— Ouais ?

— Ginsberg s'est cassé les côtes dans l'accident. Ferlinghetti n'a rien, c'est le plus maboul de tous. Il se tire en Europe, pour donner ses conférences à cinq dollars par soirée, et il a pas une égratignure. J'étais sur scène un soir avec Ferlinghetti et il s'est acharné sur un type, avec une telle mauvaise foi que ça faisait mal. Le public l'a sifflé. Hirschmann aussi se traîne une série de conneries.

— N'oublie jamais qu'Hirschmann est branché sur Artaud. Pour lui, un homme qui n'agit pas en faisant le dingue ne peut pas être un génie. Laisse-lui le temps. Peut-être.

— Merde, a dit le gosse, tu m'as donné 35 dollars pour taper ton prochain bouquin de poèmes mais il y en a tellement. JÉSUS, je ne pensais pas qu'il y en aurait TELLEMENT !

— Je croyais que je n'écrirais plus de poèmes. »

Quand un juif dit « Jésus » c'est qu'il a un problème. Il m'a donné trois dollars et je lui en ai donné dix, après quoi on s'est senti mieux tous les deux. Il a aussi mangé la moitié d'un pain français, un cornichon bénit et il est parti.

Je suis remonté dans le pieu et je me suis préparé à la mort, et pour les bons et les mauvais, les bons garçons et les mauvais garçons, qui écrivent leurs rondos, se musclent le biceps de la poésie, ça devient difficile, il y en a tant, tant qui veulent réussir, tant qui se détestent entre eux et quelques-uns seulement au sommet, bien sûr, qui ne le méritent pas, et beaucoup qui le méritent, et ça finit par le grand jeu des larmes et des coups bas, ça n'arrête plus : « J'ai vu Jimmy dans une soirée... »

Bien, mangeons la merde. Il est donc retourné au lit. Il a regardé les araignées manger les murs. Il s'était toujours senti chez lui ici. Il ne supportait pas la foule, les poètes, les pas-poètes, les héros, les pas-héros — il n'avait juré fidélité à personne. C'était un maudit. Le seul problème du maudit était d'accepter sa malédiction, le plus gentiment possible. Eh, moi, nous, toi...

Il s'est traîné vers le lit, avec des frissons. La mort comme un ventre de poisson, l'eau blanche et baveuse. Souviens-t'en. Tout le monde meurt. C'est très bien, sauf pour moi et pour quelqu'un que je connais. Parfait. Il y a plusieurs formules, plusieurs philosophies. Je suis fatigué.

D'accord, la grippe, la grippe, mort naturelle à la suite du dénuement rustique et du manque de soins, et nous finissons comme ça, allongés tout seuls dans un lit, en sueur, les yeux sur la croix, sombrant dans la folie, mais ma folie à moi, jadis, on me laissait tranquille, aujourd'hui c'est le défilé, je ne gagne pas cinq cents dollars par an avec mes livres et ils frappent tous à la porte, ils veulent me VOIR.

Eh, moi, je me suis recouché, malade, en sueur, crevard, j'allais mourir. S'ils pouvaient me laisser seul, je m'en fous d'être un génie ou un imbécile, mais laissez-moi dormir, laissez-moi seul encore un jour, huit heures, je vous laisse tout le reste, et la sonnette a encore sonné.

Ça pouvait être Ezra Pound, avec Ginsberg en train de le sucer.

Et il a dit :

« Une minute, je passe mon caleçon. »

Les lumières brillaient, dehors. Comme du néon. Ou les cheveux aguicheurs d'une pute.

Le type était prof d'anglais quelque part.

« Buk ?

— Ouaah. J' suis malade, mec. Grippe. Très contagieux.

— Ça marche pas pour toi cette année ?

— J' sais pas. Je vais mourir. Petite fille en ville. Mais je suis très malade, contagieux. »

Il a reculé et m'a tendu un pack de bière, du bout du bras, puis il a ouvert son dernier livre de poèmes, me l'a autographié, et il est parti. Je savais que le pauvre diable était incapable d'écrire, qu'il y arriverait jamais, mais je le savais aussi obsédé par ces quelques lignes que j'avais jadis écrites et dans lesquelles je disais qu'il ne saurait jamais écrire.

Il ne s'agit pas de faire un concours ; le grand art c'est pas ça, le grand art c'est aussi bien la politique, les enfants, la peinture, les emmerdeurs, tout ce qu'on veut.

J'ai dit bonsoir au type et j'ai ouvert son livre :

« ... passe l'année académique 1966-1967 à la Fondation Guggenheim où il se spécialise et mène des recherches sur... »

Il a jeté le livre dans le fond de la chambre, certain qu'il serait mauvais. Les prix allaient aux gros lards qui avaient tout leur temps et savaient où trouver le joint pour ces Gugg's à la con. Lui, il n'avait jamais trouvé le joint. C'était pas possible quand on faisait le taxi ou le garçon d'hôtel à Albuquerque. Merde.

Il est retourné au lit.

Le téléphone a sonné.

On cognait toujours à la porte.

Enfin. Il s'en foutait maintenant de tous les sons et de tous les soupirs, il n'avait pas dormi depuis trois jours et trois nuits, il n'avait pas chié au dîner, et maintenant c'était le silence. Aussi proche de la mort qu'on peut l'être sans perdre la raison. Mais si proche. C'était merveilleux. Bientôt ils s'en allèrent.

Et sur le Christ de son plafond de locataire il s'est produit un craquement, et il souriait quand le plâtre vieux de deux siècles lui est tombé dans la bouche, dans les poumons, puis il est mort étouffé.

## À PRENDRE OU À LAISSER

Je marchais sous le soleil et je cherchais quoi faire. J'ai marché, marché. Il m'a semblé que j'étais sur un remblai. J'ai levé la tête et j'ai vu des voies de chemin de fer, et sur le bord il y avait une petite cabane décrépite, avec cette pancarte :

### *ON EMBAUCHE*

Je suis entré. Un petit vieux, en salopette verte, était assis et il mâchait du tabac.

« Ouais ? a dit le vieux.

— Je... euh... euh, je...

— Ouais, vas-y, mec, accouche ! Qu'est-ce que tu veux ?

— J'ai vu... la pancarte... on embauche.

— Tu veux t'embaucher ?

— M'embaucher... à quoi ?

— Eh bien, merde, c'est sûrement pas une chorale ! »

Il s'est penché pour cracher dans un petit crachoir, puis il a repris son mastiquage, et ses joues se creusaient dans sa bouche édentée.

« Où est le travail ?

— On t'en donnera, du travail !

— Je veux dire, de quoi s'agit-il ?

— Cheminot, quelque part à l'ouest de Sacramento.
— Sacramento ?
— Je te l'ai dit, bon Dieu. Maintenant, j'ai à faire. Tu signes ou pas ?
— Je signe, je signe... »

J'ai signé ma feuille d'embauche. J'étais le numéro 27. Je n'ai même pas changé mon nom.

Le vieux m'a tendu un billet.

« Tu te montres porte 21 avec ton attirail. On a un train spécial pour vous, les gars. »

J'ai glissé le billet dans mon portefeuille vide.

Le vieux a craché.

« Maintenant, écoute, petit, je vois que tu es un peu con. La Compagnie s'occupe d'un tas de gars comme toi. On aide l'humanité. On est des braves gens. Souviens-toi toujours du vieux... et glisse un mot gentil sur la Compagnie de temps en temps. Et quand tu remontes des voies, écoute le contremaître. Il est avec nous. Tu peux faire des économies dans ce désert. Dieu sait qu'il n'y a pas de quoi dépenser son fric ici. Mais le samedi soir, petit, le samedi soir... »

Il s'est penché sur son crachoir, puis :

« Bon Dieu, le samedi soir, tu vas en ville, tu bois, tu te fais tailler une pipe pas cher par une señorita mexicaine et tu rentres, gonflé à bloc. Ces pipes te sucent la misère jusqu'au fond du crâne. J'ai commencé cheminot, et maintenant me voilà. Bonne chance, petit.
— Merci, monsieur.
— Maintenant fous-moi le camp d'ici ! »

Je suis arrivé porte 21 à l'heure dite. Le long du train une foule de types attendaient, loqueteux, puants, qui riaient et se roulaient des cigarettes. Je me suis avancé et j'ai attendu avec eux. Ils avaient tous besoin d'une coupe de cheveux et d'un coup de rasoir et ils faisaient les malins, tout en étant intimidés.

Un Mex avec une balafre sur la joue nous a dit de monter dans le train. Nous sommes montés. Impossible de voir à travers les vitres.

J'ai pris le dernier siège au fond du wagon. Tous les autres étaient assis à l'avant, et ils parlaient en riant.

L'un des gars a sorti une demi-bouteille de whisky et sept ou huit types ont pu en boire un petit coup.

Puis ils ont commencé à me regarder. J'ai entendu des voix et elles ne venaient pas toutes de l'intérieur de ma tête :

« Qu'est-ce qu'il a, ce fils de pute ?
— Il croit qu'il vaut mieux que nous ?
— Il faudra qu'il bosse avec nous, mec.
— Pour qui il se prend ? »

J'ai regardé par la fenêtre, difficile, on n'avait pas nettoyé la vitre depuis vingt-cinq ans. Le train s'est mis à rouler et moi dedans avec les autres. On était une trentaine. Je me suis allongé sur mon siège et j'ai essayé de dormir.

« OOOUSH ! »

Une pluie de poussière dans le nez et dans les yeux. J'ai entendu bouger sous mon siège. De nouveau ce bruit de soufflet et un nuage de vieille poussière qui m'est monté aux narines, m'est tombé sur les lèvres, dans les yeux, sur les sourcils. J'ai attendu. Ça a recommencé. Une fameuse tornade. Le type d'en dessous faisait des progrès.

J'ai sauté sur mes pieds. Puis j'ai entendu du bruit sous mon siège et le type est sorti. Il a cavalé vers l'avant et s'est précipité sur un siège, comme s'il faisait partie de la bande, mais j'ai entendu sa voix :

« S'il s'amène, il faut m'aider, les gars ! Jurez que vous m'aiderez s'il s'amène ! »

Personne n'a juré mais le type était à l'abri : impossible de le reconnaître au milieu des autres.

Juste avant la sortie de Louisiane, il a fallu que j'aille à l'avant chercher un verre d'eau. Les types m'ont regardé.

« Regardez-le. Regardez-le.
— Le fumier.
— Pour qui se prend-il ?
— Le fils de pute ! On l'aura quand on sera sur les voies, on le fera pleurer. Il nous sucera la queue !
— Regarde ! Il tient son gobelet en carton à l'envers ! Il boit dans le mauvais sens ! Regardez-le ! Il boit dans le petit bout ! Ce type est cinglé !

— Quand on sera sur les voies, il nous sucera la queue ! »

J'ai vidé le gobelet, je l'ai vidé deux fois, en le tenant à l'envers. J'ai jeté le verre et je suis retourné dans le fond. J'ai entendu :

« Ouais, c'est un cinglé. Il a peut-être rompu avec sa petite amie.

— Les filles se laissent toucher par des types comme ça ?

— J'sais pas. J'ai vu des trucs plus dingues arriver... »

On était en plein Texas quand le contremaître mexicain s'est amené avec les conserves. Il a distribué les boîtes. Certaines ne portaient pas d'étiquettes et elles étaient salement cabossées.

Le contremaître est venu vers moi.

« C'est toi, Bukowski ?

— Oui. »

Il m'a tendu une boîte de *Spam* et il a écrit « 75 » dans la colonne F. J'ai pu voir que j'étais inscrit pour quarante-cinq dollars quatre-vingt-dix dans la colonne T. Puis il m'a tendu une petite boîte de bière. « 45 » dans la colonne F.

Il est retourné à l'avant du wagon.

« Eh, qui a un ouvre-boîtes ? On ne peut pas bouffer sinon ! » a crié quelqu'un.

Le contremaître est parti en tanguant dans le couloir.

On s'est arrêté prendre de l'eau au Texas. Quelle bande de soiffards ! A chaque arrêt, trois ou quatre types disparaissaient. A l'arrivée à El Paso il en restait vingt-trois sur trente et un.

A El Paso, on a décroché notre wagon et le train a continué. Le contremaître mexicain s'est amené et a dit :

« On s'arrête à El Paso. Vous dormirez à l'hôtel. »

Il a distribué des billets.

« Voilà les billets pour l'hôtel. Demain matin vous prendrez le train 24 pour Los Angeles, puis direction Sacramento. »

Il est venu vers moi.

« C'est toi, Bukowski ?

— Oui.

— Voilà pour l'hôtel. »

Il m'a donné mon billet et il a écrit « 12.50 » dans la colonne L.

Personne n'avait réussi à ouvrir sa boîte de conserve. Elles allaient être ramassées et distribuées lors du prochain convoi.

J'ai jeté mon billet et j'ai dormi dans le parc, à deux rues de l'hôtel. Le cri des alligators m'a réveillé. J'en voyais quatre ou cinq dans l'étang, et il y en avait peut-être d'autres. Il y avait aussi deux marins en pantalons blancs. L'un des marins barbotait dans l'étang, ivre, et il tirait la queue d'un alligator. L'alligator était furax mais trop lent et il n'arrivait pas à tordre assez le cou pour attraper le marin. Le second marin se tenait sur la berge, joyeux, avec une jeune fille. Le marin soûl a continué de se battre avec l'alligator et son copain s'est éloigné avec la fille. J'ai tourné la tête et je me suis rendormi.

Sur la route de Los Angeles, les types ont continué de déserter aux arrêts. A l'arrivée, il en restait seize.

Le contremaître mexicain nous a dit :

« On va passer deux jours à Los Angeles. Vous prendrez le train de neuf heures trente, porte 21, mercredi matin, voiture 42. C'est écrit sur l'enveloppe de votre billet d'hôtel. On vous donne aussi des coupons-restaurant qui sont acceptés au Café français de Main Street.

Il a distribué deux petits bulletins, le premier avec marqué dessus *Hotel*, le second *Restaurant*.

« C'est toi, Bukowski ?

— Oui. »

Il m'a tendu les machins. Il a ajouté 12.80 dans ma colonne L et 6 dans ma colonne F.

Je suis sorti de la gare de l'Union et je traversais la place quand j'ai remarqué deux petits mecs qui étaient aussi dans le train. Ils marchaient plus vite que moi et coupaient sur ma droite. Je les ai regardés.

Ils m'ont tous deux fait une grosse grimace et ils ont dit :

« Hé ! ça va ?

— Ça va. »

Ils marchaient vite et ils se sont engouffrés dans Los Angeles, vers Main Street...

Au café, les gars achetaient de la bière avec leurs coupons. J'ai acheté de la bière moi aussi. La bière ne dépassait pas dix *cents* le verre. La plupart des types se sont pintés vite fait. J'étais assis au bout du comptoir. Ils ne parlaient plus de moi.

J'ai bu tous mes coupons et j'ai vendu mon billet-logement à un clochard pour cinquante *cents*. J'ai repris cinq bières et je suis sorti.

J'ai marché. J'ai marché vers le nord. Puis j'ai marché vers l'est. Puis vers le nord. Puis j'ai longé des terrains vagues où s'entassaient des voitures déglinguées. Un type m'avait dit un jour :

« Je dors chaque nuit dans une voiture différente. La nuit dernière c'était dans une Ford, la nuit d'avant une Chevrolet. Ce soir, je dors dans une Cadillac. »

Je suis tombé sur une porte fermée par des chaînes, la porte était tordue mais comme j'étais assez mince j'ai pu me faufiler entre les chaînes, la porte et le cadenas. J'ai cherché jusqu'à ce que je trouve une Cadillac. Je me suis couché sur la banquette arrière et je me suis endormi.

Il devait être six heures du matin quand j'ai entendu le gosse crier. Il avait dans les quinze ans et tenait une batte de base-ball à la main :

« Sors de là ! Sors de notre voiture, sale clochard ! »

Le gosse avait l'air effrayé. Il portait un tee-shirt blanc et des chaussures de tennis et il lui manquait une dent au milieu de la bouche.

Je suis sorti de la Cadillac.

« Recule ! a hurlé le gosse. Recule, recule ! »

Il pointait sa batte sur moi.

Je me suis dirigé lentement vers la porte, qui était ouverte maintenant et pas très éloignée.

C'est alors qu'un vieux bonhomme, dans les cinquante ans, gras et mal réveillé, est sorti d'une cabane recouverte de papier goudronné.

« Papa, a crié le gosse, j'ai trouvé ce type dans une de nos voitures ! Je l'ai trouvé sur la banquette en train de dormir !

— C'est vrai ça ?

— Ouais, c'est vrai, papa ! Je l'ai trouvé en train de dormir sur la banquette dans une de nos voitures !

— Que foutiez-vous dans notre voiture ? »

Le vieux bonhomme se trouvait entre la porte et moi mais j'ai continué d'avancer.

« Je vous demande ce que vous foutiez dans notre voiture ? »

La porte se rapprochait.

Le vieux a empoigné la batte du gosse, il a couru vers moi et il m'a enfoncé la batte dans le ventre, d'un coup sec.

« Ouf ! Oh ! bon Dieu ! »

J'étais incapable de me redresser. J'ai battu en retraite. Ce qui a donné du courage au gosse.

« Je l'aurai, papa, je l'aurai ! »

Le gosse a empoigné la batte de son père et il s'est mis à mouliner. Il m'a touché partout. Sur le dos, les flancs, sur les deux jambes, les genoux, aux chevilles. Je ne pouvais que me couvrir la tête et il me frappait sur les bras et les coudes. J'ai battu en retraite vers le grillage.

« Je l'aurai, papa, je l'aurai ! »

Le gosse n'arrêtait plus de gueuler. Parfois la batte m'atteignait à la tête.

Le vieux a fini par dire :

« Ça suffit maintenant, fils. »

Le gosse moulinait toujours de la batte.

« Fils, j'ai dit que ça suffit. »

J'ai tourné le dos et je me suis agrippé au grillage. Je ne pouvais plus avancer. Ils me regardaient. J'ai lâché le grillage. Je tenais à peine debout. J'ai boitillé jusqu'à la porte.

« Je peux me le payer, papa ?

— Non, fils. »

J'ai dépassé la porte et j'ai marché vers le nord. Tout de suite, je me suis senti le corps tout raide. J'enflais de partout. Mon pas s'est ralenti. J'ai senti que je ne pourrais pas aller plus loin. Tout autour de moi, il n'y avait que des bagnoles à la casse. J'ai aperçu un terrain vague. J'y suis entré et je me suis tordu la cheville dans un trou. J'ai ri tout seul. Le terrain était en pente. Puis j'ai trébuché dans une branche morte qui n'a pas cédé. Quand je me suis relevé, j'avais la paume droite entaillée par un tesson de bouteille. Une bouteille de vin. J'ai retiré le tesson. Le sang a jailli. J'ai nettoyé les saloperies et j'ai sucé la blessure. Plus tard, je suis encore tombé, et cette fois j'ai roulé sur le dos, j'ai pleuré sur ma souffrance puis j'ai regardé dans le ciel du matin. J'étais de retour chez moi, à Los Angeles. Des éphémères me frôlaient le visage. J'ai fermé les yeux.

## MAUVAIS TRIP

Avez-vous remarqué que le LSD et la télé en couleurs sont arrivés sur le marché à la même époque ? Toutes ces inventions nous matraquent, et que faisons-nous ? On interdit le LSD et on fait de la télé merdeuse. La télé, c'est évident, est sabotée par tous ceux qui en font aujourd'hui. Ça ne se discute même pas. J'ai lu récemment qu'au cours d'une descente un inspecteur aurait reçu une bonbonne d'acide qu'un soi-disant fabricant de drogue hallucinogène lui aurait balancée à la figure. Encore un exemple de gâchis ! Il y a de bonnes raisons d'interdire le LSD, le DMT, le STP, on peut bousiller définitivement sa tête avec, mais pas plus qu'au ramassage des betteraves ou en bossant à la chaîne chez General Motors, en faisant la plonge ou en enseignant l'anglais dans une fac. Si on interdisait tout ce qui nous rend dingues, toute la société y passerait : le mariage, la guerre, le métro, les abattoirs, les clapiers, les tables d'opération, etc. Tout peut virtuellement nous faire craquer parce que la société repose sur des piliers pourris. D'ici à ce qu'on lui botte le cul et qu'on reparte à zéro, il y a encore du beau temps pour les asiles ! Et la réduction du budget des asiles par notre cher gouverneur signifie, à mes yeux, que la société se débarrasse de ceux qu'elle a rendus fous, spécialement en période d'inflation et de déficit de la balance commerciale. On ferait mieux de dépenser notre fric à construire des routes ou bien à arroser les nègres pour les retenir de brûler nos villes. J'ai une idée : pourquoi ne pas massacrer les fous ? Pensez à toutes les économies. Ça mange, un fou, il lui faut un trou pour dormir, et puis ces ordures m'écœurent avec leur manie de pleurnicher, d'étaler leur merde sur les murs. Tout ce dont on a besoin, c'est d'une petite équipe de médecins pour décider qui est fou et d'une paire d'infirmières (ou d'infirmiers) pour baiser avec les psychiatres.

Reparlons du LSD. S'il est vrai que moins tu en fourgues plus c'est risqué, on peut dire aussi que plus tu en prends plus c'est risqué. Toute activité créatrice complexe, comme la peinture, la poésie, le braquage de banques, la prise du pouvoir, te mène au point où le miracle et le danger se ressemblent comme des frères siamois. Ça ne marche pas toujours comme sur des roulettes, mais quand ça marche, la vie vaut vraiment le coup. C'est chouette de coucher avec la femme d'autrui mais tu sais qu'un jour tu te feras prendre les fesses à l'air. Ça donne du piquant à l'action. Avec les péchés que fabrique le ciel nous nous construisons un enfer, dont nous avons un réel besoin. Deviens fortiche dans ton truc et tu auras des ennemis. On tire la langue aux champions ; la foule brûle de les voir ramper, ça la ramène dans sa merde. On n'assassine pas tellement les pauvres types ; un gagneur risque d'être descendu avec un fusil acheté par correspondance (comme le veut la légende), ou avec sa propre carabine dans un bled appelé Ketchum. Ou comme Adolphe et sa pute : la chute de Berlin à la dernière page du roman.

Le LSD peut te démolir aussi parce que ça n'est pas vraiment fait pour les ringards. D'accord, un mauvais trip épuise comme une mauvaise pute. La baignoire pleine de gin et le whisky de contrebande ont déjà eu leur heure de gloire. La loi sécrète une maladie : le marché noir du poison. Mais, au fond, la plupart des mauvais trips viennent de ce que l'individu est empoisonné d'avance par la société. Quand un homme s'angoisse pour son loyer, les traites de sa voiture, le réveille-matin, l'éducation du gosse, un dîner à dix dollars avec sa petite amie, l'opinion du voisin, le prestige du drapeau ou les malheurs de Brenda Starr, une pilule de LSD a toutes les chances de le rendre fou parce qu'il est déjà fou en un sens, écrabouillé par les interdits sociaux et rendu inapte à toute réflexion personnelle. L'acide ne vaut que pour les hommes qu'on n'a pas encore engagés, qu'on n'a pas encore enculés avec la grande Peur qui fait marcher tout le système. Malheureusement, la plupart des gens se croient plus libres qu'ils ne sont, et la génération hippie se trompe quand elle décide de ne pas faire confiance aux plus de trente ans. Trente ans, ça ne veut rien dire. La plupart des gens se font coincer et mouler, en bloc, dès l'âge de sept ou huit ans. Beaucoup de jeunes ont l'AIR libre, mais ce n'est qu'une chimie des cellules, de l'énergie, pas un fait de l'esprit. J'ai rencontré des hommes libres dans les endroits les plus bizarres et de TOUS les âges, des portiers de nuit, des voleurs de voitures, des laveurs de voitures, et quelques femmes libres aussi, surtout des infirmières ou des entraîneuses. Un être libre, c'est rare, mais tu le repères tout de suite, d'abord parce que tu te sens bien, très bien, quand tu es avec lui.

Un trip au LSD te fait voir des choses qui échappent aux règlements. Ça te fait piger des trucs qui ne sont pas dans les manuels et dont tu ne peux pas te plaindre à ton conseiller municipal. L'herbe ne fait que rendre la société actuelle plus supportable ; le LSD est déjà en soi une autre société. Si tu respectes la loi, rien ne t'empêche d'étiqueter le LSD comme « drogue hallucinogène », ce qui est un moyen facile de s'en tirer et de ne pas se poser de questions. Mais l'hallucination, d'après le dictionnaire, dépend de l'endroit d'où tu agis. Tout ce qui t'arrive au moment où ça t'arrive devient la réalité, que ce soit un film ou un rêve, baiser ou tuer, être tué ou manger un ice-cream. Les mensonges viennent après ; ce qui doit arriver arrive. L'hallucination, ce n'est qu'un mot dans le dictionnaire. Pour un homme qui meurt, la mort est toute la réalité ; pour les autres, ce n'est que de la malchance ou un mauvais moment à passer. Forest Lawn s'occupe de tout. Quand on admettra qu'il faut de TOUT pour faire le monde, alors on aura une chance. Tout ce qu'un homme voit existe. Ça ne vient pas d'une force étrangère et c'était là avant sa naissance. Ne lui reproche pas de le découvrir aujourd'hui, et ne lui reproche pas de devenir fou parce qu'on ne lui a pas appris que l'aventure est sans fin et que nous sommes tous des petits paquets de merde et rien d'autre. Le mauvais trip ne vient pas du LSD, mais de ta mère, du Président, de la petite fille d'en face, des vendeurs d'ice-creams aux mains sales, d'un cours d'algèbre ou d'espagnol obligatoire, ça vient d'une odeur de chiottes en 1926, d'un type avec un long nez quand tu croyais que les longs nez étaient laids, ça vient d'un laxatif, de la brigade Abraham Lincoln, des sucettes ou de Bugs Bunny, ça vient de la tête de Roosevelt, d'un verre de vinaigre, de passer dix ans dans une usine et te faire virer parce que tu as cinq minutes de retard, ça vient de la vieille outre qui t'a appris l'histoire de ton pays en sixième, de ton chien qui s'est perdu sans que personne ne t'aide à le retrouver, ça vient d'une liste longue de trente pages et haute de cinq kilomètres.

Un mauvais trip ? Ce pays tout entier, cette planète est dans un mauvais trip, l'ami. Mais on t'arrêtera si tu avales une pilule.

Je reste fidèle à la bière parce que, au fond, à quarante-sept ans, ils m'ont bien harponné. Je serais pour le coup un vrai dingue si je croyais avoir échappé à tous leurs filets. Je crois que Jeffers le dit joliment bien quand il dit, en gros, attention aux pièges à con, l'ami, il y en a partout, il paraît que même Dieu y est tombé quand Il a débarqué sur la Terre. Certes, nous sommes désormais quelques-uns à penser que ce n'était pas forcément Dieu qui débarquait, mais, qui que ce fût, il connaissait de sacrés bons coups. Nous avons seulement l'impression qu'il parlait trop. Ça arrive à tout le monde. Même à Leary. Ou à moi.

On est aujourd'hui samedi, il fait froid et le soleil va se coucher. Que faire l'après-midi ? Si j'étais Liza, je me peignerais les cheveux mais je ne suis pas Liza. Bon, j'ai un vieux *National Geographic* et les pages brillent comme des vrais paysages. Evidemment, ce sont des faux. Autour de moi dans l'immeuble, ils sont tous soûls. Une pleine termitière de pochards. Les dames passent sous ma fenêtre. Je pète, je murmure un « merde » tendre et fatigué, puis j'arrache cette page de ma machine. Elle est à toi.

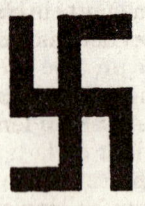

Le Président des Etats-Unis est monté dans sa voiture, au milieu de ses gardes. Il s'est assis à l'arrière. C'était un matin sombre et sans âme. Personne ne parlait. La voiture a foncé et on a entendu les pneus crisser sur la chaussée mouillée par une nuit de pluie. Ce silence était inhabituel, plus étrange que de coutume.

Au bout d'un moment, le Président a parlé :
« Dites, ce n'est pas le chemin de l'aéroport. »
Les gardes n'ont pas répondu. Le Président prenait des vacances. Deux semaines dans sa villa privée. Son avion attendait à l'aéroport.

Il s'est mis à bruiner. Comme si la pluie allait recommencer. Les hommes, et même le Président, portaient d'épais manteaux et des chapeaux, qui remplissaient la voiture. Dehors, un vent glacé soufflait.

« Chauffeur, a dit le Président, je crois que vous vous trompez de chemin. »
Le chauffeur n'a pas répondu. Les gardes regardaient droit devant eux.

« Ecoutez, a dit le Président, voulez-vous montrer à cet homme le chemin de l'aéroport ?
— Nous n'allons pas à l'aéroport, a dit le garde assis à la gauche du Président.
— Nous n'allons pas à l'aéroport ? » a répété le Président.

De nouveau, les gardes se taisaient. La bruine est devenue de la pluie. Le chauffeur a mis les essuie-glaces.

« Ecoutez, de quoi s'agit-il ? a demandé le Président. Que se passe-t-il ?

— Voilà des semaines qu'il pleut, a dit le garde à côté du chauffeur. Ça me déprime. Je serai content de voir un rayon de soleil.

— Oui, moi aussi, a ajouté le chauffeur.

— Quelque chose ne colle pas, a dit le Président. J'exige de savoir...

— Vous n'êtes plus en état d'exiger quoi que ce soit, a fait le garde à droite du Président.

— Ce qui veut dire ?

— Ce que ça veut dire.

— C'est un assassinat ? a interrogé le Président.

— Pas vraiment. C'est démodé.

— Alors quoi...

— Je vous en prie. Nous avons reçu l'ordre de ne pas discuter. »

Ils ont roulé plusieurs heures. La pluie tombait toujours. Personne ne parlait.

« C'est là, a dit le garde assis à la gauche du Président. Fais le tour, puis entre. Nous ne sommes pas suivis. La pluie nous a été très utile. »

La voiture s'est engagée dans une allée boueuse. Les pneus chassaient, dérapaient, puis s'accrochaient et relançaient la voiture. Un homme en imperméable jaune agitait une lampe de poche, et il les guida jusqu'au garage. Les environs étaient déserts et boisés. Une petite ferme se dressait à gauche du garage. Les gardes ont ouvert les portes de la voiture.

« Sortez », ont-ils dit au Président.

Le Président est sorti. Les agents ont encadré le Président, bien qu'il n'y eût pas un seul être humain à des miles à la ronde, excepté l'homme à la lampe de poche et à l'imperméable jaune.

« On aurait pu régler toute l'affaire ici, a fait l'homme en imperméable jaune. Nous prenons sûrement des risques.

— Les ordres, a soupiré un des agents. Vous savez ce que c'est. Il agit souvent à l'intuition. Aujourd'hui aussi, et plus que jamais.

— Il fait très froid. Vous avez le temps de prendre un café ?

— C'est gentil à vous. La route a été longue. Je suppose que la seconde voiture est parée ?

— Evidemment. On l'a vérifiée cent fois. En fait, nous avons dix minutes d'avance sur l'horaire. C'est aussi pour ça que je vous proposais du café. Vous savez à quel point il aime la précision.

— D'accord, entrons. »

Sans s'écarter du Président, les gardes ont pénétré dans la ferme.

« Asseyez-vous ici, a dit un des gardes au Président.

— C'est du bon café », a fait l'homme en imperméable jaune, moulu main.

Il a apporté la cafetière. Il a rempli sa tasse puis il s'est assis, en gardant son imperméable jaune, sauf le capuchon qu'il a jeté sur le radiateur.

« Ah ! ça fait du bien, a dit l'un des gardes.

— Du lait et du sucre ? a-t-on demandé au Président.

— Si vous voulez », a répondu le Président...


Il n'y avait guère de place dans la vieille voiture mais ils se sont débrouillés pour tenir, avec le Président toujours à l'arrière... La vieille voiture dérapait dans la boue et les cassis mais elle a tenu jusqu'à la route. De nouveau, le silencieux voyage. Puis l'un des gardes a allumé une cigarette.

« Bon sang, je ne peux pas m'arrêter de fumer !

— Bah ! c'est difficile, tu sais. Ne t'en fais pas pour ça.

— Je ne m'en fais pas. Je me dégoûte moi-même.

— Bah ! n'y pense plus. On vit un jour historique.

— Et comment ! » a dit le garde à la cigarette.

Il a aspiré la fumée...

Ils ont garé la voiture en face d'une vieille pension. La pluie continuait. Ils sont restés un moment dans la voiture.

« Allez-y, a dit le garde à côté du chauffeur, faites-le sortir. C'est le moment. Pas un chat dans les rues. »

Ils ont encadré le Président, d'abord jusqu'à l'entrée, puis dans l'escalier, jusqu'au troisième. Ils se sont arrêtés devant la porte 306 et ils ont frappé. Le signal convenu : un coup, pause, trois coups, pause, deux coups...

La porte s'est ouverte, les hommes ont poussé le Président à l'intérieur et ont verrouillé la porte à double tour. Trois autres types attendaient dans la pièce. Les deux premiers avaient dans les cinquante ans. Le troisième portait une vieille chemise de paysan, un pantalon trop large pour lui et des souliers éculés, pas cirés, à dix dollars la paire. Il était assis dans un rocking-chair. Il avait plus de quatre-vingts ans mais il souriait... et ses yeux étaient toujours les mêmes yeux ; son nez, son menton, son front, rien n'avait beaucoup changé.

« Soyez le bienvenu, monsieur le Président. J'attends depuis si longtemps, l'Histoire, la Science, Vous, et tout arrive, comme prévu, aujourd'hui... »

Le Président a regardé le vieillard dans son rocking-chair.

« Grand Dieu, mais vous êtes... vous êtes...

— Vous m'avez reconnu ! Certains de vos concitoyens se sont amusés de la ressemblance. Les imbéciles, s'ils savaient que j'étais...

— Mais on a la preuve que...

— Bien sûr, on a la preuve. Le bunker, le 30 avril 1945. C'est ce que nous voulions. J'ai été patient. La Science est de notre côté mais j'ai dû donner quelques coups de pouce à l'Histoire. Il nous fallait l'homme idéal. Vous êtes l'homme idéal. Les autres étaient impossibles, trop étrangers à mes conceptions politiques... Vous êtes de loin celui qui convient le mieux. A travers vous, j'aurais la partie facile. Mais j'ai dû accélérer un peu le mouvement... à mon âge... il le fallait.

— Vous voulez dire... ?

— Oui. J'ai fait assassiner votre Kennedy. Puis son frère...

— Mais pourquoi ce deuxième meurtre ?

— D'après nos renseignements, ce jeune homme aurait remporté les élections à la présidence.

— Mais qu'allez-vous faire de moi ? On m'a dit que je ne serai pas assassiné.

— Puis-je vous présenter les docteurs Graf et Voelker ? »

Les deux hommes ont salué de la tête le Président et ont souri.

« Que va-t-il se passer ? a demandé le Président.

— Un petit instant, je vous prie. Je dois interroger les hommes. Karl, ça a marché avec le Double ?

— Impeccable, nous avons téléphoné de la ferme. Le Double est arrivé à l'heure à l'aéroport. Il a annoncé que, vu le temps, il repoussait le vol jusqu'à demain. Puis le Double a annoncé qu'il allait faire une promenade en voiture... qu'il aimait bien conduire sous la pluie...

— Au fait ! a dit le vieillard.

— Le Double a été liquidé.

— Parfait. Nous pouvons continuer. L'Histoire et la Science sont à l'Heure. »

Les gardes ont poussé le Président vers l'une des deux tables d'opération. Ils lui ont demandé d'ôter ses vêtements. Le vieillard s'est dirigé vers la seconde table. Les docteurs Graf et Voelker ont passé leurs combinaisons de travail...


Le plus jeune des deux hommes s'est levé de sa table d'opération. Il a revêtu les habits du Président, puis il s'est dirigé vers une glace en pied, appuyée contre le mur nord de la pièce. Il lui a fait face durant cinq bonnes minutes. Puis il s'est retourné.

« C'est un miracle ! Pas même une cicatrice... pas de convalescence. Félicitations, messieurs ! Comment faites-vous ?

— Eh bien, Adolph, a répondu l'un des docteurs, nous avons fait du chemin depuis...

— STOP ! Vous ne devez plus m'appeler Adolph... jusqu'au moment propice, jusqu'à ce que JE vous le dise ! Jusque-là, défense de parler allemand... Je suis désormais le Président des Etats-Unis !

— Oui, monsieur le Président ! »

Il a porté la main à sa lèvre supérieure :

« Mais je regrette *vraiment* ma vieille moustache ! »

Les docteurs ont souri.

Puis il a demandé :

« Et le vieillard ?

— Nous l'avons installé dans le lit, a dit Graf. Il ne se réveillera pas avant vingt-quatre heures. D'ici là... toutes les traces de l'opération auront été effacées, détruites. Nous n'avons plus qu'à partir d'ici. Cependant, monsieur le Président, puis-je suggérer que cet homme soit...

— Non, c'est un faible ! Qu'il souffre ce que j'ai souffert ! »

Il s'est dirigé vers le lit et il y a vu un vieillard à cheveux blancs, âgé de plus de quatre-vingts ans.

« Demain, je serai dans sa résidence privée. Je me demande si sa femme appréciera ma façon de faire l'amour. »

Il a poussé un petit rire.

« Je suis sûr, mein Führer... pardon ! Excusez-moi ! Je suis sûr, monsieur le Président, qu'elle appréciera beaucoup.

— Alors partons d'ici. Les docteurs d'abord, ils savent où aller. Puis les autres... un ou deux à la fois... un changement de voiture, puis une bonne nuit de sommeil à la Maison-Blanche. »

Le vieillard aux cheveux blancs était réveillé. Il était seul dans la pièce. Il pouvait s'enfuir. Il est sorti du lit pour chercher ses habits et, comme il traversait la pièce, il a vu un vieillard dans une glace.

« Non, oh ! mon Dieu, non ! » a-t-il pensé.

Il a levé un bras. Le vieillard dans la glace a levé un bras. Il s'est avancé. Le vieillard dans la glace a grandi. Il a regardé ses mains : ridées, et ce n'étaient pas ses mains ! Il a regardé ses pieds ! Ce n'étaient pas ses pieds ! Ce corps n'était pas son corps !

« Mon Dieu ! OH ! MON DIEU ! » a-t-il dit à voix haute.

Alors, il a entendu sa voix. Ce n'était même pas sa voix. Ils avaient changé la voix aussi. Il s'est touché la gorge et le crâne du bout des doigts. Aucune cicatrice, nulle part ! Il a passé les habits du vieillard et descendu l'escalier en courant. Il a frappé à une porte marquée « Direction ».

La porte s'est ouverte. Une vieille femme.

« Oui, monsieur Tilson ? a-t-elle demandé.

— Monsieur Tilson ? Madame, je suis le président des Etats-Unis ! C'est un cas d'urgence !

— Oh ! Monsieur Tilson, vous êtes si drôle !

— Où est le téléphone ?

— Là où il a toujours été, monsieur Tilson, à gauche, juste avant la porte. »

Il a tâté ses poches. Ils lui avaient laissé de la monnaie. Il a regardé dans le portefeuille. Dix-huit dollars. Il a glissé dix *cents* dans l'appareil.

« Madame, à quelle adresse sommes-nous ici ?

— Enfin, monsieur Tilson, vous *connaissez* l'adresse ! Depuis le temps que vous habitez ici ! Vous m'étonnez beaucoup aujourd'hui, monsieur Tilson. Et, j'ai quelque chose à vous dire !

— Oui, oui... qu'est-ce que c'est ?

— Je voudrais vous rappeler que nous sommes le jour du loyer !

— Oh ! madame, s'il vous plaît, donnez-moi l'adresse !

— Mais vous savez bien ! 2435 Shoreham Drive.

— Oui, dit-il au téléphone, taxi, je voudrais une voiture au 2435 Shoreham Drive. J'attendrai au rez-de-chaussée. Mon nom ? Mon nom ? Je m'appelle Tilson... »

« Inutile d'aller à la Maison-Blanche, pensa-t-il, ils ont dû tout prévoir... Je vais aller dans le plus grand quotidien. Je leur dirai. Je dirai tout au rédacteur en chef, tout ce qui s'est passé... »

Les autres malades se moquaient de lui.

« Tu vois ce type ? Le type qui ressemble vaguement

au camarade-dictateur machin-chose, en plus vieux. Bref, il est arrivé ici en criant qu'il était le président des Etats-Unis. C'était le mois dernier ! Il le dit moins souvent maintenant. C'est fou ce qu'il aime lire les journaux ! J'ai jamais vu un type aussi impatient de lire le journal. Il en connaît un sacré bout sur la politique, pourtant. Je crois que c'est ça qui l'a rendu fou. Trop de politique.

La cloche du dîner a sonné. Tous les malades se sont agités. Sauf un.

Un infirmier s'est approché de lui.

« Monsieur Tilson ? »

Pas de réponse.

« MONSIEUR TILSON !

— Euh... oui ?

— C'est l'heure du dîner, monsieur Tilson ! »

Le vieillard à cheveux blancs s'est dirigé d'un pas lent vers le réfectoire des malades.


## LES VINGT-CINQ CLOCHARDS


Vous connaissez les turfistes. On réussit un coup fumant et on croit que c'est arrivé. J'habitais un coin tranquille, j'avais mon propre jardin, et je plantais des tulipes, qui poussaient bien, étonnamment belles. J'avais la main heureuse. L'argent facile. Je ne me souviens plus de ma combine, mais elle turbinait pour moi, ce qui est une agréable façon de vivre. Et il y avait Kathy. Kathy était super. Le vieux du palier en bavait quand il l'apercevait. Il n'arrêtait pas de frapper à la porte :

« Kathy, oooh, Kathy, Kathy ! »

J'allais ouvrir, en caleçon.

« Ooooh, je croyais...

— Qu'est-ce que tu veux, enfoiré ?

— Je croyais que Kathy...

— Kathy est aux chiottes. Je peux transmettre ?

— Je... j'ai acheté des os pour votre chien. »

Il portait un grand sac d'os de poulet.

« Nourrir un chien avec des os de poulet, c'est comme

piler des lames de rasoir dans la semoule d'un gosse. Tu veux tuer mon chien, enculé ?

— Oh ! non.

— Alors remballe tes os et casse-toi.

— Je comprends pas.

— Fourre-toi tes os de poulet dans le cul et fous-moi le camp d'ici !

— Je croyais juste que Kathy...

— Je te l'ai déjà dit, Kathy est aux chiottes ! »

Je lui ai claqué la porte au nez.

« Tu ne devrais pas être aussi dur avec le vieux cochon, Hank, il dit que je lui rappelle sa fille quand elle était jeune.

— D'accord, donc il a baisé avec sa fille. Laisse-le se branler dans du petit suisse. Je ne veux plus le voir.

— Bien entendu, tu crois que je le laisse entrer dès que tu pars aux courses ?

— Je ne me suis jamais posé la question.

— Tu te poses quelle question ?

— Je me demande lequel des deux grimpe sur l'autre.

— Espèce de salaud, tu peux foutre le camp ! »

J'ai enfilé ma chemise, un pantalon, puis les chaussettes et les chaussures.

« J'aurai pas passé trois rues que tu seras dans ses bras. »

Kathy m'a jeté un livre à la figure. Je ne m'y attendais pas et le coin du livre m'a touché juste au-dessus de l'œil droit. L'arcade s'est ouverte, une goutte de sang m'est tombée sur la main pendant que je laçais ma chaussure.

« Je m'excuse, Hank.

— Ne t'approche pas de moi ! »

Je suis sorti et j'ai pris la voiture, j'ai reculé à 60 à l'heure en emportant un bout de la haie, puis le stuc de la façade avec mon pare-chocs arrière. Le sang coulait sur ma chemise et je me suis mis un mouchoir sur l'œil. Ce samedi aux courses s'annonçait mal. J'étais furax.

J'ai parié comme si la bombe atomique était pour demain. Je voulais ramener dix mille dollars. J'ai joué des outsiders. Je n'en ai pas touché un. J'ai perdu cinq cents dollars. Tout ce que j'avais sur moi. Il me restait un dollar dans mon portefeuille. Je suis rentré sans me presser. Ce samedi soir s'annonçait mal. J'ai garé la voiture et je suis rentré par la porte de derrière.

« Hank...
— Quoi ?
— Tu fais une tête d'enterrement. Qu'est-ce qui se passe ?
— J'ai paumé. J'ai paumé mon fric. Cinq cents dollars.
— Mon Dieu. Je suis désolée, dit-elle, c'est ma faute. »
Elle est venue près de moi et m'a pris dans ses bras.
« Bon Dieu, je suis désolée, papa. C'est ma faute, je le sais.
— Laisse tomber. Ce n'est pas toi qui as parié.
— Tu fais toujours l'idiot ?
— Non, non, je sais que tu ne baises pas avec cette vieille carne.
— Je peux te faire à manger ?
— Non, non, ramène-nous plutôt une bouteille de whisky et le journal. »

Je me suis levé et je suis allé voir la planque à fric. Plus que cent quatre-vingts dollars. On avait connu pire plus d'une fois, mais je voyais revenir le temps de l'usine et de l'entrepôt, *si* on voulait encore de moi là-bas. J'ai sorti un billet de dix. Le chien m'avait toujours à la bonne. Je lui ai tiré les oreilles. Il se foutait que j'aie de l'argent ou pas. Un chien de première. Ouais. Je suis sorti de la chambre. Kathy se passait du rouge à lèvres devant la glace. Je lui ai pincé les fesses et je l'ai embrassée derrière l'oreille.

« Ramène-moi aussi de la bière et des cigares. »

Kathy est sortie et j'ai écouté le cliquetis de ses talons dans l'allée. C'était une des plus chouettes filles que j'aie jamais levées. Je l'avais draguée dans un bar.

Je me suis renversé dans le fauteuil et j'ai fixé le plafond. Un clochard. J'étais un clochard. Ce dégoût du travail, cette façon de compter sur la chance.

Kathy est revenue et je lui ai demandé de me verser un grand verre. Elle me comprenait. Elle a même épluché la cellophane de mon cigare et me l'a allumé. Elle était drôle, et jolie. On faisait l'amour. On faisait l'amour contre la tristesse. Ça me faisait mal au cœur de tout perdre : voiture, maison, chien, femme. J'avais aimé cette vie douce et facile.

Je devais être secoué parce que j'ai ouvert le journal à la page des OFFRES D'EMPLOI.

« Eh, Kathy, j'ai trouvé. Ecoute voir : "Cherchons hommes. Travail dimanche. Payé le jour même."

— Oh ! Hank, repose-toi demain. Tu te referas aux courses mardi. Et tu verras la vie en rose.

— Merde, poulette, chaque dollar compte ! Il n'y a pas de courses le dimanche... Ou plutôt oui, mais à Caliente, avec leurs vingt-cinq pour cent de taxe et le voyage on n'en sort pas. En fait, j'aimerais baiser et picoler toute la nuit, et demain prendre ce boulot à la con. Quelques dollars de plus et tout peut changer. »

Kathy me regardait d'un drôle d'air. Elle ne m'avait jamais entendu parler comme ça. Je faisais toujours comme si l'argent pleuvait. Ce trou de cinq cents dollars m'avait fait un choc. Elle m'a rempli un autre verre. Je l'ai vidé d'un trait. Choc, choc, Seigneur, l'usine ! Les journées fichues, les journées absurdes, les journées à patrons et à couillons, et la lenteur brutale de l'horloge.

On a bu jusqu'à deux heures du matin, comme dans un bar, on s'est couché, on a fait l'amour et puis dodo. J'ai mis le réveil à quatre heures. A quatre heures et demie, j'étais debout et me rendais en voiture jusqu'à une rue sordide du centre ville. J'ai attendu au coin avec vingt-cinq clochards en haillons. Ils attendaient en se roulant des cigarettes et en buvant du vin.

« Ça va, c'est pour le fric, je pensais. J'en reviendrai... Un jour, je prendrai des vacances à Paris ou à Rome. Merde à tous ces mecs. J'ai rien à voir avec eux. »

Puis je me suis dit : « Voilà ce que TOUS pensent : je n'ai rien à voir avec eux. Chacun des AUTRES pense ça de LUI-MÊME. Et ils ont raison. Alors ? »

Le camion s'est amené vers 5 h 10 et on est monté dedans.

« Bon Dieu, dire que je pourrais dormir en ce moment contre le petit cul de Kathy. Mais c'est pour le fric, le fric. »

Les mecs discutaient sur la meilleure façon de sauter

de la remorque. Ils puaient, les pauvres. Mais ils n'avaient pas l'air malheureux. J'étais le seul type malheureux de la bande.

Chez moi, je me lèverais, j'irais pisser. Je boirais une bière dans la cuisine, en regardant le soleil, je le verrais s'illuminer, briller sur mes tulipes. Puis je retournerais au lit avec Kathy.

Le type à côté de moi a dit :
« Eh, l'ami !
— Ouais.
— Je suis français. »
Je n'ai pas répondu.
« Ça te dirait une pipe ?
— Non.
— J'ai vu un type se faire sucer dans la rue ce matin. Il avait une LONGUE queue toute blanche, et l'autre le suçait jusqu'à ce que le foutre lui coule de la bouche. J'ai regardé et, bon Dieu, ça m'a mis le feu au cul. Laisse-moi te sucer la queue, l'ami !
— Non, j'en ai pas envie maintenant.
— Ça fait rien, tu peux me sucer, toi.
— Fous-moi le camp ! »

Le Français s'est glissé au fond de la remorque. Le temps de faire un kilomètre et j'ai vu sa tête qui s'agitait. Il en taillait une devant tout le monde à un vieux type à tête d'Indien. Quelqu'un a crié :
« VAS-Y, CHÉRIE, AVALE TOUT !!! »

D'autres ont rigolé mais la plupart buvaient leur vin sans un mot et se roulaient leurs cigarettes. Le vieil Indien faisait comme si de rien n'était. Le temps d'arriver à Vermont, le Français avait tout avalé, et on est descendu, le Français, l'Indien, moi et les autres clochards. On nous a distribué des bouts de papier, et nous sommes entrés dans un bar. Le papelard donnait droit à un café et un beignet. La serveuse se bouchait le nez. On puait. Des vrais dégueulasses.

Une voix a fini par brailler :
« Tout le monde dehors ! »
J'ai suivi le mouvement, on est entré dans une grande pièce et on s'est assis sur des chaises comme à l'école, ou plutôt comme au lycée, au cours de musique. Avec

une tablette de bois sous le bras droit pour poser le cahier et prendre des notes. Bref, on a encore passé trois quarts d'heure sur les chaises. Puis un petit morveux avec une boîte de bière à la main a dit :

« Allez, à vos SACS ! »

Les types ont sauté d'UN BOND et cavalé dans la pièce du fond. « Qu'est-ce qui leur prend ? » je me suis demandé. J'ai marché vers la porte sans me presser et j'ai regardé dans l'autre pièce. Les clochards étaient là, à pousser et à cogner pour avoir les meilleurs sacs. C'était une mêlée morbide, absurde. Quand le dernier est sorti de la pièce, je suis entré et j'ai ramassé le premier sac qui traînait par terre. Il était très sale, déchiré et percé. Quand je suis rentré dans la première pièce, tous les clochards avaient le leur sur le dos. J'ai pris un siège et je me suis assis avec le mien sur mes genoux. Quelque part dans le scénario, ils avaient dû ramasser nos noms. Je crois qu'on donnait son nom avant d'avoir le bon pour le café et le beignet. On restait donc assis et ils nous appelaient par groupes de cinq ou six. Ça a bien dû prendre encore une heure. Quoi qu'il en soit, quand je suis monté à l'arrière de la camionnette avec mon groupe, le soleil était déjà haut. Ils ont donné à chacun un petit plan du quartier où il devait distribuer ses journaux. J'ai ouvert mon plan. J'ai aussitôt reconnu le quartier : DIEU TOUT-PUISSANT, SUR TOUTE LA VILLE DE LOS ANGELES, IL FALLAIT QUE JE TOMBE SUR MON PROPRE QUARTIER !

J'y étais connu comme buveur, joueur, petit malin, jouisseur, champion de l'adultère. Et j'allais me montrer avec un vieux sac dégueulasse sur le dos, en train de distribuer des journaux de petites annonces ?

La camionnette m'a déposé au coin de ma rue. Aucun doute, les lieux m'étaient familiers. Le fleuriste, le bar, le garage, tout y était... et, passé le coin, ma petite maison avec Kathy endormie dans le lit tout chaud. Même le chien dormait. Je pensais : « Bon, c'est dimanche matin, personne ne me verra, ils font la grasse matinée. Je n'ai qu'à descendre cette putain de rue en courant. » Ce que j'ai fait.

J'ai dépassé deux carrefours à toute vitesse, et personne n'a vu le gentil prince aux mains blanches et aux grands yeux mélancoliques. Je m'en tirais au poil.

Troisième carrefour. Tout allait bien jusqu'à ce que j'entende la petite fille. Elle était dans sa cour. Elle devait avoir dans les quatre ans.

« Hep, m'sieur !
— Euh, oui, petite fille, qu'y a-t-il ?
— Où il est ton chien ?
— Euh, ha, ha, il dort encore.
— Oh ! »

Je promenais toujours mon chien dans cette rue. Il y avait un terrain vague où il allait chier. A tous les coups. J'ai pris les journaux qui me restaient et je les ai jetés à l'arrière d'une voiture abandonnée près de l'autoroute. Il y avait des mois que la voiture était là, sans ses roues. Je ne sais pas ce qui m'a pris, mais j'ai abandonné les journaux et je suis rentré chez moi. Kathy dormait toujours. Je l'ai réveillée.

« Kathy ! Kathy !
— Oh ! Hank... tout va bien ? »

Le chien a sauté sur le lit et je l'ai caressé.

« Tu sais ce que ces fils de pute ont FAIT ?
— Quoi ?
— Ils m'ont donné des journaux à distribuer dans mon propre quartier !
— Oh ! Ce n'est pas gentil, mais je ne crois pas que ça choque les gens.
— Tu ne comprends pas ? JE suis CONNU ici ! Je suis le petit malin ! Je ne peux pas me montrer avec un sac de merde sur le dos !
— Je ne crois pas que tu sois aussi CONNU que ça !
— Ecoute, arrête de dire des conneries ! Tu t'es chauffé le cul au lit pendant que j'allais me traîner avec cette bande d'enfoirés !
— Ne te mets pas en colère. Je vais faire pipi. Attends une minute. »

J'ai attendu qu'elle fasse son pipi de femelle endormie. Bon Dieu, qu'elles sont LENTES ! Le con n'est pas une machine à pisser très efficace. Rien ne vaut une queue.

Kathy est sortie des toilettes.

« Ne t'en fais pas, Hank chéri. Je vais mettre une vieille robe et t'aider à distribuer tes journaux. On aura vite fini. Les gens se lèvent tard le dimanche.
— Mais on m'a déjà VU !
— On t'a déjà vu ?
— La petite fille dans la maison marron, rue Westmoreland.
— Myra ?
— Je ne sais pas son nom.
— Elle n'a que trois ans !
— Je sais pas son âge ! Elle m'a parlé du chien !
— Qu'est-ce qu'elle t'a dit ?
— Elle a demandé où il était !
— Allez, viens, je vais t'aider à te débarrasser de tes journaux. »

Kathy enfilait une vieille robe déchirée.

« C'est fait. Je m'en suis débarrassé. Je les ai jetés dans la voiture abandonnée.
— Tu vas te faire piquer !
— Et MERDE ! Je m'en fous ! »

Je suis allé prendre une bière dans la cuisine. Quand je suis revenu, Kathy était au lit. Je me suis assis dans un fauteuil.

« Kathy ?
— Hein ?
— Tu ne sais vraiment pas avec qui tu vis ! J'ai la classe, moi, la grande classe ! J'ai trente-quatre ans mais je n'ai pas travaillé plus de six mois depuis mes dix-huit ans. Et pas un rond. Regarde mes mains ! Des mains de pianiste !
— La classe ? Tu ferais MIEUX de t'ÉCOUTER quand tu as bu ! Tu es horrible, horrible !
— Tu cherches encore la bagarre, Kathy ? Je t'ai roulée dans la fourrure et tu n'as pas à te plaindre depuis que je t'ai tirée de ta fabrique de gin d'Alvarado Street. »

Kathy ne m'a pas répondu.

« En vérité, je suis un génie mais je suis le seul à le savoir.
— D'accord, j'achète », a dit Kathy.

Puis elle a plongé la tête dans l'oreiller et elle s'est rendormie.

J'ai fini ma bière, j'en ai bu une autre, puis je suis allé trois rues plus loin m'asseoir sur les marches d'une épicerie. D'après le plan, c'était le point où la camionnette viendrait me reprendre. Je suis resté là de dix heures à quatorze heures trente. C'était absurde, insupportable et chiant. A quatorze heures trente la vieille guimbarde est arrivée.

« Eh mec ?
— Hum ?
— Déjà fini ?
— Hum.
— T'es un rapide !
— Ouais.
— Tu vas aider ce type à terminer son circuit.
— Ah ! merde. »

Je suis monté dans la camionnette et il m'a déposé plus loin. J'ai trouvé le type. Il se TRAÎNAIT. Il jetait chaque journal avec un soin maniaque par-dessus la grille. Il avait l'air d'aimer son travail. Il en était à son dernier pâté. J'ai tout bouclé en cinq minutes. Puis on s'est assis et on a attendu la camionnette. Pendant une heure.

Ils nous ont ramenés au bureau et on a retrouvé nos chaises. Puis deux petits morveux se sont amenés, des boîtes de bière à la main. Le premier faisait l'appel et l'autre distribuait la paie.

Sur un tableau, derrière les deux morveux, il y avait un message à la craie :

**TOUTE PERSONNE À NOTRE SERVICE 30 JOURS D'AFFILÉE**
**SANS MANQUER UN JOUR**
**SE VERRA OFFRIR**
**GRATUITEMENT**
**UN COSTUME EN SOLDE**

Je regardais les types encaisser leur paie. C'était pas vrai. Je CROYAIS voir qu'on donnait à chacun trois billets d'un dollar. A l'époque, le minimum légal était d'un dollar de l'heure. J'étais arrivé au rendez-vous à quatre heures trente. Il était alors seize heures trente. Pour moi, ça faisait douze heures.

On m'a appelé dans les derniers. Je devais être le troisième avant la fin. Pas un seul de ces clochards n'avait protesté. Ils prenaient leurs trois dollars et ils sortaient.

« Bukowski ! » a crié le morveux.

Je me suis levé. Le deuxième morveux m'a compté trois Washington neufs et craquants.

« Ecoutez, j'ai fait, vous ne savez pas qu'il y a un minimum légal, un dollar de l'heure ? »

Le morveux a levé sa bière.

« On déduit le transport, le petit déjeuner et le reste. On ne paie que le temps de travail et on l'estime à trois heures environ.

— Ça m'a pris douze heures de ma vie. Et il faut que je redescende en ville par le bus pour récupérer ma voiture et rentrer avec.

— Vous avez de la chance d'avoir une voiture.

— Et vous avez du bol que je ne vous enfonce pas cette canette dans le cul !

— Je suis pas le patron, monsieur. Ne vous en prenez pas à moi.

— Je vais vous dénoncer à l'Office fédéral du Travail !

— Robinson ! » a crié le deuxième morveux.

L'avant-dernier des clochards s'est levé pour toucher ses trois dollars pendant que je me tirais. Je pris le bus. Le temps de rentrer et d'ouvrir une bière, il était six heures du soir. J'ai bu comme un trou. J'étais si frustré que j'ai collé trois claques à Kathy. J'ai cassé une vitre. Je me suis coupé le pied sur les bouts de verre. J'ai chanté des chansons de Gilbert et Sullivan, que m'avait apprises un prof d'anglais barjot qui donnait son cours à sept heures du matin. Collège municipal de Los Angeles. Le prof s'appelait Richardson. Il n'était peut-être pas cinglé. Mais il m'avait collé un 5 en anglais sous prétexte que j'arrivais à sept heures trente avec une gueule de bois, quand j'arrivais. Mais c'est une autre histoire. Kathy et moi on s'est bien amusé cette nuit-là et, malgré la casse j'étais moins méchant et moins con que d'habitude.

Et le mardi à Hollywood Park j'ai gagné cent quarante dollars aux courses et je me suis retrouvé : amant désinvolte, petit malin, joueur, mac réformé et planteur de tulipes. J'ai roulé lentement dans l'allée, en savourant les derniers rayons du soleil. Puis j'ai fait le tour par la porte de derrière. Kathy préparait des boulettes de viande aux oignons, avec épices et petites merdes comme je les aime. Elle était penchée sur ses fourneaux et je l'ai attrapée par la taille.

« Oooooo.....
— Ecoute, poulette...
— Ouais ? »

Elle me faisait face avec sa grande louche à la main. J'ai glissé dix dollars dans le col de sa robe.

« J'aimerais que tu ailles m'acheter une bouteille de whisky.
— Mais oui, mais oui.
— Et aussi de la bière et des cigares. Je surveille la cuisine. »

Kathy a ôté son tablier et elle s'est enfermée cinq minutes dans la salle de bains. Je l'entendais chantonner. Je me suis assis dans mon fauteuil pour écouter le cliquetis de ses talons dans l'allée. Une balle de tennis traînait par terre. Je l'ai ramassée et je l'ai lancée contre le plancher, si fort qu'elle a rebondi contre le mur en zébrant l'espace. Le chien, qui faisait un mètre cinquante de long et un mètre de haut, à moitié loup, a bondi, ses dents ont claqué et il a saisi la balle, au ras du plafond. Un instant, il a paru immobile. Quel beau chien c'était, et quelle belle vie. Quand il a touché le sol je me suis levé pour aller inspecter les boulettes de viande. Elles étaient à point. Tout était à point.

## EST-CE UN MÉTIER D'ÉCRIRE ?

Le bar. Bien sûr. Il donnait sur la piste. On avait pris le tabouret mais le barman nous ignorait. J'en ai conclu que les barmen d'aéroports étaient des snobs, comme jadis les maîtres d'hôtel dans les trains. J'ai conseillé à Garson, plutôt que d'appeler le barman qui n'attendait que ça, de prendre une table. On a pris une table.

Des voyous bien sapés, l'air cossu et creux, sirotant

leur verre, discutaient paisiblement et attendaient leur avion. Garson et moi on a regardé les serveuses.

« Merde, a dit Garson, regarde, elles ont des jupes tellement courtes qu'on voit leur culotte.

— Ummmmm », fis-je.

Puis on y est allé de nos commentaires. Celle-là n'avait pas de fesses. L'autre avait les jambes trop maigres. Et elles avaient toutes les deux l'air bête et ne se prenaient pas pour de la merde. La fille sans fesses s'est amenée. J'ai dit à Garson de passer sa commande et j'ai demandé un scotch à l'eau. La fille est allée chercher nos verres. Ça n'était pas plus cher que dans un bar ordinaire, mais je lui laisserai un bon pourboire pour sa culotte, une si petite culotte.

« Tu as la trouille ? a demandé Garson.

— Oui, mais de quoi, au fait ?

— C'est ton baptême de l'air.

— Je croyais que j'aurais la trouille. Mais maintenant, quand je regarde cette bande de — j'ai désigné le bar — ça n'a plus d'importance.

— Mais les lectures ?

— Les lectures j'aime pas ça. Des conneries. C'est comme creuser une tranchée, de la survie.

— Au moins tu fais ce que tu as envie de faire.

— Non, je fais ce que tu as envie de faire.

— Bon, d'accord, mais au moins les gens aiment ce que tu fais.

— Je l'espère. J'ai pas envie d'être lynché à cause d'un sonnet. »

J'ai sorti une bouteille de mon sac de voyage, calé le sac entre mes jambes et rempli mon verre. Je l'ai vidé, puis j'ai repassé la commande pour Garson et pour moi.

La fille sans fesses et sa culotte, je me demandais si elle portait une autre culotte *sous* sa culotte en dentelle. On a fini nos verres. J'ai donné cinq ou six dollars à Garson pour le retour puis on est monté à l'embarquement. Je venais de m'asseoir dans le dernier siège, au dernier rang, quand l'avion s'est mis à rouler. Moins une !

J'ai trouvé le temps long jusqu'au décollage. Il y avait une vieille mémé près de la fenêtre, à côté de moi. Elle était calme, avec l'air de s'ennuyer. Prenait probablement l'avion quatre ou cinq fois par semaine et dirigeait une chaîne de bordels. Je m'empêtrais dans ma ceinture mais, comme j'étais seul dans ce cas, je l'ai laissée pendre. J'aimais mieux être éjecté de mon siège plutôt que de demander à une hôtesse d'attacher ma ceinture.

On était en l'air et je n'avais pas poussé de cris d'épouvante. C'était plus tranquille que le train. Immobile. Ennuyeux. J'avais l'impression d'avancer à cinquante à l'heure ; les montagnes et les nuages ne se pressaient pas. Deux hôtesses faisaient les cent pas, sourire, sourire, sourire. Une des hôtesses était pas mal, mais elle avait des veines grosses comme des ficelles qui lui couraient dans le cou. Dommage. Et la deuxième hôtesse n'avait pas de fesses.

On a mangé, puis les alcools sont arrivés. Un dollar. Il y avait des gens qui ne voulaient pas d'alcool. Curieux minables. Puis je me suis mis à souhaiter que l'avion perde une aile, je voulais vraiment voir la tronche des hôtesses à ce moment-là. Je savais que la fille aux grosses veines hurlerait très fort. La fille sans fesses... après tout, qui sait ? J'attraperais celle aux grosses veines et je la violerais pendant la descente de la mort. Vite fait. Noués, à la fin, par une double éjaculation, juste avant le choc.

L'avion ne s'est pas écrasé. J'ai pris mon second alcool et j'en ai fauché un troisième sous le nez de la mémé. Mémé n'a pas bronché. Moi si. Un plein verre. Cul sec. Sans eau.

Puis l'arrivée. Seattle...

Je les ai tous laissé passer. J'étais bien obligé. Je ne pouvais plus me dépatouiller de ma ceinture.

J'ai appelé l'hôtesse aux grosses veines.

« Hôtesse, hôtesse ! »

La fille a fait demi-tour.

« Regardez, je m'excuse... mais comment faites-vous... pour ouvrir ce sacré truc ? »

Elle n'avait pas plus envie de toucher à ma ceinture que de s'approcher de moi.

« Décrochez-la, monsieur.
— Oui ?

— Tirez le petit clapet en arrière... »

Elle s'est éloignée. J'ai tiré le petit clapet. Rien. J'ai tiré et tiré. Bon Dieu ! Puis c'est venu.

J'ai attrapé mon sac et j'ai essayé de me conduire normalement.

L'hôtesse m'a souri au sommet de la passerelle.

« Bonne journée et au plaisir, monsieur ! »

J'ai descendu la passerelle. Un jeune homme à longs cheveux blonds attendait en bas. Il a demandé :

« Monsieur Chinaski ?

— Oui, et vous, c'est Belford ?

— J'avais beau regarder...

— Ça va, dis-je, partons d'ici.

— On a quelques heures libres avant la lecture.

— Super. »

L'aéroport était un vrai chantier. Il fallait prendre un bus pour rejoindre le parking et poireauter. Il y avait une foule de gens qui attendaient le bus. Belford s'est dirigé vers eux.

« Une minute, je ne supporterai pas d'attendre avec tous ces gens !

— Ils ne savent pas qui vous êtes, monsieur Chinaski !

— Je suis payé pour le savoir. Mais moi je sais qui je suis. En attendant que diriez-vous d'un petit verre ?

— Non, merci, monsieur Chinaski.

— Ecoutez, Belford, appelez-moi Henry.

— Moi aussi, je m'appelle Henry.

— C'est vrai, j'oubliais. »

On a bu un coup.

« Voilà le bus, Henry !

— On y va, Henry ! »

On a couru vers le bus...

Là-dessus, on a décidé que j'étais « Hank » et lui « Henry ». Il tenait une adresse à la main. La bicoque d'un copain. On pouvait y passer un moment avant la conférence. Le copain ne serait pas chez lui. La conférence ne commençait pas avant neuf heures du soir. Dieu sait pourquoi, Henry ne retrouvait pas la satanée bicoque. C'était un beau pays. Bien sûr que c'était un beau pays. Des sapins des sapins et des lacs et des sapins. Air frais. Pas une voiture. Je m'ennuyais. Il n'y avait nulle beauté en moi. Je pensais : « Tu n'es pas un type sympathique. Voilà la vraie vie, et tu as l'impression d'être en taule. »

« Beau pays, dis-je.

— Tu devrais voir ça sous la neige. »

Merci, mon Dieu, de m'avoir évité ça...

Belford s'est arrêté devant un bar. On est entré. Je détestais les bars. J'avais écrit trop de nouvelles et trop de poèmes sur les bars. Belford croyait me faire plaisir.

Tu peux déserter les bars autant que tu veux, ça ne les ruinera pas. Les bars prospèrent. Les gens dans les bars sont comme les gens dans les boutiques à dix *cents* : ils tuent le temps et tout le reste.

J'ai suivi Henry. Il connaissait des gens à une table. Lo, qui était prof de quelque chose. En face, il y avait un autre prof de quelque chose. Il y en avait pour tous les goûts. Une pleine tablée. Quelques femmes. Les femmes avaient une mine de margarine pas fraîche. Ils étaient tous assis à s'empoisonner avec des grandes chopines de bière verte.

Une bière verte m'est arrivée sous le nez. J'ai levé la chopine, retenu mon souffle et avalé une gorgée.

« J'ai aimé tous vos livres, a dit l'un des profs, vous me rappelez...

— Excusez-moi, fis-je, je reviens... »

J'ai foncé jusqu'aux chiottes. Naturellement, ça puait. Un petit coin pittoresque.

Un bar... oh ! putain, ça vient !

Je n'avais plus le temps d'attendre qu'une cabine soit libre. Il fallait que j'aille au pissoir. A l'autre bout du truc, il y avait le comique du bar. La grande folle de la ville. Avec sa cape rouge. Drôle de type. Merde.

Je l'ai laissé sortir, en lui jetant le regard le plus noir dont j'étais capable.

Je suis sorti à mon tour et me suis assis devant ma bière verte.

« Vous donnez une lecture ce soir à... ? » a demandé une voix.

Je n'ai pas répondu.

« On y sera tous.

— J'y serai probablement moi aussi », dis-je.

Il le fallait bien. J'avais déjà touché et dépensé le chèque. Pour l'autre lecture, demain, je pourrais trouver une combine.

Tout ce que je voulais, c'était rentrer dans ma chambre à Los Angeles, tous stores baissés, et boire de la COLD TURKEY et manger des œufs durs avec du paprika, en espérant que la radio passe du Malher...

Vingt et une heures... Belford faisait le guide. Il y avait des petites tables rondes et des gens assis autour. Il y avait une tribune.

« Vous voulez que je vous présente ? m'a demandé Belford.

— Non », fis-je.

J'ai trouvé les marches qui menaient à la tribune. Il y avait une chaise, une table. J'ai posé mon sac sur la table et je me suis mis à déballer.

« Je suis Chinaski, dis-je, et voici deux caleçons, des chaussettes, une chemise, une bouteille de scotch et des bouquins de poèmes. »

J'ai laissé le scotch et les bouquins sur la table. J'ai épluché la cellophane autour de la bouteille et j'ai bu un coup.

« Pas de questions ? »

Silence.

« Bon, alors on ferait bien de commencer. »

J'ai d'abord refilé mes vieux trucs. A chaque fois que je buvais un coup, le poème d'après sonnait mieux... à mon avis. Les étudiants étaient parfaits. Ils ne demandaient qu'une chose, qu'on ne leur mente pas sciemment. J'ai trouvé ça correct.

Passé les trente premières minutes, j'ai demandé un entracte de dix minutes et je suis descendu de la tribune avec ma bouteille. Je me suis assis à la table de Belford. Il y avait là cinq ou six étudiants. Une gamine s'est approchée avec un de mes livres. Je me suis dit : « Dieu Tout Puissant, petite, je te donnerai tous les autographes du monde ! »

« Monsieur Chinaski ?

— Mais oui », dis-je, avec un grand geste de ma géniale main.

Je lui ai demandé son nom. J'ai écrit trois mots. Dessiné un type tout nu courant après une femme toute nue. J'ai daté.

« Merci beaucoup, monsieur Chinaski ! »

Ça se passait donc comme ça ! De la merde en barre. J'ai retiré ma bouteille de la bouche d'un type.

« Ecoute, enculé, c'est la deuxième fois que je t'y prends. Il me reste trente minutes à suer là-haut. Ne touche plus à cette bouteille. »

J'ai pris place au milieu de la table. J'ai bu une rasade, reposé la bouteille.

« A votre avis, est-ce un métier d'écrire ? a demandé l'un des étudiants.

— Vous essayez d'être drôle ?

— Non, non, je suis sérieux. Diriez-vous qu'écrire est un métier ?

— L'écriture te choisit, tu ne choisis pas l'écriture. »

L'étudiant n'a pas insisté. J'ai bu un dernier coup et j'ai regrimpé sur ma tribune. Je gardais toujours le meilleur pour la fin. C'était ma première lecture mais j'avais deux nuits de biture dans une librairie de L.A. en guise d'entraînement. Garder le meilleur pour la fin. On fait ça quand on est gosse. J'ai lu tout le programme et j'ai fermé les livres.

Les applaudissements m'ont surpris. Puissants et prolongés. C'était gênant. Mes poèmes n'étaient pas si bons que ça. Les gens applaudissaient pour une autre raison. Le fait que je m'en sois tiré, je crois...

Suivait une soirée chez un professeur. Le professeur ressemblait à Hemingway. H. était mort, bien sûr. Le professeur aussi avait l'air mal parti. Il ne tarissait pas sur la littérature et l'écriture, ces sujets à la con. Il me pistait. Il me suivait partout, sauf aux chiottes. Dès que je faisais un pas, je tombais sur lui.

« Ah ! Hemingway, je vous croyais mort !

— Saviez-vous que Faulkner aussi buvait ?

— Ouais.

— Que pensez-vous de James Jones ? »

J'ai cherché Belford.

« Ecoute, petit, le frigo est à sec. H. n'a pas des masses de réserves. »

J'ai donné vingt dollars à Belford.

« Tu connais quelqu'un qui peut sortir acheter de la bière, au moins ?

— Oui.

— Alors parfait. Et deux cigares.

— Lesquels ?

— Peu importe. Les moins chers. A dix ou quinze *cents*. Et merci ! »

On était bien une quarantaine. C'était la deuxième fois que je remplissais le frigo. C'était donc ainsi que ça se passait ?

J'ai repéré la plus belle femme de la soirée et j'ai décidé de m'en faire haïr. Je l'ai trouvée dans la cuisine, seule à une table.

« Poulette, ce foutu Hemingway est un malade.

— Je sais, a dit la femme.

— Je sais qu'il cherche à être gentil, mais il ne sort jamais de sa Littérature, et Dieu sait si le sujet est pourri ! Je n'ai jamais aimé les écrivains que j'ai rencontrés. Ce sont des petites figues molles, la lie de l'humanité.

— Je sais, je sais. »

Je lui ai pris la tête entre les mains et je l'ai embrassée. Elle n'a pas résisté. Hemingway nous a vus et il est passé dans une autre pièce. Eh ! le vieux bonhomme était cool ! Remarquable !

Belford est revenu avec les paquets, j'ai empilé les bières en tas devant nous et j'ai parlé tout en l'embrassant de temps en temps. On s'est câliné pendant des heures. J'ai appris le lendemain que c'était la femme d'Hemingway...

Je me suis réveillé au lit, tout seul. Je devais toujours être chez Hemingway. Avec une gueule de bois plus sérieuse que d'habitude. J'ai tourné le dos au soleil et j'ai fermé les yeux.

On est venu me secouer.

« Hank ! Hank ! Debout !

— Merde. Tire-toi.

— Il faut partir tout de suite. Votre lecture est à midi et c'est loin. On arrivera juste à temps.

— On peut laisser tomber.

— Il faut y aller. Vous avez signé un contrat. Ils vous attendent. Et en plus vous passez à la télé.

— A la télé ?
— Oui.
— Bon dieu, je pourrai vomir devant une caméra.
— Il faut y aller, Hank.
— On y va, on y va. »
Je suis sorti du lit et j'ai regardé Belford :
« Vous êtes très gentil, Belford, de vous occuper de moi et de rattraper mes conneries. Vous pourriez vous foutre en colère, m'insulter, je ne sais pas, moi !
— Vous êtes mon poète vivant préféré. »
Ça m'a fait rire.
« Bon Dieu, je pourrais sortir ma queue et te pisser dessus...
— Non, je m'intéresse à ce que vous dites, pas à votre urine. »
Là, il m'avait bien eu et ça me faisait plaisir. J'ai enfilé ce que j'avais à enfiler, et Belford m'a aidé à descendre l'escalier. Hemingway et sa femme attendaient en bas.
« Bon Dieu, vous avez une mine affreuse, a dit Hemingway.
— Je m'excuse pour hier soir, Ernie. Je savais pas que c'était votre femme avant que...
— Il n'y a pas de mal... Vous prendrez bien un peu de café ?
— Bonne idée, j'ai besoin d'un remontant.
— Vous voulez manger quelque chose ?
— Non, merci. »
On s'est tous assis sans dire un mot et on a bu nos cafés. Puis H. a parlé. Je ne sais plus de quoi. De Joyce, je crois.
« Ah ! bon Dieu, a dit sa femme, tu ne peux donc *jamais* la fermer ?
— Ecoutez, Hank, a dit Belford, on ferait mieux de partir.
— D'accord. »
On s'est levé et on s'est dirigé vers la porte. J'ai serré la main d'Hemingway.
« Je vous accompagne », a-t-il dit.
Belford et H. se sont dirigés vers la voiture. Je me suis retourné vers la femme.
« Au revoir, j'ai fait.

— Au revoir. »

Elle m'a embrassé. Personne ne m'avait embrassé comme ça. Elle s'abandonnait, toute à moi. Personne ne m'avait jamais *baisé* comme ça.

Puis je suis sorti. J'ai serré une nouvelle fois la main d'Hemingway. Puis la voiture a démarré et H. est rentré chez lui, retrouver sa femme...

« Il est snob de littérature, a dit Belford.

— Ouais », dis-je.

J'étais malade, pour de bon.

« Je n'y arriverai jamais. Ça rime à rien de faire une lecture à midi.

— C'est l'heure à laquelle les étudiants peuvent venir. »

On a roulé et j'ai compris que j'étais coincé. Il y avait toujours quelque chose d'*obligatoire* à faire sous peine de disparaître. C'était la dure réalité et j'en prenais note, mais j'ai quand même cherché des moyens pour me tirer de là.

« J'ai l'impression que tu n'y arriveras pas, a dit Belford.

— Arrêtons-nous quelque part. On va acheter une bouteille de scotch. »

On s'est arrêté dans un de ces magasins bizarres de l'Etat de Washington. J'ai pris une demi-bouteille de vodka pour me secouer et une bouteille de scotch pour la conférence. Belford m'avait dit que les auditeurs d'aujourd'hui étaient plutôt conservateurs et qu'il valait mieux que je boive mon scotch dans un thermos. J'ai donc acheté un thermos.

On s'est arrêté pour prendre un petit déjeuner. Chouette bistrot, mais les filles ne montraient pas leur culotte. Seigneur, le monde était plein de femmes, dont une bonne moitié avaient l'air baisables, mais que faire, sinon les regarder ? Si seulement je savais qui avait manigancé ce piège à cons. Les femmes se ressemblaient toutes, ici un peu de graisse, là-bas pas de fesses, comme des coquelicots dans un pré. Lequel choisis-tu, lequel t'as choisi ? Peu importe, c'est tout aussi triste. Et quand on choisit ça ne colle pas, ça ne colle jamais, quoi qu'on en dise.

Belford a commandé des hotcakes pour nous deux.

Une serveuse. J'ai regardé ses seins, sa taille, ses lèvres, ses yeux. Pauvre fille. Pauvre fille, nom de Dieu. Elle n'avait sans doute qu'une idée dans le crâne, vider un pauvre enfoiré jusqu'à son dernier dollar...

Je me suis débrouillé pour avaler du hotcake, et retour dans la bagnole.

Belford se battait pour cette lecture. Un jeune homme vraiment dévoué.

« Le type qui t'a piqué deux fois ta bouteille à l'entracte...

— Ouais. Il cherchait des ennuis.

— Il fait peur à tout le monde. On l'a viré du campus mais il continue d'y traîner. Il est en permanence sous acide. C'est un cinglé.

— Je me fous de ses histoires, Henry. Qu'il me pique ma femme si ça lui chante, mais pas touche à mon whisky ! »

On s'est arrêté pour prendre de l'essence puis on est reparti. J'avais versé le scotch dans le thermos et je liquidais la vodka.

« On approche, a dit Belford, on aperçoit les tours du campus. Regarde !

— Dieu soit loué ! »

A peine avais-je aperçu ces tours que j'ai été obligé de mettre la tête à la portière pour vomir. Les vomissures s'étalaient, collaient au flanc de la voiture rouge de Belford. Belford fonçait, toujours aussi dévoué. Il s'était persuadé que j'étais en forme, que je vomissais pour lui faire une blague. Ça sortait de plus belle.

J'ai réussi à dire :

« Désolé.

— Tout va bien, a dit Belford, il est presque midi. Il nous reste cinq minutes. Je suis content d'avoir réussi. »

On s'est garé. J'ai empoigné mon sac, je suis sorti de la voiture et j'ai vomi sur le parking.

Belford s'élançait.

« Une minute », dis-je.

Je me suis appuyé contre un poteau et j'ai encore vomi. Des étudiants passaient, me regardaient « Qu'est-ce qu'il fout, le vieux ? »

J'ai suivi Belford dans un dédale... un chemin à droite, un chemin à gauche. Une université américaine, trame de buissons, de sentiers et des merdes. J'ai vu mon nom sur une affiche.

— HENRY CHINASKI, LECTURE POÉTIQUE À...

C'était moi. J'ai failli éclater de rire. On m'a poussé dans la salle. Il y avait des gens partout. Petits visages pâles. Petites crêpes blafardes.

On m'a assis dans un fauteuil.

« Monsieur, a dit le type derrière la caméra, dès que je lève le bras, vous commencez. »

Je m'attendais à vomir. Je suis parti à la recherche de mes bouquins de poèmes. Je brassais de l'air. Puis Belford a expliqué qui j'étais... les bons moments passés ensemble dans le rapide de la Pacific Northern.

Le type derrière la caméra a levé le bras.

J'ai commencé :

« Je m'appelle Chinaski. Le premier poème s'intitule... »

Au quatrième poème, je me suis attaqué au thermos. Les gens riaient. Je ne faisais pas attention. J'ai bu au thermos, ça m'a détendu. Pas d'entracte, cette fois. J'ai levé les yeux sur l'écran témoin, constaté que je parlais depuis une demi-heure avec un cheveu sur le front qui bouclait au bout de mon nez. Ça m'a bien plu. J'ai rejeté le cheveu sur le côté et je me suis remis au travail. J'avais l'impression de bien m'en tirer. Les gens ont applaudi, mais pas aussi fort que la veille. Et après ? Je m'en sortais vivant. On achetait mes livres, on me demandait des autographes.

« Eh oui, eh eh, je pensais, c'est comme ça que ça marche. »

C'était bientôt fini. J'ai signé un papier pour mes cent dollars et on m'a présenté à la grosse tête du département de Littérature. Très sexy, la fille. Je me suis dit, je vais la violer. Elle m'a dit qu'elle ferait bien un tour à la cabane dans les collines mais, bien sûr, après avoir lu mes poèmes, je savais qu'elle ne viendrait jamais. C'était fini. Bientôt, je retrouverais mon taudis et ma folie, ma folie à moi. Belford m'a accompagné à l'aéroport avec un copain et on s'est assis au bar. J'ai offert la tournée.

« C'est drôle, dis-je, je deviens fou. Je n'arrête pas d'entendre mon nom. »

Je ne rêvais pas.

L'avion décollait quand on est arrivé à l'embarquement, il venait de prendre l'air. Il a fallu faire demi-tour et pénétrer dans un bureau spécial où l'on m'a interrogé. Je me sentais comme à l'école.

« D'accord, a dit le type, on vous prend sur le prochain vol. Mais débrouillez-vous pour ne pas le rater.

— Merci, monsieur. »

Le type a baragouiné au téléphone, je suis revenu au bar et j'ai commandé trois verres.

« Tout va bien, dis-je, je prends le prochain vol. »

Il m'est alors venu à l'esprit que je pourrais manquer *éternellement* le prochain vol. Je retournerais voir le même type. Chaque fois ce serait pire : le type toujours plus énervé, moi redoublant d'excuses. Ça pouvait arriver. Belford et son copain s'en iraient. D'autres viendraient. On ferait une petite collecte pour moi...

« Maman, où il est papa ?

— Il est mort au bar de l'aéroport de Seattle en voulant prendre l'avion pour Los Angeles. »

Vous ne me croirez pas, mais j'ai bien failli rater mon deuxième avion. Je venais de m'asseoir dans mon siège quand l'avion s'est mis à rouler. Je me posais des questions. Pourquoi est-il si compliqué ? Enfin, j'étais à bord. J'ai décapsulé ma bouteille. L'hôtesse m'a coincé. Infraction au règlement.

« Vous savez, monsieur, nous pouvons vous débarquer. »

Le commandant venait d'annoncer qu'on volait à une altitude de 15 000 mètres.

« Maman, où il est papa ?

— C'était un poète.

— C'est quoi un poète, maman ?

— Papa disait qu'il ne le savait pas lui-même. Allez viens, lave-toi les mains, on va dîner.

— Il savait pas ?

— C'est ça, il savait pas. Allez, viens, je t'ai dit de te laver les mains... »

## LE MONSTRE

Martin Blanchard s'était marié et avait divorcé deux fois, et il s'était maqué trente-six fois. Il avait maintenant quarante-cinq ans, vivait seul au quatrième étage d'un immeuble de rapport et venait de perdre son vingt-septième boulot pour absentéisme et dilettantisme.

Il vivait de ses allocations de chômage. Il n'avait pas de gros besoins — il aimait se soûler sans retenue, en Suisse, se lever tard et rester chez lui, seul. Le truc bizarre, avec Martin Blanchard, c'est qu'il ignorait la *solitude*. Plus il se tenait à l'écart des hommes, mieux il se portait. Les mariages, les liaisons, les amours d'une nuit l'avaient convaincu que l'acte sexuel ne valait pas ce que les femmes exigeaient en échange. Il vivait sans femme et il se masturbait souvent. Il n'avait jamais dépassé la première année de collège mais, quand il ouvrait la radio, son seul lien avec le monde, il n'écoutait que les symphonies, et de préférence celles de Mahler.

Un matin, il s'éveilla plus tôt que d'habitude — il devait être dix heures et demie — après une nuit d'épaisse biture. Il avait dormi avec son maillot, son caleçon et ses chaussettes. Il sortit de son lit crasseux, alla dans la cuisine et regarda dans le frigidaire. C'était son jour de chance. Il y avait deux bouteilles de porto, et ce n'était pas de la bibine.

Martin alla aux toilettes, chia, pissa, et revint dans la cuisine. Il ouvrit une des bouteilles et s'en versa un grand verre plein. Il s'assit devant la table de la cuisine, d'où il pouvait voir la rue, montant en enfilade vers le nord. C'était l'été, chaud et paresseux. Plus bas, il y avait une petite maison habitée par deux vieux. Les vieux étaient en vacances. La maison était petite mais flanquée d'une pelouse longue et large, bien soignée, une grande tache de vert. Cette pelouse emplissait Martin Blanchard d'un étrange sentiment de paix.

Puisque c'était l'été, les enfants n'allaient pas à l'école, et Martin Blanchard contemplait une fois de plus la pelouse verte en savourant son porto glacé quand il remarqua la petite fille et les deux gamins. Ils s'amusaient comme font les gosses, en faisant semblant de se tirer dessus. *Pan ! Pan !* Martin reconnut la petite fille. Elle habitait dans la cour d'en face, avec sa mère et une grande sœur. Le père était mort ou les avait abandonnées. La petite fille, Martin l'avait remarqué, était une vraie garce qui tirait la langue à tout le monde en balançant des gros mots. Martin n'avait aucune idée de son âge. Elle devait avoir entre six et neuf ans. Sans y penser, il l'avait suivie des yeux depuis le début de l'été. Quand il passait devant elle sur le trottoir, il avait l'impression de l'*effrayer*. Martin ne comprenait pas du tout pourquoi.

Maintenant, il la regardait, et il remarqua qu'elle portait un espèce de blazer, blanc, et, retenue par des bretelles, une petite jupe rouge très *courte*. Comme elle rampait sur la pelouse, ce petit bout de jupe rouge se retroussait sur une culotte assez spéciale, d'un rouge à peine plus pâle que celui de la jupe. Et sur la culotte on voyait des petits galons de dentelle rouge.

Martin s'est levé et a bu un verre, les yeux fixés sur la petite culotte pendant que la fille rampait sur la pelouse. Son sexe a durci d'un coup. Il ne savait pas quoi faire. Il tournait en rond dans la cuisine, passait dans l'entrée, se retrouvait dans la cuisine, et regardait. La culotte. La dentelle.

*O Jésus sous le soleil brûlant, quelle torture c'était !*

Martin se reversa un plein verre de porto, il le but d'un trait et retourna à la fenêtre. La culotte se détachait sur le vert, plus rouge que jamais ! Mon Dieu !

Il sortit sa queue de son caleçon, cracha dans la paume de sa main droite et commença à se la frotter. Bon Dieu, que c'était bon ! Jamais une adulte ne l'avait autant excité ! Sa queue violacée n'avait jamais été aussi dure. Martin se sentait au cœur du grand mystère de la vie. Il s'appuya contre le store, secoué par les spasmes et les soupirs, les yeux rivés sur le petit cul en dentelle.

Puis il jouit.

Sur le carrelage.

Martin alla aux toilettes, il prit du papier cul, nettoya le sol, jeta le papier tout imbibé de sperme dans la cuvette et tira la chasse. Puis il s'assit et se servit un verre de porto.

« Dieu merci, pensa-t-il, c'est fini. Ça m'est sorti de la tête. Je suis libéré. »

Il apercevait au nord l'Observatoire de Griffith Park, perché dans les collines bleu-violet d'Hollywood. C'était beau. Il était content de son appartement. Jamais personne ne venait frapper à sa porte. Sa première femme avait déclaré qu'il était un peu névrosé, mais pas malade. Au diable sa première femme. Au diable toutes les femmes. Il payait son loger, et les gens le laissaient tranquille.

Il sirotait paisiblement son porto.

Il regarda la petite fille et les deux gamins. Ils jouaient toujours sur la pelouse. Il se roula une cigarette, puis se dit : « Bon, je pourrais au moins manger deux œufs durs. »

Martin Blanchard regarda par la fenêtre. Ils étaient là. La petite fille rampait. Pan ! pan !

Quel jeu de con.

Et son sexe se remit à durcir.

Il s'aperçut qu'il avait vidé la première bouteille de porto et entamé la seconde.

Sa queue se gonflait, comme une chair étrangère.

La petite garce. Elle tirait la langue. Petite garce, qui rampait sur l'herbe.

Martin n'était pas fait comme tout le monde. Quand il avait vidé une bouteille, il paniquait, et il lui fallait un cigare vite fait, certes il aimait se rouler ses cigarettes, mais rien ne valait un bon cigare. Un bon cigare à 25 *cents* la paire.

Il s'habilla et vit son visage dans la glace, avec une barbe de quatre jours. Tant pis. Il ne se rasait que pour aller toucher son allocation de chômage. Il enfila ses vêtements sales, ouvrit la porte et monta dans l'ascenseur. Une fois sur le trottoir, il prit le chemin du marchand de vins. Au même moment, il remarqua que les gosses avaient ouvert le portail du garage et qu'ils jouaient à l'intérieur.

Martin se retrouva dans l'allée qui descendait au

garage. Il entendait les gosses. Il entra dans le garage dont il claqua les portes.

Il faisait sombre, et il était enfermé avec eux. La petite fille hurla.

« Fermez-la et tout se passera bien ! dit Martin. Mais un *seul* bruit et ça ira mal, je vous préviens !

— Vous voulez quoi, m'sieur ? a fait une voix de garçon.

— *La ferme, bon Dieu, j'ai dit ; la ferme !* »

Martin fit craquer une allumette. Ah ! voilà, une simple ampoule avec un long cordon. Martin tira le cordon. Juste assez de lumière. Et, comme dans un rêve, il vit le petit crochet sur la porte. Il verrouilla la porte.

Il regarda autour de lui.

« Bon ! vous les gamins, vous filez dans le coin et tout se passera bien ! Allez, dépêchez-vous ! »

Martin Blanchard montra le coin du doigt.

Les gamins obéirent.

« Vous voulez quoi, m'sieur ? »

La petite garce en blouse de marin, jupette rouge et culotte en dentelle était debout dans le coin opposé.

Martin a marché vers elle. Elle s'est élancée d'un côté, de l'autre. Plus il avançait, plus il la coinçait.

« Laisse-moi, laisse-moi, sale vieux cochon, laisse-moi !

— La ferme ! Si tu cries, je te tue ! »

Martin finit par s'emparer d'elle. Elle avait des cheveux emmêlés, raides et sales, et un visage drôlement vicieux pour une petite fille. Il lui coinça les jambes entre les siennes, comme dans un étau, puis il se pencha jusqu'à coller sa grosse figure sur la petite figure, et il l'embrassa. Il lui suçait les lèvres, encore et encore, malgré les petits poings qui lui martelaient le visage. Martin sentait sa queue devenir aussi large que son ventre. Il embrassait, embrassait, et il voyait la jupe glisser, et la culotte en dentelle.

Martin entendit l'un des gamins crier :

« Il l'embrasse, regarde, il l'embrasse !

— Ouais », a dit l'autre.

Martin plongea les yeux dans les yeux de la petite fille et ce fut un éclair entre deux enfers. Il l'embrassait, sauvagement, éperdu, une faim venue du fond des âges, le baiser de l'araignée à la mouche. A deux mains, il s'est mis à tripoter la culotte de dentelle.

« O Dieu, sauve-moi, pensait Martin, rien n'est aussi beau que ce rose, rien n'est aussi *laid* que ce petit bouton d'aubépine écrasé contre ce corps hideux. »

Martin Blanchard fit sauter la petite culotte, sans cesser d'embrasser la petite bouche. Elle s'était évanouie, elle ne le frappait plus, la disproportion de leur corps rendait la chose difficile, embarrassante, mais la passion l'emportait et il n'y pensa plus. Il sortit sa queue, longue, violette, laide, comme une affreuse obscène livrée à elle-même, sans un trou où se cacher.

Et pendant tout ce temps, Martin entendait la voix des gamins :

« Là ! Là ! Il a pris son gros machin et il essaie de le lui coller dans la fente !

— On m'a dit que c'est comme ça que les gens ont des bébés.

— Ils vont avoir un bébé, là maintenant ?

— Peut-être. »

Les deux gamins se rapprochèrent, les yeux écarquillés. Martin lui embrassait le visage, tout en essayant de rentrer le bout de sa queue. Ça ne rentrait pas. Elle le rendait fou fou fou. Puis il aperçut une vieille chaise, avec un dossier déglingué. Il la porta sur la chaise, la couvrant de ses baisers, obsédé par ses cheveux sales, bouche contre bouche.

*Enfin.*

Martin s'assit sur la chaise, sans cesser d'embrasser la petite bouche à qui mieux mieux, puis il lui écarta les cuisses. Quel âge avait-elle ? Et si ça ne rentrait pas ?

Les gamins étaient tout près maintenant, et ils regardaient.

Il a enfoncé le bout.

« Ouais. Alors. Ils vont avoir un bébé ?

— J'sais pas.

— Là, regarde, il va rentrer à moitié !

— Un serpent !

— Ouais, un serpent !

— Là, là, il fait du va-et-vient !

— Ouais. Il s'enfonce !

— Il a tout rentré ! »

« Je suis dans son corps maintenant, pensait Martin. Mon Dieu, ma queue doit être moitié longue comme elle ! »

Penché vers elle sur la chaise, il l'embrassait et l'éventrait en même temps, et il s'en foutait, il aurait pu aussi bien lui arracher la tête.

Il jouissait.

Ils étaient noués sur la chaise sous la lampe électrique. Noués.

Martin déposa le corps sur le sol du garage. Il débloqua la porte et il sortit. Il rentra dans l'immeuble, il appela l'ascenseur et il monta au quatrième. Il ouvrit le frigo, prit la bouteille de porto et s'en versa un verre. Il s'assit et il attendit.

Ça n'a pas tardé à grouiller en bas. Vingt personnes, puis vingt-cinq, puis trente. Devant le garage. Dans le garage.

Une ambulance remontait l'allée.

Martin les regarda l'emporter sur une civière. Puis l'ambulance disparut. Des gens accouraient. D'autres encore. Il but son verre, le remplit.

« Ils ne savent sûrement pas qui je suis, pensait Martin. Je sors rarement de chez moi. »

Martin se trompait. Il n'avait pas fermé sa porte à clef. Deux flics sont entrés. De grands gaillards, plutôt beaux gosses. Ils lui ont presque fait plaisir.

« O.K., *merde !* »

Le premier flic lui écrasa son poing dans la figure. Comme il se relevait, les poignets tendus pour les menottes, le deuxième flic tira sa matraque et le frappa dans l'estomac. Martin tomba. Il ne pouvait plus respirer, ni remuer. Les flics le relevèrent. Le deuxième le frappa encore au visage.

Il y avait des gens partout. Ils ne le descendirent pas par l'ascenseur, mais dans l'escalier, en le jetant au bas des marches.

Visages, visages, visages devant les portes, visages dans la rue.

Dans la voiture de police, c'était bizarre, il y avait deux

flics à l'avant et deux flics sur la banquette arrière avec lui. Martin avait droit à un traitement spécial.

« Les salauds comme toi, je les tue, lui dit un des flics assis à l'arrière, les salauds comme toi, je les tue, sans hésiter... »

Martin se mit à pleurer sans un bruit, et ses larmes giclaient et dévalaient comme des petites bêtes.

« J'ai une fille de cinq ans. Les salauds comme toi, je les tue.

— C'était plus fort que moi, dit Martin. Crois-moi, Seigneur, et viens-moi en aide. »

Le flic se mit à taper sur la tête de Martin avec sa matraque. Personne ne le retint. Martin piqua du nez, il vomit du vin et du sang, le flic le releva et il lui matraqua le visage, la bouche, et lui fit sauter toutes les dents de devant.

Puis ils l'ont laissé tranquille un moment, sur la route du commissariat.


## VIE ET MORT DES PAUVRES À L'HOSTO


L'ambulance était pleine mais on m'a trouvé une place sous le toit, et en avant ! J'avais vomi vachement du sang et j'étais tenaillé par la crainte de revomir sur les gens en dessous. Tout le long du chemin, on a entendu la sirène. Le son arrivait de loin, comme s'il ne venait pas de l'ambulance. Nous étions en route pour l'hôpital du comté, toute une bande. Des pauvres bons pour l'hospice. Tous des cas différents, et certains n'en reviendraient jamais. Notre seul point commun était la pauvreté. On s'entassait, là-dedans, comme du bétail, et je n'aurais jamais cru qu'une ambulance puisse contenir autant de gens.

« Seigneur, ô Seigneur, a gémi une Noire en dessous, si j'avais su que ça pouvait m'arriver à MOI ! Si j'avais cru à des choses pareilles, Seigneur... »

Je n'avais pas le même point de vue qu'elle. Je jouais

avec la mort depuis pas mal de temps. Je ne dirais pas que nous étions les meilleurs amis du monde, simplement on se connaissait bien. Mais cette nuit-là elle s'était rapprochée un petit peu trop près, un petit peu trop vite. D'abord, il y avait eu des alertes, des douleurs, comme des coups d'épée dans l'estomac, mais je les avais ignorées. Je me prenais pour un dur et je traitais la souffrance comme la déveine : en l'ignorant. Je me contentais de l'asperger de whisky et je continuais mon business. Mon business, c'était l'alcool. Tout était de la faute au whisky : j'aurais dû en rester au vin.

Le sang qui sort de l'intérieur du corps n'a pas le rouge éclatant de celui qui sort, disons, d'une entaille qu'on se fait au doigt. Il est sombre, d'un violet presque noir, et il pue, il pue plus que de la merde. Ce liquide qui donne la vie sent plus mauvais qu'un étron biéreux.

J'ai senti qu'un spasme venait. Ça faisait la même impression que de gerber de la nourriture et, quand le sang sortait, on se sentait mieux. Mais ce n'était qu'une illusion... chaque bouchée vomie te rapprochait de Maman la Mort.

« O Seigneur, si j'avais su... »

Le sang est remonté, et je l'ai gardé dans la bouche. J'étais coincé. De là-haut, j'aurais mouillé jusqu'aux os mes amis d'en bas. J'ai gardé le sang dans la bouche en essayant de trouver une solution. L'ambulance a pris un virage et le sang s'est mis à me suinter aux coins des lèvres. Je me suis pris par la main, j'ai fermé les yeux et j'ai ravalé mon sang. C'était écœurant. Mais j'avais résolu mon problème. Mon seul espoir était qu'on arrive vite quelque part où je pourrais lâcher la suite.

Non vraiment, je ne pensais pas à la mort. Seulement au fait que c'était terriblement embarrassant. Je ne contrôlais plus rien du tout. Les gens te collent dans un puits et ils te laissent tomber.

L'ambulance est arrivée et je me suis retrouvé sur un chariot et les questions ont commencé : religion, lieu de naissance, si je devais de l'argent au comté pour d'autres séjours à l'hôpital, parents vivants, marié ? Vous voyez ce que je veux dire. Ils nous parlent comme si nous étions bien portants. Il n'est pas question de mourir. Et ils sont terriblement pressés. Ça calme, mais ils ne le font pas pour ça : ils s'ennuient, tout simplement, et ils se foutent pas mal qu'on meure, qu'on pète ou qu'on s'envole. A dire vrai, ils préfèrent qu'on ne pète pas.

Puis il y a eu l'ascenseur, et la porte s'est ouverte sur ce qui m'a paru être une cave. On m'a roulé hors de l'ascenseur. Ils m'ont posé sur un lit et ils m'ont laissé en plan. Un infirmier est sorti de nulle part et m'a tendu un minuscule cachet blanc.

« Prenez ça », a-t-il dit.

J'ai avalé le cachet. L'infirmier m'a alors tendu un verre d'eau puis s'est évanoui dans l'ombre. Il ne m'était rien arrivé d'aussi gentil depuis pas mal de temps. Je me suis redressé et j'ai observé les lieux. Il y avait là huit ou dix lits, tous occupés par des Américains du sexe masculin. Nous avions chacun une cuvette d'eau et un verre sur la table de nuit. Les couvertures avaient l'air propre. Il faisait très sombre et très froid, comme dans les caves d'immeubles. Il y avait un petit globe électrique, sans abat-jour. Mon voisin était un type énorme, un vieux dans les cinquante ans, mais énorme ; il était surtout plein de graisse, mais il dégageait une grande impression de puissance. On l'avait sanglé sur son lit.

Il regardait droit en l'air et parlait au plafond.

« Et c'était un si gentil garçon, un garçon si propre, il voulait ce travail, il a dit qu'il voulait ce travail et j'ai dit : "Ton allure me plaît, mon garçon, on a besoin d'un bon cuisinier, d'un bon cuisinier honnête, mon garçon, je ne me trompe jamais sur les gens, tu vas travailler avec moi et avec ma femme et tu as du boulot ici pour toute ta vie, mon garçon..." Et il a dit : "D'accord, monsieur." Il a dit ça et il avait l'air très heureux d'avoir ce boulot, et j'ai dit : "Martha, nous avons trouvé un bon garçon, un gentil garçon bien coiffé qui videra pas la caisse comme les autres fils de putes." Après, je suis sorti et j'ai fait une bonne affaire en achetant des poulets, une vraie bonne affaire avec ces poulets. Martha sait faire tant de choses avec un poulet, c'est la reine du poulet. McDonald's peut aller se rhabiller. Je suis sorti et j'ai acheté vingt poulets pour le week-end. On allait faire un bon week-end, avec du poulet spécial. Vingt poulets que j'ai achetés. On allait mettre McDonald's en faillite. Un bon week-end comme ça, tu en tires deux cents dollars de bénéfice. Le garçon nous a même aidés à plumer les poulets et à les découper. Martha et moi on n'avait pas d'enfants. Je commençais à bien l'aimer ce garçon. Et puis Martha a préparé le poulet à l'office, et quand elle a eu terminé... on avait dix-neufs plats de poulets différents, à s'en faire péter les boyaux. Tout ce que le garçon avait à faire, c'était de cuire le reste, comme les saucisses et les steaks. On a servi le poulet. Seigneur, quel beau week-end ! Vendredi soir, samedi et dimanche. Le garçon travaillait bien et il était charmant. On se sentait bien avec lui. Il était si drôle. Il m'appelait "M. McDonald" et je l'appelais "fils". "McDonald et fils", c'était nous. A la fermeture, le dimanche soir, on était tous fatigués mais heureux. Il ne restait rien de ces sacrés poulets. On avait fait le plein, avec des gens qui attendaient sur des sièges, on n'avait jamais vu une chose pareille. J'ai fermé la porte à clef, j'ai sorti une bonne bouteille de whisky et on s'est assis, fatigués mais heureux, pour boire un coup. Le garçon a fait toute la vaisselle et a passé la serpillière. Ensuite il a dit : "Alors, monsieur McDonald, je me présente à quelle heure demain matin ?" Il souriait. Je lui ai répondu : "Six heures et demie." Il a pris sa casquette et il est parti. "C'est un sacré bon garçon, Martha", j'ai fait, puis je suis allé à la caisse pour compter la recette. La caisse était VIDE ! J'ai dit : "La caisse est VIDE !" Et la boîte à cigares avec les recettes des deux jours précédents, il l'avait raflée aussi. Un garçon si propre... je ne comprends pas... J'ai dit qu'il aurait du travail chez nous toute sa vie, c'est vrai que je lui ai dit. Vingt poulets... Martha s'y connaît en poulets... et le garçon, le petit fumier, il s'est cavalé avec tout ce putain d'argent, le garçon... »

Puis il a pleuré. J'ai entendu beaucoup de gens pleurer dans ma vie mais je n'ai jamais entendu quelqu'un pleurer comme lui. Il se tordait dans ses sangles et il pleurait.

Le lit cliquetait avec un boucan d'enfer, les murs nous

renvoyaient les rugissements du type. C'était un long cri qui durait et qui durait. Puis, il s'est arrêté net. Nous autres, les huit ou dix autres malades étendus sur nos lits, nous avons apprécié le silence.

Puis, il s'est remis à parler.

« Un si gentil garçon, son allure me plaisait. Je lui ai dit qu'il aurait du travail chez nous, toute sa vie. Il était si drôle, on se sentait bien avec lui. Je suis sorti et j'ai acheté vingt poulets. Un bon week-end, on faisait deux cents dollars nets... On avait ces vingt poulets. Le garçon m'appelait "M. McDonald"... »

Je me suis penché hors de mon lit et j'ai vomi une pleine bassine de sang...

Le lendemain, une infirmière est venue me prendre et m'a aidé à monter sur un chariot. Je vomissais toujours du sang et j'étais très faible. L'infirmière m'a poussé dans l'ascenseur.

Le spécialiste s'est mis derrière son appareil. On m'a enfoncé une sonde dans le ventre et on m'a dit d'attendre. Je me sentais très faible.

« Je suis trop faible pour rester debout, j'ai dit.
— Attendez là.
— Je crois que je ne peux pas.
— Résistez. »

Je me suis senti basculer lentement en arrière.

« Je tombe.
— Ne tombez pas, il a dit.
— Résistez », a répété l'infirmière.

Je suis tombé sur le dos. C'était comme si j'étais en caoutchouc. Je n'ai rien senti. Je me sentais très léger. Je l'étais sûrement.

« Ah ! bon Dieu ! » a fait le spécialiste.

L'infirmière m'a aidé à me relever et m'a appuyé contre l'appareil avec cette sonde qui me rentrait dans le ventre.

« Je ne tiens pas debout, je crois que je vais mourir. Je ne tiens pas debout. Excusez-moi, je ne tiens pas debout.
— Restez debout, a dit le spécialiste, attendez là.
— Restez debout », a répété l'infirmière.

Je me sentais tomber. Je suis tombé sur le dos.

« Je m'excuse.

— Bon Dieu, a dit le spécialiste, vous m'avez fait gâcher deux films ! Ces foutus films coûtent de l'argent !

— Je m'excuse.

— Emmenez-le. »

L'infirmière m'a aidé à me relever et m'a remis sur le chariot. Elle m'a ramené à l'ascenseur, en rouspétant.

On m'a sorti de cette cave et on m'a mis dans une grande pièce, une très grande pièce. Il y avait là-dedans dans les quarante personnes en train de crever. On avait coupé les fils des boutons d'appel, et de grosses portes de bois, d'épaisses portes de bois bardées de plaques d'étain nous isolaient des infirmières et des docteurs. On avait relevé les montants de mon lit et on m'avait demandé d'utiliser le pot de chambre, mais je n'aimais pas les pots de chambre, surtout pour vomir du sang, et encore moins pour chier. L'homme qui inventera un pot de chambre pratique et confortable sera haï par les docteurs et les infirmières jusqu'à la fin des temps.

J'avais envie de chier mais pas la moindre chance que j'y arrive. Bien sûr, comme je ne prenais que du lait et que j'avais une déchirure à l'estomac, ça laissait pas grand-chose. Une infirmière m'avait offert du rosbeef-semelle avec des carottes à moitié cuites et de la purée à moitié solide. J'avais refusé. Je savais qu'ils attendaient le lit. Bref, j'avais envie de chier. Bizarre. C'était ma deuxième ou troisième nuit à l'hosto. J'étais très faible. J'ai réussi à détacher un montant du lit et à mettre pied à terre. Je me suis traîné jusqu'aux chiottes et je me suis assis. Je poussais, j'étais assis et je poussais. Puis je me suis levé. Rien. Rien qu'un petit filet de sang. Le tournis m'a pris, je me suis appuyé d'une main contre le mur et j'ai vomi un paquet de sang. J'ai tiré la chasse et je suis sorti. J'étais à mi-chemin de mon lit quand un autre paquet est sorti. Je suis tombé. Par terre, j'ai continué de vomir mon sang. Je ne savais pas qu'il y avait tellement de sang à l'intérieur des gens. J'ai lâché un dernier paquet.

157

« Eh, fils de pute, a crié un vieux depuis son lit, ferme-la qu'on puisse dormir !

— Désolé, camarade. »

Et j'ai perdu connaissance...

L'infirmière s'est mise en colère.

« Espèce de salaud, je t'avais dit de ne pas sortir de ton lit ! J'en ai marre de toutes vos saloperies !

— Tu pues de la chatte, je lui ai lancé, il y a une place qui t'attend dans un bordel à Tijuana. »

Elle m'a soulevé la tête par les cheveux et m'a giflé sec d'abord sur la joue gauche et ensuite sur la droite.

« Prends ça, elle a dit, prends ça.

— Florence Nightingale, j'ai dit, je t'aime. »

Elle a laissé retomber ma tête et elle est sortie de la pièce. C'était une femme pleine de feu et d'esprit. J'aimais ça. J'ai roulé dans mon sang, souillé ma blouse. Ça lui apprendrait.

Florence Nightingale est revenue avec une autre sadique, et elles m'ont mis sur une chaise qu'elles ont poussée à travers la pièce jusqu'à mon lit.

« Marre de ce foutu bordel de bruit ! » a dit le vieux.

Il avait raison. Elles m'ont recouché et Florence a relevé le bord du lit.

« Fils de pute, elle a dit, tu bouges plus, sinon je m'assois sur toi.

— Suce-moi, j'ai dit, suce-moi avant de partir. »

Elle s'est penchée par-dessus la barre du lit et m'a regardé. J'avais une tête de tragédie. Ça en attire certaines. Ses yeux brûlants plongeaient dans les miens. J'ai baissé la couverture et j'ai retroussé ma blouse. Elle m'a craché à la figure, puis elle est sortie...

Puis ce fut le tour de l'infirmière en chef.

« Monsieur Bukowski, on ne peut pas vous donner de sang. Vous n'avez pas de crédit sanguin. »

Elle souriait. Elle m'apprenait qu'on allait me laisser mourir.

« D'accord, j'ai dit.

— Voulez-vous voir le prêtre ?

— Pour quoi faire ?

— Il y a marqué « catholique » sur votre fiche d'admission.

— Parce que je l'ai écrit.
— Pourquoi ?
— J'ai été catholique. Si vous écrivez « sans religion », les gens vous posent un tas de questions.
— Vous êtes inscrit comme catholique, monsieur Bukowski.
— Ecoutez, j'ai du mal à parler. Je vais mourir. D'accord, d'accord, je suis catholique, faites-en ce que vous voulez.
— On ne peut pas vous donner de sang, monsieur Bukowski.
— Ecoutez, mon père travaille pour le comté. Je crois qu'il en a donné. M. Henry Bukowski. Il me déteste... Vérifiez.
— Nous allons vérifier. »
Il s'est passé quelque chose avec mon dossier pendant que j'étais là-haut car je n'ai pas vu de docteur trois jours durant. Entre-temps, ils avaient découvert que mon père était un brave homme avec un emploi, un fils ivrogne, sans travail, et que le brave homme avait donné pour la collecte du sang, ils m'ont donc accroché une bouteille au bras et ils m'ont rempli les veines. Treize pintes de sang et treize pintes de glucose d'affilée. L'infirmière cavalait pour me planter les aiguilles...
Je me suis réveillé à un moment avec le prêtre debout à côté de moi.
« Mon père, j'ai dit, s'il vous plaît, partez. Je n'ai pas besoin de ça pour mourir.
— Vous voulez que je parte, mon fils ?
— Oui, mon père.
— Avez-vous perdu la foi ?
— Oui, j'ai perdu la foi.
— Qui a été catholique sera toujours catholique, mon fils.
— Merde, mon père. »
Le vieux du lit d'à côté a dit :
« Mon père, mon père, je vais vous dire quelque chose. Dites-moi aussi quelque chose, mon père. »
Le prêtre s'est planté devant son lit. J'ai attendu la mort. Et, bon Dieu, vous savez que si j'étais mort, je ne serais pas là aujourd'hui à vous raconter tout ça.

Ils m'ont fait passer dans une chambre avec un Noir et un Blanc. Le Blanc recevait des roses fraîches chaque matin. Il cultivait des roses et les vendait aux fleuristes. Il ne cultivait plus guère de roses maintenant. Le Noir avait comme moi un ulcère ouvert. On traînait toute la journée et le Blanc parlait de greffes de roses et de culture de roses et il disait :

« Si seulement j'avais une cigarette. Merde, j'ai vraiment besoin d'une cigarette. »

J'avais cessé de vomir du sang. Je me contentais d'en chier. J'avais l'impression de m'en être tiré. Je venais de vider un flacon de sang et on m'avait enlevé l'aiguille.

« Je vais te chercher des cigarettes, Harry.
— Bon Dieu, merci, Hank. »
Je suis sorti du lit.
« Donne-moi un peu d'argent. »
Harry m'a passé de la monnaie.
« S'il fume, il est mort », a dit Charley.
Charley, c'était le Noir.
« Tu déconnes, Charley, un petit clope n'a jamais fait de mal à personne. »

Je suis sorti de la chambre et suis descendu dans l'entrée. Il y avait un distributeur de cigarettes. J'ai pris un paquet et suis remonté. Puis on a traîné, Charley, Harry et moi, en fumant des cigarettes. C'était le matin. Vers midi, le docteur s'est amené, et il a posé un appareil sur Harry. L'appareil ronflait, crachotait et pétait.

« Vous avez fumé, n'est-ce pas ? a demandé le docteur à Harry.
— Non, docteur, sérieux, je n'ai pas fumé.
— Lequel des deux lui a acheté des cigarettes ? »
Charley regardait le plafond. Moi aussi.
« Une cigarette de plus, et vous êtes mort », a dit le docteur.

Il a remballé son appareil et il est sorti. Dès qu'il a été dehors, j'ai sorti le paquet de sous l'oreiller.
« Passe-m'en une, a dit Harry.
— Tu as entendu le docteur, a dit Charley.
— Ouais, j'ai dit, en exhalant un magnifique nuage de fumée bleue, tu as entendu le docteur : "Une cigarette de plus et tu es mort." »

— Mieux vaut mourir heureux que vivre dans le malheur, a dit Harry.

— Je ne veux pas être responsable de ta mort, Harry, j'ai dit, je vais refiler les cigarettes à Charley et, s'il veut t'en donner une, qu'il le fasse. »

J'ai refilé les cigarettes à Charley dans le lit du milieu.

« Ça va, Charley, a dit Harry, passe-m'en une.

— Je ne peux pas faire ça, Harry, je ne peux pas te tuer, Harry. »

Charley m'a rendu les cigarettes.

« Allez, Hank, passe-moi un clope.

— Non, Harry.

— S'il te plaît, mec, je te le demande, un clope, rien qu'un seul !

— Ah ! sang du Christ ! »

Je lui ai jeté le paquet. Sa main a tremblé quand il en a sorti une.

« Je n'ai pas d'allumettes. Qui a des allumettes ?

— Ah ! sang du Christ », j'ai dit et je lui ai jeté les allumettes...

Ils sont revenus m'accrocher une nouvelle bouteille. Dix minutes plus tard, mon père entrait dans la chambre. Vicky l'accompagnait, tellement bourrée qu'elle tenait à peine debout.

« Amour, a dit Vicky, amour chéri ! »

Elle a vacillé contre le bord du lit.

J'ai regardé le vieux.

« Fils de pute, j'ai dit, tu n'aurais pas dû l'amener dans cet état.

— Amour chéri, tu as envie de me voir, hein, hein, amour chéri ?

— Je t'avais dit de ne pas fréquenter une femme pareille, dit mon père.

— Elle est fauchée. Tu lui as acheté du whisky, salaud, tu l'as soûlée et tu l'as amenée ici.

— Je t'ai dit qu'elle ne valait rien, fils. Je t'ai dit que c'était une mauvaise femme.

— Tu ne m'aimes plus, amour chéri ?

— Sors-la d'ici... TOUT DE SUITE, j'ai dit à mon vieux.

— Non, non, je veux que tu voies quel genre de femme c'est.

161

— Je sais ce qu'elle vaut. Sors-la d'ici tout de suite, ou alors je vais sortir cette aiguille de mon bras et te botter le cul ! »

Le vieux a emmené Vicky. Je suis retombé sur l'oreiller.
« Belle fille, a dit Harry.
— Je sais, j'ai dit, je sais... »

J'ai cessé de chier du sang, on m'a donné un régime à suivre et on m'a prévenu que le premier verre me tuerait. On m'avait dit aussi que je mourrais si je n'étais pas opéré. J'avais eu une discussion épouvantable avec une doctoresse japonaise sur mon opération et à propos de la mort. J'avais dit : « Pas d'opération ! » Elle m'avait planté là, en remuant paisiblement son cul. Harry vivait toujours quand je suis parti, il cajolait ses cigarettes.

J'ai traîné sous le soleil pour voir comment je me sentais. Je me sentais très bien. Les voitures passaient. Les trottoirs avaient le même air de trottoirs que d'habitude. J'hésitais entre prendre un bus ou téléphoner à quelqu'un de venir me chercher. Je suis entré dans un bar pour téléphoner. J'ai commencé par m'asseoir et m'en allumer une.

Le barman s'est amené et j'ai commandé une bière bouteille.

« Quoi de neuf ? a demandé le type.
— Pas grand-chose », j'ai dit.

Le barman s'est éloigné. J'ai versé la bière dans un verre, puis j'ai regardé le verre un moment et j'en ai vidé la moitié. Quelqu'un a mis une pièce dans le juke-box et on a eu de la musique. La vie se présentait un petit peu mieux. J'ai fini le verre, j'en ai rempli un autre et je me suis demandé si je pourrais encore bander un jour. J'ai jeté un œil dans la salle : pas de femme. J'ai fait ce que j'avais de mieux à faire, j'ai levé mon verre et je l'ai sifflé.

## RETROUVAILLES

J'ai laissé le bus à Rampart, je suis revenu à pied jusqu'à Coronado, j'ai monté la petite colline, puis les escaliers, suivi l'allée et marché jusqu'à ma porte. Je suis resté un moment devant, à sentir le soleil sur mes bras. Ensuite, j'ai cherché la clef, ouvert la porte et commencé à grimper l'escalier.

« Bonjour ! » a dit la voix de Madge.

Je n'ai pas répondu. Je suis monté sans me presser. J'étais blême et un peu faible.

« Bonjour ! Qui c'est ?

— Ne t'énerve pas, Madge, ce n'est que moi. »

Je me suis arrêté en haut de l'escalier. Madge était assise sur le divan dans une vieille robe de soie verte. Elle tenait un verre de porto à la main, du porto avec des glaçons, comme elle l'aimait.

« Chéri ! »

Elle a bondi vers moi. Elle avait l'air heureuse, elle m'embrassait.

« Oh ! Harry, tu reviens, pour de bon ?

— Peut-être. Si je tiens le coup. Y a quelqu'un dans ton lit ?

— Ne sois pas stupide ! Un verre ?

— Ça m'est interdit. Il faut que je mange des œufs, des œufs à la coque. Ils m'ont donné une liste.

— Ah ! les salauds ! Assieds-toi. Tu veux prendre un bain ? Quelque chose à manger ?

— Non, je veux juste m'asseoir. Il te reste combien ? ai-je demandé.

— Quinze dollars.

— Tu dépenses.

— Eh bien...

— Combien on doit pour le loyer ?

— Deux semaines. Je n'ai pas trouvé de travail.

— Je sais. Bon, où est la voiture ? Je ne l'ai pas vue dehors.

— Ah ! mon Dieu, si tu savais. Je l'ai prêtée à quelqu'un et il a embouti le capot. J'espérais qu'elle serait réparée avant ton retour. Mais elle est toujours au garage du coin.

— Elle roule encore ?

— Oui, mais je voulais faire réparer le capot.

— On peut conduire ce genre de voiture avec un capot déglingué. Ça ne fait rien pourvu que le radiateur soit O.K. et que les phares marchent.

— Ecoute, j'ai fait de mon mieux !

— Je reviens tout de suite.

— Harry, où vas-tu ?

— Jeter un œil à la voiture.

— Tu ne peux pas attendre demain, Harry ? Tu n'as pas l'air en forme. Reste avec moi. Partons tous les deux.

— Je reviens. Tu me connais. Je n'aime pas laisser les affaires en plan.

— Merde, Harry ! »

J'ai descendu trois marches, puis j'ai fait demi-tour.

« Donne-moi quinze dollars. »

Madge a ramassé son porte-monnaie, elle a regardé dedans.

« Merde, Harry !

— Ecoute, il faut bien que quelqu'un empêche le bateau de couler. Ce n'est pas toi qui le feras, on le sait bien tous les deux.

— Ecoute, Harry, j'étais debout tous les matins pendant que t'étais pas là. Je n'ai pas pu trouver de boulot.

— Donne-moi quinze dollars. »

Madge a regardé dans son porte-monnaie.

« Laisse-moi de quoi acheter une bouteille de vin pour la nuit, j'ai presque fini ma dernière. Je veux fêter ton retour, Harry.

— Je sais, Madge. »

Elle a sorti un billet de dix et me l'a donné avec quatre dollars. Je lui ai pris le porte-monnaie et je l'ai retourné sur le divan. Tous ses bidules sont tombés : de la monnaie, une fiole de porto, un billet d'un dollar et un de cinq. Elle a voulu prendre les cinq dollars mais j'ai été plus rapide qu'elle, je me suis redressé et je lui ai donné une claque.

« Salaud, tu es toujours un pauvre mec.

— Ouais, c'est pourquoi je reste en vie.

— Tu me frappes encore une fois et je fais mes bagages !

— Tu sais que je n'aime pas te dérouiller, poulette.

— Ouais, moi, tu me bats mais tu ne frapperais pas un homme ?

— Bon Dieu, où est le rapport ? »

J'ai pris les cinq dollars et j'ai redescendu l'escalier.

Le garage faisait le coin. Quand je suis entré dans l'atelier, un Japonais passait de la peinture argent sur une calandre neuve.

« Merde, vous en faites un Rembrandt ! j'ai dit.

— Cette voiture est à vous, monsieur ?

— Ouais... Je vous dois combien ?

— Soixante-quinze dollars.

— Quoi ?

— Soixante-quinze dollars. C'est une dame qui l'a amenée.

— C'est une putain qui l'a amenée. La voiture ne valait déjà même pas soixante-quinze dollars, et que je sache elle n'a pas augmenté entre-temps... En plus, vous avez sûrement eu cette calandre pour cinq dollars à la casse.

— Ecoutez, monsieur, la dame a dit...

— Qui ?

— Bon, cette femme a dit...

— J'en suis pas responsable, mec. Je sors de l'hosto. Je paierai ce que je pourrai, quand je pourrai, mais je suis sans travail et j'ai besoin de la voiture pour en trouver. Et j'en ai besoin immédiatement. Si je dégotte un job, je pourrai vous régler. Sinon... Si vous ne me croyez pas, gardez la bagnole. Je vous laisse le bordereau... Vous connaissez mon adresse.

— Combien vous pouvez payer tout de suite ?

— Cinq dollars.

— C'est pas lourd.

— Je vous l'ai dit, je sors de l'hosto. Dès que j'ai trouvé du travail, je vous rembourse. C'est comme ça, ou alors vous gardez la voiture.

— Ça va, dit-il, je vous crois. Donnez-moi vos cinq dollars.

— Vous ne savez pas ce qu'ils m'ont coûté.

— Je comprends pas.

165

— Ça fait rien. »

Il a pris les dollars et moi la voiture. Le moteur tournait. Le réservoir était à moitié plein. L'huile et l'eau, il en reste toujours. J'ai fait deux fois le tour du pâté de maisons, juste pour retrouver le plaisir de conduire. Puis j'ai roulé jusqu'au marchand de vin.

« Harry ! a dit le vieux.
— Oh ! Harry ! a fait sa femme.
— Où t'étais ? a demandé le vieux.
— Arizona. Sur une vente de terrains.
— Tu vois, Sol, a dit la vieille, je t'ai toujours dit que c'était un type bien. Il a du plomb dans la cervelle.
— Ça va, dis-je, je voudrais deux packs de Miller en bouteilles, sur mon compte.
— Une minute, a dit le vieux.
— Qu'est-ce qui va pas ? J'ai toujours réglé mon compte, non ?
— Oh ! t'as toujours été correct, Harry. C'est elle. Elle a mis sur le compte... laisse-moi voir... treize dollars soixante-quinze.
— Treize soixante-quinze, mais c'est rien ! Je suis déjà allé jusqu'à vingt-huit dollars, et j'ai payé, non ?
— Oui, Harry, mais...
— Mais quoi ? Tu veux que je m'adresse ailleurs ? Tu veux garder l'addition ? Tu fais toute une histoire pour deux malheureux packs ?
— O.K., Harry, a dit le vieux.
— Bon, aboule-les. Avec un paquet de **Pall Mall** et deux **Dutch Master**.
— Ça va, Harry, ça va... »

Me revoilà dans l'escalier. J'arrive en haut.

« Oh ! Harry, tu ramènes de la bière ! Ne bois pas tout, Harry. Je ne veux pas te perdre, chéri !
— Je sais, Madge. Mais les toubibs n'y connaissent rien. Ouvres-en plutôt une. Je suis fatigué. J'en ai trop fait. Ça m'a pris deux heures. »

Madge s'est approchée avec la bière et un verre de vin, pour elle. Elle avait mis ses hauts talons et croisait bien haut les jambes. Elle était toujours au poil. Tant que le corps se maintient...

« Tu as la voiture ?
— Ouais.
— Ce petit Jap est gentil, non ?
— Il avait pas le choix.
— Hein, il n'a pas réparé la voiture ?
— Si. Il est gentil. Il est venu ici ?
— Harry, ne fais pas d'histoires aujourd'hui ! Je ne baise pas avec les Japs ! »

Madge s'est levée. Elle avait toujours le ventre plat. Taille, hanches, cul, parfaits. Une belle pute. J'ai sifflé la moitié de la bière, et j'ai marché vers elle.

— Tu sais que je suis fou de toi, Madge chérie, je tuerais pour toi, tu le sais, pas vrai ? »

Je la touchais presque. Elle m'a fait un petit sourire. J'ai balancé la bouteille de bière, je lui ai pris son verre et j'ai sifflé le vin. Je me sentais normal pour la première fois depuis des semaines. On se touchait presque. Madge pinçait ses lèvres rouge sauvage. Puis je me suis rué sur elle, en l'empoignant des deux mains. Elle s'est renversée sur le divan.

« Sale pute, tu as laissé une ardoise de treize dollars soixante-quinze chez Goldbarth !
— J'sais pas. »

Sa jupe découvrait le haut de ses cuisses.

« Sale pute !
— Tais-toi !
— Treize soixante-quinze.
— J'sais pas de quoi tu parles ! »

J'ai grimpé sur Madge, je l'ai prise par la nuque et l'ai embrassée, en me serrant tout contre ses seins, ses jambes, ses hanches. Elle pleurait.

« Ne... m'appelle... pas... pute... arrête... tu sais que je t'aime, Harry ! »

Je me suis dégagé et j'ai sauté au milieu du tapis.

« Je vais te faire ton affaire, poulette ! »

Madge a ri.

Je l'ai soulevée, je l'ai portée dans la chambre et l'ai laissée tomber sur le lit.

« Harry, tu sors à peine de l'hôpital !

— Ce qui fait deux semaines de sperme à dégorger !
— Tu parles comme un porc !
— Merde ! »

J'ai sauté dans le lit, en arrachant mes fringues.

J'ai retroussé sa robe, avec des baisers et des câlins. C'était une belle femme-objet.

J'ai fait glisser sa culotte. Puis, comme autrefois, je l'ai prise.

J'ai tiré huit ou dix coups très lents, à l'aise. Puis Madge a dit :

« Tu me crois capable de baiser avec un sale Jap ?
— Je te crois capable de baiser avec n'importe quoi. »

Elle s'est dégagée et m'a poussé hors du lit. J'ai gueulé :

« Quoi encore ?
— Je t'aime, Harry, tu sais que je t'aime. Ça me fait mal quand tu me parles comme ça !
— D'ac, poulette, je sais que tu ne baises pas avec ce Jap. C'était une blague. »

Madge a ouvert les jambes et je me suis remis à l'ouvrage.

« Oh ! papa, ça faisait longtemps !
— C'est vrai ?
— Qu'est-ce que tu dis, tu cherches encore des histoires ?
— Non, poulette, je t'aime ! »

J'ai cherché sa bouche et l'ai embrassée, toujours à cheval sur elle.

« Harry.
— Madge. »

Elle avait raison.

Ça faisait longtemps.

Je devais au marchand de vin treize dollars soixante-quinze, sans compter les deux packs, les cigares et les cigarettes, je devais deux cent vingt-cinq dollars à l'hôpital général de Los Angeles, je devais soixante-dix dollars au Jap et il me restait encore quelques petites factures par-ci par-là, et nos corps s'étreignaient entre nos quatre murs.

Nous faisions l'amour.

## POURQUOI IL Y A DU POIL
## SUR LES NOIX DE COCO ?

Duke avait une fille, Lala, comme on l'appelait, une fille de quatre ans, son premier enfant. Il avait toujours pris soin de ne pas avoir d'enfants, craignant qu'ils ne le tuent un jour, et maintenant il était fou de Lala. Elle le ravissait, elle devinait tout ce qu'il pensait, comme si un fil la rattachait à lui, et lui à elle.

Duke était au supermarché avec Lala et ils parlaient tous les deux et Lala lui disait tout ce qu'elle savait et elle en savait beaucoup, d'instinct, et Duke ne savait pas grand-chose mais il disait ce qu'il pouvait, et ça marchait. Ils étaient heureux ensemble.

« C'est quoi ça ? demandait Lala.
— Une noix de coco.
— Il y a quoi dedans ?
— Du lait et du truc à mâcher.
— Pourquoi ils sont dedans ?
— Parce qu'ils aiment ça, le lait et le truc à mâcher, ils aiment être dans cette coquille. Et ils se disent : "Oh ! que j'aime ça !"
— Pourquoi ils aiment ça ?
— N'importe qui aimerait ça. Moi aussi.
— Non pas toi. Si t'étais à l'intérieur, tu ne pourrais pas sortir ta voiture, tu ne pourrais pas manger tes œufs au bacon...
— Les œufs au bacon ne sont pas tout dans la vie.
— C'est quoi tout ?
— J'sais pas. Peut-être l'intérieur du soleil, qui est un bloc de glace.
— L'INTÉRIEUR DU SOLEIL, UN BLOC DE GLACE ?
— Ouais.
— A quoi ressemble l'intérieur du soleil, si c'est un bloc de glace ?
— Eh bien, il paraît que le soleil est une boule de feu, mais moi, je pense que c'est un bloc de glace. »

Duke a soulevé un avocat.

« Ooh !

— Ouais, c'est comme un avocat : du soleil gelé. On en mange et bientôt on se sent tout chaud en dedans.

— Il y a du soleil dans toute cette bière que tu bois ?

— Oui, il y en a.

— Il y a du soleil dans moi ?

— Plus que chez tous les gens que je connais.

— Et moi, je dis qu'il y a un grand PLEIN SOLEIL dans toi !

— Merci, mon amour. »

Ils ont fait leurs courses comme une promenade. Duke laissait faire Lala. Elle remplissait le panier comme elle voulait. Tout n'était pas mangeable : des ballons, des crayons, un fusil miniature. Un cosmonaute avec un parachute qui s'ouvrait dans le dos quand on le lançait vers le ciel. Sacré cosmonaute.

Lala n'aimait pas la caissière. Et elle l'a regardée de son air le plus renfrogné. Pauvre femme : elle avait le visage tout grêlé et comme vidé, elle était une vision d'horreur et ne le savait même pas.

« Bonjour la petite chérie ! » a dit la caissière.

Lala n'a pas répondu. Duke ne l'y a pas obligée. Ils ont payé et ils ont marché jusqu'à la voiture.

« Ils prennent notre argent, a dit Lala.

— Oui.

— Et après tu dois aller le soir au travail et gagner davantage d'argent. J'aime pas quand tu t'en vas le soir, alors qu'on pourrait jouer à la maman. Je serais la maman et toi le bébé.

— D'accord, eh bien, on joue tout de suite, et je suis le bébé. Ça te plaît, maman ?

— D'accord, bébé, tu sais conduire la voiture ?

— Je vais essayer. »

Et les voilà dans la voiture. Un connard a accéléré pour leur rentrer dedans pendant qu'ils tournaient à gauche.

« Bébé, pourquoi les gens veulent nous faire mal avec leurs voitures ?

— Eh bien, maman, c'est parce qu'ils sont malheureux, et les gens malheureux aiment bien tout casser.

— Il n'y a pas de gens heureux ?

— Il y a beaucoup de gens qui font semblant d'être heureux.

— Pourquoi ?

— Parce qu'ils ont honte et peur, et qu'ils n'ont pas le courage de le dire.

— Tu as peur ?

— J'ai le courage de te le dire à *toi* : j'ai tellement la trouille, maman, que j'ai peur de mourir à chaque instant.

— Bébé, tu veux ton biberon ?

— Oui, maman, mais quand on sera à la maison. »

Ils ont pris à droite dans Normandie Avenue. Les gens ont du mal à te rentrer dedans quand tu tournes à droite.

« Tu vas au travail ce soir, bébé ?

— Oui.

— Pourquoi tu travailles la nuit ?

— Il fait noir. Les gens me voient pas.

— Pourquoi tu veux pas que les gens te voient ?

— Parce que s'ils me voient, ils pourraient m'attraper et me mettre en prison.

— C'est quoi une prison ?

— C'est tout ce qui existe.

— Je suis PAS une prison ! »

Ils ont garé la voiture et sorti les provisions.

« Maman, a dit Lala, on a fait des provisions, des soleils gelés, des cosmonautes, plein de choses ! »

Maman (ils l'appelaient « Mag »), maman a dit :

« Très bien. »

Puis à Duke :

« Bon sang, j'aimerais mieux que tu sortes pas ce soir. Un pressentiment. N'y va pas, Duke. Je le sens...

— Tu le sens, chérie ? Moi, je le sens tous les soirs. Ça fait partie du boulot. Il faut que j'y aille. On n'a plus un rond. La gosse jetait n'importe quoi dans le panier, du jambon au caviar.

— Eh bien, bon Dieu, tu ne peux pas la surveiller ?

— Je veux qu'elle soit heureuse.

— Elle ne sera pas heureuse avec toi en taule.

— Ecoute, Mag, dans mon métier faut s'attendre à y passer une partie de sa vie. Mais t'inquiète pas, c'est tout. J'en ai déjà fait un bout. J'ai plus de chance que d'autres.

— Et que dirais-tu d'un travail honnête ?

— Pourquoi pas poinçonneur ! Et il n'y a pas de travail honnête. Tu crèves d'une façon ou d'une autre. Je suis mon petit bonhomme de chemin — à ma façon, je suis dentiste, tu vois, j'arrache les dents à la société. Je ne sais rien faire d'autre. C'est trop tard. Et tu sais comment on traite les anciens taulards. Tu sais ce qu'on te fait, je te l'ai déjà dit, je...

— Je *sais* que tu me l'as déjà dit, mais...

— Mais mais mais quoi, a dit Duke, laisse-moi finir, bon sang !

— Alors finis.

— Ces trafiquants d'esclaves qui habitent à Beverly Hills et Malibu. Des types spécialisés dans la "réhabilitation" des taulards. A côté, la conditionnelle, c'est le paradis. Ils font un trafic, le tribunal le sait, nous le savons, tout le monde le sait. Ça rapporte à l'Etat, ça doit rapporter à quelqu'un. Merde ! De la merde partout. Ils te font travailler trois fois plus et ils te repiquent tout légalement, ils te vendent des saloperies à dix ou vingt fois le prix. Mais c'est la loi, *leur* loi...

— Tu me l'as dit cent fois.

— Et merde, c'est pas fini ! Tu me prends pour un aveugle, un insensible, tu voudrais que je ferme ma gueule, même devant ma femme ? Tu es ma femme, pas vrai ? On baise, on vit ensemble, pas vrai ?

— C'est *toi* qui te fais baiser, et tu viens pleurer.

— Merde ! J'ai fait une bêtise, une erreur technique ! J'étais jeune, je n'ai pas compris leur foutue règle du jeu.

— Tu essaies de te justifier !

— Eh, ça fait du *bien*. J'AIME ça. Petite femme. Petite chatte. Tu n'es qu'une chatte grande ouverte sur le perron, grande ouverte, et complètement timbrée.

— La gosse écoute, Duke.

— Bien. Je finis. Petite chatte. RÉHABILITER. C'est leur grand mot, aux marchands d'âmes de Beverly Hills. Ils sont tout ce qu'il y a de convenable et d'HUMAIN. Leurs femmes vont écouter du Malher au Music Center, font la charité, toujours ça de moins comme impôts, et sont élues "femmes de l'année" par le *L.A. Times*. Et tu sais ce que les MARIS te font ? Ils te sifflent comme un chien pour leurs usines d'escrocs. Ils te réduisent ta paie, empochent la différence, et motus. Mais c'est dégueulasse !

— Je...

— LA FERME ! Mahler, Beethoven, STRAVINSKI ! Et les heures supplémentaires pour rien. Ils te bottent le cul toute la sainte journée. Un mot de trop, et ils téléphonent au juge d'application : "Désolé, Jensen, mais il faut que je vous le dise, votre homme a pris vingt-cinq dollars dans le tiroir-caisse. On commençait à bien l'aimer."

— Mais quelle justice te faut-il, Duke ? Bon Dieu, je ne sais pas quoi faire. Tu causes, tu causes, tu te soûles et me dis que Dillinger était le plus grand homme de tous les temps. Tu te balances dans ton fauteuil, ivre mort, et tu pleures après Dillinger. Moi, je suis vivante. Ecoute...

— J'emmerde Dillinger ! Il est mort. La justice ? Il n'y a pas de justice en Amérique. Ou plutôt, il y a *une* justice, demande aux Kennedy, demande aux morts, demande à n'importe qui ! »

Duke s'est levé de son fauteuil, il s'est dirigé vers le placard, il a soulevé la boîte de boules de Noël et il a sorti son feu. Un 45.

« Voilà. Voilà la seule justice en Amérique. C'est la seule chose que les gens comprennent. »

Duke agitait le pétard.

Lala jouait avec son cosmonaute. Le parachute s'ouvrait mal. C'était clair : encore une arnaque. Une de plus. Comme le poulet congelé. Comme les stylos-bille. Comme Jésus appelant papa quand ça tourne mal.

« Ecoute, a dit Mag, cache cette pétoire idiote. Moi je vais trouver du travail. Laisse-moi faire.

— Tu trouveras du travail ! Ça fait des années que j'entends ça. Tu n'es bonne qu'à baiser, pour rien, à traîner avec des magazines et à sucer des chocolats.

— Mon Dieu, JE T'AIME, Duke, je t'aime vraiment. »

Duke s'est senti fatigué.

« Bon, d'accord. Range au moins les provisions. Et prépare-moi quelque chose avant que je sorte. »

Duke a remis le feu dans le placard. Il s'est assis et a allumé une cigarette.

« Duke, a dit Lala, tu veux que je t'appelle Duke ou papa ?

— Les deux, mon ange. Fais comme tu veux.

— Pourquoi il y a des poils sur les noix de coco ?

— Seigneur, j'sais pas. Pourquoi y a-t-il des poils sur mes couilles ? »

Mag est sortie de la cuisine avec une boîte de petits pois.

« Je ne veux pas que tu parles à ma gosse comme ça.

— *Ta* gosse ? Tu as vu sa petite bouche ? J'ai la même. Tu as vu ses yeux ? Ce sont les miens. Tu as vu son petit ventre ? Et le mien ? Ta gosse, sous prétexte qu'elle est sortie de ton trou et qu'elle t'a sucé les nichons ! Elle est la gosse de personne. Elle est libre.

— J'insiste, a dit Mag, je ne veux pas que tu parles à Lala comme ça !

— Tu insistes... tu insistes...

— Oui, j'insiste ! »

Elle a fait sauter la boîte de petits pois dans sa main gauche.

« Je te jure que si tu n'ôtes pas ces petits pois de ma vue, Dieu ou pas, JE VAIS TE LES RENTRER DANS LE CUL JUSQU'À LA GORGE ! »

Mag a ramené les petits pois dans la cuisine. Elle n'est pas revenue.

Duke a pris son manteau et son feu dans le placard. Il a embrassé sa petite fille. Elle était plus tendre qu'un coup de soleil en décembre ou que six chevaux blancs courant au flanc d'une colline verte. C'est ce qu'il pensait. Et ça lui faisait mal. Il s'est tiré vite fait. Mais il a fermé la porte sans bruit.

Mag est sortie de la cuisine.

« Duke est parti, a dit la gosse.

— Oui, je sais.

— J'ai sommeil, maman. Lis-moi une histoire. »

Elles étaient assises sur le divan.

« Duke va revenir, maman ?

— Ouais, il va revenir, le salaud.
— C'est quoi un salaud ?
— Comme Duke. Je l'aime.
— Tu aimes un salaud ?
— Ouais. (Mag a ri.) Ouais. Viens ici, mon amour. Sur mes genoux. »

Mag a serré sa gosse dans ses bras.

« Oh ! tu as chaud, comme du jambon chaud, ou des croissants chauds !
— Je ne suis PAS du jambon, pas des CROISSANTS ! C'EST TOI le jambon et les croissants !
— C'est la pleine lune ce soir. Il fait clair, trop clair. Je suis fatiguée. Mon Dieu, j'aime cet homme. »

Mag a cherché dans une boîte en carton et elle en a sorti un livre pour enfants.

« Maman, pourquoi il y a des poils sur les noix de coco ?
— Des poils sur les noix de coco ?
— Oui.
— Ecoute, j'ai du café sur le feu. J'entends le café qui bout. Il faut que j'aille éteindre.
— Oui. »

Mag est allée dans la cuisine pendant que Lala attendait sur le divan.

Et que Duke, debout devant une épicerie au coin d'Hollywood Boulevard et de Normandie Avenue, se demandait :

« Pourquoi, mais pourquoi, mais pourquoi ? »

Quelque chose clochait ; ça sentait le roussi. Peut-être un type l'attendait dans le fond avec un luger, à l'affût. Louie avait fini comme ça. Descendu comme un pigeon d'argile dans un parc d'attractions. Meurtre légal. Le monde entier baignait dans le fumier du meurtre légal.

L'endroit ne lui disait rien. Plutôt un petit bar ce soir. Une boîte de pédés. Le truc facile. Assez pour payer le loyer du mois.

« Je me dégonfle, pensait Duke. La prochaine fois, je resterai sur le divan à écouter du Chostakovitch. »

Duke est remonté dans sa Ford 61 noire.

Il a roulé plein nord. Trois rues. Quatre rues. Six rues.

Douze rues dans la nuit glacée. Pendant que Mag avec la gosse sur les genoux commençait la lecture de *Vie dans la forêt*...

« La belette et ses cousins, le vison, la loutre, la martre, sont des animaux agiles, prestes et sauvages. Ce sont des mangeurs de viande, qui mènent une lutte sanglante pour la... »

Le bel enfant dormait ; c'était la pleine lune.

## LA MACHINE À ESSORER LES TRIPES

Danforth suspendait les corps un par un après les avoir passés dans l'essoreuse. Bagley répondait au téléphone.

« On en a combien ?

— Dix-neuf. On dirait que c'est un bon jour.

— Merde, ouais ouais. Ça me paraît être un bon jour. On en a placé combien hier ?

— Quatorze.

— Parfait. Parfait. On ira loin si on continue comme ça. J'ai toujours peur qu'ils laissent tomber au Vietnam, a dit Bagley, le téléphoniste.

— Ne fais pas l'idiot — il y a trop de gens qui profitent de la guerre.

— Mais la Conférence de la Paix à Paris...

— Tu dis n'importe quoi aujourd'hui, Bag. Tu sais qu'ils passent leurs journées autour d'une table, touchent leur paie et font le tour des boîtes tous les soirs. Ces jeunes gens ont la belle vie. Ils n'ont aucune envie de voir finir la Conférence de Paris, pas plus que nous de voir la fin de la guerre. Tout le monde s'engraisse, et pas une égratignure. Peinard. Et si par malchance ils tombent d'accord, il y aura d'autres guerres. Il y a des points chauds qui clignotent sur toute la planète.

— Ouais, je m'inquiète pour rien. »

Sur le bureau l'un des trois téléphones a sonné. Bagley a décroché.

« AGENCE COMME IL VOUS PLAIRA. Bagley à l'appareil. Ouais. Ouais. Nous avons un bon comptable.

Combien ? Trois cents dollars les deux premières semaines, je veux dire trois cents par semaine. Nous prenons la paie des deux premières semaines. Puis vous baissez à cinquante ou vous le virez. Si vous le virez après les deux premières semaines, nous VOUS donnons cent dollars. Pourquoi ? Eh bien, bon Dieu, vous ne voyez pas ? L'idée de base est de faire bouger les choses en permanence. C'est psychologique, comme le père Noël. Quand ? Ouais, nous vous l'envoyons immédiatement. A quelle adresse ? Parfait, il sera là vite fait. N'oubliez pas les conditions. Nous l'envoyons avec un contrat. Salut. »

Bagley a raccroché. Il a grommelé entre ses dents et souligné l'adresse.

« Sors-en un, Danforth. Un petit, abîmé. Pas la peine d'expédier le meilleur au premier coup. »

Danforth s'est dirigé vers l'étendoir et il en a décroché un petit, assez abîmé.

« Amène-le par ici. Comment s'appelle-t-il ?
— Herman. Herman Telleman.
— Merde, il n'a pas l'air à point. On dirait qu'il lui reste un peu de sang à l'intérieur. Et je vois encore de la couleur dans ses yeux... Ecoute, Danforth, tes essoreuses marchent bien ? Je veux des types complètement aplatis, tu comprends ? Je fais mon boulot, fais le tien.
— Il nous arrive des types coriaces. Il y a des hommes qui ont quelque chose dans le ventre, tu le sais parfaitement. Ça ne se voit pas toujours au premier coup d'œil.
— D'accord, essayons celui-ci. Herman. Eh, fiston !
— Tu veux quoi, pépé ?
— Ça te dirait un joli petit boulot ?
— Merde alors, non !
— Quoi, tu n'as pas envie d'un bon boulot ?
— Pour quoi foutre ? Mon vieux, il était du Jersey, il a travaillé toute sa putain de vie et après qu'on l'ait enterré avec son argent, tu sais ce qu'il restait ?
— Quoi ?
— Quinze *cents* pour toute une vie à bosser.
— Mais tu n'as pas envie d'une femme, d'une famille, d'un foyer, d'être respecté, d'une voiture neuve tous les trois ans ?

— J'ai pas envie de passer à la moulinette, papa. Tu veux que je finisse en cage. Moi, je veux juste traîner ma flemme. Laisse tomber.

— Danforth, passe-moi ce salaud à l'essoreuse, et resserre les écrous ! »

Danforth a empoigné l'individu, mais Tellman a eu le temps de crier : « Tu l'as dans le cul vieux con !

— Et vide-lui TOUTES LES TRIPES, TOUTES LES TRIPES, tu m'entends ?

— On y va, on y va ! a répondu Danforth. Merde. Parfois, je me dis que tu tiens le bon bout du bâton !

— Laisse tomber le bâton et vide-lui les tripes ! Nixon est capable de finir la guerre...

— Voilà que tu remets ça ! Tu as dû mal dormir, Bagley. Tu vas pas bien.

— Ouais, ouais, t'as raison. Insomnie. Je n'arrête pas de me dire qu'on devrait fournir des soldats ! J'en gigote toute la nuit ! Ça serait une sacrée affaire !

— On fait du mieux qu'on peut, Bag, c'est tout.

— Ça va, ça va, tu l'as passé à l'essoreuse ?

— DEUX FOIS déjà ! Il a plus *rien* dans le ventre, tu vas voir.

— Fais-le avancer. On va l'essayer. »

Danforth a ramené Herman Tellman. Il n'était plus tout à fait le même. La couleur dans ses yeux avait disparu et il avait un petit sourire hypocrite. C'était magnifique !

« Herman ? a demandé Bagley.

— Oui, monsieur ?

— Comment te sens-tu ?

— Je ne sens rien, monsieur.

— Tu aimes les flics ?

— Pas les flics, monsieur, les policiers. Ils sont victimes de notre méchanceté même s'ils nous protègent parfois à coups de revolver, à coups de matraque ou d'amendes. Il n'y a pas de mauvais flics... policiers, excusez-moi. Vous rendez-vous compte que sans policiers, on devrait s'occuper de la loi nous-mêmes ?

— Et que se passerait-il ?

— J'y ai jamais réfléchi, monsieur.

— Excellent. Crois-tu en Dieu ?

— Oh ! mais oui, monsieur, en Dieu, à la Famille, à l'Etat, à la Nation et au travail honnête.
— Seigneur !
— Quoi, monsieur ?
— Rien. Et maintenant, tu aimerais faire des heures supplémentaires ?
— Oh ! oui, monsieur ! J'aimerais travailler sept jours par semaine si possible, et avoir deux boulots si possible.
— Pourquoi ?
— L'argent, monsieur. L'argent pour la télé couleur, des voitures neuves, les traites de la maison, des pyjamas en soie, deux chiens, un rasoir électrique, une assurance-vie, une assurance-maladie, toutes les assurances, et le lycée pour mes enfants si j'en ai un jour, un garage avec des portes automatiques, des beaux habits, des chaussures à quarante-cinq dollars, des appareils photo, des montres-bracelets, des bagues, des machines à laver, des Frigidaires, des fauteuils, des lits neufs, de la moquette, des offrandes à l'église, un chauffage à thermostat et...
— Ça va, arrête. Et quand vas-tu te servir de tout ça ?
— Je ne comprends pas, monsieur.
— Si tu travailles nuit et jour avec des heures supplémentaires, quand vas-tu en profiter de tout ça ?
— Oh ! le jour viendra, le jour viendra, monsieur !
— Et tu ne crois pas que tes gosses seront grands un jour et qu'ils te prendront pour un trou du cul ?
— Après que je me sois saigné aux quatre veines pour eux, monsieur, certainement pas !
— Excellent. Encore quelques questions.
— Oui, monsieur.
— Tu ne crois pas que cet éreintage permanent abîme la santé, l'esprit et l'âme, si tu... ?
— Bon sang, si je ne passais pas ma vie à travailler, je n'aurais qu'à rester assis, boire, faire de la peinture à l'huile, baiser, aller au cirque ou m'asseoir sur un banc pour regarder les canards. N'importe quoi.
— Tu ne crois pas que s'asseoir sur un banc dans un parc pour regarder les canards c'est agréable ?
— Ça ne me ferait pas gagner d'argent, monsieur.

— D'accord. Fous le camp !
— Pardon ?
— J'en ai marre de te causer... Bon, il est au point, Dan. Beau travail. Donne-lui le contrat, fais-le signer, il ne lira pas les détails. Il croit qu'on est gentil. Envoie-le à l'adresse. Ils le prendront. Je n'ai pas placé de meilleur comptable depuis des mois. »

Danforth a fait signer son contrat à Herman, a vérifié ses yeux pour s'assurer qu'ils étaient bien morts, lui a remis le contrat et donné l'adresse, l'a conduit à la porte et l'a poussé gentiment dans l'escalier.

Bagley s'est renversé dans son fauteuil avec un petit sourire de triomphe et il a regardé Danforth qui passait les dix-huit autres types dans l'essoreuse. Les tripes qui giclaient étaient un spectacle mais il y a peu d'hommes qui ne finissent par s'aplatir à un moment ou à un autre du parcours. Les types avec l'étiquette « marié avec enfants » et « plus de quarante ans » s'aplatissaient les premiers. Bagley s'est renversé dans son fauteuil pendant que Danforth les essorait, et il les a entendus parler :

« C'est difficile pour un vieux comme moi de trouver un travail, oh ! que c'est difficile ! »

Un autre disait :

« Oh ! chérie, il fait froid dehors. »

Un autre :

« Je suis fatigué de faire le mac et le bookmaker, d'aller en taule, en taule, en taule. Je cherche la sécurité, la sécurité, la sécurité... »

Un autre :

« D'accord, j'ai bien rigolé. Maintenant... »

Un autre :

« Je n'ai pas de métier. Tout homme doit avoir un métier. Je n'ai pas de métier. Que vais-je faire ? »

Un autre :

« J'ai fait le tour du monde — dans l'armée — je connais la vie. »

Un autre :

« Si c'était à refaire, je serais dentiste ou coiffeur. »

Un autre :

« Tous mes romans et mes nouvelles et mes poèmes

sont refusés. Merde, je ne peux pas aller à New York poireauter chez les éditeurs ! J'ai plus de talent que n'importe qui, mais il faut être branché ! Je ferai n'importe quel boulot, mais je vaux mieux que tous les boulots que je fais parce que je suis un génie. »

Un autre :

« Vous voyez comme je suis beau ? Vous voyez mon nez ? Vous voyez mes oreilles, mes cheveux, ma peau, mes gestes ? Regardez comme je suis beau ! Regardez comme je suis beau ! Regardez comme je suis beau ! Pourquoi personne ne m'aime ? Parce que je suis trop beau ? Les gens sont jaloux, jaloux, jaloux... »

De nouveau la sonnerie du téléphone.

« AGENCE COMME IL VOUS PLAIRA. Bagley à l'appareil. Vous... quoi ? Vous cherchez un plongeur de haute mer ? Bordel ! Oh pardon. Certainement, nous avons des dizaines de plongeurs de haute mer au chômage. Nous gardons les deux premières semaines de salaire. Cinq cents par semaine. Dangereux, vous savez, très dangereux : les oursins, les crabes, tout ça... les algues, les sirènes sur les rochers. Si vous le virez après deux semaines nous vous donnons deux cents dollars. Pourquoi ? *Pourquoi* ? Si un rossignol vous pondait un œuf en or, vous demanderiez POURQUOI ? Nous vous envoyons un plongeur dans les quarante-cinq minutes ! A quelle adresse ? Parfait, parfait, c'est près de Richfield Building. Oui, je sais. Quarante-cinq minutes. Merci ! Au revoir. »

Bagley a raccroché. Il était déjà fatigué et la journée ne faisait que commencer.

« Dan ?

— Oui, connard ?

— Apporte-moi un plongeur modèle haute mer. Un peu gros du bide. Yeux bleus, poil standard sur la poitrine, un peu chauve avant l'âge, légèrement stoïque, plutôt voûté, vue basse, début non détecté de cancer de la gorge. C'est ça, un plongeur de haute mer. Tout le monde sait ce qu'est un plongeur de haute mer. Maintenant, apporte-m'en un, connard.

— D'accord, chef de mes deux. »

Bagley a bâillé. Danforth a décroché un corps, l'a

poussé en avant, planté devant le bureau. Sur l'étiquette on lisait : « Barney Anderson. »

« Salut, Barney, a dit Bag.
— Où suis-je ? a demandé Barney.
— AGENCE COMME IL VOUS PLAIRA.
— Mon vieux, si vous ne faites pas une belle paire d'enculés à la graisse d'oie tous les deux, alors je n'en ai jamais vu de ma vie !
— Tu déconnes, Dan !
— Je l'ai essoré quatre fois.
— Je t'ai dit de resserrer les écrous !
— Et moi je t'ai dit qu'il y a des hommes qui ont quelque chose dans le ventre !
— C'est un mythe, espèce d'idiot !
— De quoi ?
— Vous êtes tous les deux des idiots, a dit Barney Anderson.
— Je veux que tu lui repasses trois fois le cul à l'essoreuse, a dit Bagley.
— D'accord, d'accord, mais d'abord jouons le jeu tous les deux.
— Si tu veux, par exemple... demande à ce Barney qui sont ses héros.
— Barney, qui sont vos héros ?
— Eh bien, voyons, Cleaver, Dillinger, Che, Malcolm X, Gandhi, Jersey Joe Walcott, Grandma Barker, Castro, Van Gogh, Villon, Hemingway.
— Tu vois, il s'identifie avec tous les PERDANTS. Il se prépare à perdre. On va l'aider, Il s'est laissé entuber par tout ce baratin à la con, c'est comme ça que nous les baisons. Il n'y a que des combines. Il n'y a pas de héros. Rien que des combines. Il n'y a pas de gagneurs, rien que des combines et de la merde. Il n'y a pas de saints, il n'y a pas de génies, rien que des combines et des contes de fées, ça fait durer la partie. Chaque homme essaie juste de s'accrocher et d'avoir de la chance, s'il le peut. Tout le reste est de la merde.
— D'accord, je pige ton histoire de perdants ! Mais Castro ? Il avait l'air drôlement gras, sur la dernière photo que j'ai vue.
— Il se maintient parce que les Etats-Unis et la Russie

ont décidé de le laisser au milieu. Mais suppose qu'ils mettent vraiment les pieds dans le plat ? Qu'est-ce qu'il peut faire ? Il n'a même pas assez de jetons pour se payer un mauvais bordel au Caire, mec.

— Allez vous faire foutre tous les deux ! J'aime qui j'aime, a dit Barney Anderson.

— Barney, quand un homme est suffisamment vieux, suffisamment coincé, suffisamment affamé, suffisamment crevé, il est prêt à tailler des pipes ou à bouffer de la merde pour rester en vie ; c'est ça ou le suicide. L'humanité est mal barrée, mec. C'est une sale race.

— C'est pour ça qu'on va la changer, mec. Voilà l'astuce. Si on est capable d'aller dans la lune, on est capable de nettoyer le merdier de sa merde. On s'est obnubilé sur les faux problèmes.

— Tu es malade, petit. Et un peu gras du bide. Et tu perds tes cheveux. Reprends-le, Dan. »

Danforth a pris Barney Anderson et il l'a serré, essoré et malaxé par trois fois dans l'essoreuse, puis il l'a rapporté.

« Barney ? a demandé Bagley.
— Oui, monsieur !
— Qui sont les héros ?
— George Washington, Bob Hope, Mae West, Richard Nixon, les os de Clark Gable et tous ces gens bien que j'ai vus à Disneyland, Joe Louis, Dinah Shore, Frank Sinatra, Babe Ruth, les Bérets verts, bon Dieu, et toute l'Armée des Etats-Unis, la Marine, et spécialement les Marines, et aussi le ministère des Finances, la C.I.A., le F.B.I., I.T.T... la Patrouille des autoroutes, toute cette bon Dieu de Police municipale de L.A., et les flics du quartier aussi. Et je ne veux pas dire « flics », je veux dire « policiers ». Ensuite Marlène Dietrich, avec sa robe fendue sur le côté, elle ne doit plus être loin des soixante-dix ans ? — sur scène à Las Vegas, je me suis mis à bander, quelle femme merveilleuse ? La bonne vie américaine et le bon argent américain conservent, vous voyez !
— Dan ?
— Ouais, Bag ?
— Celui-ci est fin prêt ! J'ai beau être blindé, il me

rendrait malade. Fais-lui signer son petit contrat et expédie-le. Ils en seront contents. Bon Dieu, ce qu'un homme doit faire rien que pour survivre ! Il y a même des moments où je déteste mon boulot. C'est mal, pas vrai, Dan ?

— Oui, Bag. Dès que j'aurai mis ce trou du cul en route, j'ai un petit truc pour toi, une larme de ce bon vieux remontant.

— Ah ! parfait, parfait... c'est quoi ?

— Rien qu'un petit quart de tour dans l'essoreuse.

— QUOI ?

— Oh ! c'est parfait pour le cafard ou les mauvaises pensées.

— Ça va marcher ?

— C'est mieux que de l'aspirine.

— D'accord, vire-nous le trou du cul. »

Barney Anderson a été poussé dans l'escalier. Bagley s'est levé et il s'est dirigé vers l'essoreuse la plus proche.

« Ces vieilles peaux, West et Dietrich, qui lèvent toujours la cuisse, c'est absurde, elles faisaient déjà ça quand j'avais six ans. Elles ont un truc ?

— Rien. Extenseurs, gaines, poudres, lampes, greffes de peau artificielle, replâtrage, rembourrage, paille, merde. Ça ferait ressembler ta grand-mère à une gamine.

— Ma grand-mère est morte.

— Ça n'empêche pas.

— Ouais, ouais, tu dois avoir raison. »

Bagley s'est dirigé vers l'essoreuse.

« Rien qu'un quart de tour. Je peux te faire confiance ?

— Tu es mon associé, pas vrai, Bag ?

— Sûr, Dan.

— Depuis combien de temps faisons-nous des affaires ensemble ?

— Vingt-cinq ans.

— Donc, quand je dis un QUART DE TOUR, c'est un QUART DE TOUR !

— Je fais quoi ?

— Tu glisses les mains entre les rouleaux, c'est comme une machine à laver.

— Là-dedans ?

— Ouais. Et on y va !

— Eh, mec, rappelle-toi, rien qu'un quart de tour.
— Bien sûr, Bag, tu n'as pas confiance en moi ?
— Maintenant, je suis bien obligé.
— Tu sais, j'ai baisé ta femme en douce.
— Espèce de salaud ! Je te tuerai ! »

Danforth a laissé tourner la machine, il s'est assis derrière le bureau de Bagley et il a allumé une cigarette. Il a fredonné un petit air : « La chance que j'ai, la sacrée chance, je vis dans le luxe, parce que j'ai la poche pleine de rêves... J'ai pas un sou, mais je possède l'univers, parce que j'ai la poche pleine de rêves... »

Danforth s'est levé et il s'est dirigé vers Bagley et la machine.

« Tu as dit un quart de tour, a dit Bagley, ça fait un tour et demi.
— Tu n'as pas confiance en moi ?
— Plus que jamais, Dieu sait pourquoi d'ailleurs.
— N'empêche, j'ai baisé ta femme.
— Bah ! je crois que c'est une bonne chose. Je suis fatigué de la baiser. Tout homme se fatigue de baiser sa propre femme.
— Mais je veux que tu veuilles que je baise ta femme.
— Bah ! je m'en fous, mais je ne sais pas précisément si je *veux*.
— Je reviens dans cinq minutes. »

Danforth est revenu s'asseoir dans le fauteuil tournant de Bagley, il a mis les pieds sur le bureau et il a attendu. Il aimait bien chanter. Il chantait : « J'ai plein de rien, et rien ça me suffit bien, j'ai les étoiles, j'ai le soleil, j'ai la mer qui brille... »

Danforth a fumé deux cigarettes et il est retourné à la machine.

« Bag, j'ai baisé ta femme.
— Oh ! c'est ce que je veux, mec, c'est ce que je veux ! Et tu sais quoi ?
— Quoi ?
— J'aimerais bien regarder.
— D'accord, ça serait au poil. »

Danforth s'est dirigé vers le téléphone, et il a composé un numéro.

« Minnie ? Ouais, Dan. Je passe pour baiser avec toi.

Bag ? Oh ! il vient aussi. Il veut regarder. Non, on n'est pas soûl. Je viens de décider que je fermais boutique pour aujourd'hui. On a déjà bien travaillé. Avec ce truc entre Israël et les Arabes et toutes ces guerres en Afrique, aucun souci à se faire. Biafra est un mot merveilleux. Bref, nous arrivons. J'ai envie de t'enculer. Tu as de ces fesses, bon Dieu. Je pourrais même enculer Bag. Je suis sûr que ses fesses sont plus grosses que les tiennes. Serre les cuisses, mon cœur, on est déjà parti ! »

Dan a raccroché. L'autre poste a sonné. Dan a décroché.

« Va te faire foutre, enculé, tu pues sous les bras comme de la crotte de chien mouillée ! »

Il a raccroché et il a souri. Il a été sortir Bagley de la machine. Il a fermé la porte du bureau à clef et ils ont descendu les escaliers.

Dans la rue, le soleil était haut et avait bonne mine. On pouvait voir à travers les jupes des femmes. On pouvait presque voir les os. Partout la mort et la pourriture. C'était à Los Angeles, près de Broadway et de la Septième Avenue, le carrefour où la mort en rajoute sans savoir pourquoi. C'était un jeu qui s'apprenait comme le saut à la corde, la dissection des grenouilles, pisser dans une boîte à lettres ou branler son chienchien.

« Nous avons plein de rien, chantaient Bag et Dan, et rien ça nous suffit bien... »

Bras dessus, bras dessous, ils ont gagné le garage au sous-sol, ils ont trouvé la Cadillac 69 de Bag, ils sont montés dedans, ils se sont allumé chacun un cigare à un dollar, Dan a pris le volant, ils sont sortis du garage, ont failli écraser un clochard qui débouchait de Pershing Square, ils ont pris à l'ouest vers l'autoroute, vers la liberté, le Vietnam, l'armée, la baise, les grandes étendues d'herbe, les statues à poil et le vin français, Beverly Hills...

Bagley s'est penché et a défait la fermeture Eclair de Danforth qui conduisait.

« Pourvu qu'il en laisse pour sa femme », s'est dit Danforth.

C'était une chaude matinée à Los Angeles, à moins que ce ne soit un bel après-midi, Dan a vérifié au réveil du tableau de bord — il a lu 11 h 37 juste comme il jouissait. Il a poussé la Cadillac à 150. L'asphalte fuyait comme les tombes des hommes morts. Il a allumé la télé de bord, puis saisi le téléphone, puis pensé à refermer sa braguette.

« Minnie, je t'aime.

— Moi aussi, Dan, a répondu Minnie. Le plouc est avec toi ?

— Juste à côté de moi. Il vient de m'en tailler une.

— Oh ! Dan, ne te *gaspille* pas ! »

Dan a ri et il a raccroché. Ils ont failli emboutir un nègre dans une camionnette de livraison. Le type n'était pas noir du tout, mais c'était un nègre, rien qu'un nègre. Il n'y avait pas de plus jolie ville au monde si vous aviez réussi, et il n'y en avait qu'une de pire si vous aviez tout raté — New York, la Grosse Pomme. Danforth a poussé à 160. Il a dépassé un motard qui lui a souri. Il appellerait peut-être Bob ce soir. Bob le faisait toujours tellement rire. Sa douzaine d'auteurs lui procuraient toujours de bonnes histoires. Et Bob était si merveilleusement naturel.

Dan a jeté son cigare à un dollar, il en a allumé un autre, il a poussé la Cadillac à 170, droit sur le soleil comme une flèche, les affaires étaient bonnes et la vie aussi, et les pneus s'emballaient au-dessus des morts, des mourants et des presque-mourants.

**ZYAAAAAAOOUUUM !**


## UN PETIT BOUT DE CONVERSATION


Les gens qui viennent chez moi sont un peu bizarres, mais de nos jours nous sommes presque tous un peu bizarres ; le monde branle dans le manche et le résultat final est clair.

Voilà un type un peu gras, qui s'est laissé pousser la barbe et qui présente bien. Il veut lire un de mes poèmes au cours d'une conférence. Je lui dis d'accord, puis je lui dis COMMENT le lire et ça le rend un poil nerveux.

« Tu as de la bière ?... Bon Dieu, t'as rien à boire ? »

Il prend quinze graines de tournesol, les porte à sa bouche et les mâche mécaniquement. Je vais chercher de la bière. Maxie n'a jamais travaillé. Il poursuit ses études pour éviter le Vietnam. Il est aujourd'hui étudiant rabbin. Il fera un sacré rabbin. Il est robuste à souhait et bourré de conneries. Il fera un bon rabbin. Mais il n'est vraiment pas anti-guerre. Comme la plupart des gens, il divise les guerres en bonnes et en mauvaises guerres. Il voulait s'engager dans la guerre israélo-arabe mais avant qu'il ait pu boucler ses bagages, tout était terminé. Je suis persuadé que les hommes s'entre-tueront toujours ; il suffit de leur procurer le petit rien qui fait pschitt. Il ne faut pas tirer sur les Nord-Vietnamiens, mais d'accord pour canarder les Arabes. Il fera un sacré rabbin.

Il m'arrache la bière des mains, et il arrose ses graines de tournesol.

« Jésus, dit-il.

— Vous l'avez tué, fis-je.

— Ah ! ne commence pas !

— Ce n'est pas mon genre.

— Je disais, Jésus, il paraît que tu as touché gros avec les droits de *Rue de la Peur*.

— Ouais, je suis la vedette de la maison. Je vends plus que Duncan, Creeley et Levertov réunis. Mais ça ne prouve rien : on vend beaucoup d'exemplaires du *L.A. Times* chaque jour et il n'y a rien à lire dans ce canard.

— Ouais. »

On s'occupe de la bière, puis je demande :

« Comment va Harry ? »

Harry est un gosse, Harry ÉTAIT un gosse sorti de l'Assistance. J'ai écrit la préface de son premier recueil de poèmes. Ses poèmes étaient très bons. Presque déchirants. Puis Harry a pris un boulot que j'avais refusé — rédacteur dans un magazine de nus —, et j'ai rompu avec lui. Harry se démerdait mal ; il prenait des boulots de bonne à tout faire. Et aujourd'hui il n'écrit plus de poèmes.

« Oh ! Harry ! Il s'est acheté QUATRE motos. Le 4 juillet, il a fait sortir ses invités dans la cour et a tiré pour cinq cents dollars de feux d'artifice. Les cinq cents dollars sont partis en fumée en un quart d'heure.

— Harry a fait son chemin.
— Aucun doute. Gras comme un porc. Il boit les meilleurs whiskies. Il mange toute la journée. Il a épousé une fille qui a reçu quarante mille dollars à la mort de son mari. Le mari a eu un accident en faisant de la plongée. Bref, il s'est noyé. Harry a un équipement de plongée maintenant.
— Superbe.
— Enfin, il est jaloux de toi.
— Pourquoi ?
— Sais pas. Il suffit de prononcer ton nom pour qu'il se mette en transes.
— Je ne tiens qu'à un fil. Je suis fichu.
— Ils ont chacun un maillot avec leur nom dessus. La fille croit qu'Harry est un grand écrivain. Elle n'y connaît pas grand-chose. Ils font percer une cloison pour installer le bureau d'Harry. Arrangé comme celui de Proust. C'était bien Proust ?
— La pièce aux murs de liège ?
— Ouais, je crois. Bref, ça va leur coûter vingt mille dollars. Je vois d'ici le grand écrivain dans son bureau de liège en train d'écrire : "Lilly, légère comme une aile, a sauté la barrière du vieux John..."
— Laisse tomber ce type. C'est drôle qu'il se noie dans le fric.
— Ouais, dit Maxie. Alors, comment va la petite fille, comment s'appelle-t-elle, Marina ?
— Marina Louise Bukowski. Ouais. Elle m'a vu sortir du bain l'autre jour. Elle a trois ans et demi. Tu sais ce qu'elle a dit ?
— Non.
— Elle a dit : « Hank, tu as l'air bête. Tu as tout qui pend par-devant et rien qui pend par-derrière ! »
— C'est trop.
— Ouais, elle voulait voir une queue des deux côtés.
— C'est pas une mauvaise idée.
— Parle pour toi. J'ai assez de mal avec une seule.
— Il te reste de la bière ?
— Bien sûr. Excuse-moi. »

J'ai ramené les bières.

« Larry est passé.

— Ouais ?

— Ouais. Il dit que la révolution est pour demain matin. C'est peut-être vrai, c'est peut-être faux. Personne le sait. Je lui ai répondu que le problème de la révolution est de se faire de l'INTÉRIEUR vers le dehors, et non dans le sens dehors-DEDANS. La première chose que les gens font dans une émeute c'est de voler un poste de télé couleur. Ils veulent le poison qui a fait de leur ennemi un demeuré. Mais Larry n'écoute pas. Il prépare son fusil. Il est parti pour Mexico chez les révolutionnaires. Les révolutionnaires bâillaient et buvaient de la téquila. Plus la barrière de la langue. Aujourd'hui, c'est le Canada. Ils ont une réserve d'armes et de nourriture dans un Etat du Nord. Mais ils n'ont pas la bombe atomique. Ils sont baisés. Et pas d'aviation non plus.

— Les Vietnamiens n'en ont pas. Ils s'en sortent très bien.

— Oui, parce que avant de lancer la bombe A il faut faire gaffe à la Russie et à la Chine. Mais suppose qu'on décide de bombarder une réserve pleine de petits Castro dans l'Oregon ?

— Tu parles comme un bon Américain.

— Je fais pas de politique. J'observe.

— Heureusement que tout le monde fait pas comme toi, ça ne nous mènerait pas loin.

— Ça nous a mené loin ?

— Je sais pas.

— Moi non plus. Mais je sais que beaucoup de révolutionnaires sont des cons, et des **RASEURS**, des raseurs de première en plus. Mec, je dis pas qu'il ne faut pas aider les pauvres, éduquer les analphabètes ou mettre les malades à l'hôpital. Je dis que la soutane se porte bien chez les révolutionnaires, et que certains sont de pauvres diables bouffés par l'acné, des cocus qui portent d'infects petits badges pour la Paix au bout d'une ficelle qui leur pendouille autour du cou. La plupart sont des suiveurs qui bosseraient aussi bien pour la General Motors. S'ils étaient capables de se fixer. J'en ai assez de passer de petits chefs en petits chefs. On fait ça à chaque élection.

— Je crois tout de même que la révolution nous débarrasserait d'un chié paquet de merdes.

— Qu'elle gagne ou qu'elle perde, c'est du kif. La révolution nous débarrassera d'un paquet de bonnes choses et d'un paquet de mauvaises. L'Histoire se fait très lentement. Moi, j'irai m'installer dans un arbre.

— Rien de tel pour observer.

— Ouais. Reprends donc de la bière.

— Tu continues de parler comme un réactionnaire.

— Ecoute, rabbin, j'essaie de voir le truc sous tous les angles, et pas seulement de mon point de vue. Le Système ne s'affole pas. Il faut lui reconnaître ça. Je discuterai toujours avec le Système. Je sais que je me frotte à un dur. Regarde ce qu'ils ont fait de Spock, des deux Kennedy, de Luther King, de Malcolm X. Fais la liste. Elle prend de la place. Si tu fonces dans le gras du bide des costauds, tu te retrouves en train de sucer les racines de pissenlit à Forest Lawn. Pourtant, les temps changent. Les jeunes pensent mieux que les vieux, les vieux clamsent. Il doit y avoir moyen d'y arriver sans tuer tout le monde.

— Ils t'ont fait craquer. Pour moi, c'est "la Victoire ou la Mort".

— C'est ce que disait Hitler. Il a eu la Mort.

— Tu écris des trucs du genre de *Rue de la Peur*, et tu veux parader et serrer la main des tueurs.

— Je t'ai serré la main, rabbin ?

— Tu tournes tout en dérision alors qu'en ce moment précis on commet des cruautés.

— Tu parles de la mouche et de l'araignée ou du chat et de la souris ?

— Je parle de l'Homme contre l'Homme, quand l'Homme a les moyens de faire autrement.

— Il y a du vrai dans ce que tu dis.

— Pas qu'un peu. Il n'y a pas que toi qui aies une grande gueule.

— Alors que conseilles-tu, de brûler la ville ?

— Non, de brûler la nation.

— Tu feras vraiment un sacré rabbin.

— Merci.

— Et une fois qu'on a brûlé la nation, on la remplace par quoi ?

— Alors, pour toi, la Révolution américaine a échoué, la Révolution française a échoué, la Révolution russe a échoué ?

— Pas complètement. Mais elles ont sûrement tourné court.

— C'étaient des esquisses...

— Combien d'hommes faut-il tuer pour avancer de cinq centimètres ?

— Et combien d'hommes se font tuer parce qu'ils refusent de se remuer ?

— Parfois, j'ai l'impression de causer avec Platon.

— C'est vrai : un Platon avec la barbiche juive. »

Puis il se tait et le problème reste entier entre nous. Cependant, les taudis sont remplis de désespérés et d'exclus, le manque de docteurs fait mourir les pauvres à l'hospice ; il y a tellement de dévoyés et de paumés dans les prisons qu'on manque de lits et que les prisonniers doivent dormir par terre. Et l'on construit des asiles à tour de bras, à cause d'une société qui manipule les gens comme des pions...

Il est diablement agréable d'être un intellectuel ou un écrivain et de couper les cheveux en quatre tant que TU n'as pas le bras dans l'engrenage. Voilà ce qui cloche avec les intellectuels et les écrivains : ils ne sont pas sensibles à grand-chose, en dehors de leur confort ou de leur petite souffrance personnelle. C'est normal mais con.

« Et le Congrès, dit le rabbin, s'imagine tout régler en contrôlant le commerce des armes à feu.

— Ouais. En fait, on sait qui a tiré dans la plupart des cas. Parfois, on est quand même moins sûr. C'est l'armée, la police, le gouvernement, un cinglé ? J'ai peur de trouver parce que je pourrais être le prochain et qu'il me reste quelques sonnets à finir.

— Je ne crois pas que tu sois assez important.

— Dieu soit loué, rabbin !

— Je crois tout de même que tu es un peu lâche.

— Oui, c'est sûr. Le lâche est un homme qui prévoit l'avenir. Les héros ont rarement de l'imagination.

— Parfois je pense que TU ferais un bon rabbin.
— Pas si bon. Un Platon sans barbiche juive.
— Laisse-la pousser.
— Prends de la bière.
— Merci. »

Et là-dessus, on se tait. Encore une soirée bizarre. Les gens viennent me voir, ils parlent, ils m'épuisent : les futurs rabbins, les révolutionnaires avec leurs fusils, le F.B.I., les putes, les poétesses, les jeunes poètes californiens, un prof de Loyola qui part pour le Michigan, un prof de Berkeley, un autre qui vit dans Riverside, trois ou quatre garçons qui font la route, des clochards en civil avec des livres de Bukowski planqués dans le crâne... j'ai pensé un moment que cette tribu s'imposerait et me volerait mes meilleurs moments, mais j'ai la chance que chacun et chacune me donnent et me prennent quelque chose, et je ne me sens plus comme Jeffers derrière son rempart, j'ai eu la chance aussi que ma gloire reste relativement discrète, et je ne verrai jamais comme Miller des gens camper sur ma pelouse. Les dieux ont été bons pour moi, ils m'ont gardé en vie et, même, ils m'ont laissé la force de jouir, de prendre des notes, d'observer, d'éprouver la bonté des braves gens, de sentir le miracle courir dans mon bras comme une souris folle. Une telle vie, à quarante-huit ans, même si l'inconnu c'est toujours demain, quel beau rêve.

Le gosse se lève, plein à ras bord de bière, le petit rabbin qui tonnera demain sur les petits déjeuners des dimanches matin.

« Il faut que j'y aille.
— D'accord, petit, tu te sens bien ?
— Ouais, ça va. Mon père me dit de te dire bonjour.
— Tu diras à Sam que je lui conseille de s'accrocher. Il faut qu'on s'accroche tous.
— Tu as mon téléphone ?
— Ouais. Juste sur le sein gauche. »

Je l'ai regardé partir. Descendre les marches. Un peu gras. Mais ça lui va bien. Puissance. Trop de puissance. Il rayonne, il résonne. Il fera un bon rabbin. Je l'aime beaucoup. Le voilà parti, et je m'assois pour vous l'écrire. Des cendres de cigarette couvrent ma machine. Pour que vous sachiez ce qui se passe et ce qui se prépare. Près de ma machine, il y a deux chaussons de poupée blancs d'un centimètre de long. C'est Marina, ma fille, qui les a laissés ici. Elle est quelque part en Arizona, avec sa mère, une révolutionnaire. Nous sommes en juillet 1968 et je frappe sur ma machine en attendant que la porte vole en éclats et qu'entrent deux hommes verts aux yeux de gelée rance, avec leurs mitraillettes à turbines. J'espère qu'ils renonceront à venir. J'ai passé une charmante soirée. Et seules quelques perdrix solitaires se souviendront que les dés ont roulé et que les murs ont souri. Bonne nuit.

## DU RING AUX ABATTOIRS

La chance était en baisse une fois de plus et l'excès de vinasse me portait sur les nerfs. J'étais faiblard, les yeux égarés. Trop déprimé pour chercher, comme d'habitude quand je voulais récupérer, un travail bouche-trou d'expéditionnaire ou de magasinier, je me suis rendu aux abattoirs et je suis entré dans le bureau des embauches.

« Je t'ai pas déjà vu ? a dit le type.
— Non. »

Je mentais. J'étais déjà venu ici deux ou trois ans auparavant. Après m'être coltiné la paperasse, la visite médicale et tout le fourbi, j'avais dû descendre au quatrième sous-sol, et, plus je descendais, plus il faisait froid, murs verdâtres, sol verdâtre luisant d'une pellicule de sang. On m'avait expliqué le boulot : j'appuyais sur un bouton et d'une espèce de trou dans le mur sortait un drôle de bruit, comme en font des demis de mêlée qui s'écrabouillent ou des éléphants qui se laissent tomber, et hop, arrivée d'un quartier de cadavre, un gros tas, plein de sang, et le type m'avait dit : « Tu le soulèves, tu le jettes dans le camion, tu appuies sur le bouton et au suivant. » Quand il m'avait laissé, j'avais ôté ma blouse, mon casque et mes bottes (trois pointures trop court), j'avais regrimpé l'escalier et je m'étais tiré. Et maintenant, je touchais le fond une fois de plus.

« Tu m'as l'air un peu vieux pour ce boulot. »

J'ai menti :

« Je veux m'endurcir. J'ai besoin de travailler dur, vraiment dur.

— Tu sais te servir de tes mains ?

— Je suis gonflé à bloc. Je suis monté sur le ring dans le temps. J'ai combattu les plus grands.

— Ah ! oui ?

— Ouais.

— Ummm, ça se voit à ta figure. Tu as dû en voir de coriaces.

— T'occupe pas de ma figure. J'avais la main leste. Je l'ai toujours. Il fallait que j'aille au tapis, il fallait que ça fasse vrai.

— Je m'intéresse à la boxe. Ton nom ne me dit rien.

— Je combattais sous un autre nom, Kid Stardust.

— Kid Stardust ? Ça ne me dit rien, Kid Stardust.

— J'ai combattu en Amérique du Sud, en Afrique, en Europe, dans les îles, dans des petits bleds. Ça explique les blancs sur ma carte de travail : je n'aime pas mettre « boxeur » parce que les gens croient que je blague ou que je suis un menteur. Alors je laisse en blanc et merde !

— Ça va, viens à la visite à neuf heures trente demain et on te donnera du travail. Tu dis que tu veux travailler dur ?

— Eh bien, si vous avez autre chose...

— Non, pas en ce moment. Tu sais, tu fais pas loin de cinquante. Je me demande si j'ai raison. On n'aime pas perdre du temps avec des gens comme toi.

— Je ne suis pas les gens, je suis Kid Stardust. »

Le type a ri :

« D'accord, petit, on va te donner du TRAVAIL ! »

Je n'ai pas aimé sa façon de le dire.

Deux jours plus tard, je passais les grilles et je montrais mon billet au vieux bonhomme dans la cabane à l'entrée. Il y avait mon nom sur le billet : Henry Charles Bukowski, et le vieux m'a envoyé au chargement, où je devais demander Thurman. J'ai traversé la cour. Il y avait une rangée de types assis sur un banc et ils me regardaient comme si j'étais un pédé ou un panneau de basket.

Je les ai regardés avec ce que je croyais être un tranquille mépris et j'ai laissé tomber avec mon plus bel accent de la cloche :

« C'est qui Thurman ? On m'a dit de voir ce mec. »

Un type s'est amené.

« Thurman ?
— Ouais ?
— Je vais bosser avec toi.
— Ah ! ouais.
— Ouais. »

Thurman m'a regardé.

« T'as pas de bottes ?
— Des bottes ? Non. »

Il en a sorti une paire de dessous le banc. Une vieille paire bien raide. Je les ai enfilées. Toujours la même histoire : trois pointures trop court. Ça m'écrasait les orteils, ça les recroquevillait.

Thurman m'a donné une blouse pleine de sang et un casque. J'ai attendu pendant qu'il allumait une cigarette (ou, comme disent les Anglais, pendant qu'il allumait sa cigarette). Il a jeté l'allumette avec une décontraction affectée et virile.

« Allons-y. »

C'étaient tous des nègres et quand je me suis avancé ils m'ont regardé comme s'ils étaient tous des Musulmans noirs. Je fais pas loin de deux mètres mais ils étaient tous plus grands que moi, et au moins deux ou trois fois plus larges.

« Charley ! a crié Thurman.
— Charley, j'ai pensé, Charley, tout comme moi. Sympa. »

Je suais sous mon casque.

« Mets-le au TRAVAIL ! »

Jésus, ô doux Jésus. Que sont devenues les douces et belles nuits ? Pourquoi cela n'arrivera-t-il pas à Walter Winchell, lui qui croit à l'Amérique ? N'étais-je pas un brillant étudiant en anthropologie ? Que s'est-il passé ?

Charley m'a entraîné au pied d'un camion vide, long

comme un pâté de maisons, qui attendait dans le hangar.

« Reste ici. »

Plusieurs nègres sont arrivés en courant avec des brouettes peintes d'un blanc croûteux et grumeleux, le même blanc que le blanc des crottes de poules. Chaque brouette était chargée d'une colline de jambons flottant dans un sang aqueux. Non, les jambons ne flottaient pas, ils étaient assis dans le sang, comme du plomb, comme des boulets de canon, comme la mort.

L'un des gars a sauté dans le camion derrière moi, et l'autre s'est mis à me jeter les jambons et je les attrapais pour les lancer au type sur le camion qui pivotait et les jetait au fond du camion. Les jambons arrivaient VITE et ils étaient lourds, de plus en plus lourds. J'en jetais un, je me retournais et déjà le suivant m'arrivait dessus. Je savais que les types essayaient de me faire craquer. Je fus vite en sueur, comme sous des robinets grands ouverts, et mon dos brûlait, mes poignets me brûlaient, j'avais mal dans les bras, mal partout, je tirais sur mes dernières réserves d'énergie et c'était faiblard. J'avais un voile sur les yeux, j'ordonnais à grand-peine à mon corps de rattraper un jambon de plus et de le lancer, encore un jambon, encore le lancer. Le sang m'éclaboussait, mes bras n'en pouvaient plus de ces FLOMP étouffés, lourds comme la mort, le jambon résonnait un peu comme les fesses des femmes, je n'ai plus la force de parler et de dire : « Eh, les mecs, qu'est-ce qui vous PREND ? » Les jambons défilent et j'ai le vertige, cloué comme sur la croix sous un casque de zinc, et la ronde continue, les brouettes pleines de jambons, les jambons, les jambons, quand enfin elles sont toutes vidées, je reste là vacillant et soufflant sous les ampoules jaunes. Il faisait nuit en enfer. Bah ! j'ai toujours aimé travailler la nuit.

« Par ici ! »

Ils m'ont traîné dans une autre pièce. Une moitié de bœuf pendait au travers d'un grand portail dans le mur du fond, à moins que ça ne soit un bœuf entier. Oui, c'étaient des bœufs entiers, je m'en souviens, avec les quatre pattes, j'en ai vu un sortir du trou au bout d'un croc, tout frais tué, et il s'est arrêté juste en face de moi. Le bœuf me pendait sous le nez au bout de son croc.

« Ils viennent juste de le tuer, j'ai pensé, ils ont tué ce putain de truc. Savent-ils encore distinguer un homme d'un bœuf ? Savent-ils au moins que je ne suis pas un bœuf ? »

« ÇA VA, BALANCE-LE !
— Balance-le ?
— C'est ça — DANSE AVEC !
— Quoi ?
— Oh ! bon Dieu ! GEORGE, viens ici ! »

George s'est placé sous le cadavre du bœuf. Il l'empoigne. UN. Il a couru en avant. DEUX. Il a couru en arrière. TROIS. Il a couru en avant. Le bœuf était presque parallèle au sol. Quelqu'un a pressé un bouton et le bœuf s'est décroché. Dans ses bras. Dans ses bras pour les halles à viandes du monde. Dans ses bras pour toutes les commères imbéciles, capricieuses et peinardes à deux heures de l'après-midi, une cigarette tachée de rouge aux lèvres et le cœur sec.

Les types m'ont poussé sous le bœuf suivant.

UN.

DEUX.

TROIS.

Dans mes bras. Ses os morts contre mes os vivants, sa chair morte contre ma chair vivante, et cisaillé par le poids de tous ces os j'ai pensé aux opéras de Wagner, j'ai pensé à de la bière fraîche, j'ai pensé à un joli petit trou assis à portée de la main sur un divan, les jambes haut croisées, et moi avec mon verre à la main qui me rapproche lentement mais sûrement, quand Charley a beuglé : « ACCROCHE-LE DANS LE CAMION ! »

Je me suis dirigé vers le camion. On m'avait appris la honte de la défaite dans les écoles américaines quand j'étais petit et je savais que, si je lâchais le bœuf, je n'aurais pas l'air d'un homme mais d'une poule mouillée, et que je ne mériterais rien d'autre que des sarcasmes, des rires et des coups. Il fallait être un gagneur en Amérique, il n'y avait pas d'autre voie, il fallait apprendre sans poser de questions, à se battre pour rien, sans compter que si je lâchais le bœuf je devrais le ramasser. Sans compter que je le dégueulasserais. Et je ne veux pas le dégueulasser, ou plutôt eux ne veulent pas.

J'ai porté le bœuf jusqu'au camion.

« ACCROCHE-LE ! »

Un croc pendait du toit, con comme un pouce sans ongle. Tu laissais glisser l'arrière-train et tu y allais du côté de la tête, tu cognais la tête contre le croc mais ce putain de croc ne voulait pas accrocher. PUTAIN !!! Rien que du cartilage et de la graisse, et dur comme du bois.

« ALLEZ ! VAS-Y ! »

J'ai donné mon dernier coup de rein et le croc a accroché le bœuf, quel merveilleux spectacle, un vrai miracle, ce bœuf pendant de lui-même et mon épaule enfin libre, ce bœuf pendant pour le bonheur des bouchers et des bonnes femmes.

« BOUGE-TOI ! »

Un nègre de 150 kilos s'approchait, insolent, anguleux, souple, l'air d'un tueur, il a accroché sa viande d'un coup sec et il m'a toisé.

« On reste en ligne ici !
— D'accord, champion. »

Je suis passé devant lui. Un autre bœuf m'attendait. A chaque fois que j'en chargeais un, j'étais sûr que c'était le dernier mais je me répétais :

« Encore un

juste un seul

et puis

je me tire

rien à

foutre. »

Ils attendaient tous que je me tire, je le voyais à leurs yeux, à leurs sourires quand ils croyaient que je ne les regardais pas. Je ne voulais pas les laisser gagner. J'allais chercher le prochain bœuf. J'étais le grand joueur et il était la dernière carte du grand joueur lessivé. J'allais chercher la bidoche.

Deux heures ont passé puis quelqu'un a crié : REPOS !

J'avais tenu bon. Dix minutes de repos, du café, ils ne me feraient pas craquer. Je leur ai emboîté le pas en direction d'une roulante qui venait d'arriver. Je pouvais voir la vapeur du café fuser dans la nuit, les beignets, les cigarettes, les biscuits et les sandwiches sous les lampes électriques.

« EH ! TOI ! »

C'était Charley. L'autre Charley.

« Ouais, Charley ?

— Avant de faire ta pause, sors le camion et va le garer dans le box 18. »

C'était le camion qu'on venait de charger, le camion long comme un pâté de maisons. Le box 18 était à l'autre bout de la cour.

J'ai réussi à ouvrir la portière et à grimper dans la cabine. Il y avait un siège de cuir élastique et je m'y sentais si bien que si je ne résistais pas, j'allais bientôt tomber de sommeil, sans aucun doute. Je n'avais jamais conduit de camion. J'ai regardé sous le tableau de bord, on aurait dit une demi-douzaine d'embrayages, de freins, de pédales et de bidules. J'ai tourné la clef et réussi à faire démarrer le moteur. J'ai joué avec les pédales et les embrayages jusqu'à ce que le camion se mette à rouler et je l'ai conduit à l'autre bout de la cour dans le box 18, en ne pensant qu'à une chose : le temps que je revienne, la roulante sera partie. C'était une tragédie pour moi, une vraie tragédie. J'ai garé le camion, j'ai coupé le moteur et je suis resté une minute à éprouver l'agréable souplesse du siège de cuir. Puis j'ai ouvert la portière et je suis sorti. J'ai raté la marche ou le machin qui était censé se trouver là et je suis tombé par terre avec ma blouse de sang et mon casque de Christ comme un homme touché par une balle. Ça ne m'a pas fait mal, je n'ai rien senti. Je me suis relevé juste à temps pour voir la roulante passer les grilles et disparaître dans la rue. J'ai vu les gars revenir vers le hangar en riant et en allumant des cigarettes.

J'ai ôté mes bottes, j'ai ôté ma blouse, j'ai ôté mon casque et je me suis dirigé vers la cabane à l'entrée de la cour. J'ai jeté la blouse, le casque et les bottes en travers du comptoir. Le vieux bonhomme m'a regardé :

« Quoi, tu laisses tomber un boulot PAREIL ?

— Dites-leur de m'envoyer un chèque pour mes deux

heures et, s'ils refusent, qu'il se l'enfoncent dans le cul, je m'en fous ! »

Je suis sorti. J'ai traversé la rue, j'ai poussé la porte d'un bar mexicain, j'ai bu une bière et je suis rentré chez moi en bus. Une fois de plus, l'école américaine avait été trop dure pour moi.

## UN TUYAU QUI VAUT SON PESANT DE CROTTIN

Voilà, la réunion d'Hollywood Park vient de commencer et, naturellement, j'ai déjà perdu deux fois. Le spectacle ne varie guère : les chevaux sont des chevaux et la foule est de plus en plus minable, les parieurs étant un ramassis de vaniteux, de cinglés et de goinfres. L'un des plus grands disciples de Freud (je me souviens d'avoir lu son bouquin mais pas de son nom) a dit que le jeu de hasard est un substitut à la masturbation. Evidemment, le problème de toute affirmation est qu'elle est facilement aussi une contre-vérité, une vérité partielle, un mensonge ou un vieux géranium. Pourtant, quand je reluque les dames (entre les courses), je tombe toujours sur la même bizarrerie : avant la première course, elles sont assises avec leur robe tirée sur les chevilles et, au fur et à mesure que la réunion se déroule, la robe remonte et remonte, jusqu'à la neuvième course où on a besoin de toute son énergie pour se retenir de violer sa chérie. Qu'une masturbation refoulée en soit cause, ou que la chère petite ait besoin d'argent pour son loyer et ses pommes de terre, je n'en sais rien. Probablement, un mélange des deux. J'ai vu une dame bondir par-dessus trois rangées de sièges après avoir joué un gagnant, en hurlant et en piaillant, divine comme une vodka-raisin glacée sur une gueule de bois.

« Elle a touché, a dit ma petite amie.

— Ouais, j'ai dit, mais j'aurais préféré toucher le premier. »

Pour ceux d'entre vous qui ne sont pas familiers avec

les principes fondamentaux du pari hippique, laissez-moi vous divertir et vous expliquer quelques principes de base. Tout joueur quittant le terrain avec de l'argent en poche, doit savoir que le champ de courses et l'Etat prennent en gros 15 p. 100 sur chaque dollar parié, plus les *cents*, qu'ils se partagent En d'autres termes, quatre-vingt-cinq *cents* par dollar parié retournent aux gagnants. Le solde est composé des centimes additionnels du rapport. Donc, si le calculateur chiffre le rapport à seize dollars quatre-vingt-quatre, le gagnant ne touche que seize dollars quatre-vingts, mais les quatre *cents* vont bien quelque part. En fait, je n'en suis pas si sûr parce que cela reste ignoré du public, mais je crois volontiers que, mettons sur seize dollars quatre-vingt-quatre, le rapport reste à seize quatre-vingts et que quatre *cents* se retrouvent dans la nature. *L.A. Turf* ne peut certainement pas se permettre un procès, moi non plus, et je ne porte aucune accusation formelle, mais si un lecteur de *L.A. Turf* sait quelque chose, j'espère bien qu'il écrira à *L.A. Turf* pour m'informer. Rien qu'avec le solde de monnaie, chacun de nous peut devenir millionnaire.

Prends maintenant l'enfoiré moyen qui a travaillé toute la semaine et qui demande un peu de chance, de distraction, de masturbation. Prends-en quarante, donne-leur cent dollars chacun, imagine que ce sont des parieurs moyens, que la ponction moyenne est de 15 p. 100 et laisse tomber le solde : on devrait avoir quarante bonshommes quittant le terrain avec quatre-vingt-cinq dollars. Ça ne marche pas comme ça : trente-cinq vont partir complètement à sec, deux ou trois vont gagner de quatre-vingt-cinq à cent cinquante dollars par pur hasard, sans savoir pourquoi, et les deux ou trois restants n'auront ni gagné ni perdu.

D'accord, mais qui rafle tout l'argent que perd le petit parieur, celui qui serre des écrous ou qui conduit son bus toute la semaine ? Facile : les écuries qui engagent leurs chevaux hors de forme dans les courses où les gains ne sont pas intéressants. Les écuries ont du mal à s'en tirer rien qu'avec les prix, c'est vrai pour la plupart. Quand une écurie a un cheval bien placé au handicap, elle n'hésite pas, mais il lui faut encore sacrifier les mauvaises courses : le cheval portera moins de poids à la course suivante, celle qui rapporte gros. En d'autres termes, un cheval portant lourd, mettons soixante-cinq kilos, engagé dans une course d'ouverture, pour un prix de vingt-cinq mille dollars, aura tendance à perdre, ce qui lui permet de porter moins dans la course à cent mille dollars. Bien sûr, il n'y a aucune preuve, mais si vous admettez mon hypothèse, vous avez des chances de gagner un peu de fric ou de ne pas tout perdre. Ce sont les écuries engagées dans les petites courses qui doivent manœuvrer. Il arrive que le propriétaire du cheval et le cheval lui-même ignorent tout de la combine ; la raison en est que les entraîneurs, les lads et les jockeys d'entraînement sont grossièrement sous-payés (vu le temps et l'effort investis, et si on les compare à d'autres professions) et que le bluff est leur unique moyen de s'en tirer. Les organisateurs le savent et s'efforcent d'assainir le jeu, de le doter d'un vernis d'honnêteté, mais malgré tous leurs efforts pour interdire les champs de courses aux tricheurs, aux truands et aux mafiosi, il pleut toujours des « surprises », des prétendus tocards qui se « réveillent » et gagnent de trois ou dix longueurs à 5 ou 50 contre 1. Les chevaux sont des animaux, pas des machines, et cela sert d'excuse pour ramasser des brouettes de millions sur les pistes, libres d'impôt. L'appétit des hommes ignore les états d'âme et il s'aiguise tous les jours. Au diable, les communistes !

D'accord, ce n'est pas gai. Passons à autre chose, en oubliant le public imperturbablement trompé par l'instinct (demandez aux boursiers : quand vous ne savez pas quoi jouer, jouez l'inverse de la grande foule des fauchés, des trouillards du portefeuille). C'est un simple calcul mathématique. Vous misez un dollar, vous touchez quatre-vingt-cinq *cents*. Ponction automatique. Deuxième course, il faut ajouter quinze *cents*, et nouvelle ponction. Calculez ce que ça fait sur neuf courses, dans le cas où vous gagnez votre mise : aurez-vous perdu neuf fois 15 p. 100, ou plus ? Il faudrait un polytechnicien pour le dire et je n'en connais pas. Bref, si vous m'avez suivi jusqu'ici, vous comprendrez aisément qu'il est difficile de « vivre » des courses comme certains rêveurs voudraient le croire.

Je suis un « laid » : vous ne me verrez jamais perdre gros ; d'un autre côté, je ne gagne jamais gros. Naturellement, je connais quelques bons coups et je serais un fichu crétin d'en parler à tout le monde parce qu'alors mes coups ne marcheraient plus. Le public n'est pas autorisé à gagner, cela vaut pour tous les jeux, y compris la Révolution américaine. Mais pour vous, lecteurs de *L.A. Turf*, voici quelques principes de base qui vous permettront de ne pas tout perdre. Prenez note.

1. Surveillez les décotés. Les décotés sont les chevaux qui ferment les paris avec un rapport plus faible qu'à l'ouverture. En d'autres termes, l'annonceur affiche le cheval à 10 contre 1 le matin et finit à 6 contre 21. L'argent est la chose la plus grave du monde. Vérifiez avec soin les décotés, et si l'annonceur ne s'est pas trompé dans l'affichage, si le cheval ne sort pas d'une bonne performance, s'il a toujours un jockey « vedette », et si le cheval ne perd pas de poids et court dans la même catégorie, vous ramasserez sûrement un sacré paquet.

2. Laissez tomber les « remonteurs ». Le remonteur est un cheval qui garde 5 ou 15 longueurs de retard de la première à la dernière annonce, qui ne gagne pas mais qui remonte comme un fou dans la dernière ligne droite. La foule aime les « remonteurs », par bêtise et soif du gain, mais le remonteur est d'ordinaire un gros lard paresseux. Il ne remonte que les chevaux épuisés par la bagarre en tête. Et même s'il échoue à tous les coups, la foule aveugle aime ce genre de cheval parce qu'il ne faut pas risquer l'argent du loyer et qu'un remonteur lui paraît détenir une force surnaturelle. 90 p. 100 des courses sont remportées par des chevaux qui se sont battus en tête depuis le début de la course.

3. Si vous devez jouer un « remonteur », jouez-le sur les courtes distances, 1200 ou 1400 mètres, parce que le public croit qu'il n'a pas le temps de « revenir ». Grâce à leur vitesse, ils sont dans le coup. 1400 mètres est la distance idéale pour un « remonteur », avec un seul *virage*. Un sprinteur a l'avantage de prendre les virages en tête et d'y gagner du terrain. 1 400 mètres avec un

virage et une longue ligne droite opposée est le parcours idéal pour un remonteur, c'est mieux qu'un 2000 ou un 2400 mètres. Je vous refile de bons tuyaux et j'espère que vous prenez des notes.

4. Surveillez le tableau d'affichage. L'argent, dans la société américaine, est une chose plus sérieuse que la mort et vous n'aurez rien sans rien. Si on affiche un cheval à 6 contre 1 à l'ouverture le matin et qu'il termine à 15 ou 25 contre 1, laissez tomber. Ou bien l'annonceur du matin n'avait pas récupéré après une cuite ou bien l'écurie va déclarer forfait. Rien n'est donné ici-bas : si vous ne connaissez rien aux courses, ne jouez pas sur les chevaux *qui terminent en dessous de l'ouverture*. Une hausse aussi forte est presque impossible et ne vaut pas tripette. Et voilà toutes les petites mémés qui rangent la retraite de pépé et qui rentrent à la maison mâchouiller des vieilles tartines avec leur dentier.

5. Ne pariez que quand vous pouvez perdre. Je veux dire, quand vous ne risquez pas de finir la nuit sur un banc dans le parc ou de sauter trois repas. Surtout, débarrassez-vous d'abord de l'argent du loyer. Et rappelez-vous les paroles des pros : « Si vous devez perdre, perdez en première ligne. » En d'autres termes, courez *vous-même* la course. Si vous devez perdre *de toute façon*, alors merde, prenez un favori au départ, au moins il sera vainqueur tant que les autres ne le dépasseront pas. Le public déteste les « lâcheurs », ces chevaux qui démarrent comme des perdus et qui se débrouillent pour se faire rattraper. Le public n'aime pas du tout. Pour moi un « lâcheur », c'est *tout* cheval qui ne gagne pas.

6. Toute affaire perte-ou-profit ne dépend pas du nombre de coups au but mais *du nombre de coups au but en rapport avec la mise*. On a construit des empires avec des profits de moins de un pour cent. Mais, pour revenir aux principes fondamentaux du pari hippique, vous pouvez toucher trois fois du 6 contre 5 sur les neuf courses et partir lessivé, mais vous pouvez toucher un 9 contre 1 et un 5 contre 1 et vous en tirer largement. Cela ne veut pas dire qu'un pari à 6 contre 5 ne vaut pas le coup, mais si vous ne connaissez rien aux courses,

pariez plutôt entre 7 contre 2 et 9 contre 81. Ou, si vous devez vous permettre des folies, pariez entre 11 et 19 contre 1. En fait, beaucoup de 19 contre 1 sont de bonnes cartes, si vous savez les choisir.

Mais pour tout dire, on n'en sait jamais assez, en courses comme en tout. On croit tout savoir, alors qu'on est encore un débutant. Je me rappelle un été où j'avais gagné quarante mille dollars à Hollywood Park. J'étais descendu à Del Mar avec une voiture neuve, porté sur le sexe et la poésie, très fréquentable. Le monde était un plat de cerises, j'avais loué une chambre dans un petit motel près de la mer et les dames accouraient comme accourent les dames quand vous riez un verre à la main, avec du fric, et l'air de vous en foutre (un imbécile ne suit pas longtemps la même route que son pognon). Je trouvais une party chaque soir et une nouvelle nana chaque jour, et je le leur répétais, comme une plaisanterie, face à la mer, après plein de bouteilles et bavardages :

« Poulette, je viens de l'ÉCUME DES VAGUES ! »

## LA GRANDE DÉFONCE

L'autre soir, je me suis retrouvé dans un concert — d'habitude, je déteste ça. Au fond, je suis un solitaire, un vieil ivrogne qui préfère boire tout seul, avec sans doute pour unique espoir d'entendre un peu de Mahler ou de Stravinski à la radio. Mais ce soir-là j'étais dans la foule en folie. Je ne vous dirai pas pourquoi, car c'est une autre histoire, sans doute plus longue, sans doute plus déroutante. J'étais debout dans mon coin, à boire mon vin, à écouter les Doors, les Beatles ou l'Airplane se mélanger avec le brouhaha des voix, et je me suis rendu compte que j'avais besoin d'une cigarette. J'étais à sec. Ça m'arrive souvent. J'ai vu deux jeunes types, tout proches, les bras pendant et oscillant, le corps mou, bovin, le cou tordu, pour ainsi dire en caoutchouc, du caoutchouc en charpie qui s'étirait et se disloquait.

Je me suis dirigé vers eux :

« Hé ! les gars, l'un de vous n'aurait pas [une ciga]rette ? »

Ça a littéralement fait rebondir le caoutcho[uc. Ils ont] regardé les deux types, ils se sont branchés, en fl[ippant] comme des fous.

« On fume pas, mec ! MEC, on ne... fume... pas de cigarettes.

— Non, mec, on ne fume pas, pas ça, non, mec. »

Flipflop. Flipflap. Du caoutchouc.

« On va à Ma-li-bouuu, mec, ouais, on va à Malll-i-bOUUU ! mec, on va à M-a-li-bouuuu !

— Ouais, mec !

— Ouais, mec !

— Ouais ! »

Flipflap. Ou flapflap.

Ils étaient tout simplement hors d'état de me dire qu'ils n'avaient pas de cigarettes. Il fallait qu'ils me refilent leur baratin, leur religion : les cigarettes étaient bonnes pour les péquenots. Ils allaient à Malibu, dans une de ces cabanes déglinguées et tranquilles de Malibu, pour se rouler un petit joint. Ils me rappelaient, en un sens, ces vieilles dames au coin des rues qui vendaient *La Sentinelle*. Tout ce monde du LSD, du STP, de la marijuana, de l'héroïne, du haschisch et du sirop pour la toux est intoxiqué par ce canard : sois avec nous, mec, ou tu n'es rien, ou tu es mort. Le baratin des consommateurs de défonce est plein d'obligations. En plus des risques d'arrestation, ils sont incapables de consommer tranquillement, juste pour leur plaisir ; ils doivent faire SAVOIR qu'ils en prennent. Ensuite, ils essaient de raccrocher ça à l'Art, au Sexe et à la Scène marginale. Leary, leur Dieu de l'Acide, leur dit : « Décrochez. Suivez-moi. » Puis il loue une salle de concert en ville et il leur fait payer cinq dollars par tête pour l'entendre parler. Puis Ginsberg se pointe et proclame que Bob Dylan est un grand poète. Coup de pub entre les grandes vedettes de la défonce. Amérique.

Laissons courir, c'est encore une autre histoire. La bête a beaucoup de pattes et une toute petite tête, dans mon récit, comme dans la réalité. Revenons plutôt à ces jeunes

...n », les défoncés. Leur vocabulaire. « Super, mec. ... vois ce que je veux dire. La scène. Cool. In. Largué. Bourgeois. La planète. S'éclater. Baby. Pépé. » Et ainsi de suite. J'ai entendu les mêmes phrases, si on appelle ça des phrases, quand j'avais douze ans, en 1932, et d'entendre les mêmes choses trente-cinq ans après ne te fait pas brûler d'amour pour ceux qui les prononcent, surtout s'ils se croient dans le coup. La plupart des vieux mots viennent des consommateurs de drogues dures, cuillère et seringue, et des vieux Noirs des orchestres de jazz. Le vocabulaire a évolué depuis chez les vrais types « in », mais les soi-disant mecs dans le coup, comme le duo sans cigarette, parlent toujours comme en 1932.

Que la défonce soit créative, j'en doute, et comment ! De Quincey a écrit de bonnes choses et le *Mangeur d'opium* est joliment torché, malgré quelques passages assez barbants. C'est dans la nature des artistes de tenter presque toutes les expériences. Les artistes sont des découvreurs, désespérés et suicidaires. Mais la défonce vient APRÈS l'Art, après que l'artiste existe. La défonce ne produit pas l'Art. Mais elle devient souvent la récréation de l'artiste, comme une cérémonie de l'être, et les soirées de défonce lui fournissent aussi un sacré matériel, avec tous ces gens qui se déculottent le cerveau, ou qui, s'ils ne se déculottent pas, baissent leur garde.

Vers 1830, les soirées de défonce et les orgies sexuelles de Gautier alimentaient les conversations de tout Paris. On savait aussi que Gautier écrivait des poèmes. Aujourd'hui, on se souvient surtout de ses soirées.

Je saute sur une autre patte de la bête : je n'aimerais pas du tout me faire arrêter pour usage et/ou possession de marijuana. C'est comme si on m'accusait de viol pour avoir reniflé une paire de slips sur une corde à linge. L'herbe ne vaut pas le coup, tout simplement. Le plus fort de son effet est causé par la certitude préconsciente qu'on va se mettre à planer. Si on remplaçait l'herbe par un produit ayant la même odeur, la plupart des fumeurs éprouveraient la même chose : « Eh, baby, c'est de la BONNE, vraiment super ! »

Quant à moi, je préfère boire deux boîtes de bière. Je garde mes distances, pas tellement à cause des flics mais parce que la drogue m'ennuie et ne me fait pas grand-chose. Mais je peux garantir que les effets de l'alcool et de la marijuana sont différents. On peut se défoncer à l'herbe et s'en apercevoir à peine. Avec la bibine, vous savez en général très bien où vous en êtes. Je suis de la vieille école, moi : j'aime savoir où j'en suis. Mais si d'autres ont envie d'herbe, d'acide ou de seringue, pas d'objection. C'est leur affaire et tout ce qui est bon pour eux est bon pour eux. C'est tout.

On ne manque pas de sociologues à faible quotient intellectuel aujourd'hui. Pourquoi j'en ajouterais, avec mon intelligence supérieure ? On a tous entendu ces vieilles femmes qui disent : « Oh ! comme c'est AFFREUX cette jeunesse qui se détruit avec toutes ces drogues ! C'est terrible ! » Et puis tu regardes la vieille peau : sans dents, sans yeux, sans cervelle, sans âme, sans cul, sans bouche, sans couleur, sans nerfs, sans rien, rien qu'un bâton, et tu te demandes ce que son thé, ses biscuits, son église et son petit pavillon ont fait pour ELLE. Et les vieux se mettent parfois dans une colère noire contre les jeunes : « Bon sang, j'ai travaillé DUR toute ma vie ! » (Ils prennent le travail pour une vertu, mais ça prouve seulement qu'un type est taré.) « Les jeunes veulent tout pour RIEN ! Ils s'abîment la santé avec la drogue, ils s'imaginent qu'ils vont suivre sans se salir les mains ! »

Puis tu LE regardes :

Amen.

Il est seulement jaloux. Il s'est fait enculer, on lui a piqué ses plus belles années. Il meurt d'envie de baiser. S'il tient jusqu'au bout. Mais il peut plus. Donc, maintenant, il veut que les jeunes souffrent comme il a souffert.

La plupart du temps, c'est de ça qu'il s'agit. Les défoncés en font trop à propos de leur sacrée défonce et le public pareil avec l'usage de la drogue. La police se remue et les défoncés se font pincer, et ils se prennent pour des martyrs, tandis que l'alcool reste légal, tant que vous ne dépassez pas la mesure et que vous n'êtes pas pris dans la rue et mis en prison. Quoi que vous donniez à la race humaine, elle s'écorchera avec et vomira dessus. Si on légalisait la défonce, on se sentirait un peu mieux aux Etats-Unis, mais pas tellement. Tant qu'il y aura des tribunaux, des prisons, des hommes de loi et des lois, les gens se défonceront.

Leur demander de légaliser la défonce, c'est un peu comme leur demander de beurrer les menottes avant de nous les passer. Quelque chose encore vous intrigue : pourquoi ce besoin de drogue ou de whisky, de fouets ou de cuirs, d'une musique qui gueule si fort qu'elle empêche de penser, d'asiles, de chattes mécaniques et de 162 matches de base-ball par saison, du Vietnam, d'Israël ou de la peur des araignées, de ton amour qui rince son dentier jauni dans l'évier avant de baiser ?

Il y a des réponses de fond et il y a le petit bout de la lorgnette. Nous nous amusons toujours avec le petit bout de la lorgnette parce que nous ne sommes pas assez mûrs ou assez vrais pour dire ce que nous voulons. Nous avons cru pendant des siècles que c'était le christianisme. Nous avons jeté les chrétiens aux lions puis nous avons laissé les chrétiens nous donner aux chiens. Nous avons compris que le communisme remplissait un peu l'estomac de l'homme de la rue mais qu'il ne changeait guère son âme. Maintenant nous jouons avec les drogues, comme si elles devaient ouvrir des portes. L'Orient a connu la drogue, bien avant la poudre à canon. Ils ont compris qu'ils souffraient moins et qu'ils mouraient plus. Se défoncer ou ne pas se défoncer.

« On va à M-a-li-bouuu, mec, ouais, on va à Malllll-i-bOOUUU ! »

Vous permettez que je me roule un peu de Bull Durham ?

« Hé toi, tu veux une taf ? »

## LA BARBE BLANCHE

Herb forait un trou dans la pastèque et la baisait, puis il forçait Talbot, le petit Talbot, à la bouffer. On se levait à six heures trente pour aller ramasser les pommes et les poires, c'était près de la frontière et les bombardements ébranlaient la terre quand tu décrochais les pommes et les poires, en jouant le brave mec, en essayant de ne cueillir que les fruits mûrs. Puis on descendait pisser — il faisait froid de bon matin — et fumer un bout de shit dans les chiottes. Le sens de tout cela, on n'en savait rien. On était crevé et on s'en foutait. On se trouvait à des milliers de kilomètres de chez nous dans un pays étranger et on s'en foutait. C'était comme s'ils avaient creusé un sale trou à travers la terre et qu'ils nous avaient jetés dedans. On travaillait pour avoir un toit, de la nourriture, un maigre salaire et ce qu'on pouvait voler à droite et à gauche. Même le soleil perdait les pédales : on l'aurait cru recouvert d'une mince cellophane rouge qui retenait ses rayons et nous rendait malades, nous envoyait à l'infirmerie où ils nous gavaient avec d'énormes poulets froids. Les poulets avaient un goût de caoutchouc : tu t'asseyais dans ton lit pour bouffer ce caoutchouc, la morve te coulait sur le menton et les infirmières à gros cul te pétaient dans le nez. C'était si pénible qu'il ne restait plus qu'à guérir et à retourner sur ces poiriers à la con.

Pour la plupart, nous étions des déserteurs ; on fuyait une femme, des factures, des gosses, sa propre impuissance. On était fatigué au repos, fatigué à l'infirmerie, on était foutu.

« Tu ne devrais pas lui faire bouffer cette pastèque, j'ai dit.

— Allez, avale, a fait Herb, avale ou je t'arrache la tête des épaules. »

Petit Talbot mordait dans la pastèque, et il avalait les pépins et le foutre d'Herb, les larmes aux yeux. L'homme doit s'inventer des trucs à faire pour ne pas devenir fou. Ça ne l'empêche pas de perdre la boule. Petit Talbot avait été professeur d'algèbre dans un lycée américain mais quelque chose avait mal tourné, et il nous avait rejoints dans la merde et maintenant il buvait du foutre au jus de pastèque.

Herb était un costaud, avec des mains comme des battoirs, une barbe noire et chitineuse, et il pétait comme les infirmières à gros cul. Il portait au côté un énorme coutelas de chasse dans un fourreau de cuir. Il n'en avait pas besoin, il aurait pu tuer n'importe qui avec ses mains.

« Ecoute, Herb, j'ai fait, tu devrais sortir et gagner cette guerre de merde. Moi, j'en ai plein le dos.

— Je ne veux pas influencer le destin », a dit Herb.

Talbot finissait sa pastèque, il a dit à Herb :

« Tu devrais aussi renifler ton calebard ! »

Herb lui répondit :

« Ferme-la, ou je te fais bouffer ton trou du cul ! »

On est sorti dans la rue, qui grouillait de petits culs en short, avec des fusils à la main et des barbes de trois jours. On voyait même des femmes archibarbues. Et partout cette vague odeur de merde et, à intervalles, VOUROUMB-VOUROUMB, les bombes. C'était pendant un de leurs foutus cessez-le-feu...

On est descendu dans un boui-boui, on a pris une table et commandé du gros rouge. Ils s'éclairaient à la bougie là-dedans. Quelques Arabes étaient assis par terre, hébétés, amorphes. L'un portait un corbeau sur l'épaule et, de temps en temps, il levait sa main ouverte. Il avait deux ou trois graines dans la paume. Le corbeau picorait d'un air maladif, il avait du mal à avaler. Putain de cessez-le-feu. Putain de corbeau.

Alors, une gamine de treize ou quatorze ans, venue d'on ne sait où, est entrée et s'est assise à notre table. Elle avait des yeux d'un bleu laiteux, si vous arrivez à vous représenter un bleu laiteux. La pauvre enfant n'avait que la peau et les os, à part des seins. Elle n'était qu'une paire de bras, une tête et le reste accrochés autour d'une paire de seins. Elle avait des seins plus gros que le monde et ce monde nous écrabouillait. Talbot regardait les seins, Herb regardait les seins, je regardais les seins. C'était comme si nous étions visités par un miracle, nous qui ne croyions plus aux miracles. J'ai tendu la main et j'ai touché un des seins. C'était plus fort que moi. Puis je l'ai pressé. La fille a ri et elle a dit en anglais :

« Ils t'excitent, pas vrai ? »

J'ai ri. Elle portait une robe transparente jaune, soutien-gorge et culotte mauves, talons aiguilles verts, grandes boucles d'oreilles vertes. Sa figure luisait comme sous un vernis et sa peau hésitait entre un brun clair et un jaune foncé. Après tout, je ne suis pas peintre. Elle avait des tétons. Elle avait des seins. C'était une belle journée.

Le corbeau s'est envolé, il a dessiné un cercle mal assuré autour de la pièce et il est revenu se percher sur l'épaule de l'Arabe. Je restais sur ma chaise et je pensais à ces seins, et aussi à Herb et à Talbot. A Herb et à Talbot qui ne parlaient jamais de ce qui les avait conduits ici, pas plus que moi, à la bande de ratés que nous étions, imbéciles en cavale, qui essayaient de ne pas penser, de ne rien sentir, mais qui ne se suicidaient pas, qui s'accrochaient. Nous étions chez nous ici. Puis une bombe a atterri dans la rue et la bougie sur notre table est tombée du chandelier. Herb l'a ramassée et il a embrassé la fille, en lui broyant les seins. Je perdais la tête.

« Tu as envie de me baiser ? », a demandé la fille.

Elle a dit son prix ; c'était trop cher. Je lui ai dit que nous n'étions que des ramasseurs de fruits et qu'une fois la récolte finie, on devrait aller aux mines. La mine n'était pas une partie de plaisir. La dernière fois, c'était dans la montagne. Au lieu de creuser, nous avions tout fait sauter. Le minerai se trouvait près du sommet et on ne pouvait l'atteindre qu'en partant du bas. On forait des trous tout autour de la montagne, on répartissait la dynamite, on introduisait les détonateurs et on posait la dynamite dans les trous, on reliait les détonateurs par une mèche, on allumait et on se tirait. On avait deux minutes et demie pour courir aussi loin que possible. Après l'explosion, on revenait, on pelletait ce minerai de merde et on répétait toute l'opération. On montait et descendait son échelle comme un singe en cage. Ça et là, on tombait sur une main, un pied, rien d'autre. Les deux minutes et demie n'avaient pas suffi. Ou encore, un détonateur avait un défaut de fabrication et sautait en retard. Le fabricant s'était planté mais il était loin et il s'en foutait. C'était comme le saut en parachute — si ton truc ne s'ouvre pas, tu n'as personne à qui te plaindre.

Je suis monté avec la fille. La chambre n'avait pas de fenêtre. Encore une bougie. Il y avait un matelas par terre. On s'est assis sur le matelas la fille et moi. Elle a allumé un chilom et me l'a passé. J'ai tiré une taf et j'ai rendu le chilom, et mes yeux sont revenus se poser sur ses seins. Elle était presque grotesque, au bout de ces deux trucs. C'était presque un crime. J'ai dit, presque. Après tout, il y a autre chose que les seins. Je n'avais jamais rien vu de pareil en Amérique. Mais en Amérique, bien sûr, les riches faisaient main basse sur ces belles choses et les cachaient jusqu'à ce qu'elles se fanent, et alors seulement ils nous laissaient y toucher.

Je débinais l'Amérique parce qu'elle m'avait foutu à la porte. Depuis toujours, ils essayaient de me démolir, de m'enterrer. Un poète que j'avais connu, Larsen Castile, avait même écrit un long poème sur moi où, à la fin, on tombait sur un tas de neige, on déblayait la neige et on me sortait de là. « Larsen, petit trou du cul, lui avais-je dit, tu prends tes désirs pour des réalités. »

Maintenant, j'étais couché sur ses seins, tétant l'un, puis l'autre. J'avais l'impression d'être un bébé. Ou du moins, j'imaginais ce qu'un bébé aurait pu ressentir. J'avais envie de pleurer, tellement c'était bon. Je me sentais capable de téter ces seins pour l'éternité. La fille n'avait pas l'air de s'en faire. De fait, une larme de lait a jailli. C'était tellement bon. Une larme de lait a jailli. Une larme d'allégresse tranquille. Je flottais, je flottais. Mon Dieu, que de choses nous ignorons, nous les hommes ! J'avais toujours été un homme à jambes, le regard cramponné aux jambes. Les femmes me tuaient quand elles descendaient de voiture. Je ne savais jamais quoi faire. Bon Dieu, une femme qui descend de voiture ! Je vois ses JAMBES ! JUSQU'EN HAUT ! Ses dessous en nylon.... JUSQU'EN HAUT ! C'est trop ! J'en peux plus ! Pitié ! Je suis bon pour l'abattoir ! Et maintenant je suçais des seins.

J'ai placé mes mains sous les seins et je les ai soulevés. Des tonnes de viande. De la viande sans bouche ni regard. VIANDE VIANDE VIANDE.

J'ai englouti cette viande à pleine bouche et j'ai connu le septième ciel.

Puis je me mis dans sa bouche et je fouillai la culotte mauve. Puis je l'enfourchai. Des voiliers cinglaient dans la nuit. Des éléphants égouttaient leur sueur sur mon dos. Des bleuets vibraient au vent. Odeur de térébenthine brûlée. Feux du ciel. Une chambre à air en caoutchouc roulait au pied d'une verte colline. C'était fini. Ça n'avait pas duré longtemps. Eh... merde.

La fille m'a lavé dans un petit bol, je me suis rhabillé et j'ai descendu l'escalier. Herb et Talbot attendaient. L'éternelle question :

« C'était comment ?
— Bah ! rien d'extraordinaire.
— Tu ne lui as pas sucé les seins ?
— Merde. »

Herb est monté dans la chambre. Talbot m'a dit :

« Je vais le tuer. Je vais le tuer ce soir pendant qu'il dormira. Avec son propre couteau.
— Marre de bouffer des pastèques ?
— J'ai toujours détesté les pastèques.
— Tu vas essayer la fille ?
— Je devrais.
— Il y aura bientôt plus rien sur les arbres. On va pas tarder à aller aux mines.
— Au moins, Herb ne sera plus là à péter dans les galeries.
— C'est vrai, j'oubliais. Tu vas le tuer.
— Oui, ce soir, avec son propre couteau. Tu ne vas pas me casser mon coup, hein ?
— C'est pas mes oignons. Mettons que ce soit un secret.
— Merci.
— N'en tire pas de conclusions... »

Herb est redescendu. L'escalier vibrait sous ses pas. Toute la baraque vibrait. Il était impossible de distinguer les pas d'Herb des bombardements. Puis Herb a lâché *sa* bombe, d'abord le bruit, FLURRRRRPPPP, puis l'odeur. Un Arabe qui dormait contre le mur s'est réveillé, il a juré et s'est précipité dans la rue.

« Je me suis branlé entre ses seins, a dit Herb. J'ai lâché une *mer* de foutre. Quand elle s'est relevée, ça lui pendait sous le menton comme une barbe blanche. Il lui a fallu deux serviettes pour éponger. Quand on m'a fait, on a jeté le moule après.
— On a plutôt oublié de tirer la chasse », a dit Talbot.
Herb s'est contenté d'une grimace.

« Tu vas te payer la fille, vermisseau ?
— Non, j'ai changé d'avis.
— Tu te dégonfles, hein ? Ça te va bien.
— J'ai autre chose en tête.
— Sûrement une grosse queue.
— Tu as peut-être raison. Tu viens de me donner une idée.
— Il ne faut pas beaucoup d'imagination. Tu te la fourres dans la bouche et tu fais ce que tu veux.
— Ce n'est pas à ça que je pensais.
— A quoi donc, à te faire enculer ?
— Tu verras bien.
— Je verrais bien, hein ? Tu peux faire ce que tu veux avec ta grosse queue, je m'en branle. »

Talbot a ri.

« Le vermisseau est cinglé. Il a bu trop de pastèque.
— Ça se pourrait », j'ai dit.

Après deux tournées de vin, nous sommes sortis. C'était notre jour de congé, mais on avait tout dépensé. Rien d'autre à foutre que de rentrer s'allonger sur nos bancs et attendre le sommeil. Je caillais la nuit — il n'y avait pas de chauffage — sous mes deux couvertures minces. On entassait nos vêtements sur les couvertures, manteaux, chemises, shorts, serviette. Vêtements sales, vêtements propres, tout. Quand Herb pétait, on se remontait le tas sur la tête.

Nous sommes rentrés et je me sentais très triste. J'étais coincé. Les pommes s'en foutaient, les poires aussi. L'Amérique nous avait reniés ou bien nous l'avions fuie. Un obus a atterri sur le toit d'un bus scolaire deux rues plus loin. Le bus ramenait les enfants d'un pique-nique. Je me suis approché. Il y avait des morceaux de gosses partout. Le sang épais avait coulé sur la route.

« Pauvres gosses, a dit Herb, ils ne baiseront jamais. »

Je me suis dit qu'ils étaient déjà baisés. Nous avons passé notre chemin.

# NOTES SUR LA PESTE

Peste, n. (du lat. *pestis*, épidémie, peste d
pestifère) : même origine que *perdo*, détru
TION). Epidémie, pestilence, ou toute épidémie mo
telle ; chose nuisible, pernicieuse ou destructrice ; une
personne pernicieuse ou destructrice.

La peste, en un sens, est un être supérieur qui sait où nous trouver et comment — au bain, en train de faire l'amour ou dans un lit. La peste est très forte pour vous coincer aux chiottes au milieu d'une belle colique. Si elle est à la porte, vous pouvez toujours crier : « Minute, bon Dieu, minute, merde ! », mais la voix d'un humain qui souffre ne fait qu'encourager la peste — elle se met à frapper, à sonner, elle s'excite. La peste ordinaire frappe et sonne en même temps. Bien obligé de la faire entrer. Quand elle repart enfin, elle vous a démoli pour la semaine. La peste vous pollue la tête et est aussi très douée pour laisser sa pisse sur la lunette des W.C. Elle n'en laisse pas assez pour qu'on le remarque ; vous ne découvrez la chose que lorsque vous vous asseyez et que c'est trop tard.

Contrairement à vous, la peste a des heures à perdre en baratin. Vous ne partagez aucune de ses idées, mais elle ne s'en rend pas compte parce qu'elle ne se tait jamais. La peste ignore toujours le son de votre voix. Elle y voit une espèce d'entracte et elle poursuit son laïus. Pendant qu'elle insiste, vous vous demandez comment elle a pu fourrer son sale museau dans votre vie. La peste connaît parfaitement vos heures de sommeil, vous téléphone en pleine nuit, et sa première question est : « Je te réveille ? » A moins qu'elle ne vienne chez vous quand toutes les lumières sont éteintes, et la voilà qui frappe, qui sonne, comme une bête, comme une bête en rut. Si vous ne répondez pas, elle se met à hurler : « Je sais que tu es là, j'ai vu ta voiture dans la rue ! »

Elle ignore tout de votre façon de penser mais elle devine votre haine à son égard, ce qui ne fait que

217

...ourager. Elle se rend compte aussi que vous êtes de ces types qui, en ayant le choix entre donner des coups ou en prendre, acceptent les coups. La peste prolifère sur les meilleures tranches d'humanité ; elle sait repérer les bons morceaux.

La peste déborde de lieux communs ineptes qu'elle prend pour de la sagesse. Voici l'une de ses réflexions favorites :

« Rien n'est à 100 p. 100 mauvais. Tu dis que les flics sont tous des salauds, eh bien non, je connais des bons flics. Ça existe, les bons flics. »

Vous n'avez aucune chance de lui faire comprendre qu'un homme qui endosse un uniforme devient un mercenaire au service du présent. Il est là pour vérifier que les choses restent exactement comme elles sont. Si l'état des choses vous satisfait, alors tous les flics sont de bons flics. Sinon, les flics sont tous des salauds. Mais la peste est imbibée de sa triste idéologie domestique et elle ne s'en départira jamais. Incapable de penser par elle-même, la peste s'attache aux gens, inexorablement, pour la vie.

« Nous sommes mal informés, dit la peste, nous ignorons les vrais problèmes. Il faut croire nos dirigeants. »

C'est tellement con que je ne ferai pas de commentaires. D'ailleurs, j'arrête ici ce recueil de pensées pestueuses parce que ça me rend malade.

La peste ne vous connaît pas forcément de nom ou de vue. La peste est partout, toujours prête à darder sur vous ses rayons venimeux. Je m'en souviens, c'était à l'époque où je gagnais aux courses. J'étais descendu à Del Mar au volant de ma nouvelle voiture. Chaque soir après les courses, je choisissais un motel différent, je me douchais, je me changeais et je repartais en voiture le long de la côte pour trouver un bon restaurant. J'entends par là un endroit pas trop fréquenté et qui serve de la bonne cuisine. Ça paraît contradictoire : si la cuisine est bonne, ça devrait être la ruée. Mais comme tant de vérités apparentes, ce n'est pas forcément vrai. On a déjà vu des foules entassées devant des platées d'ordures. Chaque soir donc, j'étais le pèlerin en quête d'une bonne table, loin des foules en délire. Ça m'occupait. Un soir, j'ai roulé une heure et demie avant de trouver mon bonheur. J'ai garé ma voiture et je suis entré. J'ai commandé une tranche new-yorkaise et des frites, et j'ai attendu devant un café. La salle était déserte, la nuit merveilleuse. On apportait ma tranche new-yorkaise quand la porte s'est ouverte et, que voilà ? une peste, vous aviez deviné. Il y avait trente-deux tabourets au bar, mais il a FALLU que la peste s'assoie à côté de moi et se mette à baratiner la serveuse par-dessus son beignet. C'était un vrai colle-au-cul, sa conversation me tordait les tripes. En plus, il donnait des petits coups de coude contre mon assiette. La peste est très forte quand il s'agit de donner des petits coups de coude contre votre assiette. J'ai avalé ma tranche new-yorkaise et je me suis tiré, et j'ai tellement bu que j'ai raté les trois premières courses du lendemain.

La peste fréquente votre lieu de travail, quel qu'il soit. Je suis la proie des pestes. J'ai travaillé dans une boîte où il y avait un type qui ne parlait à personne depuis quinze ans. Le lendemain de mon arrivée, il m'a parlé pendant trente-cinq minutes. Il était complètement cinglé. Ses phrases se succédaient sans avoir aucun rapport entre elles. C'eût été parfait si son baratin n'avait pas été sans vie et sans humour. On le gardait parce que c'était un bon ouvrier. « Un jour de boulot, c'est un jour de paie. » Il y a toujours un cinglé dans chaque boîte, une peste, qui me repère à tous les coups. On m'a souvent fait cette réflexion : « Tu es le chouchou de tous les débiles. » Ça n'est guère encourageant.

Ça pourrait aller mieux si chaque type se rendait compte que jadis, peut-être, il a été la peste de quelqu'un et qu'il ne l'a jamais su. Merde, c'est terrible de penser ça, mais c'est probablement vrai, et ça peut nous aider à supporter nos pestes. Au fond, personne n'est parfait. Chacun porte en soi son petit tas de folies et de laideurs, dont il n'a pas conscience mais qui n'échappe pas aux autres.

Admirons néanmoins celui qui prend des mesures contre les pestes. La peste se recroqueville devant toute action directe et court bientôt s'accrocher ailleurs. Je connais un type, du genre poète-intellectuel, bourré de vie et d'énergie, qui a accroché une grande pancarte sur sa porte. Je ne m'en souviens pas mot pour mot, mais ça donne à peu près ceci (en belle écriture manuscrite) :

*Avis aux intéressés : prenez rendez-vous par téléphone avant de passer me voir. Je n'ouvre pas aux visiteurs imprévus. J'ai besoin de temps pour écrire. Je ne vous permettrai pas de saboter mon œuvre. Comprenez que ce qui me fait vivre me rendra aussi d'un commerce plus agréable le jour où nous nous rencontrerons enfin, dans de meilleures circonstances.*

J'ai admiré cette pancarte. Elle ne m'a paru ni snob ni mégalomane, mais l'œuvre d'un homme au meilleur sens du terme et qui gardait assez d'humour et de courage pour définir lui-même ses droits. J'étais tombé sur la pancarte par hasard, je l'ai lue, j'ai entendu du bruit derrière la porte, je suis remonté en voiture et je suis parti. L'éveil de la conscience est le début de toute chose et il est grand temps que certains d'entre nous s'éveillent. Par exemple, j'ai rien contre les love-ins, aussi longtemps qu'ON NE M'Y TRAÎNE PAS DE FORCE. Je n'ai d'ailleurs rien contre l'amour, mais nous parlions des pestes, non ?

Même moi, belle proie toute désignée des pestes, j'ai fini par me révolter. A l'époque, je travaillais douze heures par nuit, que Dieu me pardonne et qu'il se pardonne, et j'étais la victime d'une peste qui ne pouvait pas s'empêcher de me téléphoner chaque matin vers les neuf heures. Je rentrais à sept heures trente et, après deux ou trois bières, j'allais d'habitude me coucher. La peste avait tout minuté. Et elle me débitait à chaque coup les mêmes conneries. Elle savait qu'elle me réveillait et le son de ma voix la gonflait à bloc. Elle toussait, miaulait, haletait, postillonnait. J'ai fini par lui dire :

« Ecoute, tu cherches quoi avec cette foutue manie de me réveiller à neuf heures ? Tu sais que je travaille la nuit. Douze heures par nuit !

— Je pensais que tu irais peut-être aux courses. Je voulais te joindre avant que tu ne partes.

— Ecoute, le premier départ est à treize heures quarante-cinq, et tu me crois capable d'aller aux courses après une nuit de travail ? J'ai besoin de dormir, de chier, de me laver, de manger, de baiser, d'aller acheter des lacets, tout le toutim, tu n'as donc aucun sens de la réalité ? Tu ne comprends donc pas que, quand je rentre le matin, je suis vidé, raclé jusqu'à la moelle ? Je ne vais pas aux courses. Je n'ai même plus la force de me gratter le cul. Quelle est cette foutue manie de me téléphoner à neuf heures du matin ?

— Je voulais te joindre avant que tu ne partes. »

Elle avait la voix, comme on dit, enrouée par l'émotion. Rien à faire. J'ai raccroché. Puis j'ai ramassé une grande boîte en carton. J'ai pris le téléphone et je l'ai posé au fond de la boîte. J'ai tassé des vieux chiffons sur ce putain d'appareil. J'ai fait la même chose tous les matins en rentrant, et je ressortais l'appareil en me réveillant. Je croyais avoir tué la peste jusqu'à ce qu'elle vienne me relancer chez moi.

« Tu ne réponds plus au téléphone ?

— Je fourre le téléphone dans une boîte à chiffons quand je me couche.

— Mais tu ne comprends pas qu'en fourrant ton téléphone dans cette boîte, symboliquement, c'est *moi* que tu y fourres ? »

Je l'ai regardé et j'ai dit d'une voix calme :

« Si. »

Depuis ce jour, quelque chose a changé entre nous. J'ai eu des nouvelles par un ami, un type plus vieux que moi, très actif et pas artiste du tout (Dieu merci) :

« McClintock me téléphone trois fois par jour, m'a-t-il dit. Il continue de t'appeler ?

— Plus maintenant. »

Les McClintock sont la risée de toute la ville mais ils ne se rendent pas compte qu'ils sont des McClintock. Impossible de rien expliquer aux McClintock. Tout McClintock a sur lui un calepin noir plein de numéros de téléphone. Si vous avez le téléphone, gare à vous ! La peste bloque votre appareil, vous assure qu'elle n'appelle pas à trois mille kilomètres (c'est faux), et la voilà (ou le voilà) qui injecte son intarissable venin dans l'oreille de l'auditeur écœuré. Les pestes de la famille des McClintock peuvent parler pendant des heures. Vous vous efforcez de ne pas écouter ce qu'ils racontent, mais c'est plus fort que vous, et vous vous sentez pris d'une sympathie ironique pour le pauvre diable crucifié à l'autre bout du fil.

Un jour, peut-être reconstruira-t-on le monde, et de façon à ce que les pestes n'empestent plus la vie des braves gens. Il existe une théorie qui dit que les pestes sont engendrées par les maux de ce monde : mauvais gouvernements, pollution, frustration sexuelle, mère avec une jambe de bois, père défoncé à la brillantine, que sais-je ? L'Utopie existera-t-elle un jour ? Nous n'en savons rien. Par contre, nous nous coltinons chaque jour les tares de l'humanité — les hordes d'affamés, les Noirs les Blancs les Rouges, les stocks de bombes H, les love-ins, les hippies, les pas vraiment hippies, Johnson, les cafards à Albuquerque, la mauvaise bière, la chaude-pisse, les journaux à la con, et le reste, et la Peste. La peste est parmi nous. Mon Utopie à moi, ce serait qu'il y eût moins de pestes DÈS MAINTENANT. J'aimerais bien entendre vos histoires. Je suis sûr que chacun d'entre nous a deux ou trois McClintock sur le dos. Vous me feriez sûrement rigoler avec vos histoires de McClintock. Bon Dieu, ça me revient !!!!! JE N'AI JAMAIS ENTENDU UN McCLINTOCK RIRE !!!

Rappelez-vous ça.

Rappelez-vous toutes les pestes que vous avez connues et cherchez la dernière fois qu'elles ont ri. Avez-vous jamais entendu le rire d'une peste ?

Bon Dieu, quand j'y pense, je ne ris pas souvent moi-même. Je ne ris que quand je suis seul. Je me demande si je ne viens pas de faire ici mon propre portrait. Une peste empestée par les pestes. Rappelez-vous. Toute une fourmilière de pestes qui s'agitent, claquent des crocs et se font des 69. Des 69 !!! J'allume une Chesterfield. Allez, oublions tout ça. A demain matin. Tassé dans la boîte à chiffons sur le sein d'un cobra.

« Salut. Je ne te réveille pas ?
— Ummm, pas vraiment. »

## TROP SENSIBLE

> « *Trouvez-moi un homme qui vit seul et dont la cuisine est sale en permanence, et six fois sur dix je vous montrerai un homme exceptionnel.* »
> *Charles Bukowski, 27-6-67, après sa dix-neuvième bière.*
>
> « *Trouvez-moi un homme qui vit seul et dont la cuisine est propre en permanence, et neuf fois sur dix je vous montrerai un homme tout à fait détestable.* »
> *Charles Bukowski, le même jour, une bière de plus.*

Bien souvent, c'est à sa cuisine qu'on juge l'homme. Désordonnés, peu sûrs, complaisants, voilà les penseurs. Ils ont une cuisine qui ressemble à leur esprit, encombrée de déchets, de vaisselle sale et de cochonneries, mais ils ont conscience de leur état d'esprit et ils prennent la chose avec un certain humour. Par moments, un brusque retour de flamme les fait défier les dieux éternels et leur apporte cet éclat que l'on reconnaît parfois chez les créateurs, de même il leur arrive de se pinter à demi et de nettoyer à fond leur cuisine. Mais bien vite le désordre reprend ses droits et les revoilà dans le brouillard, en quête de pilules, de sexe, de foi, de réussite ou de salut éternel. Le monstre cependant, c'est l'homme à la cuisine-éternellement-en-ordre. Méfiez-vous de lui. Sa cuisine est à l'image de son esprit : chaque chose à sa place, tout bien rangé ; il s'est laissé piéger dans un réseau défensif complexe, glauque et comme coulé dans du béton, et dans une sécurisante conception de l'Ordre. Ecoutez-le dix minutes et vous saurez que cet homme ne dira jamais que des choses absurdes et ennuyeuses. Cet homme, c'est du béton. Les hommes de béton sont plus nombreux que les autres. Si donc vous cherchez un homme qui vit, entrez d'abord dans sa cuisine, vous gagnerez du temps.

Quant aux femmes dont la cuisine est sale, c'est une autre histoire. Si elle ne travaille pas et si elle n'a pas d'enfants, la propreté ou la saleté de sa cuisine est presque toujours (il y a quand même des exceptions) en rapport direct avec l'intérêt qu'elle vous porte. Il y a des femmes qui vous expliquent comment sauver le monde mais qui sont incapables de laver une tasse à café. Si vous le leur faites remarquer, elles vous diront : « Laver une tasse à café, ce n'est pas important. » Et puis quoi encore ? Savoir laver une tasse, c'est essentiel. Surtout pour un homme qui a passé huit heures, plus deux heures supplémentaires, à serrer des écrous. On commence à sauver le monde en sauvant un seul homme à la fois. Tout le reste, c'est du romantisme ou de la politique.

Il y a des femmes qui valent le coup, j'en ai même rencontré deux ou trois. Et puis, il y a les autres. A l'époque, ce foutu boulot me démolissait à ce point qu'après huit ou douze heures, j'étais raide des pieds à la tête comme un gourdin de souffrance. Je dis « gourdin » parce qu'il n'y a pas d'autre mot pour exprimer ça. Au bout de la nuit je n'arrivais même plus à enfiler mon manteau. Impossible de lever les bras et de les passer dans les manches. Je souffrais trop. Faire un seul geste provoquait des élancements horribles, comme les étoiles rouges d'une explosion, comme la folie. A l'époque, je me payais toute une collection de contraventions, la plupart à trois ou quatre heures du matin. Cette nuit-là, j'ai essayé de sortir le bras pour indiquer un virage à gauche car le clignotant ne marchait plus depuis que j'avais bousillé complètement la flèche une nuit de biture. J'ai donc essayé de tendre le bras gauche. J'ai tout juste réussi à poser le poignet sur le bord de la vitre et à tendre le petit doigt. Mon bras ne pouvait pas aller plus haut et la douleur était si ridicule que je me suis mis à rire ; c'était sacrément drôle, ce petit doigt tendu en signe d'allégeance à la loi de Los Angeles, la nuit noire et vide, déserte, et moi qui faisais mon petit signal à la con dans la brise nocturne. J'ai éclaté de rire et j'ai failli m'écraser sur une voiture arrêtée en essayant, sans lâcher le volant, de faire un signal avec mon autre bras. Enfin, je suis arrivé sain et sauf. Je me suis garé, Dieu sait comment, j'ai tourné la clef dans la serrure et je suis entré chez moi. Ah ! chez soi !

Elle était au lit, à manger du chocolat (si !) et à parcourir le *New Yorker*. On devait être mercredi ou jeudi et les journaux du dimanche traînaient toujours par terre dans l'entrée. J'étais trop fatigué pour manger et j'ai rempli la baignoire à moitié pour éviter la noyade (mieux vaut choisir soi-même son heure que de laisser la mort décider pour vous).

Après m'être désarticulé pour sortir de cette foutue baignoire, centimètre par centimètre, comme un mille-pattes boiteux, je me suis traîné jusqu'à la cuisine dans l'intention de boire un verre d'eau. L'évier était bouché. Une eau grise et puante stagnait à ras bords. J'ai suffoqué. Partout, des ordures. En plus, elle avait la manie de collectionner les bocaux et les couvercles de bocaux. Et dans l'eau, au milieu de la vaisselle, flottaient ces bocaux à moitié pleins, comme une absurde et tendre dérision.

J'ai lavé un verre et bu un peu d'eau. Puis je me suis traîné jusque dans la chambre. Vous ne saurez jamais quelle épreuve ce fut de passer de la position debout à la position allongée, sur le lit. La seule façon de m'en tirer était de ne plus faire un geste, je suis donc resté immobile comme un gros poisson surgelé bien con. Je l'entendais tourner les pages et, voulant établir une sorte de contact humain, j'ai risqué une question :

« Comment ça s'est passé à l'atelier de poésie aujourd'hui ?

— Oh ! je m'inquiète pour Benny Adimson, a-t-elle répondu.

— Benny Adimson ?

— Oui, celui qui écrit ces contes si drôles sur l'église catholique. Il fait rire tout le monde. Il n'a jamais été publié, sauf une fois dans une revue canadienne, et maintenant il garde ses manuscrits pour lui. Je crois qu'il est trop en avance pour les revues. Mais il est vraiment drôle.

— Son problème ?

— Eh bien, il a perdu son boulot de livreur. Je lui ai parlé avant le début de la conférence. Il dit qu'il ne peut pas écrire et avoir aussi un travail.

— C'est drôle, j'ai écrit quelques-uns de mes meilleurs

trucs quand je n'avais pas de boulot. Quand je crevais la faim.

— Mais Benny Adimson n'écrit-pas sur LUI-MÊME ! Il écrit sur les AUTRES.

— Ah !... »

J'ai décidé d'oublier Benny Adimson. Je savais qu'il me faudrait bien trois heures avant de m'endormir. D'ici là, la douleur s'évacuerait par le matelas et bientôt il serait l'heure du réveil et du retour à l'usine. Je l'entendais tourner les pages du *New Yorker*. Ça m'énervait mais j'ai décidé qu'il EXISTAIT d'autres façons de voir les choses. Peut-être y avait-il de vrais écrivains à l'atelier de poésie. C'était peu probable mais pas impossible.

J'ai attendu que mon corps se dénoue. Je l'ai entendue tourner une autre page, sortir un chocolat de son papier. Puis elle a parlé :

— Oui, Benny Adimson a besoin d'un boulot. Nous l'encourageons tous à présenter ses textes dans les revues. J'espère que tu liras ses contes contre les catholiques. Il était catholique dans le temps, tu sais.

— Non, je ne sais pas.

— Il a besoin d'un boulot. On lui cherche tous un boulot pour qu'il puisse écrire. »

Il y a eu un silence. Pour être franc, je ne pensais pas une seconde à Benny Adimson. Puis j'ai essayé de penser à lui et à son problème.

« Ecoute, j'ai dit, j'ai une solution pour Benny Adimson.

— Toi ?

— Ouais.

— Et quoi ?

— Ils embauchent à la poste. Ils embauchent à tour de bras. Il sera probablement pris dès demain matin. Alors il pourra écrire.

— La poste ?

— Ouais. »

Elle a tourné une page, puis elle a dit :

— Benny Adimson est trop SENSIBLE pour travailler à la poste !

— Ah ! »

J'ai tendu l'oreille mais je n'ai pas entendu de bruit de page ni de papier de chocolat. Elle s'intéressait beaucoup à l'époque à un auteur de nouvelles, un nommé Choates ou Coates ou Chaos ou allez savoir quoi, qui pondait en toute conscience une prose ennuyeuse qui remplissait des colonnes entières entre les pubs d'alcools et les horaires des paquebots. Ça se terminait toujours pareil ; par exemple, un fanatique de Verdi pinté au bacardi assassinait une petite fille de trois ans en barboteuse bleue dans une ruelle sordide de New York à 4 h 13 de l'après-midi. Telle était, chez les éditeurs newyorkais, la sophistication avant-gardiste : la mort gagne toujours et nous avons de la crasse sous les ongles. Tout ça avait déjà été écrit et cent fois mieux cinquante ans plus tôt par un certain Ivan Bunin dans le *Gentleman de San Francisco*. Depuis la mort de Thurber, le *New Yorker* errait comme une vieille chauve-souris entre les cuites glacées des gardes rouges. Je veux dire qu'il était foutu.

« Bonne nuit », j'ai dit.

Long silence. Enfin, elle s'est décidée à me dire aussi : « Bonne nuit. »

Avec un cafard grinçant comme un banjo, mais sans faire de bruit, je me suis retourné (ça m'a pris cinq bonnes minutes) sur le ventre, et j'ai attendu le matin.

Je n'avais peut-être pas été très gentil avec cette dame, j'avais peut-être à partir de réflexions sur la cuisine cédé à l'agressivité. Nous avons tous un paquet de morve au fond de l'âme, moi surtout. Et je m'embrouillais dans ces histoires de cuisine, je m'embrouillais à tout bout de champ. La dame dont j'ai parlé avait beaucoup de courage d'une certaine façon. Simplement, ce n'était pas une très bonne nuit, pour elle comme pour moi.

Et j'espère que cet enfoiré avec ses contes anticatholiques et ses soucis a trouvé un boulot qui colle avec sa sensibilité et que nous en serons tous récompensés par son génie inconnu (sauf au Canada). En attendant, je parle de moi et je bois trop. Mais ça vous le savez déjà.

# IL PLEUT DES FEMMES

Hier, c'était vendredi, un vendredi noir de pluie, et je me répétais : « Reste sobre, mec, ne t'écroule pas. » Et je suis sorti. Dehors, sur la pelouse, j'ai évité de justesse le ballon lancé par un futur quatrième ligne de 1975. 1975 ? Et je me suis dit : « Bon Dieu, nous voilà pas très loin de *1984.* » Je me rappelle avoir pensé, en lisant *1984* : « Bah ! c'est mille fois plus loin que la Chine. » Mais voilà, nous y étions presque, et moi, au bord de la mort, je me préparais, en rabâchant mon petit refrain, à tout lâcher. Noir de pluie. L'antichambre de la mort, l'antichambre de la mort noire et puante : Los Angeles, Californie, tard dans l'après-midi, vendredi, la Chine en vue, le riz, les yeux, les chiens vomissant la mort (noir de pluie, eh merde !), et je me rappelais qu'étant gosse j'avais pensé : « J'aimerais bien voir l'an 2000. » C'était le truc magique, avec mon vieux qui me bottait le cul tous les jours, je voulais vivre quatre-vingts ans pour voir l'an 2000. Aujourd'hui, tout le monde me botte le cul et l'envie m'a passé (quelle époque, la GUERRE, noire de pluie), reste sobre, mec, ne t'écroule pas, et j'ai pris ma voiture, bonne pour la casse, comme moi, je suis allé payer la traite, la cinquième de l'année, j'ai pris vers le centre par Hollywood Bvd., la plus déprimante de toutes les artères de L.A., un néant de pare-brise imbriqués les uns dans les autres, le seul boulevard capable de me mettre pour de bon en colère. Je me suis rappelé que je voulais passer par Sunset, qui ne valait guère mieux, et j'ai tourné plein sud, avec tous ces essuie-glaces à droite à gauche à droite à gauche et derrière chaque vitre un VISAGE — beuark ! — je suis tombé dans Sunset, j'ai tourné vers l'ouest, j'ai roulé jusqu'au premier carrefour, jusqu'au garage Slum, je me suis garé à la hauteur d'une Chevrolet rouge avec une blonde platinée à l'intérieur. La blonde et moi, on s'est dévisagé avec une apathie haineuse — je me disais que je la baiserais bien en plein désert à l'abri des curieux, elle me regardait et se disait qu'elle me baiserait bien au fond d'un volcan mort à l'abri des curieux — puis j'ai dit

« MERDE ! », j'ai mis le contact, j'ai fait marche arrière et je suis sorti de là, noir de pluie, impossible d'être servi, tu pourrais attendre des heures sans que personne te demande ce que tu veux, tu verrais juste un mécanicien de temps en temps, avec son chewing-gum et sa tête qui sort du trou, ah ! quel merveilleux mécanicien — et si tu lui demandais quoi que ce soit il t'enverrait chier — tu étais censé voir le garagiste mais le garagiste était planqué, il avait peur du mécanicien et ne voulait pas lui refiler trop de boulot. En fait, tout s'expliquait avec cette horrible vérité : PERSONNE NE SAVAIT RIEN FAIRE. Les poètes ne savaient pas écrire de poèmes, les mécaniciens ne savaient pas réparer les voitures, les dentistes ne savaient pas arracher une dent, les coiffeurs ne savaient pas couper les cheveux, les chirurgiens te bousillaient avec leurs scalpels, les teinturiers déchiraient tes chemises et perdaient tes chaussettes, le pain et le vin étaient pleins de cailloux qui te cassaient les dents, les footballeurs avaient la trouille, les contrôleurs du téléphone embêtaient les enfants, les maires, les gouverneurs, les généraux et les présidents avaient autant d'esprit qu'une limace prise dans une toile d'araignée. Et tout à l'avenant. Noir de pluie, reste sobre, ne t'écroule pas, j'ai roulé jusqu'au garage Biers et là une grosse canaille de Noir avec un cigare a couru vers moi :

« EH VOUS ! VOUS LÀ-BAS ! VOUS POUVEZ PAS VOUS GARER ICI !

— Je sais que je peux pas me garer ici ! Je veux juste voir le patron. C'est vous le patron ?

— NON, NON, MON VIEUX ! JE NE SUIS PAS LE PATRON, MON VIEUX ! VOUS POUVEZ PAS VOUS GARER ICI !

— Bon, où est le patron ? Aux toilettes en train de se tripoter le zizi ?

— IL FAUT RECULER ET ALLER DANS LE PARKING, LÀ-BAS ! »

J'ai reculé et suis allé dans le parking. Je suis descendu de voiture, j'ai fait quelques pas et je me suis arrêté devant un petit comptoir. Arrivée d'une femme au volant, un peu cinglée, grosse voiture neuve, la porte à moitié ouverte, la voiture a calé, la femme avait l'air très excitée, elle est descendue de voiture, debout contre la portière, mini-minijupe, bas gris, troussée jusqu'aux hanches, et je regardais ces jambes, quelle idiote, mais quelles jambes, ummm, elle attendait comme une idiote et VOILÀ le patron qui sort des toilettes :

« PUIS-JE VOUS ÊTRE UTILE, MADAM' ? QUELQUE CHOSE QUI CLOCHE ? LA BATTERIE ? LA BATTERIE EST A PLAT ? »

Il a couru chercher un chariot et a ramené sa batterie sur roulettes, il lui a demandé comment ouvrir le capot, et moi, planté là pendant qu'ils tripotaient le capot, je regardais les jambes de la fille et son cul, en pensant : « Les plus connes font les meilleurs coups parce qu'elles sont haïssables — elles ont la chair généreuse et une cervelle de mouche. »

Ils ont fini par soulever le capot, le patron a branché la batterie morte sur sa batterie à roulettes et a demandé à la fille de mettre le contact. Elle a réussi au troisième essai, puis elle s'est mise en première et elle a essayé d'écraser le type pendant qu'il débranchait les batteries. Elle a bien failli y arriver, mais il tenait bien fermement sur ses pieds.

« SERREZ LE FREIN ! RESTEZ AU POINT MORT ! »

Une conne, une salope, je pensais, je me demande de combien d'hommes elle a eu la peau ? Grosses boucles d'oreilles. Lèvres rouges comme un paquet de Pall Mall. Intestins remplis de merde.

« O.K. MAINTENANT RECULEZ SUR LE TROTTOIR ! ON VA VOUS RECHARGER CETTE BATTERIE ! »

Le patron courait à côté de la voiture, il avait passé la tête par la portière et il reluquait les jambes de la femme pendant la manœuvre. « C'EST BON, C'EST BON, RECULEZ, RECULEZ ! » Puis il s'est relevé et a laissé filer la voiture.

Lui et moi, on avait la queue raide. J'ai décollé du mur sur lequel j'étais appuyé.

« EH !
— QUOI !
— J'AI BESOIN D'UN COUP DE MAIN ! » dis-je en

marchant vers lui la queue raide. Il m'a regardé d'un drôle d'air.

« QUEL GENRE DE COUP DE MAIN ?
— Direction, différentiel et suspension.
— EH, HERITITO ! »

Un petit Japonais s'est amené.

« Direction, différentiel et suspension, j'ai dit à Heritito.
— Donnez-moi les clefs. »

J'ai donné mes clefs à Heritito. Ça ne m'embêtait pas. J'en avais toujours deux ou trois jeux sur moi. C'était ma névrose.

« La COMET 62 », j'ai dit.

Heritito s'est dirigé vers la Comet 62 et le patron vers les toilettes. Je suis retourné contre le mur et j'ai regardé passer les voitures. Embouteillages, peur et fatigue dans la bruine noire de Los Angeles, noire, 1984, déjà vingt ans de passés, cette charmante société tout entière malade comme un gâteau d'anniversaire livré aux fourmis et aux cafards, pluie noire de merde, Heritito a élevé ma Comet 62 sur la plate-forme, cinq traites payées sur douze, et ma queue est retombée.

Je l'ai regardé enlever les roues et suis parti faire une balade. J'ai fait deux fois le tour du pâté de maisons, j'ai croisé deux cents personnes et je n'ai pas réussi à voir un seul être humain. J'ai regardé les vitrines d'un grand magasin et je n'ai rien vu qui me fasse envie. Sauf une guitare. Mais que diable en ferais-je ? Un tourne-disque. Une télé. Une radio. Inutile. Inutile. Coupe-couilles. Truc pour te laver le cerveau. Te liquéfier comme un punching-ball. Pan. Dans la gueule.

Heritito se démerdait bien. Au bout d'une demi-heure, il redescendait la Comet et la garait.

« Bravo, et maintenant je paie où ?
— Non, non, ça c'était uniquement pour la suspension et le différentiel. Il faut encore la passer à l'atelier et il y a une voiture avant vous.
— Ah ! »

Les courses avaient lieu en nocturne et je comptais bien voir le premier départ, à dix-neuf heures trente, j'avais besoin d'argent et j'étais en veine, mais il me fallait une heure de temps avant les courses pour faire mes paris, j'avais donc jusqu'à dix-huit heures trente. Pluie, pluie noire, échecs. Le 13 du mois, loyer. Le 14, la pension du gosse. Le 15, la traite de la voiture. Il ne me restait plus que les chevaux. Sans eux, j'étais bon pour jeter l'éponge. Je ne sais vraiment pas comment les autres se démerdent. Bon, suffit. En attendant, je suis allé acheter quatre paires de slips pour cinq dollars. Je suis revenu, j'ai jeté les slips dans le coffre, j'ai fermé le coffre à clef, bon Dieu, je n'avais qu'UNE clef pour le coffre ! Mauvais pour un névrosé. Je suis allé me faire fabriquer une clef. J'ai failli être écrasé par une bonne femme en marche arrière. J'ai passé la tête par sa portière et j'ai reluqué ses jambes, elle avait des bas violets et la peau très blanche. « Regardez où vous allez », j'ai dit aux jambes, « vous avez failli me tuer ! » Je n'ai pas vu son visage. J'ai retiré ma tête et me suis dirigé vers la petite baraque du serrurier. Maintenant, j'avais deux clefs. J'étais en train de payer quand une vieille femme s'est amenée.

« Eh, il y a un camion qui bloque tout ! Je peux pas sortir. »

Elle était vraiment trop vieille. Chaussures plates. L'œil hagard. Des fausses dents trop longues. Jupe à mi-mollet. Mémé chérie, tu me montres tes verrues ?

Elle me regardait :

« Comment je vais faire, monsieur ?

— Essayez Colgate », j'ai dit, et je suis parti.

Avec vingt ans de moins, peut-être. Enfin, j'avais ma petite clef. La pluie tombait toujours. J'étais occupé à accrocher ma clef au porte-clefs quand j'ai vu la femme en minijupe avec son parapluie. En principe, la minijupe se porte avec des bas spéciaux, pas sexy pour deux sous, tricotés épais, ou bien des caleçons longs sous la jupette qui froufroute. Elle préférait l'ancienne mode : talons aiguilles, bas nylon, la mini sur les fesses, et quel châssis ! Bon Dieu, tout le monde regardait, c'était un sexe ambulant en vadrouille, mes doigts tremblaient sur le porte-clefs, je la reluquais à travers la pluie et elle avançait lentement vers moi, en souriant. J'ai cavalé au coin de la rue avec mon porte-clefs. « Je veux voir passer ce cul », je me suis dit. Le cul a tourné le coin et m'est passé devant, lentement, en roulant bord sur bord, jeune, n'attendant que ça. Un type bien habillé lui a couru après. Il a appelé la fille par son nom. « Ah ! content de vous voir ! » a dit le type. Il a parlé, parlé encore et elle souriait. « Eh bien, je vous souhaite une bonne soirée ! » a dit la fille. Il laissait tomber ? Ce type était malade. J'ai mis ma clef sur le porte-clefs et j'ai suivi la fille dans un magasin d'alimentation. Je la regardais tanguer entre les rayons et les hommes tournaient la tête et disaient :

« Vise-moi ça ! »

Je me suis dirigé vers le rayon boucherie et j'ai pris un numéro. Il me fallait de la viande. J'attendais mon tour quand je l'ai vue arriver. Elle s'est appuyée contre le mur et est restée là, à cinq mètres, en *me* regardant avec un sourire. J'ai regardé dans ma main. J'avais le numéro 92. Et la fille, c'était *moi* qu'elle regardait. Monsieur Monde. Quelque chose a cassé. Je me suis dit : « Elle est peut-être large de la chatte. » Elle regardait toujours, avec son sourire. Elle avait un joli visage, presque beau. Mais je ne pouvais pas rater la première course, dix-neuf heures trente, loyer le 13, pension du gosse le 14, traite de la voiture le 15, quatre paires de slips pour cinq dollars, suspension de la voiture, première course première course, numéro 92, TU AS PEUR D'ELLE, TU NE SAIS PAS QUOI FAIRE, COMMENT AGIR, MONSIEUR MONDE, TU AS PEUR, TU NE SAIS PAS LES MOTS JUSTES, MAIS POURQUOI FAUT-IL QUE ÇA SE PASSE DANS UNE BOUCHERIE ? Elle devait être cinglée. Elle voudrait s'installer. Elle ronflerait la nuit, jetterait le journal dans les chiottes, voudrait baiser huit fois par semaine, c'est trop, non non non non et non, je ne peux pas rater la première course.

Elle a lu en moi. Elle a lu que j'étais un pauvre mec. Brusquement, elle s'est éloignée. Soixante-huit bonshommes l'ont reluquée et ils ont eu des rêves de gloire. Je n'ai pas insisté. Vieux, j'étais. A la casse. Elle avait eu envie de moi. Va parier sur tes chevaux, vieil homme. Va acheter ta viande, numéro 92.

« 92 », a dit le boucher.

Et j'ai pris une livre de poitrine, un petit os à moelle et un carré de steak.

Enveloppe-toi la queue avec, vieil homme.

Je suis sorti sous la pluie, j'ai retrouvé ma voiture, j'ai ouvert le coffre, j'ai jeté la viande dedans et je suis retourné m'appuyer contre le mur, l'air d'un homme du monde, cigarette aux lèvres, j'attendais qu'ils montent la Comet sur la plate-forme, j'attendais la première course, mais je savais que j'avais raté, raté un coup facile, raté un bon coup, un cadeau du ciel, un putain de jour de pluie, à Los Angeles, un vendredi crépusculaire, et les voitures défilaient avec leurs essuie-glaces à droite à gauche à droite à gauche, sans personne derrière les vitres, et moi, Bogart, moi, le type qui avais vécu, je me suis accroupi au pied de ce mur, comme un con, les épaules basses, et les moines de Saint-Benoît riaient comme des sauvages en buvant leur vin, les singes se grattaient, les rabbins bénissaient des cornichons et des hot-dogs. Le grand homme d'action, Bogart, contre le mur du garage Biers, pas de couilles, pas de tripes, la pluie la pluie la pluie, je jouerai Lumber King dans la première avec report sur Wee Herb. Un mécanicien s'est amené, il a pris la Comet, l'a mise sur la plate-forme et j'ai regardé l'horloge : dix-sept heures trente, ça serait juste, mais Dieu sait pourquoi ça n'avait plus tellement d'importance. J'ai jeté la cigarette loin devant moi et je l'ai regardée. Le bout rougeoyant m'a regardé. Puis la pluie l'a éteint, et je suis sorti pour chercher un bar.

## LES GRANDS ÉCRIVAINS

Mason parlait avec une fille au téléphone.

« Ouais, bon, écoute, j'avais bu. Je ne me rappelle RIEN de ce que je t'ai dit. C'était peut-être vrai, c'était peut-être faux ! Non, je ne m'EXCUSE pas, j'en ai marre de m'excuser... Tu quoi ? tu n'acceptes pas ? D'accord, va te faire foutre ! »

Henry Mason a raccroché. La pluie recommençait. Même sous la pluie, les femmes font toujours des histoires, elles font toujours...

Sonnerie de l'interphone. Il a décroché.

« M. Burkett vous demande, James Burkett...
— Voulez-vous lui dire que nous lui avons renvoyé son manuscrit ? Qu'on l'a posté hier, qu'on regrette, etc.
— Il insiste pour vous voir personnellement.
— Vous ne pouvez pas le virer ?
— Non.
— D'accord, envoyez-le-moi. »
Une foutue bande d'hystériques. Pires que des marchands de fringues, des marchands de balais, pires que...
Entrée de James Burkett.
« Assieds-toi, Jimmy.
— On n'a pas élevé les cochons ensemble.
— Asseyez-vous, monsieur Burkett. »
Un coup d'œil à Burkett et on voyait qu'il était fou. Son égotisme immense l'enveloppait comme de la peinture fluo. Rien ne l'entamait. Pas même la vérité. Ces gens-là ne savent pas ce qu'est la vérité.
« Ecoute, a dit Burkett en allumant une cigarette avec un sourire de garce idiote et capricieuse, pourquoi t'aimes pas mon bouquin ? La secrétaire à l'entrée m'a dit que tu l'as renvoyé ! Pourquoi tu l'as renvoyé, hein, mec, pourquoi tu l'as renvoyé ? »
Puis Burkett a lancé son regard, son fameux regard en vrille, le regard du type qui EXISTE. On était censé AIMER ça, mais c'était pénible, et *seul* Burkett ne s'en rendait pas compte.
« Ce n'était pas très bon, Burkett, c'est tout. »
Burkett a tapoté sa cigarette dans le cendrier. Puis il l'a écrasée, tordue, triturée au fond de la coupelle. Il en a allumé une autre et, brandissant son allumette enflammée devant son nez, il a dit :
« Eh, mec, écoute, me fais pas CHIER !
— Tu écris comme un cochon, Jimmy.
— Je t'ai dit qu'on n'a pas gardé les cochons ensemble !
— C'était de la merde, Burkett, enfin, à notre avis.
— Ecoute, mec, je CONNAIS la musique ! Tu lèches le cul comme il faut et ça marche, mais il faut d'abord LÉCHER ! Moi je ne LÈCHE pas, mec ! Mon œuvre n'a pas besoin de ça !
— Sans aucun doute, Burkett.

— Si j'étais juif ou pédé ou coco ou noir, ça changerait tout, mec, ça marcherait.

— Un écrivain noir m'a dit hier ici que, s'il avait eu la peau blanche, il serait millionnaire.

— D'accord, mais les pédés ?

— Il y a des pédés qui écrivent bien.

— Comme Jean Genet, hein ?

— Comme Genet.

— Je n'ai plus qu'à tailler des pipes, hein ? Il faut que je raconte des histoires de pipes, hein ?

— Je n'ai pas dit ça.

— Ecoute, mec, j'ai juste besoin d'un petit coup de pub. Un petit coup de pub et ça marche. Les gens vont m'ADORER ! Il suffit qu'on leur mette mon bouquin sous le nez !

— Ecoutez, Burkett, parlons affaires. Si nous publiions tous les auteurs qui le demandent, sous prétexte que leur bouquin est génial, nous n'irions pas loin. Nous devons faire le tri. Si on se trompe trop souvent, on coule. C'est aussi simple que ça. Nous publions de bons livres qui se vendent et nous publions de mauvais livres qui se vendent. Nous dépendons du marché. Nous ne faisons pas la charité et, pour être franc, nous nous foutons pas mal du salut des âmes ou du salut de l'univers.

— Mais mon bouquin va MARCHER, Henry...

— Burkett, s'il vous plaît ! On n'a pas gardé...

— Qu'est-ce que tu veux, me faire vraiment CHIER ?

— Ecoute, Burkett, t'es un épicier. Comme épicier, tu te poses là. Tu devrais vendre des savonnettes, des assurances, tout ce que tu veux !

— Qu'est-ce qui ne va pas, dans mon bouquin ?

— On ne peut pas être épicier et écrire en même temps. Hemingway seul en était capable, et il a quand même fini par ne plus savoir écrire.

— Enfin, mec, pourquoi n'aimes-tu pas mon bouquin ? Sois PRÉCIS, mec, viens pas me faire chier avec Hemingway !

— 1955.

— 1955 ? Ça veut dire quoi ?

— Ça veut dire que tu étais bon dans le temps, mais ton stylo s'est coincé.

— Merde, la vie c'est la vie et je décris la VIE, mec ! Il n'y a que ça qui compte, alors arrête tes conneries ! »

Henry Mason a émis un profond soupir et s'est renversé sur son dossier. Les artistes étaient d'insupportables raseurs. Si ça marchait, ils se prenaient pour des génies, même en étant nuls. Si ça ne marchait pas, ils se prenaient toujours pour des génies, en étant toujours aussi nuls. Si ça ne marchait pas, c'était la faute des *autres*. Ils étaient à dégueuler mais ils se prenaient quand même pour des génies. Ils vous citaient Van Gogh, Mozart et la douzaine d'autres mecs qui sont morts avant d'avoir eu le cul ciré par la Gloire. Mais pour *un* Mozart, il y a 36000 cons intolérables qui continuent de déballer leurs saloperies. Les vraiment bons, eux, savent s'arrêter à temps, comme Rossini ou Rimbaud.

Burkett a rallumé une cigarette et il a dit, en brandissant comme tout à l'heure son allumette :

« Ecoute, tu publies Bukowski. Bukowski est fini. Tu sais qu'il est fini. Reconnais-le, mec ! Bukowski n'est pas fini, c'est ça ?

— D'accord, il est fini.

— Il fait de la merde.

— Si la merde se vend, j'en vends. Ecoutez, Burkett, il existe d'*autres* éditeurs. Vous devriez essayer ailleurs ! Vous n'êtes pas obligé de nous croire. »

Burkett s'est levé.

« Ça servirait à quoi, bon Dieu ! Vous êtes tous les mêmes ! Vous vous foutez de l'art ! Tout le monde se fout des VRAIS artistes ! Vous ne reconnaîtriez même pas un éléphant d'une fraise des bois ! Parce que vous êtes morts ! MORTS, t'entends ? VOUS ÊTES MORTS, BANDE DE CONS ! MERDE ! MERDE ! MERDE ! MERDE ! »

Burkett a jeté sa cigarette allumée sur la moquette, il a fait demi-tour, il s'est dirigé vers la porte et l'a CLAQUÉE derrière lui.

Henry Mason s'est levé, a ramassé la cigarette, l'a mise dans le cendrier, s'est rassis et s'en est allumé une. « Impossible, pensa-t-il, de cesser de fumer avec un boulot pareil. » Il s'est renversé sur son dossier et a tiré une bouffée, content d'être débarrassé de Burkett — « ces types-là sont dangereux, pervers et complètement cinglés, surtout ceux qui passent leur temps à écrire des histoires d'AMOUR, de SEXE ou de MONDE MEILLEUR. Ah ! mon Dieu. » Il a soufflé la fumée. L'interphone a grésillé.

Il a décroché.

« Un certain Ainsworth Hockley pour vous !

— Qu'est-ce qu'il veut ? On lui a envoyé son chèque pour *Jouissance et violence sur le campus.*

— Il dit qu'il a une nouvelle pour vous.

— Parfait. Dites-lui de vous la laisser.

— Il dit qu'il ne l'a pas encore écrite.

— O.K., qu'il laisse le synopsis. J'y jetterai un œil.

— Il dit qu'il n'a pas de synopsis.

— Il veut quoi, alors ?

— Il veut vous voir personnellement.

— Vous ne pouvez pas le virer ?

— Non, il n'arrête pas de regarder mes jambes et de faire des grimaces.

— Pour l'amour du ciel, baissez votre jupe !

— Elle est trop courte.

— D'accord, envoyez-le-moi. »

Entrée d'Ainsworth Hockley.

« Asseyez-vous », a dit Mason.

Hockley s'est assis. Puis s'est relevé. Il a allumé un cigare. Hockley trimbalait des dizaines de cigares.

Il avait peur d'être homosexuel. En fait, il ne savait pas s'il était homosexuel ou non, et il fumait des cigares pour faire mâle et dynamique, mais il ne savait toujours pas où il en était. Il pensait qu'il aimait aussi les femmes. Il s'embrouillait.

« Ecoute, a dit Hockley, je viens de sucer une queue gigantesque ! cinquante centimètres !

— Hockley, parlons affaire. Je viens juste de virer un crétin. Qu'est-ce que tu veux ?

— Je veux te sucer la QUEUE, mec ! VOILÀ ce que je veux !

— Je préfère pas. »

La fumée du cigare noyait déjà la pièce. Hockley l'envoyait par rafales. Il sautait sur ses pieds, tournait en rond, se rasseyait, tournait en rond.

« Je dois devenir fou, a dit Ainsworth Hockley. Je vois des queues partout. J'habitais avec un gosse de quatorze ans. Quelle QUEUE, mon Dieu, quelle queue ! Il s'est branlé une fois devant moi, je n'oublierai jamais ! Et quand j'étais au collège, tous ces types qui rôdaient autour des vestiaires, tu vois, l'air de rien ! Il y avait même un type avec des COUILLES jusqu'aux GENOUX ! On l'appelait HARRY LES GROSSES COUILLES. Et quand il jouissait, petit, il y en avait PARTOUT, on aurait dit un jet d'eau qui crachait de la crème fraîche ! Puis ça séchait... mec, le matin, il battait les draps avec une batte de base-ball, il grattait les taches avant de donner les draps à la blanchisserie...

— Tu délires, Ainsworth.
— Je sais, je sais, je me tue à te le dire ! Prends un cigare ! »

Hockley s'est collé un cigare entre les lèvres.

« Non, non, merci.
— Tu as peut-être envie de me sucer la queue ?
— Je n'en ai pas la moindre envie. Maintenant qu'est-ce que tu veux ?
— J'ai une idée de nouvelle, mec.
— D'accord, écris-la.
— Non, je veux que tu m'écoutes. »

Mason l'a écouté.

« Parfait, a dit Hockley, voilà. »

Il s'est mis à tourner en rond en crachant de la fumée.

« Un vaisseau spatial, deux types, quatre femmes et un ordinateur. Ils foncent dans l'espace, vu ? Les jours, les semaines passent. Deux types, quatre femmes et l'ordinateur. Les femmes sont en chaleur. Elles n'attendent que ça, vu ?

— Oui.
— Et tu sais ce qui se passe ?
— Non.
— Les deux types décident qu'ils sont homosexuels et commencent à se tripoter. Ils ne regardent même pas les filles.
— Ouais, c'est assez marrant. Ecris-le.
— Attends. Je n'ai pas fini. Les deux types se tripotent. C'est dégoûtant. Non. Ce *n'est pas* dégoûtant ! Bref, les

femmes vont ouvrir les portes de l'ordinateur et, à l'intérieur, il y a quatre ÉNORMES queues avec des couilles.

— Dingue. Ecris donc.

— Attends, attends. Au moment où elles vont prendre les queues, la foutue machine dévoile des bouches et des culs et se paie une orgie à elle toute seule. Bon Dieu, tu imagines ?

— Parfait. Ecris ça. On pourra en faire quelque chose. »

Ainsworth s'est allumé un autre cigare, en marchant de long en large.

« Et pour l'avance ?

— Un type nous doit déjà cinq nouvelles et deux romans. Il s'enfonce de plus en plus. S'il continue, il pourra acheter le fonds.

— Une demi-avance alors, bon Dieu. Une moitié de queue vaut mieux que pas de queue.

— Tu nous l'apportes quand ?

— Dans une semaine. »

Mason a fait un chèque de soixante-quinze dollars.

« Merci, petit, a dit Hockley, tu es toujours sûr qu'on n'a pas envie de se sucer ?

— Toujours. »

Hockley est parti. Mason est sorti parler à la réceptionniste. La réceptionniste s'appelait Francine.

Mason a regardé ses jambes.

« Vous avez une robe drôlement courte, Francine. »

Il regardait de plus belle.

« C'est la mode, monsieur Mason.

— Appelez-moi Henry. Je crois bien que je n'ai jamais vu de robe aussi courte.

— Les robes sont de plus en plus courtes.

— Tu fous les glandes à tous les types qui passent. Après, ils entrent dans mon bureau et racontent n'importe quoi.

— Oh ! ça va, Henry.

— Tu me fous les glandes à moi aussi, Francine. »

Elle a gloussé.

« Allez, viens déjeuner, a dit Mason.

— C'est la première fois que tu m'invites à déjeuner.

— Quoi, tu attends quelqu'un ?
— Non, mais il n'est que dix heures trente.
— Rien à foutre. Brusquement, j'ai faim. Très faim.
— D'accord. Juste une minute. »

Francine a sorti son miroir, elle a fait mumuse avec. Puis ils se sont levés et dirigés vers l'ascenseur. Ils étaient seuls dans l'ascenseur. Pendant la descente, Mason a enlacé Francine et l'a embrassée. Elle sentait la framboise, avec un soupçon de mauvaise haleine. Il lui a même peloté le cul. Elle faisait mine de résister, le repoussait.
Elle a gloussé.

« Henry, je me demande ce qui te passe par la tête !
— Je ne suis qu'un homme, après tout. »

Dans le hall de l'immeuble, il y avait un kiosque avec des bonbons, des journaux, des magazines, des cigarettes, des cigares...

« Une minute, Francine. »

Mason s'est acheté cinq cigares, des gros. Il en a allumé un, et il a craché un épais nuage de fumée. Ils sont sortis de l'immeuble et ils ont cherché où manger. La pluie avait cessé. Francine a demandé :

« Tu fumes souvent avant le déjeuner ?
— Avant, après et pendant. »

Henry Mason avait un peu l'impression de perdre pied. Tous ces types qui écrivaient. Qu'est-ce qui clochait dans leur tête ?

« Eh, un restaurant ! »

Il a tenu la porte ouverte pour Francine et est entré derrière elle.

« Francine, j'adore cette robe !
— Vraiment ? c'est gentil. J'en ai dix ou douze pareilles.
— Tant que ça ?
— Hummm hummm. »

Il lui a tenu sa chaise et a regardé ses jambes pendant qu'elle s'asseyait. Puis il s'est assis.

« Bon Dieu, j'ai faim. J'ai envie de clams, je me demande bien pourquoi ?
— Je crois que tu as envie de me baiser.
— QUOI ?
— J'ai dit : je crois que tu as envie de me baiser.

— Oh !

— C'est d'accord. Je suis sûre que tu es un type bien, un type très bien, vraiment. »

Le garçon s'est amené en écartant la fumée avec ses menus. Il en a tendu un à Francine, un autre à Mason. Et il a attendu. Et il a eu les glandes. Quoi, des types se tapaient des poupées pareilles pendant que lui se battait la viande ? Le garçon a pris la commande sur son calepin, il est passé dans l'arrière-salle et a tendu la commande au cuistot.

« Eh, a dit le cuistot, qu'est-ce que t'as là !

— Qu'est-ce que tu veux dire ?

— T'as une bosse, là, devant ! T'approche pas de MOI avec ça !

— C'est rien.

— Rien ? Tu risques de tuer quelqu'un avec ! Va te mettre sous l'eau froide ! »

Le garçon est entré dans les WC hommes. Il y avait des types qui se tapaient toutes les nanas. Lui était écrivain. Il avait une pleine malle de manuscrits. Quatre romans, quarante nouvelles, cinq cents poèmes. Jamais rien publié. Quel monde pourri. Tous incapables de reconnaître le talent. Ils étouffaient le talent. Ce qu'il faut, c'est être « in » et ça suffit. Quel monde de lèche-culs ! Au service de cons toute la journée.

Le garçon a sorti sa queue, il l'a mise dans le lavabo et l'a aspergée d'eau froide.


## DES YEUX COMME LE CIEL


Dorothy Healey est passée me voir il y a quelques jours. J'avais une gueule de bois et une barbe d'une semaine. Cette histoire m'était sortie de la tête jusqu'à l'autre nuit où, après une bonne bière, son nom m'est revenu à l'esprit. J'ai raconté sa visite au jeune gars dans la pièce où Dorothy s'était assise.

« Pourquoi est-elle venue te voir ? a-t-il demandé.

— J'sais pas.

— Qu'est-ce qu'elle t'a dit ?
— Je ne me rappelle pas. Tout ce que je sais, c'est qu'elle portait une superbe robe bleue et que ses yeux bleus brillaient magnifiquement.
— Tu ne te rappelles pas ce qu'elle t'a dit ?
— Pas un mot.
— Tu l'as sautée ?
— Evidemment que non. Dorothy ne couche pas avec n'importe qui. Sa réputation en prendrait un coup si elle couchait sans s'en rendre compte avec un agent du F.B.I. ou un ponte de la chaussure.
— Jackie Kennedy doit sélectionner ses petits amis, elle aussi.
— Bien sûr. L'Image. Elle ne se retrouvera probablement jamais dans le même lit que Paul Krassner.
— Si elle faisait ça, j'aimerais être là.
— Pour tenir la serviette ?
— Pour recoller les morceaux », a-t-il dit.
Et les yeux bleus de Dorothy Healey brillaient magnifiquement...
Les bandes dessinées ne rigolent plus depuis longtemps et ça les rend plus drôles que jamais. En un sens, la bande dessinée a remplacé le bon feuilleton méloradiophonique de jadis. Tous deux ont ceci en commun qu'ils s'efforcent de représenter une grave, une très grave réalité, d'où leur comique : leur réalité ressemble tellement à un jouet en plastique de grand magasin qu'on ne peut qu'en rire, quand on ne souffre pas trop de l'estomac.
Dans le *Los Angeles Time* paru aujourd'hui, on peut lire le dénouement d'une histoire hippie-beatnik. On a le révolté du campus, barbu, avec son chandail en cou de tortue, qui détale avec la reine du campus, une blonde à cheveux longs et au visage parfait (j'ai failli avoir les glandes en la regardant). Pour quoi se bat le révolté du campus ? Mystère. Ses discours restent plutôt vagues. Je ne vous ennuierai pas avec l'intrigue. Tout finit avec le gros méchant papa, cravate, costume coûteux, crâne déplumé et tête de vautour, qui énonce quelques sentences à l'intention du barbu et lui offre un boulot avec son trousseau pour qu'il puisse entretenir comme il faut

sa belle enfant. Le hippie-beatnik commence par refuser et quitte la scène, et papa et fifille font leurs bagages ; ils partent, ils l'abandonnent à son idéalisme vaseux, quand le hippie-beatnik refait surface. « Joe... qu'as-tu fait ? » dit la belle enfant. Et Joyce s'amène avec un SOURIRE ET SANS SA BARBE : « J'ai pensé qu'il était bon pour toi de savoir de quoi a vraiment l'air ton mari, mon cœur... avant qu'il soit trop tard ! » Puis il se tourne vers le papa : « Par ailleurs, je me suis dit que la barbe sera plus gênante qu'autre chose, monsieur Stevens, POUR UN AGENT IMMOBILIER ?

— Cela signifie-t-il, jeune homme, que vous avez recouvré votre BON SENS ? demande le papa.

— Cela signifie que je suis disposé à payer le prix que vous demandez pour votre fille, monsieur ! (Ah ! sexe, ah ! amour, ah ! BAISE !) Mais j'entends toujours combattre l'INJUSTICE... où qu'elle se cache ! »

Ça tombe bien parce que notre ex-hippie va mettre le nez sur un paquet d'injustices dans l'immobilier. Alors, en véritable associé, papa lâche son avis : « Pourtant, vous aurez une grande SURPRISE, Joe !... quand vous découvrirez que nous autres, vieux décrépits, nous voulons aussi un monde meilleur ! Simplement, nous ne croyons pas qu'il faille BRÛLER la baraque pour être débarrassé des termites ! »

En tant que vieux décrépit, on se pose forcément la question : « Que FAITES-vous alors ? » Puis, vous tournez la page et vous vous mettez à parcourir un truc intitulé « APPARTEMENT G-3 » dans lequel un professeur de lycée discute avec une fille riche et belle de son amour pour un jeune médecin idéaliste et pauvre. Ce docteur laisse voir de fâcheux aperçus sur son caractère, quand il déchire la nappe et renverse les tasses à café, lance les sandwiches en l'air et, si je me souviens bien, dérouille un couple de petits amis. Il s'emporte parce que la belle dame riche lui offre sans cesse de l'argent, tout en acceptant une extravagante voiture neuve, un cabinet somptueusement décoré en ville et autres bienfaits. Maintenant, si ce docteur était crieur de journaux ou facteur, il n'aurait rien de tout ça et je serais curieux de le voir entrer dans une boîte de nuit et de renverser le dîner, le vin, le café et les cuillères puis de revenir et de retrouver sa chaise sans même un mot d'excuse. Je serais proprement horrifié à l'idée que CE docteur tripote mes hémorroïdes chroniques.

Donc, quand vous lisez des bandes dessinées, riez ah ah ah, et sachez que ce n'est pas un si mauvais miroir.

Un prof d'une université locale m'a rendu visite hier. Il ne ressemblait pas à Dorothy Healey, mais sa femme, une poétesse péruvienne, n'était pas mal du tout. Il crevait de lassitude à force de fréquenter les cénacles bidons d'une prétendue NOUVELLE POÉSIE. Le poète reste le plus bel attrape-snobs de tous les Beaux-Arts, avec ses petits groupes de poètes qui se disputent le pouvoir. Je crois volontiers que le plus beau panier de snobs de tous les temps a été le groupe de BLACK MOUNTAIN. Et on craint toujours Creeley à l'Université, on le craint et on le révère, plus qu'aucun autre poète. Puis viennent les poètes académiques, qui aiment Creeley et qui écrivent académiquement. Au fond, la poésie reconnue aujourd'hui ressemble à un aquarium, froid, glissant et qui renferme, sous les feux du soleil, un édifice de mots assemblés par des comptables inhumains et métalliques, selon des règles à demi clandestines. C'est une poésie pour millionnaires et gros lards cultivés : elle ne manque pas de fonds et elle survit bien parce que, c'est là le secret, les élus s'y engagent à fond et tant pis pour les autres. Mais les poèmes sont vides, tellement vides qu'on voit dans ce vide un sens caché. Le sens est caché, parfait, si bien caché qu'il n'en reste rien. Mais si VOUS ne le voyez pas, votre cœur est sec, atrophié ou Dieu sait quoi. Vous avez donc INTÉRÊT À LE VOIR SOUS PEINE DE N'ÊTRE PAS UN ÉLU. Si vous ne voyez rien, TAISEZ-VOUS.

Entre-temps, tous les deux ou trois ans, un critique, désireux de maintenir son rang dans la machine universitaire (et si vous dites que l'enfer c'est le Vietnam, vous feriez bien de jeter un œil sur l'empoignade de ces « cerveaux » et leur course au pouvoir dans leurs petits alvéoles), ressort un plein aquarium de poètes châtrés et nomme ça NOUVELLE POÉSIE ou NOUVELLE

NOUVELLE POÉSIE mais ça vient toujours du même fournisseur.

Bien. Mon prof était de toute évidence un joueur. Il se disait fatigué du jeu et désireux d'accoucher une énergie neuve, une nouvelle créativité. Il avait ses opinions mais il m'a demandé qui, à mon avis, écrivait la nouvelle poésie ACTUELLE, les noms des types et la nature du truc. Pour être franc, je n'avais rien à lui dire. J'ai d'abord cité quelques noms : Steve Richmond, Doug Blazek, Al Purdy, Brown Miller, Harold Norse, etc., puis je me suis rendu compte que j'en connaissais la plupart personnellement, ou qu'on s'était écrit. Ça m'a flanqué un coup dans les tripes. Raccorder tous ces types donnerait la énième mouture de **BLACK MOUNTAIN**, un nouveau cénacle de poésie « in ». Le commencement de la mort, la mort glorieuse des individus. Bref, rien de bon.

Admettons donc qu'on fasse table rase, table rase des vieux aquariums, que reste-t-il ? Les œuvres énergiques, vivantes, de jeunes qui débutent dans l'écriture et que publient des petites revues animées par d'autres jeunes gens énergiques et vivants. Ceux-là découvrent le sexe, la vie, la guerre, et tant mieux, ça nous rafraîchit. Ils ne sont pas encore « arrivés ». Mais ensuite ? Ils donnent un bon vers pour dix mauvais. Ils vous font même, parfois, regretter Creeley et son style constipé, à la violence étudiée. Puis vous rêvez à un Jeffers, assis derrière son rocher, qui sculpte son cœur à vif au fond d'un ravin. Ils disent qu'ils ne font pas confiance à un type de plus de trente ans et, mathématiquement, ce n'est pas un mauvais calcul : à cet âge, la plupart des hommes n'ont plus rien dans le ventre. Mais alors, POURQUOI AURAIS-JE CONFIANCE DANS UN TYPE DE MOINS DE TRENTE ANS ? Il se dégonflera probablement lui aussi. Et Mary Forth montre déjà le bout de son nez.

Ça vient peut-être de l'époque. Ainsi va la poésie (sans exclure Charles Bukowski) : nous manquons simplement, aujourd'hui, de canonniers, de créateurs effrayants, d'hommes, de dieux, de grands mecs qui nous jetteraient à bas de notre lit dans le puits noir des usines et des rues. Il n'y a plus d'Eliot. Auden s'est tu. Pound attend la mort. Jeffers a laissé un vide que n'a rempli aucun love-in du Grand Canyon, même le vieux Frost ne manquait pas de hauteur d'esprit, Cummings nous empêchait de dormir, Spender a cessé d'écrire, le whisky américain a tué Dylan Thomas, comme l'admiration de l'Amérique et la femme américaine, même Sandburg, au talent depuis longtemps racorni, qui courait les salles de classes avec sa crinière blanche, sa guitare désaccordée et ses yeux vagues, même Sandburg s'est fait botter le cul par la Mort.

Avouons-le : les géants s'en sont allés et personne n'est venu prendre leur place. Ça doit être l'époque. L'époque du Vietnam, de l'Afrique et des Arabes. Il se pourrait que les gens attendent plus que les paroles des poètes. Il se pourrait que les gens soient les derniers poètes, avec de la chance. Dieu sait que je n'aime pas les poètes. Je n'aime pas m'asseoir dans la même pièce qu'un poète. Difficile de savoir ce qu'on aime. Les rues sont comme mortes. L'homme qui me fait le plein d'essence au garage du coin ressemble à un monstre de haine. Quand je vois des photos de mon Président ou quand je l'écoute parler, je crois voir un gros clown bien gras, une espèce de créature creuse et plastifiée qui dispose de ma vie, de mes chances. Je ne comprends pas ça. Et, tout comme notre Président, vogue notre poésie ! C'est la pauvreté de nos âmes qui l'a fabriqué, c'est pourquoi nous le méritons. Johnson n'a pas à craindre les balles d'un assassin, pas à cause du renforcement de la sécurité, mais parce qu'il y a peu ou pas de plaisir à tuer un homme déjà mort.

Ce qui nous ramène au professeur et à sa question : qui publier dans une anthologie authentique de nouvelle poésie ? A mon avis, personne. Laissez tomber. Les jeux sont presque faits. Si vous voulez lire du solide, du neuf, alors lisez Al Purdy, le Canadien. Mais qu'est-ce qu'un Canadien, au juste ? Un homme descendu droit de la cime d'un arbre, et qui pleure de belles larmes de feu dans son vin pressé-maison. Le temps, s'il en reste, nous en dira plus long sur Al Purdy.

Je suis donc, professeur, navré de mon inutilité. Ça m'aurait fait une rose à la boutonnière (ROSE DES

VENTS ?). Nous sommes en manque, les Creeley, vous, moi, Johnson, Dorothy Healey, Cassius Clay, Powell, le dernier coup de fusil d'Hemingway et la grande tristesse de ma petite fille quand elle court vers moi à travers la pièce. Chacun ressent horriblediablement le manque d'âme, de direction, et nous misons de plus en plus sur des espèces de Christ d'avant le Cataclysme, mais aucun Gandhi, aucun Castro jeune n'est monté sur la brèche... Il n'y a que Dorothy Healey avec ses yeux comme le ciel. Et c'est une sale communiste.

Reste la corruption. On a vu Lowell dans une espèce de pique-nique, invité par Johnson. C'était un bon début. Malheureusement Lowell écrit bien. Trop bien. Il est coincé entre la poésie de l'aquarium et la dure réalité et il n'arrive pas à choisir — il mélange donc les deux et il perd sur les deux tableaux. Lowell aimerait beaucoup être un être humain mais il s'empêtre dans ses principes poétiques. Ginsberg, cependant, pose sa main gigantesque et hystérique sur nos yeux, il a vu l'abîme et il tente de le combler. Lui, au moins, sait ce qui cloche, il lui manque simplement du savoir-faire.

Voilà, professeur, merci d'être venu. Tant de gens bizarres frappent à ma porte. Trop de gens bizarres. Je ne sais pas ce que nous allons devenir. Il nous faudra beaucoup de chance. Et la mienne est en baisse. Et le soleil se rapproche. Et la Vie, aussi laid soit son visage, mérite bien qu'on s'accroche entre trois ou quatre jours. Vous croyez qu'on va y arriver ?

## AU REVOIR WATSON

Rien de tel qu'une mauvaise journée aux courses pour réaliser que tu ne t'en sortiras jamais. Le jour où tu arrives en chaussettes puantes, avec trois dollars fripés dans ton portefeuille, tu sais qu'il n'y aura jamais de miracle, et pire encore, quand tu repenses au pari désastreux que tu as fait dans la dernière course sur le 11, en sachant que le 11 était incapable de gagner — le pari le plus foireux du tableau à 9 contre 2 — tu te présentes avec toute ta science au guichet à dix dollars et tu dis : « Le 11 deux fois ! » Et le vieux du guichet répète : « Le 11 ? » Il répète toujours quand je choisis un tocard. Il ne connaît pas le vainqueur mais il reconnaît les paris foireux, il me lance le plus triste des regards et il prend les vingt dollars. Puis sortir, aller suivre cette course de limaces jusqu'au bout, sans même un frisson, avec la cervelle qui te serine : « Mais faut-il que tu sois cinglé ! »

J'ai discuté la question avec un ami qui traîne aux courses depuis des années. Il a fait ça plus d'une fois et il appelle ça la « pulsion de mort ». Vieille histoire. Le mot nous fait bâiller aujourd'hui, mais bizarrement, il y a un fond de vérité dedans. La fatigue gagne au fil des courses et, avec elle, cette tentation de tout envoyer promener. Le trouble peut te saisir que tu gagnes ou que tu perdes. Alors commencent les mauvais paris. Mais, à mon sens, le fond du problème, c'est que tu as VRAIMENT envie d'être ailleurs, assis dans un fauteuil avec un roman de Faulkner, ou en train de dessiner avec les crayons du gosse. Les courses de chevaux sont un BOULOT comme un autre, après tout, et un des plus durs. Quand j'ai cette tentation et que je suis en forme, je quitte la piste, tout simplement ; quand je suis dans un mauvais jour je reste et je fais des paris idiots. L'autre truc à comprendre, c'est qu'il est DUR de gagner quel que soit le jeu ; il est facile de perdre au contraire. Epatant d'être le GRAND PERDANT AMÉRICAIN : c'est à la portée de tout le monde. Et presque tout le monde perd.

Un homme qui gagne aux courses réussira tout ce qu'il lui vient à l'esprit d'essayer de faire. Il n'est pas condamné aux chevaux. Il pourrait aussi bien traîner ses pinceaux sur la Rive gauche ou écrire une symphonie d'avant-garde dans l'East Village. Ou rendre une femme heureuse. Ou vivre dans une caverne au milieu des collines.

Les courses t'en apprennent long sur toi-même et aussi sur les gens. Il y a un paquet de sinistres imitations d'Hemingway de nos jours, pondues par des critiques incapables d'écrire, sans compter que le vieux briscard a écrit des bêtises du milieu de sa vie jusqu'à la fin, les autres, si on les compare à lui, ne sont que des écoliers qui lèvent la main pour demander la permission d'aller pisser leur petite littérature. Je sais pourquoi Ernie fréquentait les corridas — facile — ça l'aidait à écrire. Ernie était une machine : il aimait coucher les choses sur le papier. Les corridas étaient le chevalet universel : pareil pour Hannibal cinglant le cul de ses éléphants sur la montagne, ou pour le pochard qui cogne sa femme dans un hôtel miteux. Quand Hem prenait sa machine, il écrivait debout. Il la tenait comme un fusil. Une arme. Les corridas étaient le carrefour universel. Elles lui mettaient tout en tête comme un gros soleil de beurre : ça coulait sur le papier.

Quant à moi, les courses me renseignent vite fait sur mes forces et mes faiblesses, si je suis en forme, à quelle vitesse change un homme, qu'il change TOUT le temps et que nous savons bien peu de choses là-dessus.

Le racket des foules est le plus grand film d'épouvante du siècle. TOUS perdent. Regardez-les. Si vous en êtes capables. Un jour aux courses t'en apprend plus que quatre années à l'université. Si j'enseignais la créativité littéraire dans une fac, je conseillerais d'abord à tous mes élèves d'aller aux courses une fois par semaine et de placer au moins deux dollars à chaque coup. Mes élèves deviendraient automatiquement de meilleurs écrivains, même si la plupart ne tardaient pas à s'habiller comme des clodos et à venir en classe à pied.

Je m'imagine bien en train d'enseigner la Créativité littéraire :

« Eh bien, mademoiselle Thompson ?
— J'ai perdu dix-huit dollars.
— Qui avez-vous joué dans la course vedette ?
— One-Eyed Jack.
— Mauvais. Ce canasson rendait cinq livres, ce qui attire les parieurs mais signifie un surclassement dans les limites légales. Un surclassé ne gagne que s'il est mauvais sur le papier. One-Eyed Jack affichait la meilleure pointe de vitesse, un autre truc qui snobe les parieurs, mais sa vitesse était calculée sur 1 200 mètres et le train sur 1200 mètres est, en comparaison, tou-

jours supérieur au train des courses de fond. Par ailleurs, ce cheval a fait la clôture à 6 contre 1, ce qui laissait croire qu'il tiendrait sur 1700 mètres. One-Eyed Jack ne s'est jamais montré dans une course à deux virages depuis deux ans. Qu'il termine 3 contre 1 n'aurait pas dû vous surprendre.

— Et vous, qu'avez-vous fait ?
— J'ai perdu cent quarante dollars.
— Qui avez-vous joué dans cette course ?
— One-Eyed Jack. »

Avant les courses, quand n'existait pas encore l'irréelle et stérile télé bouffe-cerveau, je travaillais comme emballeur dans une usine énorme qui débitait des milliers d'abat-jour pour aveugler le monde. Sachant que les bibliothèques n'apprennent rien et que les poètes maquillent avec soin leurs souffrances, j'ai fait mes études dans les bars et en allant aux matches de boxe.

C'était la belle époque des nuits à l'Olympic. Un petit Irlandais chauve faisait les annonces (il s'appelait Dan Tobey, je crois) et il avait du *style*, il avait bourlingué, je crois même qu'il avait vécu sur une péniche quand il était gosse. Il n'était pas si vieux, et il avait dû voir le match Dempsey-Firpo. Je le revois encore tirer sur son câble et descendre lentement son micro. Nous étions presque tous bourrés avant le premier combat, il faut dire qu'on buvait sec, cigare au bec, goûtant le sel de la vie, en attendant qu'ils nous envoient deux types sur le ring. C'était cruel mais c'était la vie et on tenait bon, oui, avec nos fausses rousses et nos fausses blondes. Même moi. Elle s'appelait Jane et il y avait plus d'un dix-rounds entre nous, y compris la fois où elle m'avait envoyé au tapis. J'étais très fier quand elle revenait des toilettes et que les balcons se mettaient à taper du pied, à siffler et à beugler derrière son merveilleux cul magique qui se tortillait dans sa jupe serrée. Magique, oui : elle savait étendre un type raide, bouche bée, bramant des mots d'amour au ciel de béton. Puis elle revenait s'asseoir à côté de moi et je levais ma chopine comme un diadème, je la tendais à Jane, elle sifflait une larme, me rendait la chopine et je disais, parlant des gars des balcons :

« Je vais les buter, ces petits branleurs. »
Jane regardait le programme et disait :
« Tu vois qui, dans le premier combat ? »
J'avais du flair — neuf fois sur dix — mais il fallait que je voie les types d'abord. Je choisissais toujours celui qui en faisait le moins, qui donnait l'impression de ne pas vouloir se battre. Quand un type faisait le signe de croix avant la cloche, et pas l'autre, facile de deviner le gagnant : c'était l'autre. Ça marchait ensemble : le type qui se trémoussait en boxant dans le vide était souvent celui qui faisait le signe de croix et qui recevait la raclée.

Les mauvais matches étaient rares, et comme aujourd'hui, on était surtout déçu par les poids lourds. Mais on ne se laissait pas faire, on démolissait le ring, on mettait le feu, on cassait les sièges. Ils ne pouvaient pas se permettre de nous servir trop de mauvais matches. Les mauvais matches avaient lieu à Hollywood Legion et on n'y mettait pas les pieds. Même les gars de l'Hollywood savaient que les choses sérieuses se passaient à l'Olympic. On y avait vu Raft, et les autres, et les starlettes, entassées sur les premiers rangs. Ça délirait sur les galeries, et les boxeurs boxaient comme des vrais boxeurs, l'air bleuissait sous la fumée des cigares, et on n'en pouvait plus de hurler, baby baby, de jeter de l'argent et de boire nos whiskies. Quand tout était fini, il restait le drive-in, le bon vieux lit d'amour avec nos vicieuses à cheveux peints. Retour-éclair à la maison, et on dormait comme des anges ivres. Qui se souciait de la bibliothèque municipale, d'Ezra, d'Eliot, de Cummings, de Lawrence ?

Je n'oublierai jamais le premier soir où j'ai vu Enrique Balanos. Jeune, à l'époque. Je tenais, moi, pour un métis qui arrivait toujours sur le ring avec un petit agneau blanc. Il l'étreignait avant le combat et, c'est bête, mais il était solide et bon, et les hommes solides et bons ont droit à certaines fantaisies, pas vrai ?

Bref, c'était mon héros, et il devait s'appeler Watson Jones ou quelque chose d'approchant. Watson avait de la classe et de l'astuce, rapide, vif vif vif, et du PUNCH, et Watson *aimait* son boulot. Mais ce soir-là, par surprise, quelqu'un lui a collé ce jeune Balanos entre les pattes, et Balanos était un crack, il a pris son temps, il a descendu Watson sans se presser, il l'a démoli en beauté au dernier round. Mon héros. Je ne pouvais pas y croire. Si je me souviens bien, Watson fut mis K. O. et la nuit fut amère, bien sûr. Moi, ma chopine à la main, je criais pitié, je criais à la victoire que je ne verrais jamais. Balanos était un vrai crack, le salaud avait les bras comme une paire de serpents et il ne bougeait pas, il glissait, se tordait, feintait comme une araignée du diable, toujours en ligne, et il faisait son boulot. J'ai su, cette nuit-là, qu'il faudrait un très grand champion pour vaincre Balanos et que Watson ferait mieux de récupérer son agneau et de rentrer à la maison.

C'est plus tard dans la nuit, quand le whisky se fut répandu en moi comme un océan et que je me suis battu avec ma femme, en cavalant derrière sa belle paire de jambes, que j'ai admis que le meilleur avait gagné.

« Bonnes jambes, Balanos. Il ne pense pas. Il réagit. Mieux vaut ne pas penser. Ce soir, le corps a vaincu l'esprit. Normal. Au revoir Watson, au revoir Central Avenue, tout est bien fini. »

J'ai écrasé mon verre contre le mur et j'ai empoigné mon morceau de femme. J'étais blessé. Elle était belle. On est allé au lit. Je me souviens d'une petite pluie qui traversait la fenêtre. On est resté dessous. C'était bon. C'était tellement bon qu'on a fait deux fois l'amour et qu'on s'est endormi le visage vers la fenêtre et la pluie qui tombait. Au matin, les draps étaient trempés et on s'est levé dans les rires et les éternuements. « Bon Dieu ! bon Dieu ! » Comme c'était drôle et ce pauvre Watson qui reposait quelque part, avec son visage de chair bosselée, face à l'Eternelle Vérité, face aux six-rounds, aux quatre-rounds, avant de retrouver l'usine avec moi, de se tuer huit ou dix heures par jour pour des clopinettes, sans espoir, dans l'attente de Maman Mort, la tête et le cœur bottés droit en enfer, on éternuait et c'était drôle et Jane a dit :

« Tu es tout bleu, tu es devenu tout BLEU ! Regarde-toi dans la glace ! »

Je crevais de froid debout devant la glace et j'étais tout BLEU, grotesque, un crâne au bout d'un piteux squelette ! Je me suis mis à rire et j'ai ri si fort que je suis tombé sur le tapis et Jane m'est tombée dessus et on riait riait tous les deux, bon Dieu comme on a ri et j'ai pensé qu'on était cinglés, et c'était l'heure, je me suis relevé, habillé, peigné, lavé les dents, trop malade pour manger, j'ai vomi en me lavant les dents, je suis sorti et j'ai marché jusqu'à l'usine d'abat-jour, seul le soleil brillait mais c'était la vie et il fallait faire avec.

## VIOLET COMME UN IRIS

D'un côté de la cour, il y avait les portes A-1, A-2, A-3, etc., et c'était le quartier des hommes. En face, il y avait les portes B-1, B-2, B-3, etc., et c'était le quartier des femmes. Les toubibs croyaient faire de la bonne thérapie en nous mélangeant de temps à autre. C'était une excellente thérapie : on baisait dans les placards, dans le parc, derrière la grange, partout. La plupart des femmes feignaient d'être folles parce que leurs maris les avaient coincées en train de baiser avec un autre, mais c'était du bidon : elles voulaient qu'on les prenne en charge, que le bonhomme ait pitié, elles voulaient sortir et remettre ça. Puis revenir à l'hôpital, repartir et ainsi de suite. Mais tant qu'elles étaient là, les filles avaient besoin de baiser et nous faisions de notre mieux pour leur venir en aide. Le personnel, bien sûr, était trop occupé, les docteurs à sauter les infirmières et les infirmiers à se sauter entre eux, et nos activités leur échappaient. Tout allait pour le mieux.

Des cinglés, j'en avais surtout vu à l'extérieur, à l'épicerie du coin, à l'usine, dans les portes, les boutiques pour chiens, aux matches de base-ball ou chez les politiciens. Je me demandais parfois comment les autres avaient atterri là. Il y avait un type très correct, très abordable, qui s'appelait Bobby. Bobby avait l'air au poil ; de fait, il avait diablement meilleure mine que les vieux débris qui essayaient de nous soigner. D'ailleurs, on ne pouvait pas parler plus d'une minute avec un de ces vieux débris sans devenir cinglé soi-même. Entre parenthèses, la raison pour laquelle les vieux débris sont de vieux débris est qu'ils s'occupent trop de leur tête. S'intéresser à sa tête est la pire des choses pour un cinglé, et toute théorie qui dit le contraire est un tas d'étrons.

Parfois, un taré demandait un truc du genre :

« Eh, où est le docteur Malov ? Je ne l'ai pas vu aujourd'hui. Il est en congé ? Il a été muté ?

— Il est en congé, répondait un deuxième taré, et il a été muté.

— Je ne comprends pas.

— Couteau de boucher. Poignets et gorge. Il n'a pas laissé de mot.

— C'était un bon zigue.

— Tu parles ! »

Voilà une chose que je ne comprendrai jamais. Le téléphone arabe dans ce genre d'endroit. Le téléphone arabe ne se trompe jamais. A l'usine, dans les grandes institutions... la nouvelle tombe que tel truc est arrivé à Machin ; et le plus fort, on apprend des jours, des semaines à l'avance des choses qui se réalisent, comme quoi le Vieux Joe qui est là depuis vingt ans va être relâché ou que nous allons tous être libérés, et c'est toujours vrai.

Revenons aux vieux débris ; je ne comprends pas pourquoi ils choisissent le chemin le plus dur alors qu'ils ont tous les comprimés possibles sous la main. Ce ne sont pas des malins.

Bref, pour en terminer avec notre affaire, les cas les plus avancés (je veux dire, avancés vers une apparente guérison) avaient le droit de sortir à deux heures les lundis et jeudis après-midi, et il fallait rentrer à dix-sept heures trente sous peine de se voir retirer la permission. Le principe du truc était de nous réadapter lentement à la société. Vous voyez, au lieu de sauter directement de l'asile à la rue. Un coup d'œil dehors te renvoyait droit dedans. Un coup d'œil à tous les autres cinglés du dehors.

J'avais droit aux permissions du lundi et du jeudi, et j'en profitais pour rendre visite à un docteur sur lequel je savais deux ou trois cochonneries, grâce à quoi je faisais provision gratis d'amphés et de calmants. Je les revendais aux malades. Bobby les croquait comme des bonbons, Bobby était plein de fric. Comme la plupart des enfermés, d'ailleurs. Encore une fois, je me demandais souvent ce que Bobby faisait ici. Il se conduisait normalement en tout ou presque. Il avait une seule manie : de temps à autre, il se levait, se mettait les deux mains dans les poches, retroussait son pantalon jusqu'en haut des cuisses et faisait huit ou dix pas en sifflant un petit air idiot. Un petit air qu'il avait dans le crâne ; pas très mélodieux, mais c'était de la musique, et toujours la même. Ça ne durait que quelques secondes. C'est tout ce qui clochait chez Bobby. Mais ça le prenait en permanence, vingt ou trente fois par jour. Les premières fois où tu le voyais, tu croyais qu'il blaguait et tu te disais, bon Dieu, quel gentil farceur. Plus tard, tu comprenais qu'il était *obligé* de faire ça.

Bon. Où en étais-je ? Ah ! oui. Les filles aussi sortaient à deux heures et là on avait plus de chances. Ça m'excitait de baiser à chaque fois dans le placard. Mais il fallait se presser à cause des dragueurs. Des types en voiture qui connaissaient les horaires de l'hôpital et qui tournaient autour pour nous souffler nos belles dames sans défense.

Avant de commencer à faire le *dealer*, je n'avais pas beaucoup d'argent et ça me posait des tas de problèmes. Une fois, j'avais été obligé de me taper une fille des plus chouettes, Mary, dans les toilettes pour dames d'un garage Standard. C'était difficile de trouver une position (personne n'a envie de s'allonger par terre dans une pissotière), et faire ça debout ne collait pas — très inconfortable. Brusquement, je me suis rappelé une astuce que j'avais apprise dans le chiotte d'un train en traversant l'Utah, avec une jolie petite Indienne pintée au vin rouge. J'ai dit à Mary de passer une jambe par-dessus le lavabo. J'ai fait la même chose et j'ai fourré mon outil là où il était attendu. Ça marchait au poil. Rappelle-toi, ça peut toujours servir un jour. On peut même se faire couler de l'eau chaude sur les couilles, ça fait une sensation de plus.

Bref, Mary est sortie des toilettes la première, moi ensuite. Le garagiste m'a vu.

« Eh, mec, qu'est-ce que tu faisais dans les toilettes des dames ?

— Oh ! là, là ! mec, j'ai fait, avec un petit geste du poignet, tu es mignon, tu sais mon chou ? »

Et je suis sorti en tortillant du cul. Le type m'a cru sans problèmes. Ça m'a trituré la cervelle pendant quinze jours, puis j'ai oublié...

Je crois que j'ai oublié. Bref, le *deal* rendait bien. Bobby avalait n'importe quoi. Je lui ai même vendu deux pilules contraceptives. Il les a avalées.

« Bon truc, mec. Tu peux m'en avoir d'autres ? »

Mais le plus bizarre de tous, c'était Pulon. Pulon restait assis dans un fauteuil près de la fenêtre et il n'en bougeait pas. Il n'allait jamais au réfectoire. Personne ne le voyait manger. Les semaines passaient. Pulon était toujours dans son fauteuil. Il s'entendait parfaitement avec les plus barjots, les types qui ne parlaient à personne, pas même aux vieux débris de toubibs. Ils venaient voir Pulon et ils lui parlaient. Ils racontaient des histoires, hochaient la tête, riaient, en fumant des cigarettes.

A part Pulon, c'est moi qui m'entendais le mieux avec les grands barjots. Les vieux débris nous demandaient :

« Comment faites-vous pour les décoincer, les gars ? »

Pulon et moi, on détournait les yeux et on ne répondait pas.

Pulon était capable de parler à des gens qui n'avaient pas ouvert la bouche depuis vingt ans. Il les amenait à répondre à ses questions et à lui raconter des histoires. Pulon était vraiment bizarre. C'était un de ces êtres brillants qui vivent et meurent sans jamais laisser voir leur intelligence — c'est peut-être pour ça que la terre ne tourne pas rond. Seuls les imbéciles ont la tête farcie de conseils et de solutions à tous les problèmes.

« Ecoute, Pulon, je disais, tu ne manges pas. Je ne t'ai jamais vu manger. Comment restes-tu en vie ?

— Eeeheheheheh. Eeeeheeeheeheeeeheheh... »

J'étais volontaire pour les menus travaux, ça me permettait de sortir du bâtiment, histoire de faire un tour. J'étais un peu comme Bobby, sauf que je ne retroussais pas mon pantalon en sifflant une version insoutenable du grand air de *Carmen*. J'avais la hantise du suicide, des crises de dépression, j'étais allergique aux foules et, par-dessus tout, je ne *supportais* pas de faire la queue pendant des heures pour attendre je ne sais quoi. Voilà d'ailleurs à quoi la société se résume : des heures de queue et attendre je ne sais quoi. J'avais fait une tentative au gaz et ça n'avait pas marché. J'avais un autre problème. Je disais souvent : « Les deux grandes inventions de l'homme sont le lit et la bombe atomique : le premier fait tout oublier et la seconde fait tout disparaître. » Les gens me prenaient pour un fou. Des jeux d'enfants, voilà ce qui les amuse : ils passent du con de leur mère à la tombe sans jamais toucher du doigt l'horreur de la vie.

Oui, je détestais sortir du lit le matin. Ça signifiait retrouver la vie une fois de plus et, quand tu as passé une nuit dans un lit et que tu t'es construit une espèce de refuge, il est vraiment difficile de l'abandonner. J'ai toujours été un solitaire. Je dois avoir une fêlure dans le crâne mais, sauf pour les petites parties de cul, je ne verrai aucun inconvénient à ce que tout le monde meure. Oui, je sais que ce n'est pas gentil, je suis pourtant aussi agressif qu'un escargot ; après tout, ce sont les gens qui m'ont rendu malheureux.

C'était la même histoire tous les matins :

« Bukowski, debout.

— Quoaaarf ?

— J'ai dit : Bukowski, debout !

— Ouep ?

— Non, pas OUEP ! Debout, et que ça saute, abruti !

— Arrr... et ta sœur, tu la baises ?

— Je vais chercher le docteur Blasingham.

— Baise-le aussi. »

Arrivée du docteur Blasingham, au pas de course, on l'avait dérangé et ça l'énervait, il était en train de tripoter une étudiante infirmière dans son bureau et la pauvre conne rêvait de mariage et de vacances sur la Côte d'Azur... avec ce vieux crétin qui ne pouvait même plus bander. Docteur Blasingham. Le vampire des subventions du comté. Un escroc, un merdeux. Pourquoi ne l'avaient-ils pas élu président des Etats-Unis ? Ça me dépassait. Ils ne l'avaient peut-être jamais vu — il passait son temps à bavasser dans la culotte de l'infirmière.

« Allez, Bukowski, DEBOUT !

— Rien à faire. Il n'y a absolument rien à faire. Vous ne voyez pas ?

— Debout. Ou je vous prive de permissions.

— Merde. Comme si je disais que vous serez privé de capote quand il n'y a rien à baiser.

— D'accord, mon gars... je compte... allez... Un... Deux... »

J'ai sauté du lit.

« L'homme est la victime innocente de ceux qui se refusent à comprendre son âme.

— Tu as laissé ton âme à la maternelle, Bukowski. Maintenant, va te laver et prépare-toi pour le petit déjeuner. ».

On m'a confié la traite des vaches, pour finir, ce qui m'obligeait à me lever plus tôt que les autres. Mais ça ne me déplaisait pas de tirer sur les mamelles des vaches. Ce matin-là, j'avais arrangé un rendez-vous avec Mary dans la grange. Une montagne de paille. Ça serait parfait, parfait. Je tirais sur les mamelles quand Mary est arrivée près de la vache.

« On y va, Python. »

Elle m'appelait « Python ». Je ne sais pas pourquoi. Je réfléchissais : elle me prend peut-être pour Pulon ? Mais réfléchir ne mène l'homme à rien de bon. Ça n'amène que des problèmes.

Quoi qu'il en soit, on est monté dans le grenier, tout nus ; aussi nus que des moutons après la tonte, frissonnant, avec cette paille propre et raide qui piquait comme des aiguilles à tricoter. Bon Dieu, c'était le truc qu'on lisait dans les romans de l'ancien temps !

Je besognais Mary. C'était super. Je commençais à bien jouir quand j'ai eu l'impression que l'armée italienne au grand complet débarquait dans la grange.

« Eh ! STOP ! STOP ! LÂCHE CETTE FEMME !

— DESCENDS DE LÀ TOUT DE SUITE.

— SORS TA QUEUE DE LÀ »

Une bande d'infirmiers, tous des braves types, la plupart pédés, merde, mais je n'avais rien contre eux, grimpent à l'échelle...

« BOUGE PLUS, SALAUD !

— SI TU JOUIS, GARE À TES COUILLES ! »

J'ai accéléré mais rien à faire. Ils étaient montés à quatre. Ils m'ont tiré en arrière et m'ont fait rouler sur le dos.

« GRANDS DIEUX, REGARDE CE MACHIN !

— VIOLET COMME UN IRIS ET AUSSI LONG QUE MON BRAS ! ÇA PULSE, C'EST GIGANTESQUE, C'EST LAID !

— ON ESSAIE ?

— On pourrait perdre notre place.

— Ça vaudrait peut-être le coup. »

Au même moment arrivait le docteur Blasingham. Ça mettait fin au débat.

« Que se passe-t-il là-haut ?

— Nous tenons l'homme, Docteur.

— Et la femme ?

— La femme ?

— Oui, la femme.

— Oh !... elle est folle à lier.

— Ça va, rhabillez-les et dans mon bureau, un à la fois. La femme d'abord ! »

Ils m'ont fait attendre à la porte, devant le sanctuaire de Blasingham. J'étais assis entre deux infirmiers sur un banc de fer.

C'était une torture, comme si je mourais de soif dans le désert et qu'on me demande ce que je préfère : sucer une éponge sèche ou avaler dix grains de sable...

Je suppose que Mary s'est fait laver la tête par le bon docteur.

Puis ils ont embarqué Mary et m'ont poussé à l'intérieur. Blasingham avait l'air scandalisé par les événements. Il m'a dit qu'il m'observait à la jumelle depuis plusieurs jours. On me suspectait depuis des semaines. Deux grossesses inexpliquées. J'ai dit au docteur que priver un homme de sexe n'était pas le meilleur moyen de l'aider à retrouver sa raison. Il a prétendu que l'énergie sexuelle pouvait se transmettre le long de la moelle épinière et être utilisée à des fins plus gratifiantes. Je lui ai dit que c'était bien possible quand c'était *volontaire* mais que si c'était *forcé*, la moelle épinière se foutait pas mal de transmettre de l'énergie à des fins plus gratifiantes.

Alors, tout a une fin, j'ai été privé de permission pendant quinze jours. Mais avant de passer à la caisse, j'espère que je baiserai un jour dans la paille. Me casser mon coup comme ça... On me doit bien une compensation, tout de même.

## LES GRANDS POÈTES MEURENT DANS DES MARMITES DE MERDE

Je voudrais vous parler de lui. Je suis sorti de mes draps l'autre jour, avec une méchante gueule de bois, il fallait que j'aille au supermarché, que j'achète de la bouffe pour me la carrer dans le ventre et faire le boulot que je déteste. Parfait. J'étais dans le magasin, et ce petit merdeux (il devait être aussi vieux que moi) sans doute plus sûr de lui que moi, plus bête et plus demeuré, un roquet, un trou du cul, OUAF OUAF, sans respect pour rien sauf pour sa façon de sentir, de penser ou de s'exprimer... c'était une petite hyène, une limace. Une croûte ramollie. Il ne me lâchait pas des yeux. Puis il a dit :
« EH !!! »
Il s'est amené et il est resté là à me fixer. Il avait des yeux tout ronds dont le fond ressemblait comme deux gouttes d'eau au fond d'une piscine, sans aucun reflet. Je n'avais que quelques minutes et devais me grouiller. La veille, j'avais déjà manqué le boulot et j'avais été convoqué — Dieu sait pour la combientième fois — pour absentéisme. Aussi je voulais vraiment le larguer mais j'étais trop crevé pour me secouer. Il ressemblait au gérant d'un meublé où j'avais vécu quelques années plus tôt. Un de ces types qui se trouvent toujours dans l'entrée à trois heures du matin quand tu ramènes une fille.

Comme il me regardait toujours fixement, je lui ai dit : « JE NE ME SOUVIENS PAS DE VOUS. DÉSOLÉ, JE NE ME SOUVIENS PAS DE VOUS. JE NE SUIS PAS

TRÈS DOUÉ POUR CE GENRE DE CHOSES. » Tout en pensant intérieurement : « Qu'est-ce que tu fous là ? Je ne t'*aime* pas. »

« JE SUIS PASSÉ CHEZ VOUS, il a dit. PAR LÀ. »

Il s'est retourné et a pointé son doigt vers le sud et vers l'est, là où je n'avais jamais habité. Travaillé, mais jamais habité. Je me suis dit : « C'est un cinglé. Je ne le connais pas. Jamais vu. Je suis libre. Je peux l'envoyer foutre. »

« DÉSOLÉ, j'ai dit, MAIS VOUS FAITES ERREUR, JE NE VOUS CONNAIS PAS. JAMAIS HABITÉ PAR LÀ. DÉSOLÉ, VIEUX. »

J'ai poussé mon chariot plus loin.

« BON ? PEUT-ÊTRE PAS PAR LÀ. MAIS JE VOUS CONNAIS. C'ÉTAIT UNE PIÈCE DANS LA COUR. VOUS HABITIEZ DANS UNE PIÈCE SUR LA COUR, AU DEUXIÈME. IL DOIT Y AVOIR UN AN.

— DÉSOLÉ, MAIS JE BOIS TROP. J'OUBLIE LES GENS. J'AI HABITÉ UNE PIÈCE SUR LA COUR AU DEUXIÈME MAIS IL Y A CINQ ANS DE ÇA. ÉCOUTEZ, J'AI PEUR QUE VOUS NE CONFONDIEZ. JE SUIS PRESSÉ, TRÈS PRESSÉ. JE DOIS Y ALLER, JE SUIS À UNE MINUTE PRÈS MAINTENANT. »

J'ai poussé mon chariot vers le rayon boucherie.

Il a couru à côté de moi.

« VOUS ÊTES BUKOWSKI, N'EST-CE PAS ?

— OUI. C'EST MOI.

— JE SUIS PASSÉ. MAIS VOUS AVEZ OUBLIÉ. VOUS ÉTIEZ EN TRAIN DE BOIRE.

— QUI DIABLE VOUS AVAIT AMENÉ ?

— PERSONNE. J'ÉTAIS VENU TOUT SEUL. J'AI ÉCRIT UN POÈME SUR VOUS. VOUS AVEZ OUBLIÉ. MAIS VOUS N'AIMIEZ PAS MON POÈME.

— UMM.

— J'AI ÉCRIT UN POÈME DANS LE TEMPS SUR CE TYPE QUI A ÉCRIT *L'HOMME AU BRAS D'OR*. COMMENT S'APPELLE-T-IL ?

— ALGREN. NELSON ALGREN, j'ai dit.

— OUAIS, il a dit. J'AI ÉCRIT UN POÈME SUR LUI. JE L'AI ENVOYÉ À UNE REVUE. LE RÉDACTEUR M'A CONSEILLÉ DE L'ENVOYER À ALGREN. ALGREN A

RÉPONDU, IL M'A ÉCRIT UN MOT SUR UN JOURNAL HIPPIQUE. « VOILÀ MA VIE », IL AVAIT ÉCRIT.

— PAS MAL, ALORS COMMENT VOUS APPELEZ-VOUS ?

— ÇA N'A PAS D'IMPORTANCE. JE M'APPELLE "LEGION".

— TRÈS DRÔLE. »

J'ai souri. On a trottiné le long des rayons, puis stop. J'ai attrapé un paquet de hamburgers. Puis j'ai décidé de larguer le type. J'ai pris un hamburger, je le lui ai collé dans la main et j'ai serré la main, avec le hamburger dedans, en disant :

« BON, D'ACCORD, CONTENT DE VOUS VOIR, MON VIEUX, MAIS IL FAUT VRAIMENT QUE J'Y AILLE. »

Puis j'ai passé la vitesse supérieure en poussant mon chariot. Direction le rayon boulangerie. Le type ne décollait pas.

« ÊTES-VOUS TOUJOURS DANS LES POSTES ? a-t-il demandé en trottinant.

— J'AI BIEN PEUR QUE OUI.

— VOUS DEVRIEZ VOUS TIRER DE LÀ. C'EST UN BOULOT AFFREUX. C'EST LE PIRE DES BOULOTS.

— SANS DOUTE. MAIS, VOUS VOYEZ, JE NE SAIS RIEN FAIRE, JE N'AI AUCUNE QUALIFICATION.

— VOUS ÊTES UN GRAND POÈTE, MON VIEUX.

— LES GRANDS POÈTES MEURENT DANS DES MARMITES DE MERDE.

— MAIS VOUS AVEZ UNE BONNE RÉPUTATION CHEZ LES GENS DE GAUCHE. PERSONNE NE PEUT VOUS AIDER ? »

Les gens de gauche ? Ce type était fou. On a trottiné.

« J'AI UNE RÉPUTATION. CHEZ MES POTES À LA POSTE. JE SUIS RÉPUTÉ COMME GROS LARD ET COMME TURFISTE.

— VOUS NE POUVEZ PAS AVOIR UNE BOURSE ? N'IMPORTE QUOI ?

— J'AI ESSAYÉ L'AN DERNIER. LES BELLES-LETTRES. TOUT CE QUE J'AI REÇU, C'EST UN FORMULAIRE DE REFUS.

— N'IMPORTE QUEL TROU DU CUL VIT AVEC UNE BOURSE EN AMÉRIQUE.

— ENFIN UNE PAROLE INTELLIGENTE.
— VOUS NE DONNEZ PAS DE CONFÉRENCES À L'UNIVERSITÉ ?
— JE PRÉFÈRE PAS. POUR MOI, C'EST DE LA PROSTITUTION. TOUT CE QU'ILS VEULENT, C'EST... »

Il ne m'a pas laissé finir.

« GINSBERG, il a dit, GINSBERG DONNE DES CONFÉRENCES DANS LES UNIVERSITÉS. COMME CREELEY ET OLSON ET DUNCAN ET...
— JE SAIS. »

J'ai attrapé mon pain.

« IL Y A TOUTES SORTES DE PROSTITUTIONS », il a dit.

Il devenait profond. Seigneur ! J'ai couru vers le rayon, des légumes.

« ÉCOUTEZ, JE PEUX VOUS REVOIR, UN DE CES JOURS ?
— JE SUIS TRÈS PRIS. VRAIMENT COINCÉ. »

Il a sorti un carnet.

« ICI, METTEZ VOTRE ADRESSE ICI. » « Oh ! Seigneur, j'ai pensé, est-il possible de s'en tirer sans offenser son prochain ? » J'ai écrit mon adresse dans le carnet.

« ET LE TÉLÉPHONE ? COMME ÇA, JE POURRAI VOUS PRÉVENIR QUAND J'ARRIVE.
— NON, PAS LE TÉLÉPHONE. »

Je lui ai rendu son carnet.

« QUELLE HEURE PRÉFÉREZ-VOUS ?
— SI VOUS ÊTES OBLIGÉ DE VENIR, VENEZ LE VENDREDI SOIR APRÈS DIX HEURES.
— J'APPORTERAI DE LA BIÈRE. ET IL FAUDRA QUE J'AMÈNE MA FEMME. JE SUIS MARIÉ DEPUIS VINGT-SEPT ANS.
— DOMMAGE, j'ai dit.
— OH NON. C'EST LA SEULE SOLUTION.
— QU'EN SAVEZ-VOUS ? VOUS NE CONNAISSEZ QUE CELLE-LÀ.
— ÇA ÉLIMINE LA JALOUSIE ET LES DISPUTES. VOUS DEVRIEZ ESSAYER.
— ÇA N'ÉLIMINE RIEN, ÇA EN RAJOUTE. J'AI DÉJÀ ESSAYÉ.

— AH OUAIS, JE ME RAPPELLE L'AVOIR LU DANS UN DE VOS POÈMES. UNE FEMME RICHE. »

Nous étions devant les légumes. Les surgelés.

« J'AI VÉCU AU VILLAGE DANS LES ANNÉES 30. J'AI CONNU BODENHEIM. ÉPOUVANTABLE. IL A ÉTÉ ASSASSINÉ. ON L'A RETROUVÉ DANS UNE IMPASSE. ASSASSINÉ PAR UNE DE CES SALOPES. JE VIVAIS DANS LE VILLAGE À L'ÉPOQUE. J'ÉTAIS BOHÈME. JE NE SUIS PAS BEATNIK. ET JE NE SUIS PAS HIPPIE. VOUS LISEZ LA *FREE PRESS* ?

— PARFOIS.

— ÉPOUVANTABLE ! »

Il voulait dire qu'il pensait que les hippies étaient épouvantables. Il devenait profondément vaseux.

« JE PEINS AUSSI. J'AI VENDU UN TABLEAU À MON PSYCHIATRE. TROIS CENT VINGT DOLLARS. LES PSYCHIATRES SONT TOUS FOUS, COMPLÈTEMENT. »

La philosophie des années 30...

« VOUS VOUS RAPPELEZ CE POÈME OÙ VOUS PARLEZ DE LA PLAGE ET OÙ VOUS DESCENDEZ LA FALAISE VERS LE SABLE AVEC TOUS LES AMOUREUX. VOUS ÉTIEZ SEUL, VOUS AVIEZ ENVIE DE PARTIR ET VOUS ÊTES PARTI SI VITE QUE VOUS AVEZ OUBLIÉ VOS CHAUSSURES. C'EST UN GRAND POÈME SUR LA SOLITUDE. »

C'était un poème sur la DIFFICULTÉ de RESTER SEUL un moment, mais je n'ai pas fait de commentaires.

J'ai embarqué un paquet de pommes de terre surgelées et j'ai cavalé vers la caisse. Il a foncé avec moi.

« JE TRAVAILLE COMME DÉMONSTRATEUR DANS LES SUPERMARCHÉS. CENT CINQUANTE-QUATRE DOLLARS PAR SEMAINE. JE NE PASSE AU BUREAU QU'UNE FOIS PAR SEMAINE. JE TRAVAILLE DE 11 HEURES DU MATIN À 4 HEURES DU SOIR.

— VOUS TRAVAILLEZ EN CE MOMENT ?

— OUAIS. JE SUIS DÉMONSTRATEUR ICI EN CE MOMENT. DOMMAGE QUE JE N'AIE AUCUN POUVOIR. JE VOUS AURAIS FAIT PASSER. »

Le garçon à la caisse a commencé à enregistrer mes achats.

« EH ! a crié mon ami, VOUS N'ALLEZ PAS LE FAIRE PAYER ! C'EST UN POÈTE ! »

Le garçon à la caisse n'a rien dit. Il a continué d'enregistrer.

Mon ami a hurlé de plus belle :

« EH ! C'EST UN GRAND POÈTE, NE LE FAITES PAS PAYER.

— IL AIME PARLER », j'ai dit au garçon caissier.

Le garçon caissier n'a pas moufté. J'ai payé et j'ai pris mon sac.

« JE DOIS PARTIR », j'ai dit à mon ami.

Dieu sait pourquoi, il ne pouvait pas sortir du magasin. La peur. Il voulait conserver sa place. Merveilleux. Ça me faisait du bien de le voir planté à côté de la caisse.

Au lieu de trottiner à côté de moi.

« JE PASSERAI VOUS VOIR », il a dit.

J'ai fait un geste d'adieu par-dessous mon sac.

Dehors, sur le parking, des gens allaient et venaient. Aucun d'entre eux ne lisait de la poésie, ne parlait de la poésie, n'écrivait de poésie. Pour une fois, les masses me semblaient pleines de bon sens. J'ai regagné ma voiture, jeté le sac à l'intérieur et me suis assis un moment. Une femme est sortie de la voiture la plus proche et j'ai regardé sa jupe retomber sur l'éclair blanc du haut de ses cuisses. Une des plus belles œuvres d'art du monde : une femme avec de jolies jambes qui descend de sa voiture. Elle s'est redressée et la jupe est complètement retombée. Elle m'a souri, puis elle s'est détournée et, avec toute sa chair, frémissante, chaloupante, ondulante, elle s'est dirigée vers le magasin. J'ai fait démarrer ma voiture en marche arrière. J'avais presque oublié mon ami. Lui ne m'oublierait pas. Il dirait en rentrant chez lui :

« CHÉRIE ? DEVINE QUI J'AI VU AU MAGASIN AUJOURD'HUI ? IL N'AVAIT PAS BEAUCOUP CHANGÉ, PEUT-ÊTRE MOINS BOUFFI. ET IL A TOUJOURS CE PETIT TRUC AU MENTON.

— C'ÉTAIT QUI ?
— CHARLES BUKOWSKI.

— QUI C'EST ?
— UN POÈTE. IL EST FINI. IL N'ÉCRIT PLUS AUSSI BIEN QU'AVANT. MAIS IL ÉCRIVAIT DE TRÈS GRANDS TRUCS ! C'EST UN GARS VRAIMENT TRÈS SOLITAIRE MAIS IL NE LE SAIT PAS. ON PASSERA LE VOIR VENDREDI SOIR.
— MAIS JE N'AI RIEN À ME METTRE.
— IL S'EN FOUT. IL N'AIME PAS LES FEMMES.
— IL N'AIME PAS LES FEMMES ?
— OUAIS. IL ME L'A DIT.
— ÉCOUTE, GUSTAV, LE DERNIER POÈTE QU'ON EST ALLÉ VOIR ÉTAIT QUELQU'UN D'ÉPOUVANTABLE. ON N'ÉTAIT PAS LÀ DEPUIS UNE HEURE QU'IL ÉTAIT SOÛL ET QU'IL S'EST MIS À JETER DES BOUTEILLES À TRAVERS LA PIÈCE ET À JURER.
— C'ÉTAIT BUKOWSKI. MAIS IL NE SE SOUVIENT PAS DE NOUS.
— PAS ÉTONNANT.
— IL EST TRÈS SEUL. NOUS DEVRIONS ALLER LE VOIR.
— D'ACCORD, PUISQUE TU LE DIS, GUSTAV.
— MERCI, CHÉRIE. »

Vous n'avez pas envie d'être Charles Bukowski ? Je peux peindre aussi. Soulever des haltères. Et ma petite fille pense que je suis le bon Dieu.

Autres temps, autres bonheurs.

## CHEVAL DE MON CŒUR

J'ai passé une nuit blanche chez John la Barbe. On a discuté de Creeley, lui était pour, moi j'étais contre. J'étais soûl en arrivant et j'avais apporté de la bière. On a discuté de choses et d'autres, tous les deux, rien de précis, et la nuit a passé. Vers six heures, j'ai pris ma voiture, elle a démarré, et je suis redescendu à travers les collines jusqu'à Sunset. Je suis rentré chez moi, j'ai trouvé de la bière, je l'ai bue et suis allé au lit après avoir réussi à me déshabiller. Réveil à midi, malade, j'ai sauté du lit. Habillé, lavé les dents, peigné. J'ai regardé ma gueule jaune et flasque dans la glace, j'ai tourné la tête, les murs valsaient, je suis sorti, j'ai pris ma voiture et j'ai cinglé plein sud vers Hollywood Park. Trot attelé.

J'ai mis dix dollars sur le favori à 8 contre 5 et j'ai voulu sortir voir la course. Un grand gosse en costume sombre se ruait vers le guichet avec les parieurs de dernière minute. Le salaud mesurait bien 2,10 m. J'ai essayé de m'écarter de son chemin mais il m'a heurté avec l'épaule en pleine poire. Ça m'a presque assommé. J'ai hurlé : « Espèce de fils de pute, REGARDE OÙ TU FOUS LES PIEDS ! » Il était trop obsédé par ses paris pour entendre quoi que ce soit. Je suis monté sur la terrasse et j'ai regardé le 8 contre 5 gagner. Puis j'ai quitté la buvette pour les tribunes avec une tasse de café chaud, sans lait. Le champ de courses me faisait l'effet d'un maelström psychédélique.

5, 6 fois 5. Dix-huit dollars de bénéfice, première course. Je n'avais envie d'être nulle part. Parfois il faut se battre tellement dur dans la vie qu'on n'a pas le temps de vivre. Je suis retourné à la buvette, plus de café, je me suis assis pour ne pas tourner de l'œil. Malade comme un chien.

Il restait une minute avant la course quand je me suis glissé dans la queue. Un petit Japonais s'est tourné vers moi et m'a regardé les yeux dans les yeux. « Vous jouez lequel ? » Il n'avait même pas de programme. Il essayait de mater le mien. Il y a des types capables de jouer dix ou vingt dollars mais qui sont trop radins pour s'acheter un programme à quarante cents qui donne toutes les dernières performances des chevaux. « J'en joue aucun », j'ai grogné. Je crois que j'ai touché juste. Le petit Japonais s'est détourné et a essayé de lire le programme du type devant lui, en se dandinant sur la pointe des pieds.

J'ai pris mon pari et suis sorti voir l'épreuve. Jerry Perkins courait en brave vieux hongre de quatorze ans qu'il était. Charley Short avait l'air de dormir sur sa selle. Il avait peut-être passé une nuit blanche lui aussi. Avec le cheval. Night Freight l'a remporté à 18 contre 1 et j'ai déchiré mes billets. La veille, un 15 contre 1 et un

60 contre 1 avaient gagné coup sur coup. Ils essayaient de me renvoyer à la cloche. Avec mes fringues et mes souliers, j'avais l'air d'un Oncle Sam en haillons. Un joueur claque son fric à acheter n'importe quoi, mais pas des fringues : l'alcool d'abord, la bouffe, le cul, mais pas de fringues. Tant que vous n'arrivez pas à poil et que vous avez les biftons, on vous laissera parier.

Les gars avaient tous les yeux tournés vers quelque chose en mini ultra-courte. C'est dire qu'elle était COURTE ! La fille était jeune et elle avait le sourire. J'ai demandé son prix. Trop cher. Cent dollars pour une nuit. Elle m'a dit qu'elle travaillait comme hôtesse quelque part. Je me suis taillé avec mes loques, la fille s'est installée au bar et s'est payé un verre.

J'ai repris un café. J'avais dit à John la Barbe la nuit d'avant qu'en général le cul se paie cent fois trop cher. Moi, je marche pas. Les autres mecs si. Mini ultra-courte valait huit dollars. Elle ne vous faisait payer que treize fois son prix. Brave petite.

Je suis retourné dans la queue pour la suite des paris. Le tableau d'affichage marquait zéro. Le départ était imminent. Le gros lard devant moi avait l'air de dormir. Il ne devait pas avoir très envie de parier. « Lève-toi et marche », j'ai dit. Il semblait collé au guichet. J'ai pivoté lentement et l'ai poussé un bon coup, avec le coude. S'il ouvrait le bec, j'étais prêt à cogner. La gueule de bois me rendait nerveux. J'ai misé vingt dollars sur Scottish Dream. Un bon cheval, mais j'avais peur que Crane ne sache pas le monter. Il montait mal depuis le début de la réunion. D'accord, il était fini. Un 18 contre 1 l'a débordé au sprint. Il a terminé second.

La rue de la cloche me pendait au nez. J'ai regardé les gens. Que faisaient-ils là ! Pourquoi ne travaillaient-ils pas ? Comment faisaient-ils leur beurre ? Il y avait quelques riches au bar. Ils n'avaient pas de soucis mais ils avaient cet œil des rupins qui n'ont plus à lutter et qui essaient de tuer le temps. Ils ne s'intéressent à rien, ils sont riches, c'est tout. Pauvres diables. Ouais. Ah ! ahahah, ah !

Je buvais de l'eau sans arrêt. J'étais complètement desséché. Desséché et malade. Et touché. A la caisse. Acculé comme toujours. Quel sport épuisant.

Un Espagnol bien sapé qui puait le meurtre et l'inceste s'avançait vers moi. Il puait comme un égout bouché.

« T'as pas un dollar ? » a-t-il dit.

J'ai dit posément :

« Va te faire voir. »

Il a pivoté et s'est dirigé vers un autre type.

« T'as pas un dollar ? »

Il était tombé sur un Hollandais de New York. La réponse n'a pas tardé :

« Et toi, t'as pas dix dollars, eh branleur ! » a dit le Hollandais.

La foule allait et venait, tous les arnaqués du grand rêve. Fauchés, rageurs, angoissés. Matraqués, mutilés, filoutés, coincés, rabotés, cloués, enculés. Ils remettaient ça dès qu'ils arrivaient à gagner trois ronds. Moi ? Je serais pickpocket, mac ou Dieu sait quoi, s'il le fallait.

La course suivante ne fut pas plus brillante. J'étais encore second, Jean Daily me coiffait sur Pepper Tone. J'avais de plus en plus l'impression que mon expérience, accumulée depuis des années, avec des nuits de travail, ne valait pas un clou. Merde, ce n'étaient que des bêtes après tout, on leur donnait du mou et advienne que pourra. Je ferais mieux de rentrer chez moi écouter quelque chose de vraiment con (*Carmen* en anglais) et attendre que le proprio me flanque à la porte.

Dans la cinquième j'étais toujours second avec Bobbijack, battu par Stormy Scott. Après avoir fait 5 contre 2 à l'ouverture, Stormy avait chuté à 2 contre 2 parce qu'il portait le jockey vedette, Farrington, et qu'il avait remonté onze longueurs dans sa dernière course.

Second toujours dans la sixième avec Shotgun, un bon rapport à 8 contre 1 qui avait failli gagner mais Pepper Streak était dans un grand jour. J'ai déchiré mon billet à dix dollars.

J'ai fait troisième dans la septième. Je plongeais de cinquante dollars.

Dans la huitième, j'avais à choisir entre Creedy Cash et Red Wave. J'ai été aspiré par le flot et j'ai joué Red Wave comme tout le monde, et naturellement Creedy

Cash a gagné à 8 contre 5 avec O'Brien. Ce n'était pas une grosse surprise, Creedy avait déjà gagné dix courses sur dix-neuf cette année-là.

J'avais eu la main lourde avec Red Wave et je plongeais de quatre-vingt-dix dollars.

Je suis allé aux toilettes pour pisser un coup. Ils étaient tous là, prêts à tuer ou à rafler les portefeuilles. La horde sénile des décavés. Tout à l'heure, après le cirque, ils se répandraient dans la ville. Quelle existence ! Familles brisées, boulots perdus, et la folie. Mais ça rapportait des impôts à notre bon Etat de Californie, poulette. Sept ou huit pour cent par dollar. Avec, on construisait des routes. On engageait des flics pour nous foutre la trouille. On construisait des asiles. On faisait bouffer Reagan.

Un dernier essai. Je me suis décidé pour Fitment, un hongre de onze ans, qui avait raté sa dernière course. Il avait fini treize longueurs derrière, classé dans la catégorie à six mille cinq cents dollars et il courait maintenant contre deux douze mille cinq cents et un huit mille. Il fallait que je sois cinglé pour jouer ça, et à 9 contre 2. J'ai mis dix dollars sur Urall à 6 contre 1 pour assurer et quarante sur Fitment. Ça me faisait plonger de cent quarante dollars. Quarante-sept ans, et toujours à traîner au Pays des Espoirs perdus. Coincé comme le dernier des péquenots.

Je suis sorti regarder la course. Fitment a perdu deux longueurs dans le premier virage, mais il courait en souplesse. « Ne craque pas, petit, ne craque pas. Au moins laisse-moi un espoir, un tout petit espoir. Les dieux ne doivent pas chier toujours sur le même type. Que chacun ait son tour. Ça entretient la foi. »

La nuit tombait et les chevaux filaient à travers le brouillard. Fitment a pris la tête dans la ligne opposée. Foulée souple. Mais Meadow Hutch, le favori à 8 contre 5, a fait l'extérieur et est repassé devant Fitment. Les positions n'ont pas changé dans le dernier virage. Puis Fitment s'est démarqué, il est revenu à la hauteur de Meadow Hutch, a attaqué et l'a laissé sur place. Bravo, dégommé le favori, plus que six chevaux à battre. « Merde et merde, je me disais, ils ne vont pas me le laisser. Il va se passer quelque chose dans le peloton. Un démarrage.

Les dieux ne vont pas me laisser Fitment. Je retournerai dans ma chambre et je m'allongerai dans le noir, lumières éteintes, les yeux au plafond, et je me demanderai à quoi rime tout ça. »

Fitment avait pris deux longueurs à l'entrée de la ligne droite. Elle était longue, cette ligne droite, bon Dieu qu'elle était LONGUE !

« Ce n'est pas possible. Pas mon tour. Vois comme il fait nuit. »

Cent quarante dollars dans le rouge. Malade. Vieux. Idiot. Malchanceux. Des verrues dans le cœur.

Les jeunes filles dorment avec les géants. Les jeunes filles se moquent de moi quand je passe dans les rues.

Fitment. Fitment.

Toujours deux longueurs. Il tangue, deux longueurs et demie, personne ne remonte. Merveilleux. Quelle symphonie !

Même le brouillard souriait. J'ai vu Fitment passer la ligne et je suis allé boire de l'eau. Quand je suis revenu on affichait les rapports. Onze dollars quatre-vingts pour deux dollars.

J'en avais joué quarante. J'ai pris mon stylo et j'ai fait le calcul. A toucher : Deux cent trente-six dollars. Moins cent quarante. Je restais avec un bénéfice de quatre-vingt-seize dollars.

« Fitment. Je t'aime, chéri, je t'aime. Cheval de mon cœur. »

Il y avait du monde au guichet à dix dollars. Je suis allé aux toilettes et me suis aspergé de l'eau sur la figure. La forme était de retour. Je suis sorti et j'ai cherché mes billets.

Je n'en trouvais plus que TROIS ! J'en avais perdu un en route ! Amateur ! crétin ! abruti ! J'étais malade. Ce billet à dix dollars en valait maintenant cinquante-neuf. Je suis revenu sur mes pas, en cherchant dans la poussière. Pas de numéro 4. Quelqu'un avait trouvé mon billet.

Je me suis mis dans la queue, en fouillant mon portefeuille. Quel trou du cul ! Puis j'ai retrouvé le billet. Il avait glissé dans une déchirure du cuir. Ça ne m'était jamais arrivé. Quel trou du cul de portefeuille !

J'ai empoché les deux cent trente-six dollars. J'ai vu

Mini qui me regardait. Ah ! non, non non NON !!! J'ai dévalé les escaliers, j'ai acheté le journal et je me suis faufilé sur le parking entre les voitures.

J'ai allumé un cigare. « Bien, je pensais, c'est incontestable : le génie ça paie toujours. » Je pensais ça en mettant en marche ma Plymouth 57. J'ai manœuvré avec une grande prudence et beaucoup de courtoisie. Je fredonnais le *Concerto en do majeur* de Piotr Illitch Tchaïkowski, pour violon et orchestre. J'avais inventé des paroles pour chanter le thème principal : « Un jour un jour nous reverrons la liberté, ah ! un jour, nous reverrons la liberté, liberté, liberté... »

Je suis sorti avec la foule haineuse des perdants. Leurs voitures achetées à crédit et assurées cher étaient maintenant leur seule richesse. Ils se dévoraient des yeux avec des envies de meurtre, se lançant des regards comme des éclairs ou des coups de fouet, sans reculer d'un pouce. J'ai réussi à prendre la sortie vers Century. J'ai calé en plein dedans, bloquant quarante-cinq voitures derrière moi. J'ai pompé du pied l'accélérateur, un œil sur le flic, puis j'ai mis le contact. Le moteur a grondé et j'ai démarré. Je me suis enfoncé dans le brouillard. Los Angeles n'était pas si dur que ça : en se démerdant bien on s'en sortait toujours.

## UN COPAIN DE BITURE

J'ai rencontré Jeff dans un garage de Flower Street, ou alors de Figueroa Street. J'ai toujours confondu les deux. Bref, j'étais réceptionniste et Jeff faisait le larbin. Il démontait les moteurs, balayait les carrelages, accrochait le papier dans les chiottes, etc. J'avais moi-même larbiné d'un bout à l'autre du pays et je ne méprisais pas ce genre de boulot. Je sortais d'une période noire avec une femme qui avait failli m'achever. Je ne pensais plus aux femmes pour le moment et je compensais avec les courses, la branlette et l'alcool. Pour être franc, j'étais plus heureux ainsi, et chaque fois que je suivais cette pente je me disais : « Fini les femmes, pour toujours, qu'elles aillent au diable. » Bien sûr, il s'en pointait toujours une nouvelle — tu avais beau jouer les indifférents, elles te traquaient partout. C'était quand elles te voyaient vraiment distant, je crois, qu'elles foutaient le paquet pour te mettre la main dessus. Bref, j'étais dans cet état d'esprit quand j'ai connu Jeff, et il n'y avait rien de pédérastique dans nos relations. Rien que deux mecs qui vivaient au jour le jour, traînaient de ville en ville et en avaient bavé avec les dames. Je me rappelle le jour où j'étais au Green Light, je m'enfilais une bière, assis à une table, et je lisais les résultats des courses. Ils étaient toute une bande à discuter de Dieu sait quoi, quand j'ai entendu : « ... ouais, Bukowski en a chié avec la petite Flo. Pas vrai Bukowski ? »

J'ai levé les yeux. Les gens riaient. Je ne souriais pas. J'ai seulement levé ma bière, j'ai dit « Ouais », j'ai bu un coup et j'ai reposé la bière.

Quand j'ai relevé les yeux, une jeune Noire venait d'amener son verre sur ma table.

« Ecoute, mec, disait-elle, écoute, mec...
— Salut, j'ai dit.
— Ecoute, mec, te laisse pas avoir par la petite Flo, te laisse pas abattre, mec. Tu t'en sortiras.
— Je sais que je m'en sortirai. Je n'ai pas l'intention de mettre les pouces.
— O.K. Tu avais l'air si triste, c'est tout. Tu avais l'air tellement triste.
— Bien sûr que je suis triste. Je l'avais dans la peau, là. Mais ça passera. Une bière ?
— Ouais. Mais je t'invite. »

On a baisé ensemble cette nuit-là, chez moi, mais ce fut mon adieu aux femmes, pour un an, un an et demi, je ne sais plus.

Donc je buvais, tous les soirs après le travail, seul dans ma chambre, et il me restait encore de quoi passer le samedi aux courses. La vie était simple et pas trop douloureuse. Un peu loufoque aussi, peut-être, mais c'était déjà assez bon d'échapper à la douleur. J'ai compris Jeff tout de suite. Bien qu'il soit plus jeune que moi, c'était comme un autre moi-même.

« Tu te paies une sacrée gueule de bois, petit, je lui ai dit un matin.

— Pas d'autre solution, il faut arriver à oublier, quand on est un homme.

— Je crois que tu as raison, mieux vaut une gueule de bois que l'asile. »

Ce soir-là, on a fait une descente dans un bar du coin. Jeff était comme moi, il se foutait de ce qu'il bouffait. On ne se posait même pas la question de la bouffe. La bouffe nous barbait, tout simplement. A l'époque, les bars me barbaient pas mal aussi — tous ces crétins de mâles esseulés qui espéraient qu'une femme allait entrer et les emmener au pays des merveilles. Les deux rassemblements humains les plus déprimants s'opèrent aux courses et dans les bars, mais bien évidemment je ne parle que des mâles. Des perdants qui n'arrêtent pas de perdre et sont incapables de se secouer ou de s'y mettre à plusieurs. Et j'étais là, moi, au milieu d'eux. Jeff me facilitait la vie. Je veux dire par là que tout ça était nouveau pour lui et qu'il donnait du piquant aux choses, presque une raison d'être, comme si nous faisions un truc sensé au lieu de claquer nos salaires de misère en alcool, au jeu et à payer un taudis, au lieu de perdre nos boulots, d'en chercher un autre, d'en chier avec les femmes, de crever en enfer et de nous boucher les yeux. Des deux mains.

« Je veux que tu rencontres mon pote, Gramercy Edwards, a dit Jeff.

— Gramercy Edwards ?

— Ouais, Gram a passé plus de temps dedans que dehors.

— En taule ?

— En taule et à l'asile.

— Ça s'annonce bien. Dis-lui de passer.

— Je vais téléphoner au comptoir. S'il n'est pas trop bourré, on a une chance... »

Gramercy Edwards a débarqué une heure plus tard. A ce moment-là, je me sentais d'attaque et ça tombait bien, parce que Gramercy faisait son entrée. Une victime des prisons et des maisons de correction. On aurait dit que ses yeux lui roulaient sous le crâne tandis qu'il essayait de repérer au fond de son ciboulot ce qui foirait. En loques. Il avait une grosse bouteille de vin enfoncée dans la poche déchirée de son pantalon. Il puait. Une cigarette roulée au bout du bec. Jeff nous a présentés. Gram a sorti sa bouteille de vin de sa poche et m'a offert le coup. J'ai bu. On est resté là à boire jusqu'à la fermeture.

On a descendu la rue en direction de l'hôtel de Gramercy. A l'époque, avant que l'industrie ne s'installe dans la région, les pauvres louaient des chambres dans des vieilles maisons, et l'un des proprios avait un bouledogue qu'il lâchait la nuit. C'était un sacré fils de pute. Il m'avait fait peur plus d'une fois, au cours de mes nuits de biture, avant que j'apprenne à éviter son bout de trottoir. Cette nuit-là, j'ai décidé de passer par son trottoir.

« D'accord, a dit Jeff, c'est cette nuit qu'on se paie ce fils de pute. Maintenant, Gram, c'est à moi de le coincer. Si je le coince, c'est toi qui le butes.

— Coince-le, a dit Gramercy, j'ai ma lame. Je viens juste de l'aiguiser. »

On approchait. Bientôt, on a reconnu le grognement du bouledogue qui nous fonçait dessus. Il était dressé pour mordre les mollets. C'était un fameux chien de garde. Il nous arrivait dessus, l'air décidé. Jeff a attendu le dernier moment, puis il a pivoté et enjambé le bouledogue. Le bouledogue a dérapé, il a fait demi-tour très vite mais Jeff l'a chopé comme il lui filait entre les jambes. Il a noué ses bras sous les pattes de devant du chien et s'est relevé. Le bouledogue griffait et mordait l'air, le poitrail offert.

« Héhéhéhé, a fait Gramercy, héhéhéhé ! »

Il a plongé son couteau et fait une croix avec.

« Seigneur », a dit Jeff.

Il y avait du sang partout. Jeff a lâché le bouledogue. Il ne bougeait plus. On a continué notre chemin.

« Héhéhéhé, a fait Gramercy, ce fils de pute n'embêtera plus jamais personne.

— Vous me débectez, les mecs », j'ai dit.

Je suis monté dans ma chambre en pensant à ce pauvre clébard. J'en ai voulu à Jeff pendant deux ou trois jours, puis j'ai oublié...

Je n'ai jamais revu Gramercy mais j'ai continué à me soûler avec Jeff. Et puis, on n'avait rien d'autre à foutre.

Chaque matin, en rentrant au travail, on était malades... C'était notre partie de rigolade à nous. Chaque soir, on repartait se soûler. Que faire d'autre quand on est pauvre ? Les filles ne veulent pas aller avec des prolos. Les filles veulent des médecins, des savants, des avocats, des hommes d'affaires, etc. On ramasse les filles quand les autres mecs n'en veulent plus et on se paie les esquintées, les vérolées, les folles. Au bout d'un moment, quand tu es fatigué de ramasser les déchets, tu abandonnes. Ou tu essaies de laisser tomber. L'alcool aide. Et puis Jeff aimait les bars et je l'y accompagnais. L'ennui avec Jeff, c'est qu'une fois soûl il aimait la bagarre. Il ne s'était jamais bagarré avec moi, heureusement. Il se défendait bien, il tricotait des poings et il avait la puissance. C'était peut-être l'homme le plus puissant que j'aie jamais vu. Pas une brute, mais l'alcool le rendait fou. Je l'ai vu allonger trois mecs dans une bagarre, une nuit. Il les a contemplés, allongés par terre dans la ruelle, il a mis ses mains dans ses poches et il m'a regardé :

« Allez, on retourne boire un coup. »

Après, il ne s'en vantait jamais.

Bien sûr, rien ne valait le samedi soir. On avait le dimanche pour récupérer de nos cuites. Au moins, on ne devait pas aller au garage pour trimer comme des esclaves, tout ça pour partir un jour ou l'autre ou pour se faire vider.

Un samedi soir, comme on était assis au Green Light, on a fini par avoir faim. On a marché jusque chez le Chinois, un endroit plutôt chic. On est monté au deuxième étage et on a pris une table dans le fond. Jeff était soûl et a renversé une lampe. La lampe a explosé en tombant. Tout le monde nous a regardés. Le garçon chinois nous a lancé de loin un regard désagréable.

« Du calme, a dit Jeff, mettez-la sur l'addition. Je paierai. »

Une femme enceinte s'est mise à dévisager Jeff. Elle avait l'air très malheureuse de ce qu'il avait fait. Je ne comprenais pas pourquoi. Je ne voyais pas du tout ce qu'il avait fait de mal. Le garçon ne voulait pas nous servir, ou alors il nous faisait attendre, et la femme enceinte dévisageait toujours Jeff. C'était comme s'il avait commis le pire des crimes.

« Et alors poulette, tu veux de l'amour ? On va faire un tour si tu veux. T'es seule, chérie ?

— Je vais appeler mon mari. Il est en bas aux toilettes. Je vais le chercher. Vous allez voir !

— Voir quoi, a demandé Jeff, sa collection de timbres, ses estampes japonaises ?

— Je vais le chercher !

— Madame, j'ai dit, s'il vous plaît, ne faites pas ça. Vous avez besoin de votre mari. Ne faites pas ça !

— Si, j'y vais ! » elle a dit.

Elle s'est levée et a couru vers l'escalier. Jeff lui a couru après, il l'a rattrapée, l'a fait pivoter et a dit :

« Je vais te montrer où c'est. »

Il l'a frappée au menton et la femme a dégringolé l'escalier. Ça m'a rendu malade. Ça me faisait aussi mal que le meurtre du chien.

« Merde, Jeff, tu as balancé une femme enceinte dans l'escalier ! C'est minable et con ! Tu as peut-être tué deux personnes. Tu deviens méchant, mec, qu'est-ce que tu cherches à prouver ?

— Ta gueule, a dit Jeff, ou ça sera ton tour ! »

Jeff était fou d'alcool, debout en haut de l'escalier, en pleine action. En bas, on s'affairait autour de la femme. Elle avait rien de cassé, mais l'enfant ? J'espérais que l'enfant vivrait. Puis le mari est sorti des toilettes et a vu sa femme. On lui a tout raconté et on lui a montré Jeff. Jeff a tourné le dos et est revenu vers la table. Le mari a foncé comme une fusée dans l'escalier. Il était grand, aussi grand que Jeff et aussi jeune. Comme je n'étais pas très content, j'ai pas averti Jeff. Le mari lui a sauté sur le dos et a commencé de l'étrangler. Jeff a suffoqué, son visage a tourné au cramoisi, mais il a souri malgré tout, il a eu un large sourire. Il aimait la bagarre. Il a passé une main derrière la tête du type, puis a tendu l'autre bras en arrière et a soulevé le type à l'horizontale. Le mari a maintenu sa prise pendant que Jeff le portait jusqu'à l'escalier. Jeff s'est arrêté, il s'est dégagé d'un coup sec, a soulevé le type et l'a balancé dans les airs. Quand le mec est arrivé en bas, il ne bougeait plus. J'ai commencé à me dire qu'il était temps de dégager.

Les Chinois formaient un cercle en bas des marches. Des cuistots, des garçons, les patrons. Ils ont fait semblant de se concerter, et ils se sont engouffrés dans l'escalier. J'avais une fiole de whisky dans mon manteau et je me suis assis derrière une table pour profiter du spectacle. Jeff les chopait les uns après les autres et les faisait redescendre à coups de poing. Il en sortait de partout. Leur masse a fini par faire reculer Jeff et il s'est retrouvé au milieu de la pièce en train de distribuer les K.O. J'aurais aidé Jeff en d'autres circonstances, mais je pensais toujours à ce pauvre chien et à cette femme enceinte et je suis resté assis à boire ma fiole et à regarder.

A la fin, une paire de Chinois a saisi Jeff par-derrière, un autre lui a bloqué un bras, un autre le deuxième bras, un autre une jambe et un autre enfin le cou. On aurait dit une araignée croulant sous une tribu de fourmis. Il est tombé, et ils essayaient de le maintenir au sol pour l'immobiliser. Jeff, c'était l'homme le plus fort que j'aie jamais vu. Ils le maintenaient au sol mais ils n'arrivaient pas à l'immobiliser vraiment. Parfois, un Chinois giclait du tas, comme éjecté par une force invisible. Puis il replongeait dans la mêlée. Jeff ne se rendait pas. Maintenant qu'ils le tenaient, ils ne pouvaient rien faire de plus. Il continuait de se battre et les Chinois avaient l'air très emmerdés.

J'ai bu une rasade, j'ai remis la fiole dans mon manteau et je me suis levé. Je me suis alors dirigé vers les Chinois.

« Si vous le tenez bien, j'ai dit, je peux l'assommer. Il me tuera après, mais c'est la seule solution. »

Je suis rentré dans le tas et me suis assis sur la poitrine de Jeff.

« Tenez-le bien ! Coincez-lui la tête ! Je n'arriverai jamais à le toucher s'il bouge comme ça ! Tenez-le bon, bon Dieu ! Vous êtes douze et vous ne pouvez même pas maîtriser un seul mec ? »

Ils n'y arrivaient pas. Jeff se tordait, gigotait. Sa force

semblait sans limites. J'ai laissé tomber, je suis retourné m'asseoir et j'ai rebu un coup. Cinq minutes ont passé.

Puis soudain, Jeff s'est calmé. Il ne bougeait plus. Les Chinois le maintenaient. J'ai entendu pleurer. C'était Jeff ! Jeff pleurait ! Les larmes lui ruisselaient sur le visage. Son visage luisait comme un lac. Puis il a crié un seul mot, avec une tristesse infinie :

« MAMAN ! »

C'est alors que j'ai entendu les sirènes. Je me suis levé, j'ai filé sous le nez des Chinois et j'ai descendu quatre à quatre les marches. Au milieu de l'escalier, j'ai croisé la police.

« Il est là-haut, messieurs, dépêchez-vous ! »

Je suis sorti sans me presser par la grande porte. J'ai traversé une ruelle. Je me suis engouffré dedans et me suis mis à courir. J'ai débouché dans l'autre rue au moment où les ambulances arrivaient. Je suis rentré dans ma chambre, j'ai baissé les stores et éteint la lumière. J'ai fini le whisky au lit.

Lundi, Jeff n'est pas venu au travail... Mardi non plus. Mercredi... bah ! je ne l'ai jamais revu. Je n'ai pas fait le tour des prisons.

Peu de temps après, j'ai été viré pour absentéisme et j'ai déménagé dans l'ouest de la ville, où j'ai trouvé une place de magasinier chez Sears-Robuck. Les gars de chez Sears-Robuck n'avaient jamais la gueule de bois et étaient très dociles. Des petits châssis. Rien ne semblait les déranger. Je déjeunais tout seul dans mon coin.

Je ne crois pas que Jeff était un individu très valable. Il commettait beaucoup d'erreurs, des erreurs brutales, mais il m'avait plutôt intéressé. Je suppose qu'il est en taule aujourd'hui ou que quelqu'un l'a tué. Je ne retrouverai jamais un copain de biture comme lui. Les autres dorment tous les yeux ouverts, ils sont sains et propres. On a besoin d'un vrai fils de pute comme Jeff de temps en temps. Mais comme dit la chanson : « Où sont-ils donc passés ? »

## POCHARD OU POÈTE

Si la folie vous intéresse, la vôtre ou la mienne, je peux vous toucher deux mots de la mienne.

J'ai séjourné dans le pavillon des poètes à l'Université d'Arizona, non pas parce que j'ai décroché la bonne planque, mais parce qu'il faut être paumé ou fou à lier pour visiter Tucson pendant les mois d'été ou pour y rester. La preuve : la température moyenne avoisinait les 37 degrés pendant tout mon séjour. J'ai déclaré que je ne ferais pas de lecture de mes poèmes. Comme ivrogne, je suis plutôt du genre rasoir, et, à jeun, je n'ai rien à dire. On ne frappait donc pas souvent à la porte du pavillon du poète. Et je m'en foutais. Sauf que j'avais entendu parler d'une petite bonne métisse, très bien foutue, qui passait dans le coin de temps en temps. Je préparais tranquillement des plans de viol, mais elle avait dû entendre parler de moi de son côté et elle gardait ses distances. Je lessivais donc moi-même la baignoire, je jetais les bouteilles de bière vides dans la poubelle dont le couvercle portait, peint en noir : UNIV. OF ARIZ. J'avais aussi pris l'habitude de gerber dedans, par-dessus les bouteilles, vers onze heures du matin car, après les bières du matin, j'avais du mal à retourner au lit pour essayer de me détendre. Poète à domicile, tu parles, pochard à domicile plutôt. Je buvais dans les quatre ou cinq paks de six bières en un jour et une nuit.

Bah ! l'air conditionné ne marchait pas trop mal et les couilles engourdies, l'estomac bien calé, la queue obsédée par la bonne métisse et la gerbe dans l'âme à l'idée de tous les Creeley qui avaient chié avant moi dans le même chiotte, dormi dans le même lit, je pouvais même entendre le téléphone sonner. C'était le grand éditeur :

« Bukowski ?
— Ouais ouais.
— Ça vous dirait qu'on déjeune ensemble ?
— De *quoi* ?
— De déjeuner.
— Ouais, c'est bien ce que j'avais cru entendre.

— Je suis dans le coin avec ma femme. On se retrouve à la cafétéria du campus ?

— A la cafétéria du campus ?

— Oui. Vous n'avez qu'à remonter l'allée qui part de la route et demander OÙ EST LA CAFÉTÉRIA DU CAMPUS.

— Ooooooooh ! Seigneur...

— Qu'est-ce qui ne va pas ? Vous n'avez que ça à faire, demander OÙ EST LA CAFÉTÉRIA ? On déjeunera ensemble.

— Ecoutez, si on remettait ça. Parce que ce matin...

— Bon, d'accord, Buk, je me disais seulement puisqu'on passait dans le coin...

— D'accord, merci. »

Trois ou quatre bières et un bain. J'essayais de lire les bouquins de poésie qui traînaient et naturellement je ne les trouvais pas formidables, ils m'endormaient : Pound, Olson, Creeley, Shapiro. Il y avait des centaines de livres, des vieilles revues, mais pas un seul de mes bouquins, c'était donc un endroit mort. Quand je me réveillais, je buvais encore une bière et je faisais une petite marche par plus de 35 degrés, avec huit ou dix rues à traverser avant d'arriver chez le grand éditeur. Je m'arrêtais toujours pour acheter deux packs de six boîtes. On ne buvait pas chez l'éditeur. On y vieillissait et on y collectionnait les petits bobos. C'était triste. Pour eux et pour moi. Mais le père de la femme de l'éditeur, à quatre-vingt-un ans, buvait ensemble, une bière pour lui, une bière pour moi. On s'aimait bien.

J'étais venu en Arizona pour finir un disque mais dès que le prof chargé ici de ce genre de trucs a appris mon arrivée il s'est retrouvé à l'hôpital Sainte-Marie avec un ulcère. Le jour prévu pour sa sortie de l'hosto, je l'ai eu au téléphone. J'étais à moitié bourré, on l'a gardé deux jours de plus. Rien à faire donc, à part boire avec le vieux bonhomme et attendre que quelque chose arrive : un coup à tirer, le feu, la fin du monde. Je me suis disputé avec le grand éditeur et je suis allé dans la chambre du fond m'asseoir à côté de Pépé pour regarder une émission de télé où toutes les filles dansaient en minijupe.

Assis avec le gros bâton. Enfin, le bâton. Le vieux aussi, peut-être.

Mais je me suis retrouvé une nuit de l'autre côté de la ville. Un grand type avec de la barbe plein la figure. Archer, ou Archnip, un nom comme ça. On a bu, bu, bu et fumé des Chesterfield. On discutait de queues de cerises, quand le grand type à la barbe, Archnip, s'est écroulé en travers de la table. J'ai touché les jambes de sa femme. Elle me laissait faire. Elle me laissait faire. Elle avait de merveilleux poils blancs sur les jambes — minute ! elle avait vingt-cinq ans ! — je dis simplement que les poils avaient l'air blancs sous la lumière électrique et sur ces putains de jambes. Elle disait : « Je n'ai vraiment pas envie de vous mais si vous arrivez à me baratiner je ne dirai pas non. » Je touchais ses jambes et j'essayais de monter un baratin mais avec les Chesterfield et la bière j'étais pas frais et tout ce que j'ai trouvé à dire c'est de lui demander de se tirer à Los Angeles avec moi et de faire l'hôtesse dans un bar pour m'entretenir. Ça n'a pas eu l'air de l'intéresser, je ne sais pas pourquoi d'ailleurs. Après ma discussion avec le mari, où j'avais disséqué le Droit, l'Histoire, le Sexe, la Poésie, le Roman, la Médecine... je l'avais même invitée dans un bar et on avait bu trois scotchs à l'eau d'affilée. Elle m'a tout juste dit qu'elle trouvait Los Angeles intéressant. Je lui ai dit d'aller pisser un coup et de laisser tomber. J'aurais dû rester dans ce bar. Une fille serait sortie du mur et elle aurait dansé sur le comptoir, en remuant sa culotte de satin rouge sous mon nez. Mais pour ça il aurait fallu un complot communiste et je pouvais toujours courir.

Le lendemain, je me suis fait ramener par un mec plus petit avec une barbe plus petite. Il m'a offert une Chesterfield.

— Tu fais quoi, baigneur, je lui ai demandé, avec tous ces poils sur la figure ?

— Je peins », il a dit.

En arrivant au pavillon, j'ai sorti les bières et je l'ai branché sur la peinture. Moi aussi je peignais. Je lui ai communiqué ma formule magique pour savoir si un tableau moderne est bon ou mauvais. Je lui ai aussi dit la différence entre la peinture et l'écriture. Il n'a pas opposé grand-chose. Après deux ou trois bières, il s'est décidé à partir.

« Merci pour la route, je lui ai dit.
— Il n'y a pas de quoi. »

Quand le grand éditeur a rappelé pour m'inviter à déjeuner, j'allais dire non une nouvelle fois mais je lui ai parlé du type qui m'avait ramené chez moi.

« Sympa le gosse, j'ai dit, sympa.
— Son nom, déjà ? »

J'ai répété le nom.

« Ah ! c'était le professeur..., il enseigne la peinture à l'Université.
— Ah ! » j'ai dit.

Comme il n'y avait jamais de symphonies à la radio, j'écoutais des variétés. Je sifflais des bières et j'écoutais des variétés. Dingue : « Si tu viens à San Francisco, mets-toi des fleurs dans les cheveux, hey, hey, vivre aujourd'hui, etc. » Il y avait un concours sur une station, un foutu machin : on te demandait de citer ton mois de naissance. « Août », j'ai dit. Une voix de femme a chanté : « Es-tu né en novembre ? » « Désolé, monsieur, vous avez perdu », m'a dit le speaker. « Ouais ? » j'ai dit. « Ouais. » Le speaker a raccroché. Il fallait que ton mois corresponde avec leur disque. Si tu gagnais, tu essayais avec ton jour de naissance, le 7 ou le 19, par exemple. Si tu tombais juste, tu gagnais UN VOYAGE GRATUIT À LOS ANGELES AVEC SÉJOUR GRATUIT DANS UN MOTEL TOUS FRAIS PAYÉS. Les sales cons. C'est cousu de fil blanc, je me disais. Je suis allé au Frigidaire. « Il fait maintenant 39 degrés », a dit le speaker.

Le dernier jour, la métisse ne s'était toujours pas montrée et je me suis mis à faire ma valise. Le grand éditeur m'avait donné les horaires du bus. Je n'avais qu'à marcher vers le nord, jusqu'à la 3ᵉ Rue, prendre le bus, ligne Park Avenue-Elm, vers l'est.

« Si vous arrivez en avance à l'arrêt, ne restez pas là. Allez au drugstore et attendez. Buvez un coca, ou ce que vous voulez. »

J'ai fait ma valise et j'ai marché jusqu'à l'arrêt du bus, par 37 degrés. Pas de bus à l'horizon. « Merde », j'ai dit. J'ai pris la route vers l'est, à toute vitesse. Je suais l'alcool, on aurait dit les chutes du Niagara. J'ai changé ma valise de main. J'aurais pu prendre un taxi de chez moi à la gare mais le grand éditeur voulait me donner des livres, un truc appelé CRUCIFIX DANS LA MAIN DU MORT, que je devais mettre dans ma valise. Personne n'avait de voiture. Je venais d'arriver et d'ouvrir une canette quand le prof a débarqué de l'hôpital, au volant de sa voiture, pour vérifier, je suppose, si je quittais la ville. Il est entré.

« Je viens de passer au pavillon, a-t-il dit.

— Tu as manqué Buk de peu, a dit l'éditeur. Buk est quelqu'un qui n'est pas comme tout le monde. Il n'ira jamais déjeuner à la cafétéria du campus. Je lui ai dit d'ATTENDRE LE BUS AU DRUGSTORE. Tu sais ce qu'il a fait ? Il est venu à pied jusqu'ici en plein soleil avec cette valise.

— Bon Dieu, tu ne comprends pas ? J'ai dit à l'éditeur que je n'aime pas les drugstores ! Je ne supporte pas de glander dans les drugstores. Il y a la fontaine à sodas, tu t'assois et tu la regardes. Une fourmi se tortille sous ton nez, ou une espèce d'insecte qui crève, avec une aile qui bourdonne et l'autre toute raide. Tu es un étranger. Deux ou trois zombies te regardent. Enfin la serveuse se pointe. Elle ne te laissera jamais mettre le nez dans sa petite culotte sale, d'ailleurs elle est laide à faire peur et ne le sait même pas. Elle prend ta commande d'un air dégoûté. Un coca. On te sert dans une tasse en papier, tiède et ramollie. Tu n'en as plus envie. Tu bois. L'insecte n'est toujours pas crevé. Le bus n'est toujours pas là. Le marbre de la fontaine est couvert d'une fine couche de poussière. C'est une gigantesque blague, tu ne comprends pas ? Va au comptoir, essaie d'acheter un paquet de clopes, il faut cinq minutes pour que quelqu'un arrive. Tu te sens violé dix fois avant de sortir de là.

— Je n'ai rien à reprocher aux drugstores, Buk », a dit l'éditeur.

Je connais aussi un type qui dit : « Je n'ai rien à reprocher à la guerre. » Mais, Seigneur, je dois traîner mes névroses et mes préjugés parce que c'est tout ce que j'ai à traîner. Je n'aime pas les drugstores, je n'aime pas les cafétérias, je n'aime pas les poneys Shetland et je n'aime pas Disneyland, je n'aime pas les flics à moto, je n'aime pas les Beatles et Charlie Chaplin, je n'aime pas les persiennes ni la grosse touffe de poils maniaco-dépressive qui cache le front de Bobby Kennedy... Seigneur, Seigneur !

Je me suis tourné vers le prof :

« Ce type m'édite depuis dix ans, il a publié des centaines de mes poèmes, et IL NE SAIT MÊME PAS QUI JE SUIS ! »

Le prof a ri, c'était déjà ça.

Le train avait deux heures de retard, et le prof nous a emmenés chez lui dans les collines. Il s'est mis à pleuvoir. Une grande baie vitrée dominait la ville morte. Comme au cinéma. J'ai pris ma revanche sur le grand éditeur. La femme du prof s'est assise au piano et a gémi trois notes de Verdi. Au moins, je savais que l'éditeur souffrait. À CHACUN SON DRUGSTORE. J'ai applaudi et je l'ai encouragée à continuer. Elle ne jouait pas vraiment mal, avec une certaine puissance, mais sans finesse, sans nuance dans la mélodie. J'ai insisté pour qu'elle continue, mais j'étais le seul, et elle, en vraie grande dame, s'est arrêtée de jouer.

Ils m'ont descendu à la gare sous la pluie avec des petites bouteilles plein les poches : de l'eau-de-vie de pêche, tu vois le genre. J'ai enregistré ma valise et j'ai laissé la petite bande attendre le train. J'ai traversé le quai aux marchandises, je me suis assis sur un camion sous la pluie et j'ai commencé à pomper l'eau-de-vie de pêche. La pluie était chaude et séchait à peine tombée. Ça ressemblait presque à de la sueur. J'étais assis et j'attendais le train pour Los Angeles, la seule vraie ville au monde, plus remplie de merde qu'aucune autre, mais c'est ça qui la rendait drôle. C'était ma ville. Mon eau-de-vie de pêche. J'en étais presque amoureux. Enfin le train est arrivé, pas trop tôt. J'ai fini l'eau-de-vie de pêche et cherché ma voiture, la voiture 110. Il n'y avait pas de voiture 110. J'ai remonté le train jusqu'à la voiture 42. J'y suis grimpé avec les Indiens, les Mexicains, les fous et les voyous. Il y avait une fille en robe bleue avec un cul comme le paradis. Elle était folle. Elle parlait à une poupée comme si c'était son bébé. Elle était assise en face de moi et elle parlait à sa poupée. « Tu pourrais te la faire, vieux bonhomme, si tu essayais, je me suis dit. Mais tu la rendrais encore plus malheureuse. Qu'elle aille au diable. Autant jouer au voyeur. » Je me suis tourné sur le côté et j'ai regardé sa délicieuse paire de jambes éclairées par la lune. Los Angeles venait à moi. Les Mexicains et les Indiens ronflaient. Je fixais ces jambes lunaires et j'écoutais la fille parler à sa poupée. Le grand éditeur attendait quoi de moi, maintenant ? Qu'aurait fait Hem ? Dos Passos ? Tom Wolfe ? Creeley ? Ezra ? Les jambes lunaires ont commencé à perdre de l'intérêt. Je me suis tourné de l'autre côté, face aux montagnes violettes. Là-aussi, il devait y avoir du cul. Et Los Angeles venait à moi, avec plein de chattes. Et dans le pavillon des poètes d'où Bukowski était parti, je la voyais maintenant, la métisse, monter, descendre, monter, suer, écouter la radio (« Si tu vas à San Francisco mets-toi des fleurs dans les cheveux »), la métisse qui pétillait d'amour toute seulette, et j'ai fouillé dans ma poche pour ouvrir une nouvelle petite bouteille. A boire, à boire, j'ai sucé et resucé ma bouteille, et nous sommes arrivés à Los Angeles. Que le diable l'emporte.

## POUR WALTER LOWENFELS

Il a secoué sa gueule de bois et il est sorti du lit, c'étaient eux, la femme et l'enfant, il a ouvert la porte, la gosse est entrée en courant, la mère suivait. Elles débarquaient directement du Nouveau-Mexique. Même si elles avaient fait escale d'abord chez Billy, la lesbienne. La gosse s'est jetée sur le divan et ils ont joué au jeu des retrouvailles. C'était bon de voir la gosse, c'était sacrément bon de la voir.

« Tina s'est infecté un orteil. Ça m'inquiète. J'ai passé deux jours dans les vapes, et quand j'ai émergé, la petite avait ça à l'orteil.

— Tu devrais lui faire porter des chaussures, dans ta sacrée maison commune.

— LA QUESTION N'EST PAS LÀ ! LE MONDE ENTIER EST UNE COMMUNE ! » a-t-elle dit.

C'était une femme qui se peignait rarement, qui portait du noir pour protester contre la guerre et qui ne mangeait pas de raisin pendant une grève de ramasseurs de raisins. Elle était communiste, écrivait des poèmes, fréquentait les love-ins, fabriquait des cendriers en terre cuite, fumait et buvait du café sans arrêt, touchait les chèques variés de sa mère et de ses ex-maris, vivait avec des types et aimait manger de la confiture de fraises sur du pain grillé.

Les enfants étaient pour elle des armes et elle en avait eu toute une ribambelle. Même si les raisons qui pouvaient pousser un homme dans le lit de cette femme le dépassaient, même s'il l'avait fait, lui, de toute évidence, avec l'ivresse comme excuse minable. Il ne parviendrait jamais plus à s'enivrer autant que cette fois-là. Au fond, elle lui faisait penser à un fanatique religieux qu'on aurait retourné comme une chaussette : elle ne pouvait pas agir mal, puisqu'elle avait des convictions admirables : pacifisme, amour, Karl Marx, toute cette merde. Elle ne croyait pas non plus au TRAVAIL, mais aussi aujourd'hui, qui y croyait ? Son dernier boulot remontait à la Deuxième Guerre mondiale, quand elle s'était engagée dans les WACS pour sauver le monde du monstre qui grillait les gens dans des fours : A. Hitler. Intellectuellement, c'était une guerre *juste*. Et maintenant, c'était lui qu'elle jetait au four.

« Seigneur, appelle le docteur. »

Elle connaissait le nom et le téléphone du docteur. Il a obéi. Ensuite, il y a eu le café, les cigarettes et la discussion sur le projet communautaire au Nouveau-Mexique.

« Quelqu'un a affiché ton poème CHIOTTE POUR HOMMES dans la commune. Et il y a un vieux pochard chez nous, Eli, il a soixante ans, il est soûl toute la journée et il trait notre chèvre. »

Elle essaie d'humaniser tout son truc pour lui, de le prendre dans sa toile et de lui enlever toute chance d'être seul, d'aller aux courses ou de boire une bière tranquille.

Il lui faudrait rester assis et observer comment toutes ses élucubrations l'accablaient, et il éprouverait à la regarder rien que du simple dégoût et cette angoisse que produisent les êtres qui agissent mécaniquement, en essayant de titiller leur âme de béton avec une goutte de sperme.

« Alors, dit-il, je devrais descendre chez nous, contempler la poussière des collines et la fiente des poules et réfléchir au meilleur moyen de me suicider.

— Eli te plairait. Lui aussi il est soûl toute la journée. »

Il a fait sauter la boîte de bière dans la poubelle en papier.

« Je peux trouver un poivrot de soixante ans où je veux. Si je n'en vois pas, j'attendrai douze ans de plus. Si j'arrive jusque-là. »

Déçue, elle est retournée à son café et à ses cigarettes avec une sorte de colère rentrée et, en même temps, plutôt vide, et si vous pensez que je fais un plat de pas grand-chose, eh bien c'est que vous n'avez jamais rencontré Madame Pro-Amour, Anti-Guerre, J'écris-des-Poèmes, Madame Je m'assois-sur-le-Tapis au milieu de mes amis et on se raconte des conneries...

On était un mercredi et il est allé au TRAVAIL ce soir-là pendant qu'elle emmenait la gosse à la librairie du coin où les gens viennent lire leurs œuvres. Los Angeles était sinistre à cause de ce genre d'endroits, avec des gens qui écrivaient comme des trous du cul et qui se passaient de la pommade. C'était comme une branlette de l'esprit à une époque où il n'y avait rien d'autre à faire. Dix branleurs peuvent se lécher le cul mutuellement, mais parfois c'est dur d'en trouver un onzième et, bien sûr, il est inutile d'envoyer quoi que ce soit à *Playboy*, au *New Yorker*, à l'*Atlantic* ou à *Evergreen* parce que ces gens ne reconnaissent pas les *bons* écrivains, pas vrai ? « On lit des trucs pendant nos réunions qui sont meilleurs que tout ce qu'on trouve dans les revues, grandes et petites... », lui avait dit un maigrichon dix ans plus tôt.

Et alors, putain de ma mère...

Quand il est rentré cette nuit-là, à trois heures quinze, toutes les lampes de la maison étaient allumées, les stores étaient relevés, et elle dormait sur le divan en montrant ses fesses. Il est entré, il a éteint la plupart des lampes, baissé les stores et est allé voir la gosse.

La gosse avait une de ces résistances ! La vieille conne ne l'avait pas encore tuée. Il a regardé la gosse dormir. Tina était un miracle, elle dormait, elle vivait comme ça depuis quatre foutues années. C'était un enfer pour lui aussi mais il ne pourrait jamais supporter sa mère. Ce n'était pas entièrement sa faute à elle, il y avait peu de femmes qu'il trouvait supportables, même s'il en souffrait aussi, elles lui ramonaient la tête comme avec un tire-bouchon. Mais pourquoi les gosses devaient-ils en baver autant ? Soixante centimètres de haut, pas de métier, pas de passeport, aucune chance. On commence à les tuer à la minute où ils sortent du trou. Et sabre au clair, on leur fourre tout dans l'autre trou. Il s'est penché pour l'embrasser dans son sommeil, presque avec honte.

La femme ne dormait pas. De l'eau bouillait pour le café. Cigarettes. Il a pris une bière. Quel bordel, tous des cinglés.

« Ils ont aimé mes poèmes, dit-elle. Je leur en ai lu et ils les ont aimés. Tiens, si tu veux les lire.

— Le boulot m'a rincé le cigare. Je suis pas en état de lire comme il faut. Demain, d'accord ?

— Je suis si heureuse. Je sais pourtant qu'il n'y a pas de raison pour, mais je suis heureuse. T'as vu le recueil qu'on a tiré de nos lectures de groupe ?

— Ouais ?

— Eh bien, Walter Lowenfels en a eu un exemplaire et l'a lu, et il a écrit pour demander qui j'étais !

— Ah ! c'est bien, vraiment bien. »

Il était content pour elle. Tout pour la rendre heureuse, pour l'arracher au baiser du serpent.

« Lowenfels a bon goût ; bien sûr, il penche un peu à gauche mais peut-être que moi aussi, c'est difficile à dire. En tout cas, tu as pondu des trucs très forts, on est d'accord tous les deux », ajouta-t-il.

Ça l'a fait rougir, et il s'est senti content pour elle. Il

voulait qu'elle gagne. Elle avait besoin de gagner. Comme tout le monde. Quel jeu poisseux.

« Mais tu sais quel est le problème ? »

Elle a levé les yeux :

« Quoi ?

— C'est toujours les mêmes poèmes. »

Elle expédiait les mêmes huit ou neuf poèmes à chaque groupe de poésie qu'elle découvrait, tout en se cherchant un nouvel homme, un nouveau bébé, une nouvelle défense.

Elle n'a pas répondu. Puis elle a dit :

« C'est quoi les revues dans la grande boîte en carton ?

— Mon prochain bouquin de poèmes. Il ne manque plus que le titre et quelqu'un pour les taper. Je n'ai plus qu'à me mettre à une machine mais je ne supporte pas de taper mes propres poèmes. C'est une perte de temps et j'ai l'impression de faire marche arrière sur la même route. Vraiment, je ne supporte pas ça. Résultat : tout ce qui se trouve dans cette boîte traîne depuis six mois.

— J'ai besoin d'argent. Tu pourrais me donner combien si je les tapais ?

— Vingt ou trente billets, mais c'est un boulot dur, difficile et chiant.

— Je vais le faire.

— D'accord. »

Mais il savait qu'elle ne le ferait pas. Elle n'avait jamais rien fait. Huit ou neuf poèmes. « Bah ! comme on dit, écris seulement deux ou trois bons poèmes dans ta vie, et tu passeras à la postérité. »

« Mouille, petite », pensait-il...

Ce fut l'anniversaire de la gosse et, deux jours plus tard, il était en voiture avec Tina — le docteur lui avait retiré le clou du pied et lui avait donné des petites ampoules à prendre toutes les quatre heures. Il a fait les quelques courses emmerdantes qui bouffent un homme qui serait si bien avec une bonne bouteille. D'abord, il est allé à la boulangerie où il a pris le gâteau d'anniversaire, et Tina et lui l'ont emporté dans un carton rose. Ensuite, il a acheté du coton, la viande, le pain, les tomates et Dieu sait quoi, un ice-cream, « oui, un ice-cream, t'en veux un Tina, pendant que le ciel d'acier de Richard Nixon nous tombe sur la tête, hein, Tina ? »

À leur retour, la poétesse faisait la gueule, pleurnichait et jurait...

Elle s'était décidée à taper les poèmes. Il avait mis un ruban neuf sur la machine.

« CE PUTAIN DE RUBAN NE MARCHE PAS ! »

Elle était très en colère, dans sa robe noire de pacifiste. Elle était moche. Elle était de plus en plus moche.

« Attends un moment, a-t-il dit, j'ai le gâteau et tout. »

Il a porté les paquets dans la cuisine avec Tina sur ses talons.

« Merci, Seigneur, pour ce merveilleux enfant, pensait-il, qui est sorti du corps de cette femme et c'est heureux parce que sinon je tuerais cette femme. Merci, mon Dieu, pour ma chance ou, même, merci, Richard Nixon. Merci à lui, merci à tout : même aux machines d'acier qui ne sourient jamais. »

Il est allé avec Tina dans la pièce et a soulevé le capot de la machine. Jamais personne n'avait bousillé un ruban de cette façon. C'était indescriptible. Elle s'était rendue à une autre réunion la veille et quelque chose avait cloché, mais quoi ? Il ne pouvait que le deviner : quelqu'un qu'elle voulait se faire, n'avait pas marché, à moins que ce fût le contraire. Ou encore quelqu'un avait critiqué ses poèmes, ou bien on l'avait traitée de « névrosée ».

Elle était à plat maintenant et il n'y pouvait pas grand-chose. Il s'est assis et a mis le ruban convenablement.

« ET LE "S" COLLE ! » a-t-elle crié.

Il ne lui a pas demandé ce qui n'avait pas marché dans sa soirée poétique. Et cette fois pas de Walter Lowenfels pour passer la vaseline.

Il est allé avec Tina dans la cuisine et a déballé le gâteau, JOYEUX ANNIVERSAIRE TINA. Il a trouvé quatre porte-bougies et y a enfoncé ces sacrées bougies, puis il a piqué les porte-bougies dans le gâteau et a entendu l'eau couler...

Elle prenait un bain.

« Eh, tu ne veux pas voir Tina souffler ses bougies ?

Merde, tu es venue du Nouveau-Mexique. Si tu n'as pas envie de regarder, dis-le, qu'on continue sans toi.

— Ça va, je sors...

— Bon. »

Elle est sortie. Il allume ces sacrées bougies. Quatre. Feu. Sur le gâteau.

« Joyeux anniversaire.

« Joyeux anniversaire.

« Joyeux anniversaire, Tina... »

Etc. Vieux comme le monde. Mais le visage de Tina était comme dix mille films de bonheur. Il n'avait jamais rien vu de pareil. Il a dû s'enfoncer une barre d'acier dans le ventre, les poumons et les yeux pour ne pas pleurer.

« Allez, petite, souffle-les. Tu peux ? »

Tina s'est penchée en avant et en a soufflé trois, mais la bougie verte a résisté, et il a éclaté de rire. C'était drôle, trop drôle pour lui :

« Merde, tu n'as pas eu la VERTE ! »

Tina soufflait toujours. Et elle a eu la verte. Et ils ont ri tous les deux. Il a découpé le gâteau et ils ont mangé l'ice-cream avec. Vieux comme tout le monde. Mais il aimait le bonheur de Tina. Puis maman s'est levée.

« Je dois prendre mon bain.

— D'accord... »

Elle est ressortie.

« Les toilettes sont bouchées. »

Il est allé dans la salle de bains. Les toilettes ne se bouchaient jamais avant qu'elle arrive. Elle y jetait des paquets de cheveux, de bidules vaginaux, de saloperies et des tas de papier hygiénique. Il croyait toujours qu'il s'*imaginait* tout ça, mais n'empêche que le bouchage des toilettes, le débarquement des fourmis, toutes les catégories de pensées morbides et la déprime coïncidaient avec l'arrivée de cette excellente personne qui haïssait la guerre, la haine et qui militait pour l'amour.

Il a voulu plonger la main dans la cuvette et sortir tout ce foutoir mais elle a dit :

« Va me chercher une casserole ! »

Tina a dit :

« C'est quoi une casserole ? »

Il a dit :

« C'est un mot que les gens aiment à employer quand ils ne trouvent rien d'autre à dire. C'est vrai, et jamais personne n'a vu une casserole.

— Qu'est-ce qu'on va faire ? a demandé Tina.

— Je vais lui donner un pot. »

Ils lui ont apporté un pot et elle s'est activée sur la cuvette mais ça n'a rien changé à cette masse de poisse et de merde héroïque qu'elle y avait jetée. Rien qu'un gargouillis et qu'un renvoi de pets, comme si elle n'arrêtait pas de péter.

« Laisse-moi appeler le proprio », a-t-il dit.

Elle a hurlé :

« MAIS JE VEUX PRENDRE UN BAIN !

— D'accord, prends ton bain. Laissons le merdier tranquille. »

Elle est entrée dans la douche. Puis elle a ouvert le robinet. Elle a bien dû passer deux heures sous cette douche. Le grésillement de l'eau sur son crâne lui faisait du bien et la rassurait. Il a dû amener Tina faire pipi. Elle n'a même pas remarqué leur présence. Elle tournait vers le ciel son âme et son visage : paix, poésie, mère et victime. La Je-ne-mange-pas de raisin, plus pure que de la merde distillée, son âme invincible baignée et caressée par son eau à lui et la facture de l'électricité. Etait-ce la tactique du Parti communiste de les rendre tous cinglés ?

Il a fini par la virer et aller chercher le proprio. Son âme de poète avait parfaitement le droit de s'extasier — Walter Lowenfels aurait fait pareil — mais, lui, il avait envie de chier.

Le proprio était parfait. En trois blips et blops de son fameux déboucheur rouge, il leur a fait jaillir une eau claire comme un lac. Le proprio est parti, il s'est assis et a tout lâché.

Elle a pris un air complètement con quand il est ressorti. Il lui a suggéré d'aller passer la fin de la journée et la nuit dans la librairie la plus proche ou au bordel ou n'importe où pendant qu'il s'amuserait avec Tina.

« Très bien. Je reviendrai demain vers midi avec sa mère. »

Avec Tina, il l'a poussée dans la voiture et il l'a conduite à la librairie. Dès qu'elle est sortie de la voiture, la haine s'est effacée de son visage, le fiel a suivi tandis qu'elle se dirigeait vers l'entrée, et elle est redevenue l'image même de la PAIX, de l'AMOUR et de la POÉSIE, toutes ces belles choses.

Il a demandé à Tina de venir sur la banquette avant avec lui. Elle lui a pris une main, et il a conduit de l'autre.

« J'ai dit "au revoir" à maman. J'aime bien maman.

— Bien sûr que tu l'aimes. Et je suis sûr que maman t'aime aussi. »

La voiture roulait, ils étaient tous les deux très graves, elle à quatre ans, lui un peu plus vieux, arrêtés aux feux rouges, assis l'un contre l'autre. C'était tout.

C'était beaucoup.

## CUL ET KANT,
## ET LE BONHEUR CHEZ SOI

Jack Hendley a pris l'escalator en direction de la buvette. En fait, il n'y allait pas vraiment, il a juste posé ses pieds sur ce putain de truc.

Programme des courses. Numéro 53. Nocturnes. Il a acheté le programme au vieux sbire, quarante *cents*, et d'une chiquenaude, il l'a ouvert à la première page : course sur 1800 mètres, dans la série des deux mille cinq cents dollars ; au reste, on pouvait acheter un cheval moins cher qu'une voiture.

Jack a débouché de l'escalator et est allé gerber dans une poubelle. Ces nuits au whisky, ça le tuait. Il aurait dû réclamer l'argent à Eddie avant le départ de celui-ci. Enfin, c'était une bonne semaine, une semaine à six cents dollars. Il en avait fait du chemin depuis les dix-sept dollars de La Nouvelle-Orléans, en 1940.

Un démarcheur lui avait gâché son après-midi. Jack avait dû sortir du lit et faire entrer le type, une raclure de bidet, et la raclure était restée deux heures sur son divan à lui parler de la VIE. Mais la raclure ne savait rien de la VIE, sinon en parler, mais il ne s'emmerdait pas à la vivre.

La raclure s'est démerdée pour boire la bière de Jack, fumer ses cigarettes, l'empêcher d'aller acheter le *Bulletin* et de préparer ses paris.

« Le prochain mec qui m'emmerde, retenez-moi les gars, le prochain qui m'emmerde, je le massacre. Sinon, ils te boufferont tout cru, un par un, l'un après l'autre, et ils auront ta peau. Je ne suis pas un méchant, moi, mais eux si, tout est là. »

Il a couru boire un café. Les vieux habituels traînaient, mataient les serveuses et blaguaient avec elles. Quel misérable tas de cadavres !

Jack a allumé une cigarette, il a toussé et a jeté la cigarette. Il a trouvé une place dans les tribunes en bas, devant la piste, avec personne autour. Avec de la chance et sans raseur, il aurait le temps de faire ses combinaisons. Restaient les glandeurs, ces types qui ont tout leur TEMPS, mais pas de boulot, pas de connaissances, pas de programme (une page sur le trot attelé était glissée dans le programme). Ils n'avaient rien d'autre à foutre qu'à traînailler, regarder et renifler. Ils arrivaient des heures à l'avance, et ils restaient là, debout à attendre.

Le café était bon, chaud. Une belle nuit froide et claire. Même pas de brouillard. Jack commençait à se sentir mieux. Il a sorti son stylo et s'est mis à cocher la liste de la première course. Il pouvait encore y arriver. Le fils de pute qui lui avait bouffé son après-midi l'avait crucifié. Ça serait juste, très juste. Il lui restait une heure avant le début des courses pour établir tous ses paris. On ne pouvait plus le faire entre les courses, à cause de l'affluence et parce qu'il fallait surveiller le panneau d'affichage.

Il a commencé à griffonner la première course. Jusque-là, parfait.

Puis il a entendu. Un glandeur. Jack l'avait vu, perdu dans la contemplation du parking en remontant les gradins. Le glandeur était fatigué de jouer à regarder les autos. Il avançait vers Jack, lentement, un type d'âge moyen avec un pardessus. Les yeux vides, inertes, un cadavre. Un cadavre glandouilleur en pardessus.

Le type se déplaçait à la vitesse d'un escargot.

Un être humain en rejoignait un autre. Deux frères humains. Jack l'entendait poser le pied sur une marche, s'arrêter, puis descendre encore.

Jack s'est retourné et a regardé ce salaud. Le glandeur était là, debout dans son pardessus. Il n'y avait personne dans un rayon de cent mètres, c'est lui que le glandeur venait renifler.

Jack a remis son stylo dans sa poche. Puis le type s'est arrêté tout près de Jack et a regardé le programme par-dessus son épaule. Jack a poussé un juron, replié le programme, s'est levé et est allé s'asseoir à trente mètres sur la gauche, au bout de la tribune.

Il a ouvert le programme et s'est remis au boulot, en pensant au public des courses, cet animal énorme et stupide, gourmand, solitaire, vicieux, impoli, chiant, hostile, égoïste et accroché, Malheureusement, le monde crevait à cause des milliards de types qui n'avaient rien d'autre à foutre de leur temps que de le tuer et de tuer tous les copains avec, vous y compris.

Il était arrivé à la moitié de la première course, quand il entendit des pas lents qui descendaient les gradins. Il se retourna. Incroyable : c'était le glandeur !

Jack a replié son programme et s'est levé.

« Que me voulez-vous, monsieur ? a-t-il demandé.

— Pardon ?

— J'en ai marre de vous avoir au cul. Il y a quatre kilomètres de piste et j'arrête pas de vous tomber dessus. A la fin, bon Dieu, il s'agit de quoi ?

— C'est un pays libre, je...

— Non, c'est pas un pays libre. Tout s'achète, tout se vend, mec.

— Mais enfin, j'ai le droit de me promener où je veux. J'ai payé ma place, comme vous.

— Bien sûr que vous avez tous les droits, mais sans enculer ma vie privée. Vous êtes un rustre et un con. Comme on dit, vous me FAITES CHIER !

— J'ai payé ma place. Vous n'avez pas d'ordres à me donner.

— D'accord, ça dépend de vous. Je vais changer de place une fois de plus. Je m'efforce de rester calme. Mais pointez-vous une TROISIÈME FOIS, et je vous jure que je vous sors d'ici à coup de bottes ! »

Jack a changé de place une fois de plus et a vu le glandeur qui s'éloignait, en quête d'une nouvelle victime. Le salaud le tarabustait, et il a dû monter au bar boire un scotch à l'eau.

Quand il en est redescendu, les chevaux étaient déjà sur le terrain et s'échauffaient. Jack a essayé de compléter sa première course, mais trop tard, c'était la cohue. Un type avec une voix de mégaphone, soûl, racontait à tout le monde qu'il n'avait pas manqué un samedi aux courses depuis 1945. L'halluciné complet. Un brave type. On attendait qu'il flippe totalement pour le renvoyer se branler dans son clapier.

« Bon, pensait Jack, quelle croix ! Soyez sympa, on vous met en croix. Comme cet autre fils de pute de démarcheur avec ses discours sur Malher, Kant, le cul, la révolution, et qui ne savait que dalle au fond. »

Il fallait jouer serré pour la première course. Encore deux minutes avant le départ. Une minute. Jack se débattait dans la foule des grands jours. Go ! « Les voilà ! », ont gueulé les haut-parleurs. Un type lui a écrasé les pieds. Un coude l'a poignardé, un pickpocket lui a filé sous la hanche.

Bande de rats-glandeurs. Il s'est décidé pour Windale Ladybird. Merde, le favori à l'ouverture. Le coup à faire. Il perdait la tête de bonne heure, aujourd'hui.

Kant et le cul. Les glandeurs.

Jack est allé vers l'autre bout de la tribune. La voiture avec la grille de départ roulait sur le terrain, les chevaux allaient s'élancer pour la course des 1800 mètres.

Il était à peine assis qu'un nouveau glandeur s'est pointé. En transes. Tête renversée, les yeux dans les poutrelles. Droit vers lui. Toute retraite coupée. L'accident. Au moment du choc, Jack a cogné sec avec son coude, bien à fond dans la tripe molle. Le type a rebondi avec un grognement.

Jack s'est rassis. Windale Ladybird avait pris quatre longueurs d'avance sur le chemin de l'écurie. Bobby Williams allait essayer de tenir le train sur les 1800 mètres. D'après Jack, le cheval manquait de flamme.

Quinze années de courses lui avaient appris à juger une foulée, à savoir quand un cheval était facile et quand il peinait. Ladybird souffrait, avait quatre longueurs d'avance mais se traînait déjà sur les rotules.

Plus que trois longueurs à l'entrée de la ligne droite et Hobby's Record a démarré. Le cheval courait avec entrain, l'allure haute. Jack était foutu. A l'entrée de la ligne droite, avec trois longueurs d'avance, il était foutu. A dix mètres de l'arrivée, Hobby's Record déboulait avec une longueur et demie d'avance. Un 7 contre 2 de merde.

Jack a déchiré ses quatre billets gagnants à cinq dollars. « Kant et le cul, je ferais mieux de rentrer tout de suite. Je gare mon fric, c'est une sale nuit. »

La deuxième course, un 1600 mètres, ne posait pas de problème. La foule jouait Ambro Indigo, parce qu'il partait à la corde, sortait d'une bonne course et portait Joe O'Brien. L'autre favori, Gold Wave, partait à l'extérieur, 9$^e$ à partir de la corde, avec un illustre inconnu, Don McIlmurray. Si c'était toujours aussi simple, Jack aurait dû se les rouler à Beverly Hills depuis dix ans. Pourtant, parce que la première course avait mal tourné, à cause de Kant et du cul, Jack n'a joué que cinq dollars.

Good Candy a pris la tête dans la grande loterie du fric, tous les gars se précipitant pour acheter Good Candy. Candy était tombé de 20 à 9 depuis l'ouverture. On le donnait maintenant à 8. La fièvre montait. Jack a eu la nausée et a essayé de se dégager. Un GÉANT s'est rué sur lui, le fils de pute faisait bien 2,20 m. D'où sortait-il ? Jack ne l'avait encore jamais vu.

Le GÉANT voulait CANDY et tout ce qu'il voyait, c'était la fenêtre et la voiture qui amenait la grille au départ. C'était un jeune mec, grand, gros et con, qui martelait le sol en fonçant sur Jack. Jack a essayé de l'esquiver. Trop tard. Le géant lui a écrasé son coude sur la tempe et l'a fait gicler à quinze mètres. Rouge, bleu, jaune, des éclairs balayaient l'espace.

« Eh, toi, fils de pute ! » a crié Jack.

Mais le géant se penchait au guichet et achetait des billets perdants. Jack a regagné sa place.

Gold Wave est sorti du virage avec trois longueurs

d'avance à l'entrée de la ligne droite. L'allure facile. Une promenade à 4 contre 1. Mais Jack n'avait mis que cinq dollars, ce qui lui en laissait six. Ça rapportait toujours plus que de balayer la merde.

Il a perdu la 3$^e$, la 4$^e$ et la 5$^e$, n'a pas raté Lady Fast, à 6 contre 1 dans la 6$^e$, a risqué Beautiful Handover, 8 contre 5 dans la 7$^e$ et il a touché le paquet. Il se retrouvait avec trente dollars de bénéfice et, en se fiant à son instinct, il en a placé vingt sur Propensity dans la 8$^e$ à 3 contre 1, mais Propensity a raté son départ. Ainsi va la vie.

Encore un scotch à l'eau. Tout ça, sans préparation, c'était de l'enculage de ballon dans un placard tout noir. « Rentre chez toi, c'est plus facile de mourir quand on peut respirer un bon bol d'air de temps en temps à Acapulco. »

Jack a jeté un œil sur les filles assises au bord de la piste. De la bonne marchandise, propre et bien emballée, agréable à regarder. Elles étaient là pour piquer le fric des gagnants. Il s'est accordé un moment pour profiter des jambes des filles. Puis il s'est retourné vers le panneau d'affichage. Il a senti une jambe et une hanche glisser contre lui. Le poids d'une poitrine, et le plus léger des parfums.

« Pardon, m'sieur.
— Bien sûr. »

Elle s'est frottée contre lui. Il ne lui restait plus qu'à dire les mots magiques et il se payait une partie de cul à cinquante dollars, mais aucune partie de cul ne valait cinquante dollars.

« Ouais, a dit Jack.
— Qui est le 3 ?
— May Western.
— Vous croyez qu'il va gagner ?
— Pas dans cette course. Peut-être la prochaine fois, avec un plateau plus faible.
— J'ai juste besoin d'un cheval qui rapporte. A votre avis, qui ça va être ?
— Toi », a dit Jack et il s'est un peu éloigné de la fille.

Du cul, Kant et le bonheur chez soi.

May Western s'arrachait toujours et Brisk Risk s'effondrait. 1600 MÈTRES, POULICHES ET JUMENTS, NON-GAGNANTS DANS LA CATÉGORIE 10000 DOLLARS EN 1968. Les chevaux empochaient plus que les hommes, mais ils ne pouvaient pas dépenser leur fric.

Une chaise roulante passait avec une vieille à cheveux gris sous les couvertures.

Les chiffres ont pivoté sur le panneau. Brisk Risk chutait encore. May Western montait d'un cran.

« Eh, m'sieur ! »

Une voix d'homme dans son dos.

Jack se concentrait sur le panneau.

« Ouais ?

— T'as pas vingt-cinq *cents* ? »

Jack ne s'est pas retourné. Il a mis la main dans sa poche et a sorti une pièce. Il l'a posée dans la paume de sa main et il a ouvert la main derrière son dos. Il a senti un doigt effleurer sa peau et sa pièce a disparu.

Il n'a même pas vu le type. Le cadran marquait zéro.

« Les voilà ! »

Ah ! merde.

Il a couru vers le guichet à dix dollars, il a joué PIXIE DEW une fois, à 20 contre 1, et CECILIA deux fois, à 7 contre 2. Il ne savait plus ce qu'il faisait. Il fallait avoir la manière pour la corrida, l'amour, les œufs au plat, boire de l'eau ou du vin, et les manchots pouvaient se ramasser à ces jeux-là, parfois même en crever.

Cecilia a pris la tête du peloton dans le premier virage. Jack a suivi la foulée du cheval. Jouable. Le cheval ne peinait pas et le jockey gardait la main légère. Un bon coup. Jusque-là. Mais le cheval suivant avait l'air en meilleure forme. Jack a consulté le programme. Kimpan, le 12, clôture à 25 contre 1, les parieurs n'avaient pas voulu de lui. Il portait Joe O'Brien mais Joe s'était planté sur le même cheval à 9 contre 1, deux réunions plus tôt. Le brouillard total. Lighthill laissait la bride à Cecilia, Cecilia avait des réserves, elle courait en dedans, Lighthill n'avait qu'à contrôler et relancer. Il y avait une chance. Cecilia menait de quatre longueurs à l'entrée de la dernière ligne droite. O'Brien laissait Lighthill s'échapper. Puis il s'est penché sur l'encolure et a lancé Kimpan. « Merde, pas vrai, pas à 25 contre 1 » a pensé Jack.

« Bride haute sur cette jument, Lighthill ! Tu as pris quatre longueurs. Fonce. Vingt mises à 7 contre 2 font quatre-vingt-dix-huit dollars. Tu peux sauver la soirée. »

Il a observé Cecilia. Elle aurait dû lever plus haut les genoux. Du cul, Kant et Kimpan. Cecilia abrégeait encore sa foulée, presque figée à mi-ligne droite, pendant qu'O'Brien s'envolait avec les 25 contre 1, roulant sur sa selle, à petits coups de rênes, et parlant à son cheval.

Pixie faisait l'extérieur, il remontait à bride abattue et à la cravache, du 20 contre 1 : vingt fois dix, deux cents dollars et des poussières. Ackerman est revenu à une longueur et trois allumettes d'O'Brien et ils ont terminé dans un mouchoir. O'Brien toujours en tête, gloussant dans l'oreille du cheval, royal, avec un petit sourire. C'était fini. Kimpan, la jument baie numéro 4, dans le prix VERTE IRLANDE. Irlande, comme O'Brien ? C'était trop, merde. Les folles en chapeau cloche, sorties des Enfers, touchaient enfin leur gros lot.

Les guichets à un et deux dollars grouillaient de petites vieilles avec leurs fioles de gin dans leur porte-monnaie.

Jack a pris l'escalier pour descendre. Les escalators étaient bondés. Il a fait glisser son portefeuille dans sa poche de chemise pour le protéger des pickpockets. On lui avait fait la poche cinq ou six fois dans la soirée mais il n'avait perdu qu'un peigne édenté et un vieux mouchoir.

Il a regagné sa voiture et il est sorti du parking en plein embouteillage, en rusant pour conserver son pare-chocs. Un brouillard épais tombait maintenant. Mais Jack n'a pas eu de problèmes sur la route, sinon qu'arrivé près de chez lui il a vu un joli lot à travers les nappes de brouillard, une jeunesse en minijupe, une auto-stoppeuse, oh maman, il a enfoncé le frein d'un pied ferme, mais le temps de ralentir, il était cinquante mètres plus loin avec d'autres voitures au train. « Bah ! qu'elle se fasse violer par un crétin ! » Il ne ferait pas demi-tour.

Pas de lumière chez lui, personne, parfait. Il est entré, a pris une chaise et a déplié le *Bulletin* du lendemain. Il a ouvert une fiole de whisky, une boîte de bière et s'est mis au travail. Au bout de cinq minutes, le téléphone a sonné. Jack a levé les yeux et lui a fait un bras d'honneur.

Puis il s'est replongé dans le *Bulletin*. Le vieux pro était de nouveau sur la brèche.

Deux heures plus tard, il avait vidé six boîtes de bière et le whisky et il dormait dans son lit, avec un petit sourire content. Il avait préparé tous ses paris pour le lendemain. Il y a des tas de moyens de rendre un type complètement cinglé.

## ENCORE UNE HISTOIRE DE CHEVAUX

La saison du trot était commencée depuis deux ou trois semaines et j'avais dû y aller cinq ou six fois, en perdant foutrement mon temps. De toute façon, on perd toujours son temps, sauf quand on tire un bon coup, crée une œuvre d'art ou s'imagine vivre le parfait amour. On finira tous dans la macédoine de la défaite, de la mort ou de la couillonnade, au choix. Je n'aime pas les formules creuses. Je crois quand même qu'il faut coller à la réalité, que l'expérience, ça existe, même s'il ne faut pas la confondre avec la sagesse. Mais un homme peut se tromper toute sa vie, crever tout du long de trouille et de paralysie mentale. Vous avez vu leur tronche. Et la mienne ?

Donc, pendant la canicule, les parieurs n'en loupent pas une. Ils ont fait des économies, en se privant, et ils tentent l'impossible. Je pense souvent qu'ils sont comme hypnotisés et ne sauraient pas où aller sans ça. Après les courses, ils remontent dans leurs vieilles bagnoles, retournent dans leurs piaules solitaires et contemplent les chiures de mouches. Ils se demandent le pourquoi de tout ce merdier : la dèche, le mal de dents, les ulcères, les boulots dégueulasses, la solitude des mecs et des bonnes femmes. Tout est pourri.

Il y a quand même de bons moments. En entrant dans les toilettes, l'autre jour, entre deux courses, je suis tombé sur un jeune type qui gueulait, vert de rage :

« Bordel de bordel de merde ! Le fils de pute a pas

tiré la chasse ! C'EST PLEIN DE MERDE ! Le salaud, je parie qu'il fait pareil chez lui ! »

Le gars braillait. Les autres clients pissaient ou se lavaient les mains, en pensant à la dernière course ou à la prochaine. Je connais des zèbres qui auraient été tout contents de tomber sur un tas de merde encore chaude. Mais ainsi va la vie, on n'a jamais ce qu'on désire.

Une autre fois, j'étais en sueur, je me rongeais les sangs en espérant sauver mes dix dollars, c'était une course vachement délicate, je crois que même les jockeys ne savaient pas qui allait gagner, et voilà une grosse bonne femme, une baleine pleine de lard, pétant de santé, qui me fonce dessus et me colle son lard puant sous le nez :

« C'est quoi, la cote du 1 ?
— La cote du 1 ?
— Oui, la cote du 1.
— Foutez-moi la paix ! Du large ! Du large ! »

Elle s'est taillée. Le stade est rempli de cinglés. Il y en a qui arrivent dès l'ouverture des grilles. Ils s'allongent sur les gradins et ils roupillent jusqu'à la fin de la réunion. Ils ne regardent même pas les courses. Quand c'est fini, ils se relèvent et rentrent chez eux. D'autres se traînent comme des morts-vivants. Ils boivent un café ; ou bien alors t'en surprends un dans un coin, occupé à s'enfoncer un hot dog dans le gosier, il suffoque, se vautre dans son dégueulis. Chaque soir, t'en vois aussi qui ont la tête sur les genoux, parfois ils chialent. Qui s'intéresse à ceux qui perdent ? En fait, chaque parieur croit avoir compris le truc. Certains s'imaginent simplement que la chance va tourner. D'autres jouent en fonction de leur horoscope ou bien d'après une martingale, certains comptent sur la météo, les jockeys, les remonteurs ou les sprinters. Ils perdent tous. Presque tout leur salaire y passe, bouffé par les paris. La plupart de ces couillons sont acharnés à se perdre.

J'ai gagné quelques dollars le 1$^{er}$ septembre. Andys Dream avait remporté la première course à 10 contre 1. Bien joué. Tout le monde se précipite sur les chevaux battus partant à l'extérieur. Deuxième course : Jerry Perkins, un hongre de quatorze ans que personne ne veut assurer vu son âge, passe à quinze dollars. Un bon cheval, régulier dans sa catégorie, à prendre à 8 contre 5 après une ouverture à 4 contre 1. Il a gagné haut la main. Troisième course : Special Product l'emporte, un cheval qui a craqué dans ses quatre dernières courses avec une grosse cote. Il a perdu le rythme ce jour-là, ralenti, repris la cadence et réussi à coiffer sur le poteau Golden Bill, le favori à 5 contre 3. Pari seulement faisable si vous pouvez passer un coup de fil au bon Dieu. Du 10 contre 1. Dans la quatrième, Hal Richard, un hongre de quatre ans, régulier, a gagné à 3 contre 1, contre deux chevaux meilleurs au chrono mais nuls en compétition. Bien joué. Dans la cinquième, ç'a été Eileen Colby, grâce à une chute de Tiny Star et de Marsand ; et les parieurs ont misé sur April Fool, un cheval qui a seulement gagné quatre courses sur trente-deux et qui perd avec sept longueurs sur Eileen Colby.

Puis dans la quatrième, Mister Honey qui, après une ouverture à 10 contre 1 se retrouve à 5 contre 2 et gagne. Il a déjà remporté trois courses sur neuf avec une petite cote. Newport Buelle perd, et ceux qui ont misé sur lui parce qu'il a fait un beau retour dans sa dernière course à 9 contre 1, ont mal joué.

Dans la septième, Bills Snookums, gagnant sept fois sur neuf dans sa catégorie et monté par le jockey vedette Farrington, est nommé favori à 8 contre 5 et le mérite.

Les parieurs misent sur Princess Sampson à 7 contre 2. Ce cheval a gagné six courses sur soixante-sept et, naturellement, les parieurs l'ont dans le cul.

Princess Sampson est capable de faire le meilleur temps mais il lui manque la rage de vaincre. Les turfistes se fient à ça et ne comprennent pas que son allure dépend entièrement de celle du cheval qui court en tête. Dans la huitième, Abbemite Win se détache d'un peloton de quatre ou cinq chevaux. La course était ouverte et je n'aurais pas dû parier ce coup-là. Dans la neuvième, tout le monde a misé sur Luella Primrose, un cheval qui n'avait pas eu de réussite jusque-là mais qui aujourd'hui a mené et gagné sans problèmes. Un coup au but pour les dames ! Hurlements. Elles avaient déjà perdu leur chemise dans les autres courses.

La plupart du temps, on marche à peu près comme

ça et on devrait pouvoir gagner sa croûte malgré la taxe de 15 p. 100. Mais les facteurs imprévus vous cassent la baraque. La chaleur, la fatigue, les gens qui vous dégueulent leur bière dessus, crient, vous écrasent les orteils, les femmes qui montrent leurs jambes, les pickpockets, les cinglés. J'avais ramassé vingt-quatre dollars avant la dernière course où il n'y avait pas de coup vraiment jouable.

J'étais crevé et n'avais plus la force de me tenir sur mes pattes. Avant le départ, je mis seize dollars à gauche, en cherchant vainement le gagnant. Mon bénef de vingt-quatre dollars me semblait insuffisant et pourtant j'ai bossé autrefois pour seize dollars par semaine à La Nouvelle-Orléans. Donc je ne pouvais pas me contenter de ce que j'avais gentiment ramassé et j'ai misé huit dollars. Du temps perdu : j'aurais mieux fait de rester chez moi et d'écrire un immortel chef-d'œuvre de plus.

Un type qui ne se laisse pas enculer par les courses doit réussir dans tout ce qu'il entreprend. Il faut avoir du caractère, de l'expérience, du sang-froid, mais même avec ces qualités, les courses c'est sacrément dur, surtout avec un loyer à payer et une gonzesse qui réclame de la bière. On est piégé piégé piégé. Il y a des fois où tout ce qui semble impossible arrive. L'autre jour, on a couru à 50 contre 1 dans la première, à 100 contre 1 dans la seconde et, pour finir en beauté, à 18 contre 1 dans la dernière. Quand on se demande comment on va payer son proprio et acheter de quoi bouffer, un jour pareil ça vous casse le moral.

Mais le jour suivant, ils sont prêts à vous fourguer six ou sept vainqueurs probables à un prix raisonnable. Seulement la plupart des joueurs de la veille ne sont pas là. Il faut être patient et accrocheur. C'est la guerre, et on peut se faire sonner. Un pote à moi a été complètement rétamé l'autre jour. On était en fin de réunion et les courses avaient été plutôt bonnes mais il n'avait quand même rien touché et j'ai deviné qu'il avait parié beaucoup trop gros pour se refaire dans la dernière course. Je le croisai mais il ne me remarqua même pas. Je le vis entrer dans les chiottes des femmes et en ressortir en vitesse au milieu des hurlements. Ça le ramena aussi sec à la réalité et il misa sur le vainqueur de la prochaine course. C'est un système que je ne vous recommande pas.

Les courses, c'est gai ou c'est triste. Un jour, un vieux mec m'a abordé :

« Bukowski, je veux gagner avant de mourir. »

Il avait les cheveux tout blancs, plus de dents, mon portrait tout craché dans quinze ou vingt ans, à moins que...

« J'hésite entre les six chevaux, dit-il.
— Alors, bonne chance. »

Il a choisi un tocard, bien sûr, qui avait gagné une course sur quinze dans l'année. Les turfistes avaient joué ce cheval gagnant, eux aussi, qui avait fait quatre-vingt-huit mille dollars l'année d'AVANT. J'ai parié sur Miss Lustytown, neuf victoires, à 4 contre 1. Le tocard est arrivé dernier.

Le vieux s'est pointé, furax :

« Bordel de merde, Glad Rags avait fait un meilleur temps que la jument gagnante dans sa dernière course, et avec la même cote ! On devrait fermer ce truc ! »

Il a déchiré son programme en grimaçant, est devenu aussi rouge que s'il avait pris un coup de soleil. Je me suis éloigné et suis allé toucher mon fric au guichet.

En arrivant chez moi, j'ai trouvé un magazine, THE SMITH, avec une parodie de ma prose, et il y en avait un autre, THE SIXTIES, avec une parodie de mon style poétique.

Qu'est-ce ça voulait donc dire ? Y en a que ma façon d'écrire fait vraiment chier ! C'est comme les courses, le monde des écrivains, des manœuvres, des combines et des trucs.

Je me fais couler un bain chaud, entre dans la douche, ouvre une canette, le programme hippique. Le téléphone. Je le laisse sonner. Je trouve qu'il fait trop chaud pour baiser ou pour bavarder avec un trou du cul de poète. Hemingway avait ses dadas, j'ai les miens.

## LA COUVERTURE

Je dors mal depuis quelque temps mais ce n'est pas vraiment ce qui me préoccupe. C'est quand j'ai l'impression de m'endormir que la chose se produit. « L'impression de m'endormir », c'est le mot juste. Ces derniers jours, j'ai souvent l'air de dormir, j'éprouve les sensations du sommeil et je rêve, je rêve de ma chambre, je rêve que je dors. Chaque objet est bien à sa place, un journal par terre, une bouteille de bière vide sur le buffet, mon poisson chinois qui tourne lentement au fond de son bocal, tout ce qui m'est aussi familier que mes propres cheveux. Et souvent, quand je ne dors PAS, quand je suis dans mon lit, je regarde les murs, déjà engourdi par l'approche du sommeil, et je me demande si je suis encore éveillé ou déjà endormi, en train de rêver de ma chambre ?

Les choses partent en couilles depuis un moment. Des gens sont morts ; des chevaux n'ont pas fait la course qu'ils auraient dû faire ; j'ai mal aux dents ; j'ai des hémorragies, et d'autres saloperies innommables. Je me dis souvent : « Ça ne pourrait pas être pire. » Puis je me dis : « Bah ! tu as quand même un endroit où crécher. » Il y eut un temps où je me foutais pas mal d'être à la rue. Aujourd'hui, je ne le supporterais plus. Je ne supporte plus grand-chose. On m'a lardé de coups d'épingle, on m'a jeté des tomates... si souvent. J'arrête les frais, je craque.

Et maintenant, voilà la *chose*. Que je dorme en rêvant de ma chambre ou que je sois tout à fait éveillé, je ne sais pas, mais il s'en passe de drôles. Je remarque que la porte du placard est entrouverte et je suis sûr qu'elle ne l'était pas l'instant d'avant. Puis je vois que l'ouverture de la porte et le ventilateur (il fait chaud et j'ai posé l'appareil par terre) dessinent une ligne qui aboutit à ma tête. Une contorsion m'éloigne brutalement de l'oreiller et je m'emporte, ou plutôt je gueule ignoblement contre « cette chose » ou « ces gens » qui veulent ma peau. Je vous entends d'ici : « Ce mec est fou. » Et, ma foi, ça se pourrait bien. Pourtant je n'en suis pas sûr. C'est sans doute ce qui me sauve. Quand je suis avec des gens, je me sens mal à l'aise. Ils parlent et ils s'emballent pour des choses qui me sont étrangères. Pourtant, c'est grâce à eux que je me sens le plus fort. Je me dis que, si ces conneries leur donnent l'impression d'exister, alors j'existe, moi aussi. Mais, dès que je suis seul je me retrouve avec les murs, avec ma respiration, avec la vie, avec ma mort, et les « choses » commencent. Je suis certainement un faible. J'ai essayé de lire la Bible, les philosophes, les poètes, mais je trouve qu'ils se mettent tous le doigt dans l'œil. Ils parlent de tout autre chose. Voilà pourquoi je ne lis plus rien depuis longtemps.

Je me console avec l'alcool, le jeu et le sexe, ce en quoi je ressemble aux gens de mon quartier, de ma ville, à mes concitoyens. A ceci près que je me fous de « réussir » et que je ne désire avoir ni famille, ni baraque, ni boulot respectable, etc. Ainsi, sans être un artiste, ou un intellectuel, je diffère quand même de l'Américain moyen. Je traîne dans un monde un peu à part... Tiens, ce doit être ça la cause de ma folie, ce doit être ça.

Et quel manque de classe ! Je me fourre le doigt dans l'anus et je me gratte. J'ai des chapelets d'hémorroïdes. C'est meilleur que la baise. Je me gratte jusqu'au sang. Comme les singes. Vous les avez vus dans les zoos avec leurs culs rouges gonflés de sang ?

Les Rêves de la Chambre, comme je les appelle, ont commencé il y a quelques années. L'un des premiers se produisit à Philadelphie. Je n'en faisais pas lourd à l'époque. Je buvais peu, de la bière ou un verre de vin de temps en temps, et le jeu ou les femmes ne m'obsédaient pas encore. Je vivais alors avec une pute, et je trouvais curieux qu'elle réclame des caresses ou de l'« amour », comme elle disait, après s'être farci deux ou trois types dans la soirée. J'avais beau avoir pas mal roulé ma bosse, connu la taule et la dérive, ça me chiffonnait de la fourrer après tous ces mecs et ça me la coupait. « Chéri, disait-elle, il faut que tu comprennes, JE T'AIME. Les autres ne comptent pas. Tu ne CONNAIS pas les femmes. Une femme se donne et tu crois qu'elle t'appartient, mais c'est pas vrai. Moi, je suis à toi. » Discuter ne servait pas à grand-chose, ça verrouillait un peu plus les portes. Une nuit, je me suis réveillé à côté d'elle (ou j'ai rêvé que je me réveillais), j'ai jeté un œil dans la chambre et j'ai vu trente ou quarante petits bonshommes en train de nous ficeler sur le lit, avec un espèce de fil d'argent, et ils nous ficelaient et ils nous ficelaient. Ma chérie a dû sentir ma nervosité. J'ai vu ses yeux s'ouvrir.

« Silence ! j'ai dit. Ne bouge pas ! Ils veulent nous électrocuter !

— QUI VEUT NOUS ÉLECTROCUTER ?

— Bon Dieu, je t'ai dit de te TAIRE ! Ne bouge plus ! »

Je les ai laissés faire un moment, en faisant semblant de dormir. Puis, rassemblant toutes mes forces, je me suis redressé et j'ai cassé le fil. Ils ne s'attendaient pas à ça. J'ai voulu en assommer un mais je l'ai loupé. Je ne sais pas où ils ont filé, mais je ne les ai plus revus.

« Je viens de nous sauver la vie, j'ai dit.

— Donne-moi un baiser, papa », elle a dit.

Revenons au présent. Je me suis levé ce matin avec des marques sur le corps. Des marques bleues. Parmi mes couvertures, il y en a une que je surveille tout particulièrement. Je crois qu'elle se déplace et s'approche de moi pendant mon sommeil. Quand je me réveille, je la retrouve parfois sur ma gorge et elle m'empêche presque de respirer. C'est toujours la même couverture. Alors je pense à autre chose. J'ouvre une bière, je lis le *Bulletin des Courses*, je regarde la pluie tomber derrière la vitre et j'essaie d'oublier tout ça. J'ai seulement envie de vivre confortablement, sans problèmes. Je suis fatigué. Je ne veux pas me casser la tête.

Et cette nuit, ma couverture m'embête encore. Elle bouge, comme un serpent. Elle prend des forces. Elle ne reste pas à plat, bien étalée sur mon lit. Et pareil la nuit suivante. D'un coup de pied, je l'envoie bouler. Et je la vois qui bouge. Plus je suis dans les vapes, plus la couverture remue. Je me lève, j'allume toutes les lampes, je prends le journal et lis n'importe quoi, la chronique boursière, la mode, la recette du pigeon aux pommes, un article sur l'arrachage des mauvaises herbes, le courrier des lecteurs, les chroniques politiques, les petites annonces, la rubrique nécrologique, etc. Pendant ce temps, la couverture ne bouge plus, puis je bois trois ou quatre bières, ou plus, parfois jusqu'à l'aube, à l'heure où il est facile de s'endormir.

C'est arrivé l'autre nuit. Ou plutôt dans l'après-midi. Je me suis couché à quatre heures de l'après-midi. Quand je me suis réveillé (ou bien ai-je encore rêvé de ma chambre ?), il faisait nuit et la couverture avait rampé jusqu'à ma gorge. La *chose* avait décidé que l'heure était VENUE ! Elle tombait le masque ! Ça me dépassait, c'était si puissant, comme dans les rêves, et j'ai eu besoin de toute mon énergie pour l'empêcher de m'asphyxier. Elle s'accrochait, attaquait, en essayant de me prendre par surprise. Je sentais la sueur couler sur mon front. Qui peut croire à cette histoire ? Qui peut croire à cette putain d'histoire ? Une couverture qui devient vivante et qui essaie de tuer un homme ? Tout est impossible, jusqu'au jour où ça arrive : la bombe atomique, les Russes qui envoient un homme dans l'espace ou Dieu qui descend sur terre et se fait clouer sur une croix par ses créatures. Qui croit à tout ce qui va arriver : la pluie de feu, les hommes et femmes dans le vaisseau spatial, la Nouvelle Arche, en route vers une planète pour y jeter la vieille semence de l'Humanité ? Qui croira que cette couverture essayait de m'étrangler ? Personne, personne en vue ! Ce qui aggrave encore mon cas, en un sens. Non que je sois sensible à ce que les masses pensent de moi, mais j'aimerais qu'on me croie. C'est bizarre ? Et alors ? Il y a plus bizarre encore, j'ai souvent pensé au suicide, mais quand une couverture vient à mon secours, je me bagarre avec elle.

J'ai fini par rouler la couverture en boule et l'ai jetée par terre, puis j'ai allumé la lumière. Pour en finir ! LUMIÈRE, LUMIÈRE, LUMIÈRE !

Je l'ai vue se tortiller et se rapprocher en plein dans la lumière. Et se rapprocher encore, d'un bon mètre. Je me suis levé et j'ai commencé à m'habiller, en contournant la couverture pour prendre mes chaussures, mes chaussettes, etc. Une fois habillé, j'étais bien avancé. La couverture était maintenant immobile. Et si je me tapais une petite promenade nocturne ? Oui. Je ferais la causette avec les vendeurs de journaux. Ce n'était pas vraiment l'idéal, en fait. Les vendeurs de journaux du quartier étaient des intellectuels : ils lisaient Shaw, Spengler et Hegel. Merde. J'ai claqué la porte et je suis sorti.

Sur le palier, quelque chose m'a fait tourner la tête. Vous avez déjà deviné : la couverture me suivait, en rampant comme un serpent, et dans ses ombres et ses replis je voyais une tête, une gueule, des yeux : Au moment où vous admettez qu'une chose horrible est vraiment horrible, elle devient MOINS horrible. Un instant, j'ai cru voir en elle un vieux chien qui ne voulait pas rester seul et qui me suivait. Puis j'ai pensé que ce chien me suivait pour tuer et j'ai couru vers l'escalier.

Bon Dieu, elle était sur mes talons ! Ça descendait implacablement l'escalier, à toute vitesse et en silence.

j'habitais au deuxième étage. La chose m'a suivi au premier, au rez-de-chaussée. J'ai eu d'abord envie de courir dans la rue mais il faisait très noir dans ce quartier vide et silencieux, à l'écart des grandes avenues. Je devais absolument trouver des gens pour vérifier la réalité de ce qui m'arrivait. Il me fallait au MOINS deux témoins pour prouver la réalité de la « chose ». Les artistes novateurs, les déments ou les visionnaires le savent bien : si personne d'autre que nous ne voit ce que vous « voyez », on vous traite de saint ou de fou.

J'ai frappé à la porte de l'appartement 102. La femme de Mick est venue ouvrir.

« Salut, Hank, entre. »

Mick était au lit. Tout bouffi, les chevilles gonflées, la panse d'une femme enceinte. Mick avait été un sacré buveur et son foie avait cédé. Il était plein d'eau.

« Salut, Hank, il a dit, tu amènes de la bière ?

— Tu sais, Mick, a dit sa petite amie. tu sais ce que le docteur a dit : terminé, plus jamais de bière.

— C'est pour qui, cette couverture ? » m'a demandé Mick.

312

J'ai baissé les yeux. La couverture avait sauté sur mon bras pour faire une entrée discrète.

« Eh bien, j'ai dit, j'ai trop de couvertures. J'ai pensé que ça te serait utile. »

J'ai jeté la chose sur le divan.

« Tu n'as pas apporté de bière ?
— Non, Mick.
— Ça me serait utile, une bière.
— Mick, a dit la petite amie.
— C'est dur d'arrêter net, après tant d'années.
— Bon, rien qu'une, a dit la petite amie. Je descends la chercher.
— Ça va, j'ai dit, j'en ai au Frigidaire. »

Je me suis levé et me suis dirigé vers la porte, un œil sur la couverture. Elle ne bougeait pas. Elle était sur le divan et elle me regardait.

« Je reviens, j'ai dit, et j'ai fermé la porte. »

« Ça doit se passer dans ma tête, j'ai pensé. J'ai pris la couverture avec moi et je me suis imaginé qu'elle me suivait. Je devrais voir plus de monde. Etre moins seul. »

Je suis retourné chez moi, j'ai jeté trois ou quatre bouteilles de bière dans un sac en papier et suis redescendu. J'étais au premier quand j'ai entendu des cris, un juron, puis un coup de feu. J'ai dévalé les dernières marches et je suis entré au 102. Mick était debout, avec à la main un 32 magnum d'où sortait une petite fumée. La couverture était sur le divan, là où je l'avais laissée.

« Tu es fou, Mick ! disait sa petite amie.
— Tu parles, a dit Mick, dès que tu es allée à la cuisine, cette couverture a bondi vers la porte. Elle essayait de tourner la poignée, elle essayait de sortir sans y arriver. Ça m'a scié, puis je suis sorti du lit, j'ai foncé sur elle mais elle m'a sauté à la gorge et a voulu m'étrangler !
— Mick a été très malade, a dit la petite amie, très secoué. Il a des visions. Il avait des visions quand il buvait. Il va beaucoup mieux depuis son séjour à l'hôpital.
— Bon Dieu ! a crié Mick, je te dis que cette chose a voulu me tuer et, encore heureux que le vieux magnum était chargé, j'ai cavalé au placard, je l'ai pris et, quand

elle est revenue, j'ai tiré. Elle a rampé jusqu'au divan. Vous pouvez voir le trou de la balle. Je n'invente rien ! »

On a frappé à la porte. C'était le gérant.

« Vous faites trop de bruit, il a dit, il est plus de dix heures ! »

Le gérant est parti.

J'ai marché jusqu'à la couverture. Aucun doute, il y avait bien un trou. La couverture était immobile. Où se trouve le point vital d'une couverture vivante ?

« Seigneur, buvons une bière, a dit Mick, je me fous qu'elle meure ou pas. »

Sa petite amie a ouvert trois bouteilles et allumé deux Pall Mall.

« Eh, petit, a dit Mick, prends cette couverture avec toi quand tu t'en iras.

— J'en ai pas besoin, Mick, j'ai dit, garde-la. »

Il a avalé une bonne rasade de bière.

« Sors-moi cette bon Dieu de chose d'ici.

— Elle est MORTE, non ?

— Je n'en sais foutre rien !

— Tu veux dire que tu crois à cette histoire absurde de couverture, Hank ? a demandé la fille.

— Oui. »

La petite amie a rejeté la tête en arrière et a ri.

« Quel couple de cinglés ! Tu bois aussi, pas vrai, Hank ?

— Oui, m'man.

— Beaucoup ?

— Parfois.

— Je te dis d'emporter cette putain de couverture », a fait Mick.

J'ai avalé une bonne rasade de bière et j'ai regretté que ça ne soit pas de la vodka.

« Ça va, mec, j'ai dit, si tu n'en veux pas, je la reprends. »

J'ai plié la couverture au carré et l'ai mise sur mon bras.

« Bonne nuit, les amis.

— Bonne nuit, Hank, et merci pour la bière. »

J'ai monté l'escalier, avec la couverture qui se tenait tranquille. La balle avait peut-être frappé au bon endroit.

Je suis rentré chez moi et l'ai jetée sur un fauteuil. Je me suis assis et je l'ai regardée. Puis j'ai eu une idée.

J'ai pris une bassine et j'ai mis un journal au fond. Je suis allé chercher une lime à ongles. J'ai posé la bassine par terre. Je me suis assis dans le fauteuil. J'ai mis la couverture sur mes genoux. J'ai empoigné la lime. C'était difficile à couper. Que faire ? La couverture avait peut-être appartenu à une femme qui m'avait aimé, et qui trouvait là un moyen de revenir avec moi. J'ai pensé à deux femmes que j'avais connues. Puis à une autre. Je me suis levé, je suis allé à la cuisine et j'ai ouvert la bouteille de vodka. Le docteur m'avait prévenu : « Au prochain verre d'alcool, vous êtes un homme mort. » Mais je m'étais entraîné. Un doigt, la première soirée. Deux doigts, la seconde, etc. Cette nuit-là, je m'en suis versé un plein verre. Le problème, ce n'était pas de claquer, c'était la tristesse et l'angoisse. La paix soit avec les hommes de bonne volonté qui pleurent tout seuls dans la nuit ! La couverture était peut-être une femme, qui voulait me tuer, pour nous réunir dans la mort, ou qui essayait de m'aimer comme doit aimer une couverture et qui s'y prenait mal... ou bien qui voulait tuer Mick parce qu'il l'avait dérangée quand elle essayait d'ouvrir la porte. Folie ? Certainement. Comme tout le reste. Comme la vie. Nous sommes tous remontés comme des jouets à ressort... Le ressort... se détend, s'arrête, et voilà... et nous faisons des projets d'avenir, nous élisons des gouverneurs, nous tondons nos pelouses... Folie ? Sûrement.

J'ai bu le verre de vodka, cul sec, et j'ai allumé une cigarette. J'ai soulevé la couverture pour la dernière fois et JE L'AI DÉCOUPÉE ! J'ai coupé, coupé, coupé, j'ai coupé la chose en tout petits morceaux qui ne ressemblaient plus à rien... j'ai jeté les morceaux dans la bassine, j'ai posé la bassine près de la fenêtre et mis le ventilateur en marche pour chasser la fumée. Quand les flammes sont montées, je suis allé à la cuisine et me suis resservi de la vodka. Quand je suis revenu, ça brûlait bien, comme une sorcière de Boston, comme Hiroshima, comme un amour, comme tous les amours, et je ne me sentais pas bien, je ne me sentais pas bien du tout. J'ai sifflé ma deuxième vodka, sans sentir grand-chose. Je suis retourné dans la cuisine pour boire une troisième vodka, et tenant toujours la lime à ongles. J'ai jeté la lime dans l'évier et débouché la bouteille. J'ai regardé la lime dans l'évier. Sur la lame, on voyait distinctement une tache de sang.

J'ai regardé mes mains. J'y ai cherché des marques. Les mains du Christ étaient belles. J'ai regardé les miennes. Pas même une égratignure. Pas même une entaille. Pas même une cicatrice.

J'ai senti des larmes qui roulaient sur mes joues, qui rampaient comme des grosses choses absurdes et sans jambes. J'étais fou. Je dois vraiment être fou.

Composition réalisée par JOUVE

Achevé d'imprimer en novembre 2009 en Espagne par
LITOGRAFIA ROSÉS S.A.
Gava (08850)
Dépôt légal 1ère publication : février 1985
Édition 16 - novembre 2009
LIBRAIRIE GÉNÉRALE FRANÇAISE – 31, rue de Fleurus – 75278 Paris Cedex 06

30/6027/4